一生中的二次初恋

田新平

著

Contents

目次

1、吴家岗公共汽车站

　　1979年，吴家岗，市2路公共汽车的终点站，路旁除了邮局是砖房，其他都是泥土房或油毛毡房，墙上保持着二三十年以来的可看出鲜明时间段的标语口号。邻近棉纺厂建厂八年，近二年，不少纺织男女间的欢喜故事在这终点站开头或结尾，男女主角乘公共汽车悄悄而去或轰轰而来。

　　公共汽车上下来的年轻的姑娘，一群走进靠江边的棉纺厂，一群走进丘岗半坡上的卫校。从早到晚到深夜，总有几个男人在车站边的石桌上狠命砸下象棋子大喊将军。

　　衣田和片片树林四围着吴家岗棉纺厂厂区、生活区，临江溪穿绕过江北一望无尽的丘岗在此入江，长江边有林业局车队和堆场，丘岗半坡有卫校外墙鲜白的校舍和小小的吴家岗火车站，长江对面是无尽的鄂西高山，向东看去，江面如大海般辽阔，长江刚出三峡不多远，在此却入海了一样。唐诗人李白说山随平野尽江入大荒流应该即指此处。

　　夏天，我喜欢在丘岗的茅草丛中撒尿，喜欢风吹草撩两腿间，还喜欢在桔子树林的清香味中跑来跑去。我更喜欢去江中裸身漂流，置身洪荒，让两腿间产生奇妙的清爽和愉悦和钢硬。看江空浩渺，这愉悦和钢硬来得可是大气磅礴。

　　清风飘漫过丘岗，风中飘有细叶和茅草花，飘着唐诗描述过的松香味。

　　长江江面上，木帆船上的帆如一把把高举起的大菜刀。

天空清亮透明，时有狂风在空荡荡的公共汽车站朝天连续地吹送落叶。公共汽车终点站与丘岗与棉纺厂生活区所围绕的烂泥湖湖边，大白天也是一片癞蛤蟆的鸣叫声，夜晚，这鸣声会轰翻了天。离公共汽车终点站约二间房子距离的一片树林和草丛边时有等车的男人男孩脱裤撒尿，另一片树林和玉米地里也时有等车的女人女孩脱裤撒尿。

　　公共汽车终点站，早先，有枪毙人的游行示众队伍在此停顿调头的场景，有当众抓捕特务的混乱时刻，现在则上演着一场又一场的小型露天恋爱电影一般。经常的一幕是一男的先从车上下来走向棉纺厂，后一个女的慢慢跟走，眼藏羞涩，细看就是刚在车上认识的一对儿。或一个男的先上车来等，后才是一个女的跟上来，神情慌张，细看就是在厂里暗中恋爱的一双。有时，车快开了女的还没有跟上来，男的只好下车等，等下一班车又是快半个钟头，男的生气，与女的吵一架，又直接一前一后溜回棉纺厂算了，泄气了的气球一样。好多对新人是同坐公共汽车认识了而后结婚了，典型的婚嫁故事多是从车上踩到脚了然后接上了话头开始的。也有些男女约好来这里碰头然后走上丘岗半坡上的吴家岗火车站，然后钻进丘岗顶上大片松树林里去晃荡。男女不管美丑，进到了吴家岗公共汽车站故事里面都是好看好听的。

　　那从市里来的公共汽车常常是飞速下坡冲向终点站，而后来一个急刹，让一车人都翻倒，即使路上并没有突然冒出什么猪呀牛的。不少人坐车从市里回来，最讨嫌也最期待的就是这个下坡后的急刹。

　　我们的唐老师，棉纺厂子弟中学语文老师，有次代上物理课，讲惯性，说，哎呀哎呀歪歪，来吴家岗的那个公共汽车刹车了为什么还往前开？急刹车后为什么人像被大水冲下来一样摔倒？一节物理课就这样讲呀讲完了，一个学期的物理课也就这样讲呀讲完了。

　　唐老师从部队下来后到棉纺厂报到，本是要进保卫科的，厂军代表与他谈得来，看他喜欢咬文嚼字，又正好子弟学校缺个体育老师，便安排他进校任教。后来他代了几天语文课，又去市师范进修了三个月，就变成了语文老师，成了班主任。有次，他带校足球队市里参赛，坐公共汽车回吴家岗，心猿意马，等终点站那个急刹车时身子一下故意歪倒在一个红脸衣家女身上，他是那么的热心送并未受伤的她走一程，口水吞吞吞，不料来了一个红脸衣家男人接她。这男人对唐老师感激万分，唐老师只能羞退，联想他的刹车物理课，我们学生旁观十分开心。1977年，他接带着三个孩子的乡下老婆迁来吴家岗棉纺厂，第一次进城的老婆因车刹得太急全砸倒在他的怀里，狼狈害羞。他被压扁在老婆身下，二人三番几次爬不起来，太惯性太惯性。而他们所乘的那辆公共汽车，恰恰又是最破烂陈旧的一辆，急刹时车底盘嘎吱声巨大，车箱哗哗哐哐轰鸣不已。唐老师的老婆，是最丑最大体格最温柔的女人，号称武汉大学来的，头大双手大双脚大，简称武（五）大来的，夫妇俩的故事最符合越丑越恩爱也越好玩的原理。唐老师曾在课堂上笑称，本来是真准备离了婚在棉纺厂再找一个年轻姑娘的，就这样摔了一下，粘死在一起了。他老婆在厂里经常夸男人说，他看到我就站不稳呀，天天都像是在刚刚急刹住的车上一样。

　　靠这个惯性，厂里有名的四十一岁的单身汉假右派1979年春找到了老婆。一次，那个刹车让年轻漂亮的卫校厨娘全身倒在他怀里，搐动了他的心。同时，她一脚踩伤了他的脚趾头，正好使自己有理由来棉纺厂找他道歉呀送鸡蛋。这个假右派，挑老婆挑死了，就在大家以为他一定会在回调到二三百公里之远的省城武昌工作后再找老婆时，他在吴家岗车站遇到了这个生自乡下的活泼有缘的姑娘，不再挑了。每当有同事当面夸赞他老婆特别漂亮时，他总是滑出一句，荆楚姑娘都清爽。每当厂里的一些小领导当面夸赞他老婆不错时，他总是端出一句，如果我老妈还活着，肯定是喜欢她的。

1979年，暑假刚开始，假右派结婚，正是最为酷热的几天。他夫妇二人傍晚来吴家岗公共汽车站，往市内方向坐几站然后下车再等车回坐，玩一玩终点站前下坡路上的急刹车，这比他们待在宿舍楼楼下猛摇扇子好玩些。公共汽车上，假右派对新婚的老婆讲不完棉纺厂与这个公共汽车站有关的男女故事，听得老婆笑个不停。他曾来厂子弟中学做过一个星期的老师，在他逗老婆的笑话集中，当然少不了我们的唐老师。

吴家岗远离市区，2路线总共只有五辆车，日常投入四辆。五辆车车箱里都有棉纺厂人分别写下的唐诗。唐老师写下的是《忆江上吴处士》，我和同学田妖精写下的是《春望》，李商隐的开头那句相见时难别亦难的《无题》狠而准，最说明车上故事，不知谁写。另二首《黄鹤楼》和《枫桥夜泊》是并不喜爱唐诗的来自武昌的青工陶晚和二胖写下的，他俩喜欢的是武昌人，算是帮厂里爱唐诗的武昌人写下的吧。可能是由于这2路车车队的一位司机是从棉纺厂调过去的，车箱里的唐诗一直没被洗掉，甚至我和田妖精用粉笔写下的《春望》也一直保留着。

1979年春天到夏天，我们每个星期六下午由闲逛江边和丘岗，渐渐变成了专来公共汽车站转悠，为的是暗中接车，接看在市里学校住读高一的原初中女同学章青。远远的，大概看看她在刹车时是不是摔倒了或歪倒了，或远到只是知道她下车了就可以了。常常看到她下车了，我们却又会走更远一些去，假装没看到她。我们发现她常常是坐那辆《黄鹤楼》车回来，人诗相联系，叫我们惆怅得十分舒服。

我，沿途不断有人喊：衣民，衣民伯伯。

我外号是衣民伯伯，简称衣民。这个外号较舒服，我初一的一篇作文，讲种菜的衣民伯伯，谢校长十分欣赏，全校大会小会讲，讲成了我的外号。

他，沿途不断有人喊：妖精，田妖精。田姐太妖了，变成了弟弟的外号，他和姐长得太像。更主要是，班上同学一会儿全部姓加驴子做外号，一会全部姓加妖精做外号，一会又全部姓加乌龟或怪物。每一波外号开出后，会有一二个人固定下来，全妖精时留下的是田。田妖精自认这个外号也蛮好，他曾对一本连环画中所说的小妖可以捆人玩这一技能非常着迷，所以，他的外号其实蛮长，叫做整天都想捆人玩的田妖精。

田妖精是个快活虫，闹了不少的快活事。如厂里轰动一时的市内有人专找小孩打毒针的消息传开时，独他在厂食堂大门口当着议论纷纷的众人说自己刚从市里坐公共汽车回来并喊痛喊晕，晕态如打太极拳，惊起了一个女人奔跑向吴家岗公共汽车站，要去找回她那住在市里亲戚家的儿子，这女人刚跑出十步就摔了二三跤，笑得众人开花，其中，正好路过旁听的章青笑声响亮。当场就有人评说，好个田妖精，以后长大最会哄女人。后来在班上，好长一段时间，章青对田妖精说话总是笑眯眯的，好像有了惯性，好像真被哄住了。

章青，学习很好人很傻，或者说笑得很傻。有没有高考，她都是优等生。她家二姐妹，她小名叫毛毛，章妈妈却并不叫她大毛，妹妹叫二毛，二人是一对傻姐贼妹。二姐妹用了武昌最常见的小名，长相和神态及衣着也是武昌专有的，正是因为她有这个小名，竟一直没有外号，所谓混过去了也。高一始，她在市里住读，每周星期六傍晚回厂，我们每星期六都用新鲜的或者说是陌生的眼光看她，她用新鲜的眼光看吴家岗棉纺厂。她去市里学校读书的近一年里，我们总觉得班上差个明亮的声音，想想，正是她的傻笑声。她长得越来越新鲜了，傻笑也变成甜笑了。

章爸爸先待在沙洋干校，后转劳改农场且一直未解除劳改，章妈妈在吴家岗棉纺厂做技术员。我们好多家人都是从武昌下放到沙洋干校再转到吴家岗棉纺厂安家的。家里不见男人，同学们都知道章妈妈爱说的一句话：不算什么。章妈妈，武昌城里曾经的一个大户人家的女儿。

1979年，田妖精天天生长，长得人高马大，我也正在抽条，章青则可以说是清瘦又可以说是柔软，男女生身体正在一生中最为神奇之时。

六月中的一个星期六偏午，漫长等待后，那辆《黄鹤楼》公共汽车来到吴家岗公共汽车终点站，远在丘岗上的我，清清楚楚看见车牌号，进而判断出了车上写的是哪一首唐诗。我和田妖精从丘岗上往下冲，飞奔中，我有勃起，身佩宝剑一般，他飞得更起劲，应是身佩大刀吧。

车上人多，车窗口挤出有人的头部肩部，像装满了瓜菜的竹筐缝里露出菜头菜梗，急刹车后，车子差点歪倒在路边。候车的人疯着要上，这次田妖精往上抢，挤上车去护章青下车，他动作很大很有力，弄出很大的一个空间，使自己的衣服尖尖都没有碰上章青。下车后，她一声谢谢，田妖精回味无穷，呼吸间满嘴里有棉花糖一样的。田妖精对我说一句，啊，这么神奇！她下车走很远了，车箱里还有她的味道，车窗外也还飘着她的味道。待在车上的我们从车箱里回望，又才看清她的白色皮凉鞋。那鞋好美，我吃了一惊，脸呆，田妖精一下伸手捉住我，促住我这表情，摇我一下，瞪我一眼，眼光蛇出洞似的。

后，我们瞎坐车玩，干脆去了市里。我们从市里九码头下水，花近一个钟头时间，慢漂回吴家岗。天，已经很黑，我们又去临江溪流水入江的山洞前，跳入流水，潜冲过山洞，随溪流砸入长江。

冲动班，冲洞班。我们从武昌转来棉纺厂读小学时，刚开始自带小板凳上课，课堂东一处西一处。我们曾在这溪流边的小棚里听讲，面对清清流水，从冲动到冲洞。到初三时，我们近二十个男孩从上洞口一一冲下去，然后从下洞口离岸边二十米的地方冒出头来，全程约五十米，又惊险又享受又壮观。田妖精蛙泳自由泳仰泳蝶泳都能玩起来，又最爱冲洞，算是游泳的头头。这算是吴家岗最惊险和刺激的玩乐，看上去，水大时人可能会在水底撞石而伤，但因为夏天江水已经涨很高，人被冲到江水里旋转而不会触底，且我们都学会一只手护头一只手探石。人冲在洞中时，其实也问题不大，入洞前保持在流水的中间位置，身体就不会被冲到洞壁上。冬天水退时可见洞口下一溜巨石夹杂在青青草地间。棉纺厂男工也没几个敢来玩。高年纪学生中没几个人敢冲，低年纪学生尚无人冲。这个洞的流水砸向长江的冲力确和吴家岗公共汽车的急刹车有异曲同工之妙。

帮护章青下车是一件大事，那天傍晚到深夜，田妖精一直是满口棉花糖般地说话，特别是夜里我们去厂开水房打开水时，他简直就是走在棉花糖上一样。在路上，听章青原来的同桌巫婆说，她俩傍晚去江边游泳，去临江溪流水入江的山洞前走走看看，恰逢碧绿水流奔涌而来，如是一个大大长长的花瓣，章青冲动了，就冲洞了一次，疯了一次，翻落水下草地。那片草地冬天会露出来，生成绿油油一片，成为人们的散步场。当时巫婆也想不到章青这么猛，过后章青也不敢了。田妖精对自己说，这么神奇！然后问巫婆，章青真是从上洞口随水流潜冲过全洞而入长江的吗？巫婆简答是。我们拎着开水瓶在路上等，等到章青出来打开水后，我看到章青与田妖精为冲洞有个对视并轻轻点头，她眼神里有骄傲，田妖精眼神里有惊喜欣喜暗喜等等。事情很重大，章青冲洞时间很精准，正好在我们从市里漂回吴家岗的途中，我很怀疑这只是巫婆的吹嘘，但我不能怀疑章青，她有一双明亮有力的眼睛。章青课堂上最爱说的是，不算什么。一想，冲洞对她来说真的也不算什么，她蛙泳游得非常非常的像青蛙呢。但她突然冲洞，分明是有所表示，有所心动。

路上，我看章青和田妖精二个人是妖精碰到了妖精，都眼睛含情。

等到下一个星期六下午，我们又去吴家岗公共汽车站。章妈妈和章妹妹从《春望》那辆车上下来，然后等着。后一辆《黄鹤楼》车上下来章青和在市里读高二的黄家诚。田妖精与黄家诚是互讨厌，小时候打过架，我与黄家诚是单讨厌，小时候吵过架。章黄同路同行，二家大人偶尔会一同送行接车。黄家诚爸为干部十三级，全厂唯一的高干，喜欢半卧床上看书，如是一个卧佛。传言二家大人有章黄约婚。我们观察到章黄常常分开而行，回吴家岗很少同车，倒是常常听到黄家诚在他的同学中吹说章青是他的女朋友。

车站边有个卖油炸萝卜饺子的摊点，油香四溢，油炸声吱吱吱。在摊边，田妖精观察我，我观察他。下车后的章青似也在观察我们，她似有意与黄家诚分开走，黄家诚特意不分开走。我觉得我们四个人在整个吴家岗公共汽车终点站甚至在整个吴家岗有些显眼，我对田妖精开玩笑地说，你们三个人都被油炸着。田妖精说，是四个。

星期天下午，男生自发来学校操场边的树荫下看女生跳绳。

她们正在为七月初的建厂周年庆晚会演出做准备。男同学中有叫文明和高明的，我们说我们高明和文明地围观她们。田妈妈，厂后勤科工作，同事婚礼，中午带田妖精去喝酒，席间，田妈妈有意鼓励儿子大肉大鱼大酒，以抵回随奉的份子钱。一场酒后的田妖精来到学校操场，刚开始还保持着稳定，后来面对绳影人花，不禁心花乱放，借着酒精请巫婆对章青发个约会。我看到，他脸皮不红眼睛红，他那双红眼倒是神兮兮地一刻也没朝章青看去。

人跳绳，绳圈人，人绳不分，妖形欢腾，又有娇羞婀娜。高年纪学生无跳绳队，低年纪学生也无跳绳队，全校独有这一队跳绳女生。

跳绳班，跳神班。章青的初中同桌巫婆，初二时，初入跳绳队后跳绳跳神跳疯了，曾经一度每分钟双脚跳跳绳次数达二百以上而全队领先，她大讲自己有魔力有咒语，被同学把外号给定下成巫婆。很凶的又还算漂亮的女生就要给个丑外号，还有，她确实喜欢自我激动，时时自己就欢跳了起来，这符合我们所认为的巫婆的定义。

巫婆的跳绳速度渐渐不再全队领先，但她大声说话的音量还是领先的。这天厂广播喇叭坏了，空中很安静。为了头花的样式，巫婆和另一个女同学吵了一架，吵得很激烈，替代了厂广播的吵闹。二人吵到后来，吵题变成了成人内容，即从头花到了厂里某对闹出男女关系之丑闻的男女，因为巫婆坚持喜欢的头花是那个丑闻女主角最喜欢戴的。对吵后又变成了巫婆的独白，她说在风雨夜里自己经常想的是，情愿去做一个被点天灯的巫婆。听巫婆的妙论，田妖精发一声喝彩。章青眼神平静。田妖精越捉摸巫婆的话越开心，脸上先是有种赞赏，后有种奋不顾身及身不由已的表情，近乎跃跃欲试，像是第一次要跳入临江溪冲进长江一样。巫婆所说的点天灯让田妖精动了心，田妖精动心的样子似也让章青眼神一跳。巫婆愿意被点天灯，我想，一个人得有多么大的罪恶或者多么强的意愿才能被吊到一棵大树上去燃烧啊。

一当女生开始跳绳，我们就可以随意扫视她们浑身上下，女生也可以平静对待男生的死盯，飞旋的绳子，确有魔力，呼呼声确如咒语。

章青的手背很美，有关节窝，指上有小痣。章青跳绳中还显得更干净斯文。

章青以前在被围观时曾不止一次说过：跳疯了，真的像被一个妖精给抓走了，也真的想（说想字时一抬头）被一个真的妖精抓走。巫婆每次都对田妖精加说一句：不是你这个妖精啊。这次章青没说这话，她也很长时间不说这话了。

这次田妖精玩跳绳很不一样。田妖精跳得也非常快，但这次老是中断重起跳。看上去他不是心有所慌也是心有所慌，不是醉了也是醉了。

田妖精拉巫婆去学校操场旁边已经空空的原林业局木材堆场走动说话。巫婆本就是男女同学间的联络员。田妖精开始说话时含含类糊，打听东打听西，巫婆咒他稀里胡涂，说酒话。田妖精就说自己是被咒中了，是想请巫婆帮忙去对章青说，暑假要开始了，自己想帮章青去市里学校搬行李回家，自己力气大呀。巫婆先说，多大的事嘛，后来又尖锐地说，你是要跟她约会？田妖精说是，巫婆狂想了一下，也不顾全体男生女生都开始注意到这三人的神秘动态，发狠般地真去对章青说了田妖精的约会。章青生气地说叫他去死吧，脸也气红了。章青正是个武昌泼辣姑娘，一生气，双手好像叉在腰上了，眼光如飞枪投出。巫婆随后走近田妖精加重语气对他说，你去死吧。看田妖精发呆，她改说你先死一次去吧。跳绳女生和围观的男生并不确切知道三人都说了些什么，但看到田妖精的流氓样，哄笑。

整个吴家岗的男女中学学生们中间早已盛行谈男女朋友，但我们班上还没有一对。人们说一个班上有了一对后，慢慢就跟着有二三四对到更多对。这个说法经过我们对附近其他学校如玻璃厂子弟中学和市二十八中的不断了解而得到论证。所谓种子队，种子对。

深夜，酒醒后的田妖精并不沮丧，拉我出门转悠，面对辽阔的星空，颇为认真地对我说，这么神奇！我真的要死一次才好。

我言不由衷地说，你该去吴家岗丁上的照相馆照张相，你现在可能是你一生中长得最好看的时候。

之后几周，我们玩得很疯，打鸟打狗钓鱼捉青蛙、过江爬山、沿临江溪步行去土门机场看飞机，顺便下溪河里找螃蟹摸虾，但心里懒散了好几天，不想什么事。我们独独没再走近吴家岗公共汽车站，也不继续围观跳绳。

暑假后的一天，我们在路上碰到了章青和巫婆，大家若无其事。巫婆和我谈天，我告诉她说吴起同学回吴家岗来了，似乎峰回路转，章青对我说了句，那我们一起找他去玩。这似乎是第一次听到她对我说我们这二个字，我心涌神奇之感，慌乱，然后一股快慰从天降入颈背，是青苹果的酸甜味入背。章青与巫婆对视，然后巫婆看田妖精一下，我就很快明白，这是章田的故事。田妖精也激灵一下，也不为人知地浑身一抖，手又不自觉地拍打了我一下，我又明白了，他是在想他才应该感到这话的神奇，他才应该慌乱。

吴起同学，外号谓语，因为初二时，他对谓语的研究近乎痴迷，言必称谓语如何如何。他读完初二后随吴妈妈转山东省青岛，读海边学校去了，吴爸爸是个资深技术专家，是厂里总工，还待在厂里。吴起决定在七月初的厂庆晚会上朗诵法国诗人兰波的诗《醉舟》。说来，这则关于法国诗的消息传开自厂开水房排队等待水烧开之时的喧闹中。那阵热气腾腾里，打开水的众高一同学因不太懂法国诗人兰波何许人也，所以不多议论。只有巫婆听到法国这二个字的反应是睁大了眼睛，她的大眼睛快要从眼眶里掉出来了，她那样子被同学们认为她很像法国巫婆。

管开水房的李师傅，苍老而硬朗，大声说，你们武昌省的人不要讲什么法国，法国有多大嘛，开水房一样大点的地方有什么好讲。他来自成都省，喜欢夸大他所知道的所有城市。他说，青岛省不错，我去过，海鱼特别好吃。

吴起从青岛带来的干比目鱼是吴家岗闪闪发光的财富，较之我们吃过的咸带鱼，是神奇的海味，且应是全唐诗里出现过的海味。他的回来是我们高一班的大事，唐老师心里脸上更是隆重，眉嘴飞动，到处说吴起这是回到唐诗里来了，说去年初三班成立唐诗小组，可惜没有他的参加，这次补他加入。吴起住在临江边的厂车队宿舍，厂司机周公双对吴爸爸的尊敬对吴起的喜欢和爱护在厂里是出了名的，从小学到中学，他彷佛就是吴起的专职司机和保卫人员。唐老师最后组织起自己一个人大步走到厂车队宿舍，虽然一个人前来，他走动时身姿右招佐拉似的，像是一群人过来了。他分到了最后一条小干比目鱼，摆出一个扛都扛不动的样子把鱼放到肩颈窝那个位置扛回家逗小儿子去了。

吴起的到来，真真地揭起了中国的历史画卷，春秋列国，轰烈对峙。当年著名军事家吴起来楚国变法，骑着战马，目光中有痛苦有喜悦。吴家岗顿时变成了吴国，厂车队宿舍顿时变成了吴国的车队宿舍。

从生活区到厂车队宿舍，是一条杨树路，路边杂生着花味略臭的夹竹桃，那里夜晚昏暗的路灯下，谈恋爱的男女总是歪歪倒倒。吴起同学的到来，这条路上人们的走动顿时显得很雄壮。或许历史上，吴起的军队真的曾在这条路上连绵不断地走动过。厂车队宿舍隔壁是林业局车队大院，那里树木参天，树下停放着大排大排的运木卡车，吴起常常隔院背手长久相望，眼光越过运木车队朝向大江上游，喷涌思古之情。

吴爸爸说过：给儿子起名吴起，是为了吴起不被忘记。

吴起八岁才上小学一年级，因为他七岁时双亲都在监押中，耽搁了。所以他虽与我们同班，实则大我们一岁，但看上去，他白净净嫩生生，眼神纯净，倒像小我们一岁。我们本以为吴起已经将名牌大学提前考上，报上常有类似报导。却不料他提前成了一个诗人，爱诗也写诗。

我们四人沿着杨树路来到厂车队宿舍。这次，因为有女生到来，吴起拿出他的第二个闪闪发光的财富，法国诗人兰波的诗《感觉》：

在蔚蓝的夏晚，我将走上幽径，
麦芒轻轻刺痒，彷佛在做梦，
脚底感觉到清冷。
让晚风沐浴着我裸露的头。
我什么也不说，什么也不想：
无限的爱却从我的心灵深处涌出，
我越走越远，像吉卜赛人一样，
漫游自然，如有女伴同游般幸福。

田妖精抢着要朗诵，他拿过吴起的笔记本，像闻干比目鱼那样闻了闻，一读，打动了自己，他叫起来说，这么神奇！章青吃惊，惊讶地看着吴起。巫婆也真正变成了法国巫婆，拧着眼睛看人。我跑到车队宿舍大院里，四处张望。吴家岗景色新鲜，小狗小猫神色慌张，院中树下有多个悬停空中摇晃的毛毛虫。

　　至于那首叫《醉舟》的诗，吴起说比较长，让我们到时在晚会上仔细听他的朗诵，越是人多吵闹的地方他越能读出那个意境。

　　章青较浓的眼睫毛微微上扬，她坐在那，不动中有微动，双手压在大腿下，听这诗的第一句她就凝住了。后来她开始傻笑，然后又凝住，分明心里有所思有所想也。过了好久，她评说，这可以说是一首精美的法国人写的近现代唐诗。

　　我言不由衷地说，吉卜赛人就是巫婆。

　　回路上，田妖精和巫婆对视。法国诗打动不了巫婆，打动巫婆的是法国巫婆。巫婆耸耸肩，凶凶地，似在帮章青对田妖精说：哎，你还是去死吧。

　　章青在市里读书的一年来，我和田妖精互发现对方对章青猛烈的关注，当然，我早知道自己是个陪衬。我们各人家里已经说起了很长时间的搬家回武昌的事，就定在了暑假里，我发现，田妖精和章青的对视随之也变样了，变急迫了。章青家，文革中被抄过，而众多来吴家岗棉纺厂安家的普通武昌人家并无此荣耀，我家来吴家岗只是因为当时妈妈所在单位胡乱分配下放指针吧。

　　就像公共汽车开到吴家岗终点站，你要下车了，心里期待有一个急刹车使自己和对上眼睛的人儿撞到一起，很急呀。来吴家岗六七年，就像是一次漫长的乘车之行，武昌就是我们回家的终点站，我期待着，但我知道我和章青撞不到一起，在武昌，我家和她家离得较远呀。我猜得出田妖精一直在捉摸回武昌之前如何与章青说话谈心事，一直在捉摸如何把她捉了，他急呀。在武昌，虽然田家和章家离得较近，可武昌太大了，丁上是碰不到她的呀，而她肯定会进只招好成绩学生的武昌实验中学，一眨眼就会有新的男生围住她。

我们看到，1979，年轻的成人们似都已成双成对，或渐渐成双成对。

我和田妖精每天早晚都约着一起去开水房打开水及早上到食堂买馒头，路上特别喜欢讲事，快速穿梭在人群中，快得像厂里布机车间的梭子一样。现在，每当谈起有关章青的话题，一开头他又紧急刹住，惯性使他时时撞到路边的香樟树上。章青拒约会，田妖精有很多心里编了很长时间的话在就快要冲出口时被急刹住，害得他走路都走不稳。

厂生活区宿舍楼家属楼与开水房之间的是一条香樟树路。香樟树路与吴家岗公共汽车站之间的是一条长长的泥巴路，多年来，泥巴路上多次散洒过碎石渣，但每当大雨倾盆，仍是泥泞一片，正如当地顺口溜所说，晴天一把刀，雨天一团糟。

棉纺厂实行三班制，白天黑夜，生活区路上都有三二成群的人走动着。我们俩时时深夜还在香樟树路上走动，走动得还很快，像车刹不住。

田妖精朗读兰波诗的那个晚上，我俩神游，神魂颠倒，猛勇前冲，好像脚下的路是一条无尽的下坡路。

2、漂流

　　偏午，女生结伴来江边看男生冲洞，女同学中有叫菊花和桂花的，远观。有她们的远观，我们冲洞就更过瘾一些。靠棉纺厂的这段江岸岸线溜圆，泥滩水边一线绿萍随浪起伏，或轻沾软泥，或随浪浮远。

　　立夏日早过了，但人总觉得这还是春季的最后一天，不断的春季的最后一天，大地树绿花红，阳光满含烟霞，蝴蝶时来扇你耳朵。

　　偏午，长江颇有情怀，烟波江上起红光。

　　我们照例先找石片来打飞漂。

　　田妖精与吴起在江边竹林前打八步拳，打完后，勾肩搭背，摆个姿式让周公双拍个照片。女生们远观，神情姿态也都有摆出之感，比方巫婆似是有意做出一副厌恶的样子。章青似根本就没看见习武者，她放眼大江，看江风流转。江波流转，章青眼波流转。

　　树荫下，章青用手轻轻朝上给自己扇风，巫婆用手朝下给自己扇风。

　　江堤内外满是稚嫩的蚕豆苗，浓浓的蚕豆花香起起伏伏，香味是那么的浓烈，似都可以看见花香味如雾缭绕。土垒的江堤老旧，可以说是从古老的楚国时堆起来的。吴起来了，楚国就成立了。

　　我们欢跳，脱去衣服，年轻的身体和几千年前年轻的成年人身体一样，青春即复古也。

　　吴起在江边四处眺望，走过我们身边时不停地对我们讲将来中国会怎样。

远远的，吴爸爸坐在厂车队宿舍的树下读《参考消息》报，聚精会神，皱着眉。吴起走回去也坐树下看书，微笑。他天生不喜欢江水的腥味，从小就不在江里游泳，他天生就喜欢海水的咸味，希望有一天大家一起去青岛游海水玩。

　　临江溪从漫漫无边际的丘岗群中蜿蜒而来，渐渐流入平地，独在吴家岗江边碰到一座长条型丘岗，这一条丘岗天生一个腰洞，丘岗形似拦阻临江溪实为迎接临江溪。临江溪上游建有蓄水水库和小水电站，所以水流时大时小。水流小时，洞中水不没膝，水流大时，水流满洞灌冲而入长江。水流大时，水到洞前，巨流陷落，水冲出洞后，龙滕虎跃，绿花花地狠砸长江。

　　江面通畅，天空荡洋，树林荡洋，小草荡洋。

　　堤边椿树林里，田妖精换衣时多裸了一下，刚好远远被假右派新婚不久的老婆透过摇晃不已的椿树林枝条看见，我看见她正想摘一枝青叶，看向年轻成人的目光十分平静。田妖精赶快穿好泳裤。我心里一闪而出的想法是：可惜不是章青看，田妖精吃大亏了啊。

　　同学木头人跑过来，说女同学其中主要是章青看到了田妖精的裸体。这是鬼都不信、鬼都在听的话。木头人，每个学校一定会有的最少一个的一个外号，而被称为木头人的人，他就一定有天生叫人好笑之处和意想不到的一些怪招。

　　这次，临江溪来水太大，且吼声怪异，只田妖精准备从上洞口下冲，其他人走过洞顶直接从下洞口下水游玩。这水好像也是一年中来水最大的一次，也是同学们最愿意让田妖精独自下水的一次，就让他再次单独表演给女同学们去看吧，他多次这么单独过。而女同学们只是图个走动，那里真看个什么。

　　听说自己裸身被偷看过，田妖精一愣，然后有些哼哼。他仍和小学初中时那样是一个调皮捣蛋的家伙，当然眼神有变，脸也长成最精美之时。他的眼睛是二只双眼皮的眼睛，热熟。而我，一只单一只双，单的那只眼睛虽已经有了慢慢变双的情形，但不知何时成型。脱裤一看，我的仍还是包皮一个，他的漂亮，能完全翻出，饱满鲜嫩。这会儿，我看出来他有些伤心，因为章青就在不远处走动。成熟了的伤心就是忧郁，他脸上有这种说不太清的表情。非常清晰的是，他脖子上有蚊子咬出的红疱，腿上有皮肤过敏生出的红疱，脸上有尖尖的红白青春痘。

一股狂风猛烈闪来，像巨手一拧似的，掀翻了行至临江溪洞前的一只帆船。混乱和呼叫声中，田妖精冲下洞来了，其他同学从下洞口跳入流水。江面上人影浮动，却没看见田妖精露面。他没有如通常那样在离岸边三十米的地方冒出头来。只见侧翻的帆船上一一溜出好多个南瓜到江面漂着。我看见似乎离岸边约一百米的地方，他正被水中一个大起大落的南瓜挡住了。而后，那些南瓜不是被捞起来了就是漂不见影了。

吴家岗，一直有人说冲洞一定要死一个人的。田妖精就真死一次给人看看？男生起哄，说田妖精死了。江面上哄哄杂杂，上行和下行的帆船加入了对翻船的捞扶，不知道田妖精是不是正在捞扶之中。女生们本来已经跑到江堤后面的一排葡萄架下去了，这边起哄说田妖精死了，她们根本不相信不理睬，一路走回生活区去了。我猜不出田妖精到底跑哪去了，也下水去帮把木船往回拖。我还向木头人打听，他坚持说田妖精只是躲起来了，说只要田妖精的衣服还放在原地，人就还躲着。

吴起来棉纺厂的前一个星期，厂整理车间彭主任去吴家岗火车站送人然后失踪了。彭主任失踪的头二三天，厂里人都浑然不觉，工人以为他出差了，厂领导以为他只是埋在车间不露头，但她爱人终于哭哭闹闹起来。有人说他是偷偷溜上火车而去，有人说他是送完客人后下江游泳远漂而去，有人看见他是从吴家岗公共汽车站上车而去。十分爱惜彭主任的厂长含糊说他可能是按计划到上海某棉纺厂取经去了。彭主任夫妇是厂里最美最遗憾最坚贞的一对，结婚多年没孩子。夫妇俩爱在丘岗和江边散步，高高胖胖的二个人走到哪里都是人群中的中心。他们夫妻恩爱，连丈夫去市里开会妻子也要到吴家岗公共站接送。彭主任的失踪搅动了棉纺厂。江边走动的人们听说田妖精可能也失踪了，都说，田妖精又来凑热闹了，说每当有什么坏事出现，田妖精就会加入其中，炸响一下。

临近傍晚时，西天空霞光万丈，雁群飞停其中，江面非常平静。人们发现田妖精真不见了，疑惑慌乱之色从一个人的脸上扩展到了很多人的脸上。跳绳队女生一个接一个来到岸边，在岸边一个接一个哭了起来，像一个接一个上午台跳绳一样，快轮到章青哭时，木头人抱来田妖精的衣服，说，田妖精是躲起来了，我把衣服送去给他。众人都非常惊奇地看着木头人，这是他很显重要的时刻，脸上那略带一点厌烦的表情像是木刻一样。我猜，或许田妖精已趁乱上岸溜走了。

隔天一班的重庆至上海的客船从上游开过来了，白白的方方的，船灯初闪。有人胡猜田妖精已经爬上这艘客船去了。

田妖精选了一个家人都不在的一天冲洞而后不见了。那天，田妈妈和田姐去距吴家岗长江上游三五十公里处的国内著名大型水电站工地葛洲坝看技术员田爸爸，田妈妈非要田妖精一起去，田妖精非不去，理由是要陪同学吴起玩。

外厂的人路过江边，他们以为发生了一个高考失利而自溺身亡或自然溺亡的学生的故事，他们的议论声中，椿树上的麻雀惊飞惊跳，对此深表讨嫌。

彭主任是厂里的红人，工作很是卖命，厂里经常大会上表扬他从不三班倒，而是整天扑在车间里。但没孩子的他心里很苦，他忽然失踪，人们猜到他是对棉纺厂厌倦了，对吴家岗厌倦了，对妻子厌倦了，对人生也厌倦了。扎在一堆的人们说说算算，历年来棉纺厂失踪的人不少不少，最后重现的人少之又少。这次失踪一个车间主任再紧接着又失踪一个高一学生，轰动性大大增加。人们说要是全吴家岗的人都失踪了，那就是世界性事件，那才好玩。人们又说，失踪一定是失踪之人自己最想要的。我看出人们脸上近乎欣喜的种种表情，我想，是吴家岗更想要彭主任和田妖精的失踪吧。

岸边躁动了好一阵，厂里男工们张罗着要报厂保卫科，要找船来下滚勾搜水底。木头人把田妖精的衣服放田家门口，然后跑到江边转来转去地说田妖精就藏在这里那里，那里这里，弄得人们信也不是不信也不是，弄得他对自己说过的话收回不是不收回也不是，他脸上略带一点厌烦的如是木刻的表情则很固定了。

田妖精冲洞失踪，唐老师最着急。傍晚到天黑，我独自去打了一次开水，路上，看到唐老师穿梭走动，从香樟树路到放露天电影的木材场到学校操场到江边，步伐沉重。我恨不得给他穿双铁鞋，让他把路踩得嘣嘣响，好让田妖精听到。幸好木头人在江边很坚定地宣布说田妖精回家睡了，睡着了，唐老师这才没有把路踩穿。他那穿梭，快得也像厂里布机车间的梭子一样。

我也快速穿梭，到处找田妖精，也想在路上看到章青，却也一直没见到她，只碰到走走停停的巫婆。巫婆隔不一会儿就跑章青家报一次信。

田妖精家所在的楼下，三二成群的人在议论著。家属楼每家每户的正门上方都是带有窗口的，我和木头人多次敲门不见回应，就爬上门从那窗口朝里看。想到他一向爱藏起来玩，说不定他这次就藏在自己家里。

月朗星稀的夜空渐有些模糊起毛，地面空气热闷，我和木头人都对脸色凝重的唐老师说，已经看到他躲睡在角落里了。我和木头人也真的看见田妖精家的猫从田妖精睡的床边窗口回家了，猫是那么的自在，晃了一下又从厨房窗溜出去，然后又溜回田妈妈房间然后又溜出去。我们反复捉摸，讨论，轻声呼喊。忽然，我们听见田妈妈房间一声茶杯响，这才勉强说服自己放心，分头回家。

早上天刚蒙蒙亮，唐老师又来到田妖精家看，他只看到了我和木头人。我和木头人已经又爬了好几次田妖精家的门，从门上窗口看到，确有铁茶杯翻滚在地下，应该是它造出昨晚的响声，好似是田妖精叫鬼把它推下地的，骗了我和木头人。早上，有人在楼道里生煤炉，浓烟滚滚，我和木头人被熏得眼睛红肿。唐老师伤心着急，不情不愿，脚步沉重地又来到江边，要找人打捞田妖精。他双手猛烈空捶胸前，他胸前如果真放有一只鼓，一定会被快速捶烂。厂广播室播出寻找田妖精之语，厂广播里出现的田妖精三字十分的生硬。这一来，我开始相信田妖精真的是藏在长江水面下的某个地方了。他这会在厂里出名了，因未知踪影而出名。香樟树路上，不断有人说田妖精出事了，有新来厂不久的青工问田妖精是谁？一路上听见人说：就是那个武昌伢，那个武昌来的。

路上，寻彭主任的人的走动着，谈论着，寻找田妖精的人走动着，谈论着，二拨人在路上汇成一拨，热烈分析着。木头人代表坚信田妖精只是藏起来了的一拨人，神奇的是，巫婆代表坚信彭主任肯定是出差取经的一拨人，只是她的代表性不够，人们不太注意她，但彭主任妻子把她的话当稻草捞，追着她问，"追得她只好躲得远远的，但躲得再远也会被追到，被追到后，二个女人搂在一起哭哭哭，旁人一安慰，巫婆又说是为田妖精伤心。

　　衣民伯伯家，章家，田妖精家，巫婆婆家，还有黄家吴家假右派家，原是住武昌蛇山下至东湖边的并不认识并不相往来的人家。我记得我家买菜去大成路菜场，巫婆家和田妖精家也在大成路菜场买菜，我们三家在武昌住得最近，但田妖精总是强调他们家爱去花园山菜场买菜。章青家在花园山那一带，那座小山上，豆豆虫最多最好找最好玩，章青当然去山上找过大把大把的豆豆虫。70年代初，武昌司门口附近的小孩们喜欢在桥头铁路路轨上放铁钉，等路过的火车把它压扁成小刀，田妖精放过铁钉，衣民伯伯也放过。

　　一晃，在武昌读后长丁小学、人民小学及水果湖小学的学生们现要回武昌去读三十三中或实验中学或水果湖中学。家人期待我们回武昌后成绩会上去，会考上大学。田妖精和我有时也豪情一涌，大多时候心里却是惴惴不安。

　　吴起一家，真正的武昌人，家却是从青岛辗转各地最后搬家来吴家岗的。吴妈妈在青岛的某军工研究所工作，算得上科学家。吴起家族，国共二党里都有将军，吴爸爸近亲里却尽是国民党这边的人。吴家，武昌近郊望族，书香世家，吴起讲古最有资本。我们都相信，他们家就是春秋时代吴起将军的后人，细说起来，他爷爷1949年前一直靠土地出租和养蚕养家。

　　吴起与吴爸爸，一直算是个家庭唐诗小组。吴起初二时写有一首描写武昌蛇山的小诗：

　　　　武昌卧蛇山，万千人环行。
　　　　鄂西吴家岗，鸟虫绘云影。

吴起回忆武昌，给我们最难忘的是，他说武昌是放大了的吴家岗。他在青岛回忆吴家岗，又觉得吴家岗是缩小了的武昌。他说武昌和吴家岗二地都有古典中国美，都有古典楚国美，都有古典中国苦，都有古典楚国苦。

　　我们刚来棉纺厂时，学校只有教师办公的一二间房子，学生自带小板凳露天上课，树下、路边、堆棉花的临时堆场等都可以是教室。一下大雨，全校都挤到厂食堂上课，三班倒的工人抢着买饭时，我们书声震耳，和风声雨声人声赛一赛。后来学校借用工棚、堆放过纺织机器的仓库棚做教室，棚外杂草如树，我们从中认识了各种昆虫，最令人难忘的当然是打屁虫。等教学楼东一栋西一栋做好，学校终于有了一个规模，我们这个班同学也长大了，政治形势也变化了，满丘岗满江滩满路上都有了男女公开恋爱的情形。初三时，课堂上唐老师对比裴多芬和唐朝诗人白居易的爱情诗，令我们哄堂大笑，笑完后心里对自由和爱情充满了向往，向往完了后，我们到处躲着玩，一藏一整天，也没人找也不用找。我们曾经藏在棉花仓库里出不来，曾经藏在木材场上，藏在烂泥湖中一排排天棚一样的茅草丛中，也曾藏在丘岗的小树林后的坟场里，藏到同学互相找不到。有时，藏到我也不知道自己在哪了，藏到妈妈们都说藏呀藏的藏不见了怎么办？

　　现在，田妖精真的藏不见人影了。

　　初三，唐老师成为我们的班主任，在班上成立唐诗小组，责任心高涨的他整天灌唐诗塞我们耳朵，老是说唐朝诗人就在我们身边漫游着。相对应，男生顽皮，整天玩真假手抓屁塞鼻子的游戏，一时，班上成了打屁虫的窝了。同学们各人的屁是不同的，也就是说各人经常吃些什么东西就打什么屁，如木头人是蚕豆屁，我的应该是红苕屁，田妖精的是扁豆屁。课间十分钟，屁来了，学生用手在屁眼处接住放出的屁，悄悄地放在某某的鼻子上一松手，闻屁的人就像是上钓的鱼一样挣扎摇头，恨不得自己快快有屁回报。更妙的是，没屁把手放别人鼻子上一松手也效果奇佳。这游戏盛行一时，忽停止，不好玩了，是因为各家伙食忽然好些了，屁忽然不那么臭了，不那么分得出屁种来了，也因为人一下长大了。班上只剩唐老师灌唐诗，只剩下女生疯玩互挠胳肢窝。她们互挠时，时而像是被风吹翻的树叶，起一片哗响，时而像是缩成一团的豆豆虫，滚落到一堆。

唐老师最讨厌我们念从武昌带来的顺口溜，即：民办（子弟）学校坏又坏，棺材板子钉黑板，坏货老师来教书，教的都是大肥猪。他也确有一次念课本念出天天分（盼）月月分（盼）这样的句子来。

唐老师在课堂上喜欢大挥手，说唐朝诗歌像空气一样是免费的不受限制的。他还说过，起码你们可以藏在唐诗里玩。他一说这些话，吴家岗唐诗论坛就雄伟而庄严地诞生了。

但班上唐诗的光芒只真正闪烁了三二个月，这正是那唐诗小组活动的时间。

后，《少女之心》手抄本流传来了。好在手抄本与唐诗不是一回事，美妙处没有互冲。路上有了万元户的招摇，但同学们没概念不大关注。高考的压力来了，但很轻，反正子弟中学绝大多数人也是考不上的。有次，数学老师上课讲应用题时画自来水龙头，班上外号问坝的同学大叫，太像了。是太像，大家哄堂大笑。同学问坝课堂上公开讲夜晚的遗精，说是闹钟响铃一般自来水龙头一般叮叮叮叮地哗哗哗哗就出来了，全班男生轻声哗然，女生低头瞪眼。课间十分钟，问坝最喜欢发誓说从未以班上女同学为手淫的对象。他从小范围讲，到大范围讲。听这话的男生越不吭声，问坝越开心。偏偏田妖精有次来劲，他讲自己也做那事，但一直心里只想着一个人。那是我们中学里最精彩的一次课间十分钟，男女生相隔不远，大家似乎都听见了，但只有问坝和我盯死了田妖精看，问坝露出迷惑不解的样子，而我一下就知道田妖精指的是谁，他脸色清净，眼神硬朗。就在那个中学时光最精彩的课间十分钟里，就在教室外的走廊上，男生一边，女生一边，问坝大声说，早晨醒来时硬着那是肯定的，但是跑到丘岗上也硬起来，跑到江边也硬起来，就太流氓了。这是因为我和田妖精承认过自己喜欢在丘岗和江边骚起，问坝才这样说，才想着让女生听见。问坝如此敢说，让我和田妖精又是惊慌又是欣喜。我俩扭头看女生中的章青，她眼色清冷，只顾扫视着青溜溜的丘岗。

问坝后脑壳突出，侧看他的头部，活像个问号。

后来章青转市里读高一，班上的唐诗小组解散，唐朝诗人漫游而去了，我们和章青之间本就隔着玻璃般的同学关系也就又有些疏远了。男生们有时特别的烦燥，有时心中满是诗情画意。问坝同学，有一段时间对唐诗十分的反感，说唐诗主要是失意政客的牢骚之作，他一时只喜欢岳飞的那种壮怀激烈。

最后的一批知青被招回厂来了，其中有我们班上同学的几个哥哥，他们闲逛，穿着快过时的大喇叭裤扫路，偶享偷鸡煮吃之乐。他们一碰面就学着男工粗口话互问：你又躲到哪里找女人杀逼去了？

木头人找田妖精找灰心了，说，只怕他是找女人去了，藏得真死。

清早，我去丘岗上找田妖精，我就不信他真藏得住。丘岗也是吴家岗男女欢喜故事发生地，一对对男女从公共汽车上的搭讪相识到来丘岗上的小棚里抱在一起到结婚到生孩子，其中被偷看到的在丘岗小棚里相缠的情景说来大同小异，实则千姿百态，细节生动，百看不厌。越过丘岗小棚，是大片的和长江江面一样宽阔的状若巨浪起伏的松树林。

我倒真愿意田妖精是藏在这片林海里。

与其说我是怕田妖精真的死掉了，不如说我更想找到他后听他讲讲到底溜哪去了。后，我到卫校找，到菜田里的玉米地找，到生活区食堂澡塘及车队宿舍找，然后又返回丘岗找，穿梭在这四大区域。

盛产桔子的秋天是可以期待的，丘岗满坡桔子树上满是黑油油的小果果。

从长江上游江空漂来一大片乌云停在丘岗上，空中非雾非雨，落下了一阵蚕丝般的水丝，细细亮亮，在丘岗轻织帏幕，虫鸟纷纷飘起。

就在我又来丘岗小棚找田妖精时，就在我心里几乎要接受他真的永藏江底时，在丘岗上，距离那么远，我看见二辆公共汽车因误点而一起朝吴家岗开来。我看见田妖精穿着宽大的短裤从开在前面的那辆《黄鹤楼》公共汽车上下来。车一个急刹，接着田妖精像一只小虫吧嗒一下掉出车门口。他朝厂车队宿舍走去。我这个时候在这个地方能看得那么远，是我偶然的能力，是着急时的能力。然后，在我往丘岗下冲跑动时，我看到田妈妈和田姐从第二辆《春望》公共汽车上下来。田妖精果然是选对了选准了妈妈带姐姐去爸爸那里探望而不在家时玩了这一次死无踪影的冲洞。这是星期一上午，请了半天事假的田妈妈和田姐刚好此时回到吴家岗。当然了，下坡冲跑时，我又勃起了，佩剑一样。

田妈妈和田姐一下车就被人呼喊，先是问她们看到田妖精了没有，后是说田妖精可能出事了。她们走在通往厂生活区的泥路上，尚未伤心欲绝就已欢天喜地，因为有我跑过她俩身边，大声喊出了她们爱听的田妖精一点事也没有的话，她们差点跟着我一起往厂车队宿舍跑去，只是我跑得太快，她们跟不上。我从丘岗上下冲，若有冲洞般的快慰。

田妖精回来先到厂车队宿舍，要首先看看吴起的反应。吴起，读书一夜，欢喜，一点也不相信田妖精会永藏水底，周公双只把木头人说的田妖精藏起来了的话告诉他一次就行了。他一直沉浸在书中梦中，周游世界幸会各色人群。

我快速冲进吴起的房间，像临江溪的流水冲洞冲了进来。

田妖精的故事是：他在江中随一个南瓜远漂，却全程感觉到法国诗人兰波的诗《感觉》中漫游大地的美，无限的爱从心里涌起。他被冲进长江后，出水抬头就碰到一个南瓜，正好藏它的侧面。但很快，他就和南瓜分开了，他下漂得比南瓜快。他仰浮水面，只露出鼻子，在长江的波涛里，岸边人看不到他的鼻子，天空如果有人，也看不到他的鼻子。他本想漂个半小时就上岸，可又迷迷歪歪，觉得漂浮着进入到了兰波诗中的那种境地，轻轻的迷恋，有力的前往，似有一个女伴引导自己长漂。他心里有冲动，身体有冲动，觉得最冲动的是浩浩长江，漂近狐亭那地方时，江水跳荡汹涌，差点把他掀上岸去。接下来怎么办？接下来会怎么样？他又漂了很远，像坐公共汽车不想下车，感觉自己快漂到大海了，半夜天黑透后他才下了一个坚定的决心，只当自己真是一个妖精，就要回去捉章青。而想到女生会哭，他笑死了。他相信章青不会哭，她哭了就不好玩了。他知道章青那句让自己去死，只是一句狠了一点的拌嘴而已，自己听得懂，自己失踪远漂也只是一句狠了一些的回嘴，章青应该也听得懂。至于彭主任的失踪，田妖精承认自己的漂流确也借用了那位老大哥的悲伤，他说，任何一个人，在吴家岗呆久了，会烦死，会逃到天涯海角去。

他说，有那么一瞬，自己心里也有突如其来的颓废，一种很美的颓废，很想就此消失在人间。他说，越觉得兰波的诗美，就越觉得颓废有味儿。漂流中他先上了一艘顺水下游的木船，半夜又换了一艘上行的帆船，并睡了一觉。船上，他喜逢爱听吴家岗棉纺厂故事并经常驾船驶过吴家岗棉纺厂江边的船民，一路欢声笑语。他下船前找船民要了一条大短裤衩穿上，借了一双拖鞋，在玻璃厂附近江边下船，坐公共汽车回到吴家岗。

我觉得，田妖精一夜之后，说话文绉绉的，用了很多以前从来没用过的词。

田妖精对吴起说，诗正是他在漂流中的思想题。漂流中他的理解是，唐诗的美早已与山川河流合为一体。兰波诗的美早已与自己的身心合为一体。田妖精认为，是巫婆所说的点天灯与酒精让自己开了口，公开了对章青的那个意思，是兰波的诗让自己在漂流中感觉欢喜到欢喜极了而上帆船返程回来。

吴起说，人的一生，最好是一部历险记。最为历险的经历就是去做一个诗人，而不是一个士兵。他笃定要考上大学，但那不是主要的事。他说，做一个诗人是有风险的，做一个热爱诗歌的人也是有风险的，甚至，除开政治因素，这个做诗人或热爱诗歌的风险也在，如同长江漂流有风险一样一样。

对于田妖精的漂流，吴起很是佩服，将其拿来与杰克伦敦小说中的著名一漂相提并论，至少这也是吴家岗著名的一漂啊。

田妖精飞快地讲完了自己的漂流，吴起飞快地总结了一下自己的人生。我在田妖精眼巴巴的注视下飞快跑去找在卫校午蹈房跳绳跳了一上午的章青。我对章青的讲述里又添油加醋，说田妖精这次不是胡闹，而是被兰波的诗《感觉》迷住了，后，他在昏迷中漂了很远，和死了一次一样。我把田妖精所述内容说了一遍又一遍，每次都略有不同，等于是说了田妖精是舒服漂流又说是凶险漂流。各种状况章青都信，各种沿岸奇景她都信以为真。终于，章青软软坐到地板上，放上跳绳，说，不算什么，我都可以漂很远很远。我发现，虽然有男女生之别，二人的眼巴巴的眼神在那一刻十分相像，二人的眼睛细看长得也是一样一样。有了这个发现，我一时心服口服，死心塌地，就帮陪田妖精追捉章青吧。

我又次说到田妖精喜欢兰波的诗时，章青反驳一句，说，他就喜欢吹牛。

上午，田妖精跟着帆船上行，与棉纺厂江岸边大感惊讶的人们打招呼，岸边站着厂里有名的七次郎和几个刚被少女之心手抄本震撼过的少年和年轻的成年人。七次郎号称可床上一夜欢七次，他说，田妖精能漂一夜长江，比我厉害多了。岸边，唐老师及着急的人们一哄而散并大骂田妖精。这个上午，厂保卫科还专门抽人来江边处理问题，来人还先与唐老师吵一架，看到田妖精出现后，此人更是把唐老师臭骂一顿，要不是木头人在岸边高大的椿树间绕来绕去激烈劝说，二人会激打起来。

田妖精喜欢待在厂车队宿舍，这里暂住着吴起，是吴家岗的一个临时主席台，是一个制高点。这里有中国历史和法国诗歌的完美结合，或者可以说，你是从中国历史一下跳入世界历史，犹如是从临江溪冲进长江。和吴起的对谈中，田妖精总是保持挺胸抬头的姿式，对应窗外的江天一色。

吴家岗，在吴起眼中，在我们眼中，是漫长的郊游地和松散的流放之地。

吴起看遍俄罗斯小说，觉得吴家岗江边的狂风可吹到西伯利亚流放地去，西伯利亚的狂风也可吹到吴家岗来，二地狂风相连。

丘岗与江边，到处看得到儿童尖叫飞跑和少年狂奔呼哨的情景。

吴起说，从这些个情景中，足可看到人类的伟大。

3、跳绳

田妖精失踪的当晚，章青一直没出现在寻找的人群中。第二天早上，她到卫校找许老师借午蹈房跳绳。许老师是文革前著名男演员之妹，哥哥刚刚复出，他所演出的电影刚刚一一解禁，吴家岗的人们热爱名演员，一直期待着她著名哥哥的到来，据说，这个夏天，哥哥一定会借在湖北境内拍电影之机来看一下妹妹，甚至会带剧组来吴家岗拍戏，这消息早已传遍吴家岗。许老师和章青早就在吴家岗急刹的公共汽车上认识了，是那种大姐姐和小妹妹之偶遇，后时有往来，又加上田姐在读卫校，章青成了卫校的常客。

清晨，章青独自走过木材场，穿越烂泥湖，走向丘岗，然后，她的身影融进卫校的白房子和树丛间。她经过丘岗下的一片菜地时，初升太阳撩起地表的薄雾。那是吴家岗1979年最美的一次清晨薄雾。薄雾柔嫩，十分钟内升腾起来，远看平整，近观，雾丝千姿百态。

这个清晨的雾气中有一种异样感，是少一个人的异样感，虽然是巫婆没有走在章青的身边，但我站在木材堆场远远看着她，觉得是少了田妖精。她走在含露水的烂泥湖小路上，一路上的茅草为她让路，一湖的花草被她搅动，或者说一湖的花草纷纷打量她，还有风儿轻轻追她而行。

田姐与章青和巫婆曾多次一起走在这条烂泥湖中间茅草高高低低的泥路上，田姐讲十七岁才可算在初恋的时间范围内，十八岁后只能算是恋爱吧。她就是十七岁和我们学校的数学老师好上的。这话恰被木头人路过听到，木头人还路过听说到那许老师因为十一年前的初恋而至今未有个男朋友，许老师初恋时正是十七岁，正是文革打打杀杀之时，故事挺惨，那男朋友被打死。

女同学都喜欢有个漂亮姐姐的男同学。我这个男同学，喜欢和田妖精玩在一起，多少也因为他有个漂亮姐姐吧。我喜欢去田家，喜欢听田姐说话，我最喜欢田姐大鸟扑腾着一般跑出门口飞下楼叫住路过的章青和巫婆说个话的情景，喜欢她们三只小鸟窝在一起喳喳喳的画面。

田姐说，人生很普通，但十七岁不能普通。这话让章妹妹听到后告诉了章妈妈，章妈妈不语，倒也喜欢章青和田姐玩。巫婆特别喜欢这话句，并把它当一句名言抄在笔记本第一页上。

章青在午蹈房跳绳跳了一整个上午。她跳绳时很是招风。当大风从窗口冲进午蹈房时，午蹈房里的挂历窗帘及报夹全都一片翻腾，如是扑进了一群大鸟，妖美异常。

上午，在卫校午蹈房，我与章青隔窗台对视，她明眸皓齿，浑身微汗轻湿。我赶紧说一句，我还在找田妖精，然后赶快走了。我又次跑来卫校时，很有些慌了，对她说，田妖精在找我，她脸色苍白，我赶快又跑开。我发现，她眼里也有那种渐渐成熟的伤心，那种可称为忧郁的神色。我明白，田妖精已经把她捉住了，可田妖精已经把她捉住了，自己却不现身，他真是一个有大法的妖精。

章青答非所问地说自己厂庆晚会要参队跳绳表演《花开缤纷》。

我和巫婆在卫校的操场上远远看着午蹈房，来了个有个短暂的讨论：跳绳，心情平静身体激动，跳完后身体平静心情激动。隔着午蹈房窗台，我还听到章青在停跳的间隔中自己跟自己说：跳疯了，跳妖了。

巫婆看向章青的眼光深遂，她说，我也要疯了，我也要妖了。

我在宿舍楼家属楼与开水房之间的樟树路上跑来跑去也是疯了妖了。

香樟树路边，有厂长及副厂长们所住的六号楼，窗下有高级烟屁股头。黄家诚家，在六号楼，他家有全厂所有人家中唯一的一部台式电风扇，黄家诚有选择地约人去吹，我和田妖精从来不去。巫婆家，她的谢爸爸，副厂长，会开车，偶尔开厂里的吉普车来自家楼下放，那车脏兮兮也光彩夺目，歪歪倒也威猛有力。四号楼：灾难楼，老是出事，有人自杀，有人跳楼，现有二个酒鬼流氓住楼上，在章青眼里，酒鬼就是流氓。我和章田各住一栋楼，三十九和四十一栋，这二栋楼已经离香樟树路不远。在楼群里，晚上常有一景，各家叫孩子回家吃饭，呼喊毛毛回来吃饭的声音此起彼伏，因为多家都有孩子叫毛毛。哥哥叫妹妹，弟弟叫姐姐，爸爸叫女儿。章家是妈妈叫女儿。章家有留声机，很早以前，我和田妖精去听过。现在，电视机出现了，准备搬家回武昌的人家却没有一家买，留待回到武昌后再买也。

当然，最经典的一景是那山呼海啸般的吵架。楼群里时有二家人全体出动对吵赛骂，路过的人挤得紧紧地围观，议论纷纷。这种吵架肯定会演进成赛骂，各样粗话加进去，看谁能骂赢。而这一景在武昌丁头巷尾最为常见，所以，路过的鄂西山区招进厂的年轻女工总是互相召唤说，快来看嘞，武昌人又在赛骂。

沿着香樟树路，排着厂食堂、开水房边和彻夜开放的澡塘。快乐的木头人初二时遇到一个大问题，他心事重重地告诉田妖精说知道有个地方有人偷看女澡塘。想到澡塘那里有自己的家人洗澡，田妖精去把女澡塘对面理发店楼上走廊处那偷看女澡塘的洞弄得大大的，大到可以钻进一个人的头，引起厂里保卫科的注意而被封死。在这香樟树路上，我们听到男工们就此事打比喻说：想钱但不能偷钱。我们亦在男工堆里听过一个精彩的关于性的说法，说骚，就是心中胡思乱想，犹如闷烧的草堆，浓烟滚滚却不得喷燃。路上还有一说，人还不如一对小猫随时随心情欢闹，随时交配随时取乐。

这个浓烟滚滚和小猫欢闹正是厂生活区里无处不见的情景。

木头人为寻找田妖精在宿舍楼家属楼与开水房之间的香樟树路上跑来跑去也是疯了妖了。

木头人，小时候是班上的豆豆虫，一打，就蹲地下抱成一团，很圆很圆，真像是我们在武昌花园山上的豆豆虫。他又是班上的醉心花，这花是三峡传说中的一种花，吃下喝酒不醉，整天哈哈。他原是一个十分木讷的男孩，自从他吹说自己吃过醉心花后，他变得整天兴高采烈，全班找他取乐。

1978上半年，初三。木头人被传是长期偷看女澡堂的人，是从理发店走廊处新开小洞偷看的人。田妖精知道后，鼓励木头人去弄弄，木头人学着田妖精的办法，带了一把铁锤，想去把那洞敲得大大的，好让厂里注意到然后派人把它封死。不料那个晚上在木头人敲洞的过程中，被蹲守的保卫科长发现，木头人只好逃跑。保卫科长见真的是小小木头人，想起自己和木爸爸的交情，竟也不快追，让他一溜烟闪进烂泥湖高高低低的茅草丛中，淹没在黑暗里。保卫科长以为木头人会自己回家，也就让人封洞完事，不料一整夜不见木头人人影，白天也不见人影。众人说他已经上火车去武昌然后跑广州去了，学校准备派人去找。田妖精坚持说他已经回家了回厂了，坚持说他就藏在某个地方。但一直不见木头人，连校长都狠批田妖精胡说胡闹。最终田妖精弄假成真，木头人还真只是在丘岗上的一棵树上躲起来了，说是看别人偷情看了一整夜，白天草堆里睡觉睡着了。

厂保卫科长专门来学校为木头人平反，说他是好意，是为了封死那个洞。木头人当了一个不那么好听的好人，从此他成了一个不那么好的好人。

男工们笑他在丘岗的树上通宵看热闹，把自己看弯看空了好几次。

一个盛传被偷看过的女工的男人说了一句棉纺厂的名言：我都舍不得看呀。

后来木头人成了专门陪跳绳队的男生，专门背跳绳队群跳用的长绳，唐老师偏要他干这个，给他信任。木头人叫苦连天又万分乐意，偶尔还会拉他的哥哥一起来背那长绳。哥哥叫石头人，脸上总是一付维护弟弟的神情，在我们面前，总是说一句话看一下弟弟。初中毕业就不上学了的石头人常回广西老家外婆家住，他说白话，以广东为故乡，以广东为傲。二兄弟常常在一起嘀嘀咕咕说白话，是呱呱叫的二个小广广。

木头人非常乐于陪跳绳班跳神。巫婆和章青对他也特别好，找了很多小人书借给他看，比如我们在小学就看过看烂了的《三打祝家庄》。

木头人对十二个跳绳的女同学示好，好几次请她们到家里吃木爸爸打的野味。木妈妈喜死了，觉得这儿子以后找媳妇不成问题呀。但男同学从不被请，木头人强调说是老妈请客。他家住二十一栋，楼下住着古家，三兄弟，老二初一，在子弟中学和章青妹妹齐名，今后或会是清华生。木妈妈也请过古家老二吃野味，很是怜爱，古老二和木妹妹同班。

田妖精远漂的那个傍晚，二十一栋满楼飘香，木头人家在红烧麻雀。自1977年以来，肉票虽尚未停止发放，但吴家岗菜场门外路边，拎着篮子或挑着担子卖鸡鸭鱼肉的农民渐渐多了起来。但不管红烧什么肉都比不过红烧麻雀香，路过二十一栋楼闻香的路人步姿之形状各异，但鼻子一收，是共同的动作，接着有人会驻足不前，有人会歪过身子闻过去，有人会摇头而闻，口水自然流出。这个傍晚，在木头人家楼上住的著名的乒乓球前国手头伸出窗口闻香，低头看见了正路过此地抬头闻香的著名的卫校许老师，二人眼睛一对上，只好礼貌对话，二人都是北方人，话音清亮悦耳。顿时，楼上楼下呈现出一幅同是天涯沦落人相逢何必曾相识的美景。著名球手家里的老太太问是谁，说请上楼，让来见见老太太。与许老师一番客气周到的家常话后，老太太听说田妖精江边冲洞出事，要去江边看看，说儿子说过，全子弟中学校就田妖精一个人打乒乓球动作最规范最漂亮，没训练过却像从小训练过的。老太太也是看着田妖精长大的，那要去江边看看。于是，木头人着急，下楼然后上楼，复又上楼下楼，然后宣布田妖精回家去了。

露天电影还未散场，木头人晚上十点前到江边正式宣布田妖精已经回家睡了。他自己也迷迷歪歪想睡了。

上午，木头人去卫校找过章青后，跑回江边，这时木头人被众人厉声质问，"他急辩说，我也是一个妖精，当然知道妖精的去处。他很郑重地说，是的，我看不到他，但听得到他。路上，急中，木头人流鼻血，碰到颤巍巍走在香樟树路上的前乒乓国手家的老太太，老人家说这是来倒经了，听得我愣愣的。

我俩，跑上丘岗去找。后，我又独上丘岗，总算看到田妖精从公共汽车上下来。

木头人去了江边。十点钟前，木头人忍不住跑来卫校告诉章青一个假消息，说田妖精回来了，好像正从江对面游过来。然后他又跑到江边跑到厂车队宿舍又跑到卫校转又跑到江边，猛地看见站在上行帆船上的田妖精。木头人在厂生活区和卫校之间来回穿梭传送消息，快得像厂里布机车间的梭子一样。最后他总算到卫校传了一个真消息给章青，他说一遍，又说一遍。章青轻声说，衣民已经告诉过我了。木头人说，不会吧，衣民能飞吗?

后来，我也惊奇，和木头人碰头一算，是他先在江边看到田妖精的，却落后从丘岗上发现田妖精并追去林业车队宿舍的我去找章青报消息。他终于想起来了，他从江边去卫校路过厂食堂时，闻到巨大的粉蒸肉的香味，停下来好好地闻了一大会儿，闻到迷糊而在路边树下睡着的地步了。他说，你想想，要卖给几百上千人吃的粉蒸肉一起蒸着，我又刚好跑到那个风口上，能不一下就把我放倒。

接着，巫婆跑卫校，和章青窃窃咬耳朵，像一对兔子拚打。

接着，唐老师也特地跑到卫校来，告诉章青田妖精回来的消息。他认为田妖精这个漂流算是一次唐朝诗人的行为，有一种悬念美，是骑青鹿之行，驾金龙之游，这话在章青听来很不妥当贴切，但也懒得去计较了。

彭车间主任也神奇地在厂庆晚会前归来了，人们在整理车间找到了他，他忙而不乱，指挥若定，妻子也神奇地一点埋怨都没有。人们传说，厂长包庇他爱护他，认为他是后任厂长的最佳人选。这明明是一次心烦意乱的独自一人的私奔，偏被厂长说成是暗自出访国内最好的棉纺厂之行。一种说法是，彭主任是在一连串的生产任务都达标后突然失踪的，他累坏了，突然觉得一切都毫无意义，于是变送行为独行，就在各城市之间不断换乘火车。另一种说法是，他是在累坏了之后忽然产生了欢喜的幻觉，变送行为旅行。还有一种说法是，他是和一个隐蔽的情人私奔而去，但中途又分手了。不管是哪种说法，我都相信他的失踪也是一种冲洞漂流，和田妖精有不为厂里人所知的心事一样，他身上一定有个不为我们所知的故事。

田妖精失踪和归来是厂庆晚会前的小高潮。

下午，我两打开水，楼下互喊，隔栋楼上章青肯定听得到。我们走动，前后是人，被围着问。也有人以为田妖精直接漂回武昌去了，本就是要回去的嘛，也有传言说田妖精漂回武昌又连夜坐火车回吴家岗了。人们倒是发现，田妖精真的长好高了。我发现，最兴高采烈的是巫婆，她像布机车间的梭子一样穿梭在路上，轻飘飘地快要走到香樟树的树尖尖上去了。人们喜欢田妖精和彭主任的失踪，更喜欢田妖精和彭主任的归来，故事开头好听结尾更要好听嘛。

打开水路上，我细细告诉田妖精自己所见所闻，我还大胆地添加说，章妹妹都问过我好几次，着急得很，那个小妹妹虽然狠得很，但还是知道着急的。这相当于男孩子喜欢把同伴往女孩子身上推的把戏。田妖精听得很舒服，大步走，飞上他家所在的楼上去，脚不沾地。

后，我看见，路上，章青和巫婆相约着打开水来了，章青名义上的将来男友黄家诚尾随了一小段路。章和巫婆互看的眼神特别热闹，闪闪闪闪像二对蝴蝶飞飞飞。田妖精又下楼来打开水，与章青对视，二人快速凝视一下，眼光如梭。

打开水的人们对田妖精说，快点快点，太阳要落山了，厂庆晚会要开始了。

香樟树路上打开水最勤快的人是木头人，他是个家懒外勤的家伙，在家什么也不做，也不喜欢待在家里，而在外，就成了一个十分热情开朗的人了，也就是说他在家是真木头人，出了门就是假木头人。有段时间，他几乎包了厂篮球队男队员们的全部的打开水任务，整月全天都拎着开水瓶在路上跑来跑去。

田妖精失踪的消息，厂篮球队队员们也注意到了。他们更关注的是田家要回武昌了。在路上，他们对木头人指着我们说，这几个要回武昌的伢长得很清爽了呀。这话他们几乎每天讲，我们一听哈哈，二听哈哈，三听去你妈的，再听心里也难受。大家一样，从来到吴家岗的那一天起，对这地方的厌恶倒还真谈不出高高低低，对武昌的怀念那是一直起起落落。

一位生长于武昌的厂篮球队员若有所思地说，你们回武昌后，在这里的外号就不会再有人叫啦。是的，我们回武昌后，或许就东飘西飞了。

搬家回武昌一事，使假右派成了我们几家人的中心人物。他在厂采购科上班，却也算总工吴爸爸的下级，因为购原料和机械配件，要由吴爸爸严格把关。假右派号称外交部长，他负责统一订购这一批要搬回武汉的家庭的船票。1979年，是人们从鄂西各小地方搬家回原来居住地省城去最多的一年，所以，长江上游往下游的客船票很紧张。搬家，因为家具笨重，船运较便宜。搬家的人家，约好每家一个大人带一个大一点的小孩乘船，一家二张票。假右派很快活地处于焦急中，带着新婚老婆走东家走西家地去传递船运消息，他老婆脸上很是有光。眼下，已经确定的是他自己家和黄家的船票订在同一天同一个航班，也就是说棉纺厂外交部长和十三级高干二家的船票落实了，其他正在落实。在各家，假右派和家长们畅谈六七八年前各自是如何从沙洋干校转来吴家岗，然后又折返回武昌带着全家老小和家具乘船搬来吴家岗的，遇到过的周折等，然后讲来到吴家岗后又是多么的不容易。

在我家，假右派对我妈妈说，说喜欢吴家岗怎么说也有些假，说对吴家岗厌恶也不全是真吧。假右派爱热闹，夸夸其谈，对我妈妈说他自己的右派问题总算是已经解决。我妈妈爱实际，说你不是最后也没有被打成右派吗？他大声说，嗨，档案里有一笔啊。他以前的重负现在反成了一份炫耀，藉以欢快泄愤。我妈妈赞他一句外交部长，他手一摆，说，我只是专门走后门，搞关系而已。

我妈妈说，几个小孩玩得好，让他们一起坐船回去是个伴呀。假右派真假难分地说，放心放心，那怕我这一家晚搬回，也要先把你们几家的票订好，让你们几家一起回，你们都是有小孩要读书的。不过，实在不行，你们晚一天三天的也不怕嘛。

田妖精爸爸，在水利单位工作，单位总部在武汉，人却是长江中上游走动，常年待在荒山野岭，田妈妈说他就是一个魂，到处飘，即不是吴家岗的人，也不是武昌的人。田爸爸现在工作稍固定一些，就在离吴家岗不过四十公里的长江上游处的著名的葛州坝水利工地工作。他工作积极，曾三过家门而不入受工地表扬，曾一二年都不来吴家岗看看家人而被棉纺厂的人骂死。古传大禹为了治水三过家门而不入，田爸爸深得其传，自得其乐其苦。这个三过家门而不入的典故也是厂里人调笑田妈妈的一句话。

所以在田家，假右派对田妈妈说，这次一定要老田跟船搬家回武昌。他还说，我和你家儿子一样，恨不得先从长江漂回武昌。他还非要发感叹，说自己右派问题总算是解决了，田妈妈善解人意，陪着一阵叹息，弄得他拍胸保证说田家船票优先，优先，票数可以三张而不是二张。

在巫婆家，假右派对谢副厂长极其客气，表示已经说好再订到一张和黄家自家同一航班的高级舱位船票，他说，我们三家人一定要一起回，是个纪念。他感谢谢副厂长在自己的政治问题上一直都给些帮助，谢副厂长哈哈哈，说自己还没最后和武昌原单位谈好，还要看一步。

在章家，假右派与章妈妈热谈各自家庭历史，说这个平反了那个已经死了，等等。当谈到章爸爸的问题复杂，很难落实政策解除劳改，他当场表态，我争取要把你家的船票和我们订在一起，一起回武昌，是个纪念。他感叹，若不是搞运动，自己起码也要做个科长了，好在右派问题已经解决了。章妹妹专门就此事对我们说，他只是姓贾而已，也就是个假右派，想必姓贾的人都喜欢弄假成真。说来，章妹妹是多么聪明伶俐而又尖锐的一个的女孩子啊。

章家原是个大地主，假右派也是个大地主的后代。我家也是山中地主，爷爷有土地和山林。抗美援朝题材的一部电影《铁道卫士》中，有几个想反攻倒算的地主在密会中，念念不忘自己被收去的土地，其中一个用一种很猥琐的样子反复说：我那二百响地。我不知道别人心里是不是还想着要回自家的土地，我是一点也不想我爷爷那遥远的土地和山林，我只想回到我的出生地武昌、我十岁前一直在那里生活的武昌。1979年年初，中共中央宣布给地主富农摘帽，我妈妈专门告诉我今后不用担心了，田妈妈专门告诉田妖精今后要努力读书，章妈妈专门告诉章青，今后靠自己本事了，谢家则避而不谈，他家是好出身的一家人。

假右派在各家强调说吴总工和厂长也很关心这事，强调走后门送礼物也要搞到每家的船票。领导也是希望大家要能一起返回武昌，要和长江亲近一下，要和荆楚大地亲近一下，要快意返回。所以，假右派说自己在争取包舱。1979，大好生产年头，货运紧张，他早就想好要把众人的家具和厂里的成品一起包舱运武昌。他早就知道只有包舱才能解决问题，但他偏要让大家先着急着急。

厂里仓库保管员老国，原武昌税务局工作，厂里放行，但他在省城武汉一直联系不到单位接收，且他家大女儿也已经在棉纺厂工作了，很难全家搬回去。

当人们在路边议论田妖精的失踪时，老国逮住四处奔走寻找自己学生的唐老师，说自己决心就在棉纺厂上班到退休。他郑重其事，专门对焦急中的唐老师送一下欢乐，意思就是，你看，我就一直在棉纺厂陪你了，朋友相守吴家岗，有朋友就是武昌。老国家有三个单眼皮女儿，单眼皮易显愁容，好在他家常有民族乐器扬琴声响起，叮叮当当。扬琴配单眼皮，颇有唐朝风味。他家老二与我们同班，眼皮是很单很单的那种，也是她家里最单最单的一位，最闷。她一手毛笔字写得极好，抄写唐诗时脸上真有一种古典美。老国家在香樟树路边楼栋的一楼，我们每天打开水都反复路过他家，路过他二女儿的窗下，她每天都练写毛笔字。一天，我们瞟见她开始画水彩画，一片紫色。每次，她注意到同学在扫视着自己，身体更加丝纹不动，但她的眼光则总如含羞草被触碰了一样收缩着。她与章青，相互很礼貌却不多来往，但当班上有女生语带嘲讽地议论章爸爸劳改之事时，她一定开口转走话题。

4、唐诗

　　1977年某夜，厂仓库保管员老国值守仓库，一时兴起，出仓库大门沿厂内围墙漫步，月光下夜诵贾岛的《忆江上吴处士》，被一位新进厂的小青工听到了，觉得其神态怪异，报告了厂保卫科，说可能是个小偷或特务。保卫科派人跟听，却认定他就是一个潜伏的特务。事情上报到厂部后，特务之嫌被否，反动之心坐实。隔天他受到了厂里大会上的点名批评。当部门小会又作出对他的批评时，他解释说只是一首唐诗，根本不是与台湾的国民党遥相呼应，不盼望什么，更没有焦急之心。他的解释激起主持小会的小领导的怒火。一来二去，这事在厂里闹大了，厂部规定他必须写检讨贴在食堂外，向全厂工人检讨。他写了一篇文字花哨的检讨，口气更多的还是反驳。倒是检讨书上的一手漂亮的毛笔字，叫人啧啧。大小领导都生气了，开批斗会吧。批斗会地点在食堂屋顶上的平台，就在他那墙贴检讨大字报的上方。

　　批斗会当天上午，冬日骄阳，阳光如丝。有一个小青工在仓库趁老国忙着点新入库的棉花时，找到他的一本新笔记本，上面写：当你无法远行，细读唐诗。当你受尽耻辱，细读唐诗，当你命悬一线，细读唐诗，当你欢欣鼓舞，细读唐诗。"

　　这四句话要命，保卫科的人又气死，因为你是个原国民党党员。

　　我们初中学生正参加学工活动，那个下午也被通知参加在食堂楼顶平台召开的批斗会。会上，吴总工始终无语，黄家家长始终抽烟，假右派嘴闭得紧紧，紧到嘴部突出成一个尖盘。唐老师在学生列队时告诉同学们说，文革都结束了，这批斗也就是个惯性，和吴家岗公共汽车急刹车后的惯性一样。所以，这批斗没什么大不了，不要乱说话，跟着喊几句口号就行了。唐老师在会上听到老国民党员笔记本上的四句话时，颇为欣赏，又是点头又是晃腿。当听到批斗者之一念出《唐诗三百首》里并没有的《忆江上吴处士》全诗时，唐老师赶快闭目细品：

> 闽国扬帆去，蟾蜍亏复圆。
> 秋风生渭水，落叶满长安。
> 此地聚会夕，当时雷雨寒。
> 兰桡殊未返，消息海云端。

　　兼管采购科的吴总工，吴起的爸爸，厂里都知道他律诗写得好，历来厂宣传栏里的各种赞诗和批斗诗都出自他手。人们评说，他的诗风非常接近唐朝边塞诗人，他也曾在厂宣传栏里留诗，表达说吴家岗就是他的边塞，他要坚守。吴爸爸是个英俊的男人，与那些宣传栏里的诗相比，他那常常刮得青皮溜光的下巴、常常高傲地扬起的下巴更为显眼。被养在棉纺厂的高干和有特嫌的黄家诚爸爸，平常只和吴爸爸散步，全厂一直相信黄爸爸会平反却一直未有实质的消息，这个散步散了六七年。这个散步，偶尔假右派也加入，三人在丘岗坡下和江边堤上走动，其中假右派总是保持落后一步的距离。

　　批斗会上，老国民党员解释说，我在等我自己的消息，意思是自己等待自己心里的一个消息。

　　这话一出，引哄堂大笑，吴爸爸和黄爸爸也附和笑笑。老工人和青工群起激辩老国民党员，说消息只能是从很远的地方而来，你自己和自己有什么消息？你只能是说你在等国民党的消息，而一个从闽那个方向来的消息，不是台湾的消息又是哪里的消息呢。接着口号呼起来，手臂挥起来。

他那笔记本上，最叫厂领导愤怒的是一句，标语上墙，唐诗上心。

场面凶险，但我觉得没事，心想老国只是在扮演一个老国民党党员，不会真被拉去捆绑，更不会拉去枪毙。他早已见惯大大小小的批斗会了，他已经历过举国大战天下变局。在厂里，人们早已简化了他的历史，简称他这个国民党为老国，觉得他好玩。我们学生在批斗现场只当是在看露天电影。

老国，嘴比屁股沟还要大，相丑，天生一付生活艰辛的形像，他越艰辛，旁人越显得荣光，所以要批斗他。他的二女儿当时也在场，她脸色平静，一如在窗下写字画画，眼睛低垂着看手。

屋顶批斗会进行到尾声时，老国认错认错再认错，但一个青工又找出新问题，说老国是唯心主义者。这时，青工陶晚，厂里美男子，文宣队员，钳工，从离地高约六七米的食堂顶上平台一下跳到一棵路边树上，手伸进一个鸟窝掏了掏。田妖精看了不服，也一下跳到了那树上。这个二人跳就此结束了批斗会。人们夸赞陶晚和田妖精，夸说他两一跳五六米远，是二只鸟脱胎来到人世。

后来，一些车间级标语到厂级标语，大大的毛笔字，老国参入写写。

从此唐老师对老国家访不断。正是那段密集的家访，使唐老师的唐诗理解能力大为长进，课堂上不断修正自己对唐诗的讲解，比如杜诗"青春作伴好还乡"中的青春，原来他理解的是指年龄，后修正为景色，再比如李商隐诗"世界微尘里，我宁爱与僧"中的宁字，原来讲解成宁可，后修正为为什么要。他不断地对唐诗做各种修正，被其他老师称为唐诗修正主义者。

一个风起云涌的雨后初晴的午后，唐老师在吴家岗公共汽车站路遇老国，互问。问题竟是，如此美妙的清湛高远的天空下，那种失去政权的哀愁真的有过吗？而多年前的国内大战和然后的文革真的有过？问话感染了发话者唐老师自己，他仰天发呆，好像要浮离地面了，老国也很受用，也朝天仰望，想浮上天去。是啊，唐诗中有很多哀伤的诗句，但看唐老师和老国的样子，做诗人并不是很伤心吧。

我和田妖精当时正好在吴家岗公共站瞎转，见此景，马上为路边的青工们表演唐老师和唐诗。田妖精模仿唐老师的诗意满怀的表情很到位，吟诗的样子是他被老婆压扁在身下的那奋力挣扎状。唐老师盯着田妖精细看被模仿的自己的表情，越看越开心。唐老师说，喜欢唐诗比什么都好啊。

我和田妖精多次在路上有意无意中尾随到他俩，吴家岗就像个池塘，人们就像游鱼，闪闪乱转，时而追尾，时而碰头。在这乱转中，唐老师深刻体会到老国心中的万般无奈和整个一生的羞愧，并时时要与我们分享他的体会。那情景有点像二条大鱼游着，二条小鱼或前堵或后随。有次，我们尾随唐老师和老国，他俩分手时，我们被唐老师一个转身碰到，田妖精发问，"老国会不会自杀，唐老师说不会，因为深深迷进唐诗的人，活得好好的，却已经达到自杀的目的了。田妖精问，"这话是吴爸爸说的吧？唐老师说，不是，是老国自己说的。

课堂上，与老国有了深交的唐老师说老国是个将守着唐诗了此一生的人。是幸还是不幸？唐老师颇有大师风范地说，国家不幸诗家幸，个人不幸诗章幸。

对学生，唐老师近乎凶猛地强调说，野火烧不尽，春风吹又生。白居易十六岁写下这二行名句，你们现在十六岁，是吧。

这个是吧二字，鲜明如火，坚硬如石。

恰此时，假右派被厂里某领导心血来潮点名，被临时借调来学校当初中语文老师，但没上几次课，他就又搞关系把自己回调到厂采购部去了，所谓蜻蜓点水也。他倒是在一个课间十分钟的闲聊里，很适当地建议唐老师在学生中成立个唐诗小组。在走廊上的那课间十分钟休息时间里，当着学生的面，假右派的这建议像打火机点火一样，把唐老师整个人点着了。

唐老师激动得浑身上下摸拍，手像火苗一样。

1978年春夏，唐诗在初三班火了三几个月，我们整天摇头晃脑吟诗，同时男同学们一无例外地练打响指，伴奏一般。其中，章青不爱红楼爱唐诗，使学校的女老师们叹息，使唐老师经章青得到章妈妈对很多唐诗诗句的精解而变得叫人刮目相看。巫婆兼爱唐诗与《红楼梦》，但她只是爱红楼中的衣服，喜欢弄得身上五颜六色。

唐诗小组成立，章青和田妖精被唐老师第一第二点名参加，他俩也确实很给唐老师面子，不光能背下很多首唐诗，还有妙论。章青说，唐诗人中，李白是天上神仙，杜甫是地上圣人，灵感取之不绝，天和地供给不断。而贾岛是用生命写诗或者说迎接每一首诗，最为执着，是最令人钦佩的个人奋斗。

唐老师反复捉摸章青和章妈妈的一些话，终于有一天在课堂上宣布说，唐朝诗人一直在大地上漫游着，这种漫游你平时察觉不到，但当你进入了唐诗的意境中，它就真真切切地展开了。他说，现在，贾岛漫游到了章青那里。章青听了大吃一惊，赶快抱自己一下，一时深怕有古魂灵附身，过了好半天她才回神来，说，确实是感觉到了古诗人的漫游，但他们主要是在吴家岗公共汽车站那里漫游吧。她差点就拂了唐老师的好意。田妖精第二天来班上就说昨晚梦到了贾岛，说得那么真真切切，说是梦中和贾岛一起在吴家岗公共汽车站那里走动着推敲着。唐老师大为感动，就说贾岛从章青那里漫游到了田妖精那里。章青大喜，对田妖精说，那就让你吧。而我坐在我的座位上，扫视他俩，一点都不怀疑田妖精是借贾岛来喜欢章青。我喜欢以己之悲欢度他之哀喜。同学问坝的评价说得好，说，田妖精就是一个妖精，还用得着梦贾岛，就变贾岛吧，就直接做那漫游途中的贾岛吧。也就是说，田妖精直接喜欢章青不就得了。

田妖精喜欢闹，连学唐诗也能闹得欢。

章青在唐诗小组负责抄黑板报，她背对我们认真抄写，字迹流畅，黑发如云，肩背轻颤。田妖精总是一旁拿着粉笔盒备她取用，她总是一手抄写，一手拿着稿子，手指缝里则早夹备着一只粉笔。

田妖精负责组稿，他总是只组到章青一人的稿子。

章青和田妖精还共同发现了唐诗与跳绳惊人的一致性，人在绳圈内出神出彩，等同文字依平仄起午。男同学中只有田妖精跳绳得最出神入化，也又妖又疯。

整个所谓的唐诗小组，主要也就章青和田妖精撑场。所以，有次，唐老师在班上当着众人的面喷喷嘻嘻地对章田说：我老婆蛮看好你们俩。正当章田二人脸喷羞涩时，他说出后三个字，使句子完整成为：我老婆蛮看好你们俩的学习。

一天，唐老师上课迟到。玩笑一下的机会来了，田妖精上台扮唐老师讲唐诗，田妖精扮相生动夸张，还未开口就已让章青脸上挂满傻笑。章青的笑声不是太响亮，但很清幽，引来了校长在教室窗外观望。田妖精对唐老师的扮演，使那些我们本来会忘掉的有关唐诗的话语就再也忘不了啦，比如下面这些个段子：

中国每个地方都有一首相对应的唐诗，武昌对应的是《黄鹤楼》。田妖精加一句补白，说这是唐老师从假右派那里听来的。吴家岗所对应的是哪一首唐诗呢？是贾岛的《忆江上吴处士》。田妖精模仿唐老师，手在空中大大有力一切，劈柴一样狠砍下去，说，我们在等待一个消息。

章青的座位便于她观察门外，她帮田妖精看着走廊。当她低声说校长走过来了时，田妖精更来劲，哈哈一笑，闭目说一句：秋风生渭水，落叶满长安。

校长在窗外听着，脸色温和，并不走进教室制止田妖精。田妖精接着又来一段，他先扮假右派，手指按在嘴巴上作吸香烟状，后扮唐老师，拿着粉笔当烟抽，说，人一生说来主要就是男人和女人的结合及人与诗的结合。这也就是你们与整个人世的结合。因为假右派是个老单身汉，田妖精一说到男女的结合，特挤一下眼睛，全班哄堂大笑，连窗外的校长都笑。

被扮演的假右派还说，为什么说钱乃身外之物？政治却又不乃身外之物？女人却又不乃身外之物？田妖精摸仿完这一句，作手势猛把用空气做的烟头扔向窗外。校长真闪身一让。

被扮演的假右派又说：人一生应该有二次初恋，一次是爱上一位女孩或男孩，另一次是爱上一首诗。爱上女孩或男孩或会分手，爱上一首诗则是永远。田妖精插上一个旁观者对假右派的评价，用手捂着嘴说，这样一个人哪里找得到老婆哟。

同学问坝跑上讲台对田妖精鼓掌。然后恭请窗外的校长进来给同学们讲话。

校长喜欢讲的是中美关系，一如唐老师一生最大的成就是成立初三班唐诗小组，校长一生最大的成就是讲评美国的总头子尼克松及卡特来华访问和中美建交。由于校长是个老福建人，福建普通话口音浓重，美国的总头子，听来是米国的总猴子。他在台上大讲了一番米国的总猴子，最后回到问坝邀请他讲话的主题上，说人最幸福的就是一生有二次初恋，若一次都没有，人生不幸福，跳脚吧。若只有一次，人生不完整，也跳脚吧。校长在讲台上站得定定的，问田妖精是否对某首唐诗有了初恋的感觉，弄得田妖精一愣，然后连连摆手，教室里爆发出哄堂大笑，那大笑声烘托出田妖精那在双耳边摇摆的双手活像风中树叶活像风中风铃。

校长强调和解释说，为什么说一个人一生可能有二次初恋呢，因为我们中国人，不仅是人，还是诗人，所以，二次初恋。

校长补充说，不是说写诗的人才是诗人，爱诗的人也都是诗人。

校长又补充说，人，一定有第一次碰到心心相印之人的甜美，诗人，一定有第一次灵魂被诗歌击穿的时候。

同学们哈哈大笑，听出这分明是校长在模仿假右派说过的话。

这些有关诗歌的话语多来自黄家诚爸爸与吴爸爸的对谈，经假右派与老国和唐老师对扯，传到我们班上，还又有校长的一时兴起之论证之表演，足见吴家岗1978年前后刮着的中国古典之风之猛烈。

当时，厂里还刮起一股简化风，比方谢校长被简化为谢校，唐老师被简化为唐老，假右派被简化为假右，使棉纺厂人有一段时间过得很舒服。后来，似乎还是形式主义占了上风，简化风退，但我们有时用一下简化称呼，还是很舒服。

谢校对我这个农民伯伯在唐诗小组的活动成果独有关注，好几次在路上或在学校操场边逮住我问，"你最喜欢哪首唐诗呀。被他一再追问，＂我终于准备好，准备他再问我时就说贾岛真的很亲切很厉害，比方他那首《寻道士不遇》，用字一流。我也曾在空无一人的教室讲台上说，贾岛，你像个鬼一样！而从临江溪冲入洞中冲进长江时，我能猛然体会到那种寻道士不遇的妙境和心追随之之身心舒展的快意。当我真想好怎么回答谢校后，他却再也不问我这个问题了，彷佛早已经从田妖精和章青那里知道了我的答案，碰到我只是眯眯笑，像个老猴子。

　　唐诗的确给我们增添了很多快乐。
　　有天，唐老在课堂上谈兴大发，讲唐诗，说你们全是诗人的后代，也全是帝王的后代，全是古代将军的后代，这里是唐朝的吴家岗棉纺厂啊。同学问坝代表我们全体学生反问说，我们也是不是全是历史反革命、汉奸和强奸犯的后代呢。其实，那天唐老心中很苦，他老婆因为胖大，喜欢久久洗，老是去占澡塘里靠最里面那个位置，而那个位置被发现一直有人在对面的锅炉房上面偷看。
　　后来，他解脱了，曾学着别人的洒脱，说，我都没时间看呀。
　　唐老太爱唐诗，会不会吟也要吟，写得好不好也要凑几首律诗上厂宣传栏，上不了厂宣传栏，也要上校宣传栏，上不了校宣传栏，也要上班上的黑板报。厂里青工把古代的一则笑话编成了唐老的故事：
　　冬天，下雪，吴家岗丘岗很美。唐老蹲在公共厕所里吟诗，上二句是，大雪落满坡，乌鸦变白鹤。他想了又想，又想又想，下二句出不来。他的武大老婆在家等他吃饭，半天不见人影，跑来一看，还臭哄哄地蹲着，只好帮他补了下二句：风吹屁股冷，吃了再来屙。
　　唐老当兵，复员来厂，先当体育老师，后来，终于成了棉纺厂子弟学校的语文老师，并喜欢上研读唐诗。他和乡下老婆，二人60年大饥荒时曾讨饭，讨饭时大人相遇订亲。讨饭是唐老讲的最精彩的故事，只是讲来伤心，伤心，伤心。他无事就坐江边或球场边，在一众男人中热谈帝王将相李白杜甫、国内战争贾岛李贺、对越战争林彪孔子，我们嘴巴反讽他或附和他等等，心里还是蛮喜欢他的。

班上男生最放不下的是关于一生中的二次初恋之说。有议论变形，说一个人一生只有一次初恋，但会很多次被初恋。高二班男同学张戴维，花浪子，有自己的一个小圈子，游走在吴家岗及市里，玩得远，只有他做到了多次被初恋。他也打过章青的主意，但根本不被理睬，他也打过巫婆的主意，巫婆鬼脸吓人。与他相对应的离棉纺厂公共汽车三站路的玻璃厂子弟学校的高一班张英，是个花花的女花蝴蝶，到处谈恋爱，也是多次被初恋的角色。偏这二人互不恋一下，暗中的擂台比赛一样。

照假右的说法，很多首唐诗在每一代人中都成千上万次被初恋过。与诗的初恋是一辈子的事，与一位少女的初恋也是一辈子的事。我和田妖精经常讨论假右的这个说法，认为，好像与一首诗初恋一下很容易，与一个女孩初恋一下却很难啊，接着细细讨论，好像反过来更难，反正都难。所以，同学问坝经常讽刺说，唐诗小组变成了初恋小组。他每次说这话时，眼光都有意轻扫田妖精和章青。

学校操场边的小树上藏着一只逃飞来的小鹦鹉，章青最先发现了它，并坚决地求大家不打它也不告诉别人。它常在小树上听唐诗小组的学生歪着脑袋念唐诗，唐诗它没学会，倒是学会了叫一声田妖精。田妖精读诗时老是因为不认真而被章青点名提醒，加之田妖精三字好玩又好念，它学会了。有时，章青刚想点名提醒田妖精，小鹦鹉先帮章青叫出声来，而且声音很像是章青的声音。前前后后一二个月里，这只小鹦鹉夹在一群麻雀里伴陪唐诗小组，让田妖精老老实实开开心心。后来，麻雀群里不见了它的身影，章青很是失落。

1979年暑假，在厂车队宿舍，我和田妖精看到吴起的笔记本上有句子如下：谁是你的初恋女孩？谁是你的初恋诗歌？

吴起说这是和唐老师聊天后写下的。

唐老师专约重返吴家岗的吴起来教室聚会了一次。当吴起走到教室楼下时，唐老师在走廊上脸朝前方，别着喜悦的双眼斜看吴起，活像一条比目鱼，那样子叫全程陪同吴起的厂司机周公双哈哈大笑。那是一个热风阵阵的晚上，天空为了凑兴，给轰了一场雷雨。虫和蜻蜓停窗边观赏，但飞蛾冲锋而来，疯狂闹场。整个场景颇有点像《红楼梦》续集，是《红楼梦》1979年中的一景，是其一二千多回中的一景，因为，《红楼梦》里通篇穿插着诗会。女生穿红披绿，女老师金玉徐徐摇动绘有古装美女的纸扇。唐老师还约来古家老二背长长的《长恨歌》。小同学古家老二正是唐老师口中所说的唐朝之后唐诗会有新的诗歌高峰出现的证明。

唐老师首先很正式地向吴起介绍说章青的贾岛之评价和章田的贾岛漫游之说及衣民伯伯的冲洞如同寻道士不遇之说。吴起听了很赞成，脸上露出那淡淡的甜美微笑，一如从前他找出或听到一句新的规整的谓语搭配而欢喜。

他说：我也很喜欢贾岛。

吴起认为自己将会是一个现代派诗人。他初二时写的"武昌卧蛇山"那首诗不提了。一番唐诗讨论后，他把这次来吴家岗新写的一首名为《丘岗》的诗，交给田妖精念出：

丘岗是湖水倒映的云朵，
云朵是湖水倒映的丘岗。
这一刻我很想你，
我觉得我的全部和你的全部是那么的一样，
就像这丘岗和云朵。
我沿着粗糙的草路走上丘岗，
我一直走到了云朵之上。
云朵还会飘向哪里，
湖水会不会又波涛万丈。

　　念完后，田妖精的眼睛睁大睁小，收不住的惊讶像刹不住的车，幸好同学们热烈鼓掌，飞蛾轰地改盘旋飞行为不规则乱飞，田妖精得以脸浮微笑收场。他把笔记本还给吴起，并看向章青。听来这首诗文字很是精巧，诗意则一时难以捉摸。

　　田妖精说，这么神奇！是新唐诗也。

　　我和田妖精曾去江对面的鄂西高山游玩，那里有我的仿唐诗一首"肩上白云游，脚下小溪流，把手搂春风，远山仍深秋。"听了吴起的现代诗，我不敢提起它了。田妖精要提，要提，我只好站起来把它读了一遍。

　　吴起这次来吴家岗，一直有鼓励田妖精和我写诗的意思，他说，你们有那个诗的感觉。

　　我们的吴家岗竟然会出一个现代诗人，还不止一个。我有些震惊，摸了后脑壳，又摸耳朵，脑袋摸遍了后又开始摸胸口。

　　在巫婆把吴起的丘岗诗往黑板上抄写时，我端坐课桌前，心想田妖精、吴起、衣民伯伯，这三个人，将来都会成为诗人，岗上三诗人，长江诗派，漫步天下。或，我们算武昌诗派，我们都是来自武昌的人嘛。

巫婆也把吴起的诗念了一遍，然后走出教室门到走廊上发呆去了，一直点头微笑的章青也跟出去。

我想了又想，我感觉不是三诗人，没我，是二诗人。

田妖精也飞快对吴起否定自己，说班上只会出一个诗人，抒情的、反叛的诗人吴起。

可能田妖精心里也做了几分钟的天才诗人之梦，但，算了。他说，以后还是搞历史地理吧，我那天深夜漂流在长江里就是这么想定了。

我转而开做天才吉它手全中国流浪演唱演奏之梦，《行不通的路》、《卖花生》、《可爱的家》、等等。后来我又想，算了，我以后做个戏剧家吧，正是因为对戏剧是怎么回事还不太清楚，才只觉得这是一种极有厚度的事情，才觉得做戏剧家最好。我的戏剧梦尚影都没有，我倒是提前有了男女主角，即田妖精和章青。

唐老师把章青和巫婆拉回教室，说班上还会出一个女诗人的。

章青忙说，这，太重大的一样东西吧。巫婆帮着说：我们搬不动。这个问题上，章青从来不说：不算什么。

唐老师转而把眼光投向老国的二女儿，从来都不多话不多动作的她一下整个人像是被触碰到的含羞草缩了起来。唐老师有期待的眼光，但忍住没说期待的话。

吴起说，爱读诗的人或许比爱写诗的人更有追求。他是意指章青和巫婆吧。

我则认为，写一部好戏是最好的人生。我心里着急，很想赶快规划好自己的人生，我的心如飞蛾乱飞。

所谓现代诗，大家认为是一种猜想也。猜河水流动与星光闪耀的滋味。

这个说法和吴起的微笑像火一样烫着了章青和巫婆，她俩相对傻笑一下，又溜到走廊上去。而后，走廊上传来女生的笑闹，她们互挠胳肢窝，时而像树叶被风吹翻，起一片哗响，时而像缩成一团的豆豆虫，滚到一堆。

女老师金玉说章青更适合做一个女工程师，一个女高级工程师，巫婆去做一个工会主席吧。巫婆是谢副厂长兼工会主席的女儿。

章妈妈带着章妹妹找到教室来，说是家里来了一位武昌的刘姓老朋友，要见见章青。听说吴起到过北京，章妹妹问，"那你认识北京的刘阿姨吗？是我妈妈在武昌的老同学，北京有名的画家，刚来我家。这个等着章青回家一见的北京画家，为班上的这个小聚会增色不少，甚至一下拉抬了子弟学校的地位。

我心生小诗一句：人间多少事，诗中只一行。"

唐老师呵呵笑，说原来只以为古诗人在漫游着，现在，现代诗人也来了。

更叫唐老师惊异的是叶赛宁的那首绝命诗，他从吴起的笔记本上看了以后被震撼，说女生脆弱，不听为好。班上只剩男生时，吴起轻声朗诵，飞蛾也安静下来。

吴起笔记本上还写着，忧郁是人生的本色。幸好周公双及时拉走吴起，厂车队宿舍还有民乐队合奏及小酒等着吴起，这才使忧郁没有在教室弥漫爆发开来。

忧郁这个单词，本身具有一种魅力，好像你一直在寻找它，它也不时出现在人群和你的脑海里，直到有一天，你长大了，你会紧紧抓住它或被它紧紧搂住，你会觉得你要的和不要的就是它，你的一切都是因为它而展开。至于自由、法治、民主，宪政等单词，来的轰轰，却不及忧郁一词很真切地在我们心里落地生根了。就连吴家岗公共汽车站和厂灯光球场边的棋友们，谈棋论诗的老国、假右派、唐老师们，交谈的内容杂杂乱乱，目的则是交换内心的忧郁啊。

唐老师课堂上讲唐诗，有时神情忧郁，口气好像是在模仿田妖精，如下面的段子：在唐诗面前，人人平等。

他边说边用手在空中划一条平线，手边划过去脚步边移动，手一直快划到墙边。

唐诗一直在流放中。唐老师边说边摊开双手，波圈展开一样，并反复说田妖精的口头禅，啊，这么神奇！

唐朝的余辉经久不散。他双手如二只巨蛾不停地抖动，表现那余辉。

帝王的魔影若隐若现。他紧握双拳互击，脸上鼓起愤怒的双眼。

而古诗人也还在漫游。他说这句话时，一脸陶醉，藏起一双怒眼。

只要唐诗和热烈的男女之情还在，中国这个国家就还在。看上去，政治决定一切，实际是唐诗和热烈的男女之情决定一切。这二句话，唐老师多次强调，这是他自己对假右派说的而非假右派对他所说，对方非常赞成赞赏。田妖精最喜欢模仿唐老师说这二句话时一根手指头竖起朝天的样子，每当唐老师感概学生不知努力而社会上还有很多坏人国际上还有很多强敌时，田妖精就要把这二句话拿来说一下玩玩。初三一个学期下来，这二句话唐老师说了不下二十遍，每次说的时候他的手指竖起朝天的高度都要高一点，高到后来他恨不能脚下垫个椅子或跳上椅子。田妖精的模仿动作，则夸张到手指都串到天花板上去了。

对我最喜欢的贾岛，唐老师多有研究。他说，贾岛，后人追慕，一灯相传，形成诗派。唐老师听说有《诗人主客图》这本古书。他专程到市里的图书馆去借来和老国一起看，二人常常利用星期天的时间在教室里专心研究这本书。以至于田妖精和问坝二人在班上学老国和唐老师的对话取乐，把他二人称为唐诗研究会的会长和副会长。在唐老师的讲述中，在田妖精和问坝的模仿揶揄中，唐朝诗人四处漫游与人聊天，一个一个从吴家岗公共汽车终点站的公共汽车上下来，其中衣民伯伯我被说成最像那聚精会神推敲诗句的贾岛。

唐老师讲诗与普通人的关联性，说你总能找到一首诗与一个人的相似相配处，或者说一首诗会找到与之相似相配的人。他认为老国民党员和贾岛诗《忆江上吴处士》最为相配。初三毕业留念，唐老师给每个学生一张写一句唐诗的明信片，给田妖精的是贾岛诗句：秋风起渭水，落叶满长安。

给我定下：欲穷千里目，更上一层楼。他说，你不能只喜欢贾岛。

唐老师最爱的李白那句乘风破浪会有时，直挂云帆济苍海给了章青。

给巫婆：乱花渐欲迷人眼，浅草才能埋马脚。

给木头人：谁知林栖者，闻风坐相悦。

给问坝：人似秋鸿来有信，事如春梦了无痕。

他说应该给假右派：云横秦岭家何在，雪拥蓝关马不前。

唐老师在家偶尔也翻看普西金的诗集，他总是说普诗人也写出了另一种文字美。我们学生在他家看到的也总是另一种夫妻美，他老婆总是以手轻推他或虚推他，使他在家做完这个事又去做那个事，老婆的手势那么轻松，可以说他常常像个被老婆用扇子扇来扇去的泡沫壳壳人。

田妖精，倒也侧重唐诗中的历史和地理典故，他这二门课成绩较好，特别喜欢考古论证，并纵深到人体的考古，细化到人脸上的考古。比方说，面如满月，尖嘴尖腮各是来自何方何家族。每个人都是人类千年以来到现在这个节点的体现，是随生长的惯性而来，天下每一张脸都藏着历史。

正是对唐诗和人体上的历史地理之着迷让田妖精安静了下来，不再疯颠闹妖。高一时，章青转校去了市里，班上冷清了，田妖精也冷清了好一段时间，常和课本死呆一起。直到1979年6月他去车站碰到一次拥挤的场景显示了一下身手，从车上接下了章青，他又热闹起来，想约会章青，后甚至来个了大动作的冲洞失踪远漂，惹厂人忧心开心，引笑骂赞赏。

5、晚会

　　厂食堂即礼堂，卖饭窗口边就是主席台兼午台。食堂边的厂开水房，由李老头掌管，他识字不多读报多，最经典的一段读报是，西哈努克亲呀，王八狗日的到京，即西哈努克亲王，八日到京。开水房前，永远的盛会，市集般。李老头，把武汉分为武昌省、汉口省、汉阳省，那都是大地方呀，而吴家岗真正的大地方正是这排在一起的开水房食堂和澡塘。食堂饭味浓重，开水房热气腾腾，澡塘肥皂味四散。人群中听得到夫妻间吵架所涉的夜话，听得到车间交班过程中的生产语言，听得到有关国家领导人职务变动的小道消息，听得到三五岁小男孩凶狠的盖得住厂里大广播喇叭声的哭喊声，听得到有人议论说中国从此经济走资本主义道路、政治走社会主义道路，而且政治改革将势在必行。那政治上的传言，有炸雷般的声效。

　　我们走在香樟树路上，帮今晚要演出的青工陶晚拿着午蹈服和吉它及水瓶。我和田妖精从陶晚衣服口袋里掏出了个小笔记本，看到他在笔记本上新写下有这句话：生活中随时会有炸雷般的声响。"我们很希望生活中随时有炸雷般的声响，我们以为陶晚又知道了一个国家级的接近抓了四人帮那样重大的消息。我们马上停步，拉住陶晚，问他这话的意思，我们在众目睽睽之下，心中充满神秘喜悦。他扬着他那一头自然卷曲的头发，摇着手中的蒲扇说，是说我那妹妹的脾气和喜气，你们不知道，她高兴起来，唱歌掀得翻屋顶，生气起来，吼声震得掉窗户。他一向可惜自己妹妹没能得到正规训练，不然一定是个著名的女高音。陶晚是我的吉它老师，厂庆晚会的独午演员。他的妹妹晚桃，厂文宣队女歌手。他们的双亲一个姓陶一个姓晚，兄妹的姓名十分简洁温馨。

　　天空还光光明明，路灯已经刷地亮起。晚饭还在供应，路上已尽是来观演的人群。人群中有吴家岗棉纺厂国家级的名人的亲戚，如邓小平最喜爱的张姓夫人的弟弟，惜张夫人早年在武昌难产去世，这位本该身世显赫的弟弟带着二个刘姓外孙走在路上，一脸笑意。1971年中国恢复联合国席位，台湾的周姓外交部长率领代表团退场，这个历史性镜头在露天电影上出现过无数次，人们说那台湾的周姓外长的二老婆的儿子就在棉纺厂清花车间上班，这儿子已第一批高考考上东北的某大学，已成了棉纺厂名人，其老婆儿子还在厂里，这个夏天他回来度暑假，一家三口走在观演上，对人十分谦恭。人群中来自卫校的最后几个暑假中尚未离校的女生特别温柔端庄，目无旁视。

　　木头人的哥哥石头人走到香樟树路上来了，喇叭裤流行风潮已经过去，再穿之已不能让他开心，他顶着一个飞机头的发型出场，路上炸开了锅，有人身体躲开，有人眼睛躲开。章青名义上的男朋友黄家诚高考完回厂，说是考得不错，走在香樟树路上，左有人问，"右有人问，"问到他流汗不止。刚从乡下知青点回厂又暂未安排上班的知青们互抢军帽玩，他们有流浪四方的梦想，这梦想与考大学的梦想十分接近，都是远走他方，都有很大的难度。

　　厂里青工一群一群，一众当阳姐姐宜昌妹，一众重庆哥子武昌伢。

　　厂里著名的女青工花蝴蝶，在篮球场边对某个男子说：饿了吧。走在香樟树路上的她一直在说这句话，我刚听不懂，再听，懂了。好骚呀，她真骚得要死。

路上，走着好多个屁股口袋插一张《参考消息》报纸的干部和工人。

路上还走着来看演出的附近乡下人，他们礼性大，打赤脚，穿长褂。

路边，随时可见一对对欢闹的小猫。

1979年，夏天，厂庆晚会。路边，几乎看不到有人穿有补丁的衣服了，除了个别老头老太，他们还惯性地穿补丁衣。前乒乓国手带着他家老太太走来了，碰见卫校的许老师，非常客气温和，就差拱手弯腰相互致敬。许老师，活像一个年画上的女胖娃。玻璃厂女工乘公共汽车结队而来，冲冲冲，像是还处在那公共汽车的急刹车之中。她们发现棉纺厂厂庆还是老一套，没有交际午晚会，又一哄而去。生活区楼栋间走动着各年龄段学生之二拨人，一群男生，一群女生，串楼呼喊相约，勾肩搭背而行。

田妖精和章青各二拨人，走到香樟树路上时，有如走上午台，各有一个主角亮相的动作。章青亮眼亮额耳朵白，田妖精黑眼黑发牙齿亮。二拨人又像是二群游鱼，时交叉汇合，时又分别游开。

章青名义上的男友黄家诚，走向章青，章青不理他，巫婆劲头十足地伸手挺胸挡住他。黄家在吴家岗棉纺厂，干部级别高，但谈不上是很大的人物，而黄家诚总高人一等似的，黄爱穿假领配圆领衫，是独有一时的饰物。

三月到五月，田妖精穿出过全班第一双皮鞋，章青穿出过全棉纺厂第一件破背外套，虽然她已转校，仍是女生一拨人中站在最前面的人。整个1979年上半年的每个星期天，路上，这二拨人远远近近时有相逢。现在，天热了，皮鞋外套不能穿了，但二样漂亮衣和鞋彷佛都还在现场，主人都在嘛。现在，田妖精一件海军衫，清清淡淡。章青一件白衬衣，淡淡清清。

　　路上一个亮相后，章青一拨人去了学校换装化妆，准备上台表演跳彩绳，想要跳得比去年更好。我发现，从跳绳队女生换装到她们去午台后台等待，到上台，到表演后回校后再换装来会场，田妖精的眼光一直朝向章青的方向。即使他背对章青，他也似乎可以用后眼睛注视她。他用后眼睛注视章青时，前眼睛空空洞洞，眼中光芒已经移到后脑上了。我甚至回想到，小时候，从田妖精与章青来到吴家岗做了同学开始，他都一直是在用这种方式注视着章青，我觉得，章青和田妖精二人就是为了做同学才从武昌来到吴家岗棉纺厂子弟学校的，我也是。

　　棉纺厂子弟学校，一所低吟浅唱的学校，总有一对欢闹的小猫在操场一角，打闹交配，总有人在操场边的单双杆上摆弄自己的身体，上下翻飞。而男女老师，一无例外，分别爱着唐诗和《红楼梦》。

　　比如金玉老师，她身材娇小，脸形是潘金莲和某个古代淑女的组合。她在一个个早锻炼时身披红毛衣的形象深深打动了男同学们，她用这形象在吴家岗公共汽车上打动了一个东北军人，二人飞快成婚。时间已经离开红楼梦时代很远了，但她喜欢营造《红楼梦》气氛，尽量穿红色的衣服。厂里常有人说，只有看到金玉老师，才觉得棉纺厂有个子弟学校，因为没有《红楼梦》，一个学校不成样子。

　　比如唐老师，他只爱唐诗。在路上晃动的人影中，可看到唐老师和古家老二走在一起，今晚由他俩帮跳绳队女生拎开水喝。古家老二可以背出三百唐诗，唐老师总是找理由把他拉在一起，聊一下唐诗。厂里常有人说，只要看到唐老师，就觉得棉纺厂个子弟中学有多差劲，因为靠他讲唐诗，一个学校不成样子。

晚会开场后，我在后台看到晚桃脸上浮满胭脂坐着等待上场。我心中充满对她那炸雷般的声响的期待，我发现在我看到陶晚在笔记本里对她的描述后，她的面容更漂亮了。有段时间，曾有传说，晚桃会来当我们的音乐老师，我想，如果她来，会从音乐老师变英语老师，变化学老师。那本该是一段多么生动的师生乐呀，特别是那生活中随时会的有炸雷般的声响。

我忽对自己说真心话，如果说女人的裸体就是炸雷，那她就是最响亮的吧。

合唱和京戏后，好节目开始了。

陶晚一会儿帮人递个水杯，一会帮人整整衣服。他忽然停步打量我和田妖精，左看右看，说我和田妖精眼神都很特别，脸上有光，心里一定在想什么。然后他很亲切地在我们身边蹲下，在闹哄哄的民乐队齐奏声中对我们说他自己曾是一个极其害羞的男孩，不敢上课堂的讲台，不敢上台吹笛子，更不敢上午台跳午。他告诉我们，他中学时和一个女同学上床后，一切都改变了。所以说，午台和床是非常近似的二个地方。他说，你们和女孩子睡过以后，胆会变很大，你们需要睡这么一次来改变自己。民乐队表演后是女工群午。陶晚的话，叫我顿觉今晚的厂庆其实是我来吴家岗的周年庆，是一个停顿，是一个开始。我虽然还没有和一个女孩子睡过，也不知道要和谁去睡睡，听了他的话，胆子一下空自变很大了，心中满是宽泛的自信。我不动声色，只是轻轻点头。田妖精则假装很激动，在地板上打了一个滚，看上去像一对小猫在滚。

女工群午由厂里著名的暴牙女午领跳，她长得眼媚肤白，就是牙略有点暴突。她跳得十分投入，动作刚劲有力，一如大家暗自猜测的那样，她跳着跳着，午台灯光被跳熄了，全场欢声雷动，几乎每年她都跳熄灯光。我跑出后台，却看见是陶晚带着田妖精及一个电工在配电间那里做手脚。

接下来晚桃表演独唱《花儿为什么这样红》，果然，这一次，又是往年的那样，由晚桃唱炸喇叭，当然我知道这次是由陶晚和田妖精操作喇叭突然哑声。现场热烈哄笑，晚桃也很得意，重来一次最高音吧。

我也很得意，我独自去香樟树路上溜个来回，远看一下轰响的礼堂，远听一下厂区传来的低沉的机械声，远嗅一下厂整理车间飘来的浆整布匹的面浆味，心里很舒服很自信，觉得自己根本就不用急着和一个女孩子上床，自己倒是很期待眼前的这个国家随时都来个炸雷般的声响。那一刻，我恍惚觉得我所期待的中国在一个很遥远地方，而吴家岗并不在中国的版图上，我也恍惚觉得是1979年的中国在一个很遥远的地方，而吴家岗此刻的时间并不在1979年。是的，1979年的中国是一个非常独立的存在，和我们所处的中国并不是一个国家，它抽象美丽，遥不可及。

晚桃的压轴戏是《洪湖水浪打浪》，她一开口，台下的掌声就汹涌而起。吴家岗就是胜过天堂的地方，或者说，1979年加《洪湖水浪打浪》，世间最美，美得叫人掉眼泪。

节目主持人，整理车间主任老彭的爱人，面美身肥。老彭是小提琴手，高大清瘦，表演了独奏曲《三套车》，忧伤的小提琴琴声回述了他失踪或者说暗访国内最好厂家的前因后果，朦胧优雅、不可捉摸。他家住在章青家所在的那栋楼的一楼，门前窗后植有老彭亲手栽下的青树花藤。我们小学五年级的时候，受了厂里一些传言的诱导，我和田妖精曾去他家窗下听夜床的动静。我们，一对瘦骨皮黑的男孩夜蹲在老彭家的窗下，路过的人心领神会，掩嘴而笑。巫婆和章青上楼下楼，看到男同学如此，偏要大声叫出我们的名字来问蹲在那里做什么。我和田妖精窗下夜蹲，发现当章青和巫婆站在楼下青树边聊天时，老彭或是从厂区回来了，或是从家里开门走出来了，必会加入二个小女生的聊天，话题天南地北，身体的距离总是保持在二米左右，偶尔巫婆前移一点，老彭就后退一点，偶尔老彭右晃一下，巫婆也会和章青右晃一下。在寻找失踪的田妖精的穿行中，我多次路过也失踪了的老彭的家门，我发现巫婆总是站在不远处发呆，问她，她却说田妖精的失踪和彭的失踪有一些相似的地方，我烦燥地反问，"难道说田妖精会藏在彭主任家里或已经远在千里之外？巫婆当时显出特别的乖巧和成熟，说男人都一样。

老彭表演小提琴独奏时，主持人妻子深情地看着他，等待下一个节目上场表演跳绳的女生们深情地看着他，台下全体观众深情地看着他。是的，谁都听得出他的琴声只是在呼唤自己那尚未出生的孩子，一个男人不能哭泣时，可以用琴声表达，他的琴声就是渴望做爸爸的尖声呼唤。当他站在午台上，他的身分不是车间主任，不是小提琴演奏者，而是一个被凶狠地加以同情的丈夫，一个回归家庭回归吴家岗的好男人。我也深情地看着老彭，心想陶晚的午台和床是二个非常近似的地方之说此时确另有无限的深意。

当跳绳队女生表演单跳群跳长绳跳时，活力四射，午台就只是午台了。我盯着田妖精，他盯着章青看，章青偏偏只朝我看。田妖精便也不时盯着我看起来，好像我是个什么主角。

吴起的出场是从厂车队宿舍开始的，司机周公双穿着一双大皮鞋一路紧跟，到吴起听完报幕后走出幕布时，那双大皮鞋差点就跟着踏进午台。有老婆却像没老婆的周公双常说，老婆是床上陪的，吴起是桌上和路上陪的。周公双从小对吴起的伴陪，接近形影不离。这个陪伴与他由吴爸爸帮着安排当上司机并无直接关联，主要出自他对聪明少年吴起的喜爱。周公双是个一心一意想做英雄的人，他总是相信有一天会有十分危难的情形由自己一力解救，在公共汽车上抓个小偷或流氓并不过瘾，他要像他一直热烈崇拜的林彪元帅那样做点大事才好。他帮吴起转过信给田妖精，也曾专门到学校找我们转告吴起对我们的新年问好。他非常高兴田妖精与吴起亲密来往，田妖精趁机找他学开车，一次，车差点被田妖精开进长江。他非但不责怪田妖精，反而很有经验地对田妖精说，学车的人，发憷一次后，你以后就懂开车了。

吴起上台，根据厂宣传科长的意思，改朗诵艾青的诗：为什么我的眼里常含着眼泪。根据陶晚的意思，吉它作了道具放台上。

我和田妖精找吴起要来写有那首《醉舟》诗的信纸，同坐在后台的一张椅子上，头挤头地看了一遍。这首兰波诗新奇但不如《感觉》好懂，只是它一经在吴家岗被念出，那怕只是在这午台后台拥挤的角落里被念出，你就觉得1979年虽还谈不上有什么翻天覆地的变化，但古老的封建专制的中国真的是在这一年结束了。

接下来，众人起哄让厂长表演个节目，他说没准备什么，就来个诗朗诵吧，来哪首啊？一个武昌人说《黄鹤楼》吧，厂长说那就把这首诗送一下下个月就要调回武昌的一批同事们吧。他以前在厂庆晚会的台上总是朗诵七律《长征》，这次他欢声吟诵欢乐版的唐诗《黄鹤楼》，他大获成功。唐老师鼓掌最响最长，他站起来，鹤立鸡群，他的鼓掌动作是那么的大，扇出的风比得上墙上的排风扇。

一看到唐老师站起来，我就想到了他的关于唐诗是捉美抓骚之说的一个实例。学校老师中也很爱唐诗的中学数学老师把田姐恋了，捉了美。数学老师参加了高考，报了市师范学院。数学老师最爱念一行白鹭上青天，二个黄鹂鸣翠柳，这句唐诗春夏秋冬皆可用来赞赏吴家岗景色，皆可描述想念心上人的心情。此刻，午台上歌午闹腾，台下不见田姐和数学老师的踪影，二人这会多半是正在丘岗上的松树林里听风看水，捉美抓骚。

陶晚的独午更显捉美抓骚之情，他表演《梁祝》，梁山伯独午，思念祝英台。他有一个动作是几步猛冲然后如苍鹰悬立万丈深渊上，俯瞰山下，后腿飞扬着。他自编的这个独午，在如行云流水般的午步中穿插一些空翻侧翻，用来配合脸上欢喜悲怆幸福绝望之类的表情，在解禁不久的梁祝乐曲的伴奏下，引起阵阵惊叹。日常与陶晚多有来往的上海老女人在台下哗地流下热泪，她的泪水如是滴在湖面激出波圈那般让身边的人们纷纷松开让开，看上去，以她为中心，形成一个波圈，一时台上台下二场戏，再看，台上台下是一场戏，好像这个上海老女人就是祝英台，是一个年纪稍大了一些的祝英台。

最后的节目是西洋乐器和民族乐器的大合奏和大合唱，大合奏一开始，人们就开始哄哄退场，大合唱一开始，台下已经快走空了。

散场的路上，上海老女人浓情与晚桃道别，晚桃则淡淡笑笑。一个来自外厂的男青年朝晚桃一点头，二人朝吴家岗公共汽车站一前一后走去，人群中有人说，这个男青年市里某银行行长的儿子，反正，人们说起和晚桃一起走丘岗的男友，全都要加上一个有来头的爸爸。

田妖精对我说，陶晚在笔记本上写下的生活中随时会有炸雷般的声响这句话，是这次晚会最好的节目。我想，田妖精一定是想把这句话转换到章青的身上。果然，田妖精接下来说，你发现没有，她和她长得蛮像的。"

的确有人说过，章青和晚桃长得有些相像。

散场路上，上海老女人朝陶晚远远地挥手挥手。因被晚会中上海老女人的泪水打动，章青和巫婆与上海老女人走到了一起，二个女生一边一个手拉着上海老女人的洋娃娃般的女儿。那八九岁的上海小女孩，艳丽夺目，彷佛正是未长大的祝英台。

陶晚真正拿手的是吉它弹唱。他做知青时学会了古巴歌曲《鸽子》及英国歌曲《可爱的家》。他的吉它老师是一个华侨，在吴家岗棉纺厂厂里只呆了三个月，恰被他抓住学会了吉它独奏曲《行不通的路》《卖花生》。凭这几首吉它独奏曲，陶晚回武昌时在阅马场丁头邀演中大出风头。那可是清末武昌起义的官兵聚集战斗过的地方，是文革中人群堆集起来呼喊口号并武斗的地方。一想到陶晚在孙中山铜像下或刷琴高歌，或飞指独奏，一想到他在历史名城武昌丁头的风光，我觉得他可以说是一个力挽狂澜的人，起码他是个可以力挽狂风的人。

陶晚，有一帮人向他学习弹吉它。其中有厂里的矮子妹和疤子妹，学琴的这二位女青工与陶晚来了个三角恋，哄动一时。矮子妹总说陶晚和自己的表哥长得太相像，总是盯死了陶晚看。她的双眼简直就是二把铁锥子，她锥呀锥，没锥伤陶晚，锥伤了疤子妹。矮子妹和疤子妹分别在厂里细纱车间和粗纱车间上班，二人分别在自己车间讲陶晚的好，分别在自己车间的角落里和陶晚把手搭背，分别约陶晚去丘岗上散步钻树林，然后二女青工分别到情敌的车间找架吵，吵吵吵有时直接到陶晚的宿舍。这三角恋粗粗细细，细细粗粗，引起厂里领导注意，大会上点名批评，弄得陶晚干脆不再与本厂的女青工交往谈朋友，直到最近才和上海老女人好上了。

晚会散场时，矮子妹疤子妹和一大群女工们嗲声嗲气说话，似乎还想引起走在路上的陶晚的注意。男工们评说，武昌附近有个叫嗲山的小镇，我们改吴家岗叫嗲山岗算了。

陶晚的吉它学生中有来自武昌的青工二胖，二胖认识铁路局跑武昌的火车班组所有的乘员，他让陶晚也认识了其中一半以上的乘员，二人成了厂里出名的爱帮人订票或搭便火车的热心人。每当黄昏来临，跑武昌的火车在吴家岗站小停，是棉纺厂人们的悲欢送别之时，是陶晚和二胖忙前忙后之时。

二胖晚餐时喝了一大瓶白酒，晚会散场路上非要拉着农民伯伯我讲故事，说他曾与一个来厂实习的女工，一个胆大火热的远安县的山里妹，江中夜泳时漂浮在江面上野合了，咿咿哦哦，一生最快乐的一次野合。丘岗那里，他才不带女朋友去搞，他要去的是江对面的鄂西高山，玩咿咿哦哦，这才是最精彩的节目，世上除了高山和大江，没有他的床。

他非要在两旁有最多人走动时告诉我说，姑娘给男人一摸就熟了，男人搞够了女人都还是生的啊。

二胖还说，脸和屁股都好看的是章青，胸好看的是巫婆，屁股最好看的是老国的二女儿。看看跳绳表演，比起去年前年，女人味就看出来了嘛。

老国二女儿的屁股最好看，在我，这是不能理解的，那只是有些圆吧。二胖在路上又念一遍他整天挂在嘴上的顺口溜：中国的鸡巴日本的逼，朝鲜的屁股数第一。好一个从吴家岗放眼东亚洲放眼全世界的二胖。

而二胖和厂里有名的很骚的女青工花蝴蝶在路上面对面碰见也绝不对视一下，绝对各玩各的。

6、荆楚女子

在晚会演出的后台，整理车间主任老彭对跳绳队女生发感叹，说厂庆晚会午台上有一个隐形的主角，以前不上台，现在已不见人影。女生们知道他说的是原跳绳队的教练，漂亮女青工张颖。以前男人们看演出，实际看台下的她。现在男人们看演出，想起从前的她。散场路上，又有人提起漂亮的张颖，巫婆动了情，对吴起说，你一定要听我们讲她。

吴起，在青岛就知道一些张颖的故事，来吴家岗后，一直有些不忍心细打听她的故事，也有些舍不得一来到吴家岗就听她的故事。吴起来吴家岗后迫切地看棉纺厂的各种变化，听各个人的各种变化，独未追问张颖。吴起在厂食堂吃饭，有个特点，一碗饭菜，最好吃的菜一定留到最后吃，比方说一块鱼，那一定是最后下肚。吴起说，你们该讲我听听了。

对于一个年轻的诗人，有什么比悲伤的故事更有价值呢。

1977年到1978年的吴家岗，唐老师有诗为证：春江水暖鸭先知，少女怀春领天下。他熟读唐诗三百首，不会吟诗也会吟。大约是在厂里就老国夜吟《忆江上吴处士》开他的批斗会那段时间，子弟中学女生跳绳队成立。那时，厂生活区高音喇叭传出的口号内容在变换，家属楼家家户户传出了各自小收音机的声音。丘岗坡上的小火车站增修了候车室，丘岗坡下的卫校新增了教学楼。山山水水变幻出暧昧喜悦之色。夕阳光芒温暖浸润着丘岗，痴迷之情充溢在走在草间小路上的少女的眼中。国家政治形势发生变化，更多的是女人女孩的衣服头发发生了变化。正是从那时开始，我们在吴家岗公共汽车终点站听到了看到了各个男女欢喜故事，其中最动人的就是张颖的故事。

张颖在棉纺厂与吴家岗公共汽车站之间的土渣路上，对章青和巫婆讲过她自己初中一年级时发生在武昌的故事，说表哥结婚，带着新娘来家里见亲戚，她不愿意表哥娶老婆，挡在门口不让表哥的老婆进门，还大哭了一场。大人们说这是她心里有表哥，当时她也不懂多少。她特别喜欢讲这个表哥，讲着好玩，神情甜蜜，她在小女生面前开自己的玩笑，感染了路上隔不多远的能竖起耳朵听见这故事的小男生们。这个表哥虽然远在多年前的武昌，听来却好像就在吴家岗公共汽车站周边转悠着，是张颖恋爱故事的开头。她从女工宿舍里找来的几本外国小说经章青和巫婆之手，到了班上男生手里，本本含香。要知道，同一本书，从女青工宿舍来到我们手里，那和经陶晚之手从男青工宿舍来到我们手里，含量大不一样，特别是经典如《简爱》这样的书。

张颖，武昌三十三中的女生，知青，原棉纺厂细纱车间女工，后成了幼儿园老师，她曾是武昌少年儿童文化宫跳绳队队员。谢校长偶尔看到张颖跳绳，绳圈中，她身体和披发同旋同飞。校长惊掉眼镜，邀请她到子弟中学来组建跳绳队并教练陪练。福建人校长一向对武昌城十分着迷尊重，唯楚有才，唯武昌有美。

练过一段时间后，巫婆欢喜地对张颖说，跳快跳好跳轻了，我走路都走得好看多了，以前总觉得自己走路不如章青走得好看呢。

有次，张颖夸章青走路走得更好看了，章青说，跟你学出来的呀。"

张颖陪教，女生很快跳绳跳得飞快跳得花样百出，如是仙女下凡，巫女变幻。跳着跳着，女生的辫子松开了，变成披发，变成轻烫的披发，变成了长江的波浪。张颖跳绳跳到兴高采烈时喜欢说，像、也想被一个妖给捉了。这句口语或是她的一个心事，惯性般地传给了几个跳绳队女生，其中主要是传给了章青。

巫婆对吴起说，我们有人要回武昌了，可张颖是永远回不去了。

厂庆晚会散场后，夜空有一架喷气飞机飞过，众人仰看。

木头人说，张颖的男朋友又飞到吴家岗天上来看她了。

空中有浆整棉布的味道和长江的水腥味，二股味道在空中对挤。

学校操场旁是林业局木材堆场，原来堆满了巨大的木头，已空场了二三年，现在只剩下似乎成了石头的几根巨木。小学时，木头人成天在巨木堆间玩，被叫成了木头人，这里曾是他的迷魂阵，其中一角现在成了放露天电影的地方。

张颖的小名叫毛毛，她这个毛毛和章青这个毛毛互叫，毛毛叫毛毛，棉纺厂很娇娇的一景。她远离双亲，平时无人称她小名，常常只是为了听毛毛叫毛毛，她会走到章青楼下，先毛毛叫毛毛，然后听毛毛叫毛毛。她声音清亮，说话后的红唇如微收的鲜花，听到毛毛叫毛毛后，笑容如朝霞。

她从武昌下放到当阳做知青，后，做棉纺厂女工，后，厂人事科长安排她到厂幼儿园上班，她犹豫犹豫，还是接受了，但她总是想着调回武昌。

当章青长到和张颖一样高时，吴家岗棉纺厂夏天的江边，人群走动中，二人和晚桃三个姑娘一同出现在江堤上，的确格外亮丽，明里暗里被人在口头上拿来与唐诗《丽人行》的前几句比较一番。唐老师心明眼亮耳听八方，他透露给同学们说，她们三个姑娘就是吴家岗版的平凡人家版的《丽人行》。

因为章青和二个棉纺厂公认的漂亮姑娘都相识且要好，曾热邀二人参加子弟学校唐诗小组朗诵会，正是在初中教室里，爱《红楼梦》的金玉老师脱口而出说棉纺厂三大美人齐亮相了。这个说法一闪而过，但我和田妖精一直记得，只是按男青工们的说法，厂里应该有十大美人吧。

1977年底，张颖与土门机场空军部队一位飞行员同时来到吴家岗公共汽车终点站附近，虽没有被车上那刹车的惯性摔到一起，但二人眼光撞得光芒四射，咣咣啷啷。二人背过身走去很远都还在回望，还在自己向自己打听着，神情是那么的一样，恰被木头人旁观。飞行员只是猜到她是武昌姑娘，她只是猜到他是北方男人，飞行员只知道她来自棉纺厂，她只知道他是路过吴家岗的。木头人能模仿出飞行员离张颖一二米时的惊慌，走开约十米时的惆怅，远离约百米后的抓狂，木头人还能模仿出张颖离飞行员一二米时的被雷轰击中的样子，分开约十米时的颤抖，远离约百米时的失落。

过后，木头人好几次分别在吴家岗公共汽车站见到二人的独自徘徊。张颖的美丽自然叫木头人格外注意她的行踪，而飞行员的英俊高大也叫他过目不忘。木头人毫不怀疑自己是看到了一个欢喜故事的开头。木头人颇有眼福，张颖和飞行员的第二次吴家岗公共汽车站相见，也被他旁观。隔了很久的第二次相见，二人无比纠结，远远近近相对，就是不敢搭一句话，整个吴家岗公共汽车站周边充满了飞行员的惊慌惆怅抓狂和张颖的颤抖失落，张颖又被雷轰击中一样不知所措，可怜的小木头人帮不上忙，也惆怅抓狂，木脸凄凄。木头人算得出来，张颖和飞行员被空相思折磨了已经快三个月了。

幸好，那天厂财务科长逛到了吴家岗公共汽车站附近，作为厂里著名的媒婆，她一下看出张颖的爱情，并观察到飞行员的渴望。财务科长，先大叫一声张颖，飞行员一听，欣喜站定，接着，财务科长去问，"小伙子从哪里来呀。飞行员一开口，张颖如是口渴中喝下一杯水那般舒坦了，又像是久旱的花朵快速吸到了水份而挺直。财务科长大获成功，原来是最美的武昌姑娘配上了附近机场的飞行员，她如是一个老母鸡那样咯咯咯咯地欢叫，伸出手挽着张颖，和飞行员散步，走呀走，她又一手挽住飞行员，三人并排而行。当时，二个刚认识的新人心慌气喘，胡里胡涂。土门机场离吴家岗约十多公里，路经机场的柏油路省道杨树夹道，路面平滑，杨树高直。三人朝土门机场方向走去又回走，财务科长放手，让二个新人自己并排走走，吓得张颖和飞行员赶快回挽住财务科长。那是一个寒冷春日的下午，灰树枝上鼓着点点绿芽。木头人说自己也一路跟着走呀走，不好意思让人看出自己在跟踪，便一直朝土门机场走了去，路上又好玩，直到快走到天快黑了才回返，他觉得自己身上也发芽了。

张颖和飞行员就此成了厂里的最受欢迎的一对情侣，走到哪里都是前有人迎望，后有人追看。人们说，全宜昌市每个角落都有棉纺厂的女婿，现在土门机场也成了棉纺厂的女婿。即使张颖独自走在香樟树路上，也是一幅暗中被前呼后拥着的情景。从此，天空一有喷气式飞机出现，人们就会说是张颖的男朋友飞来了。当章青和巫婆伴张颖走在香樟树路上，天空有喷气式飞机爬高时，路边围观她们三个人和天上飞机的大人小孩都哗哗啦啦，路两旁香樟树都哗哗啦啦。

张颖的恋爱全程透明，她和男朋友飞行员从来都是约在吴家岗公共汽车站见面，然后双双走回棉纺厂生活区，他俩眼神温柔，步伐轻快，深情相望便胜过无数朝朝暮暮。人们只看到过他俩步行转弯时相互拉一把手或互碰一下手臂，或在相互递送汽水瓶时手儿相碰，或是在打完羽毛球后一起共用水龙头洗手，从没看见他俩钻树林，也没看见他俩躲在宿舍里关门不出。

我看见过二人共章青水龙头下洗手之景，那么漂亮洁白灵巧的三双手翻花了我的眼。张颖与章青互帮着搓几搓，飞行员的手在一旁围护着，三个人脸都自然红。旁观的我心头一惊，眼睛奋力不睁大，等三双手抽回后，我也去用力洗手。

不到三个月，厂里就传出了这场恋爱接下来的婚讯，传来张颖妈妈爸爸要来吴家岗看看的消息。香樟树路上，毛毛谈毛毛的婚事，眉飞色舞。

那也是班上男女生相处最融洽的一段时光，陶晚和晚桃在香樟树路边对我们男女生赞不绝口，说大家好像亲兄妹一样。可能，在每个人的中学时代，都有会一阵不经意的纯净时光，心里一阵无形的快意像无形的棉纱飘飞。在那最欢乐的时光里，唱得十二分起劲的是南斯拉夫电影插曲《啊，朋友再见》，最令人动情的是一句请把我埋葬在山岗。想不到的是，这首歌为一场全吴家岗瞩目的恋爱故事预示了悲惨结局。

这场恋爱三个月后，那喷气式飞机仍常常在天空爬飞，飞行员却突然不来吴家岗了。独自走在香樟树路上的张颖，脸色渐次暗淡，如是化了哀愁妆失魂落魄妆，她的妈妈爸爸也不见来吴家岗。厂里篮球队每年八月会有和土门机场部队的篮球联赛，六月里，心里满是惦记的财务科长托厂篮球队队长早早到土门机场联系比赛事宜，顺便问问张颖的事。结果篮球队队长问不出名堂，空军部队全是军事机密，篮球就篮球，别的禁谈。已到谈婚论嫁阶段的张颖从未去过机场，也没法与飞行员通电话，只好一封接一封地写信，信无理由一封接一封退回。这下，厂里更轰动了，走在香樟树路上的张颖，被万般疼爱，她是那么的美艳，苏美二国的宇航员也配得上，怎么土门机场的飞行员就生变不来了呢？路上的人们仍是暗中前呼后拥般，仍是前有人迎望，后有人追看。

章青和巫婆多次课余陪张颖去吴家岗公共汽车站，三个人从厂生活区香樟树路走上去吴家岗的泥巴路，然后沿着省道往土门机场方向走，一路上保持着毛毛叫毛毛的欢喜劲，三人甚至在省道上追跑欢歌。有章青和巫婆的陪伴，张颖脸上并不露出失恋的颓萎，棉纺厂人远远看去，以为飞行员要重新出现了。

而当张颖独自来吴家岗公共汽车站无望地等待飞行员时，那实实在在的哀愁和失魂落魄像厚厚的妆粉蒙在她的脸上，路上路边的人全是心有戚戚的观众。田妖精和衣民伯伯也在这群观众里走动过，心里也涌起了人生的苦涩滋味。

财务科长有那么一二次陪着张颖在吴家岗公共汽车站周边散步。财务科长的招数是要再给张颖介绍更好的爱人，她那识别男人的火眼金睛，还真就在吴家岗公共汽车站前后不过百米的地方，搜到过一个年轻的海军军官，可张颖连看也不看。财务科长被激发起母亲般的万丈慈爱，专程跑市里联络各个单位，务必要给张颖找一个超越飞行员的男朋友。

终于，当章青和巫婆又一次陪张颖在朝向土门机场的省道上追跑欢歌时，远远看到了谈不上很高大但很挺直的站在杨树下的飞行员。他来了，他站在那一排行军队伍般的杨树下，微微侧着脸，身着初见张颖时的那一身便装。三个年轻的姐妹手抓着手，一时不能移动脚步，张颖的泪水犹如被公共汽车急刹车时的那股子力量给掀了出来。飞行员慢慢走过来，看得出来他是有意在此等待。他的脸上紧紧硬硬，眼光游离不定，直到走近张颖，直到看清三个年轻姐妹的泪水，他才定神，温柔地对张颖说，你好。幸好是有章青和巫婆的陪伴，张颖也很稳，她摇头抖下串串泪珠，也轻声说，你好。

二人相对，有清风作代表拥抱在一起。张颖说，我知道你一定是碰到了什么事，我也想好了，我可以不嫁你，但真的不可以不见到你，不可以一次也不能再见到你。飞行员说，你多保重。张颖说，你要换防了吗？飞行员说，不是，我结婚一个星期了。张颖说，这么快！还是上级以前介绍的那一位吧。飞行员说，是的。张颖扬起泪脸，深情看着飞行员说，也好，她也蛮好的啊。他希望她能理解部队的纪律，并祝福她，忘了他，一定要在找到更好的男朋友后告诉自己一声，一定要让棉纺厂篮球队员捎个信来，等等。张颖说，好吧，我会让毛毛来找你，让她们二个来找你。我会让她们来篮球场边的羽毛球场来找你。章青和巫婆用力点头。张颖又说，但我还是想不明白你为什么会突然不来找我，也不回信，你知道的，我是真心，如果你不是真心欢喜我，你说出来，我会接受。飞行员低下头，久久地用拳头抵着下巴，终于说自己只真心喜欢张颖，说军人申请结婚必须有政审，部队发函给棉纺厂查询张颖表现，回函上有棉纺厂人事科的评语，说此女一惯作风败坏，家庭关系复杂。飞行员根本不相信这个评语，但他否定不了其权威性，在各方压力下，他只能就此中断与张颖的来往。张颖问，"你看到了那份回函？飞行员说，是的，我很激烈地反驳，上级就出示了回函原件给我看。张颖说，是棉纺厂人事科长签写的？飞行员说，是。

　　远远的有一辆军用卡车等在省道转弯处，飞行员也是经很多次等候，这次才见到了张颖。听了飞行员的说明后，张颖一切都明白了，站直一些，说了一些祝福的话后与飞行员点头告别。一切平静了下来，小鸟落地走步，清风也躺到了地下，落叶不再移动。章青和巫婆也一下懂得了什么叫清清楚楚的结束和坚强，泪水也不再滚落。良久，三个年轻的姐妹才慢慢回走，眼光平视，张颖的手变得有些冰冷僵硬。

她说，倒不如真的被一个妖捉去。

她又说，也是被捉去了。

就在那条回走的路上，张颖蓦地为飞行员担心起来，她说，他会不会恨透了这人事科长而犯傻，而做出什么事来呢？

人事科长，棉纺厂冷冰冰的一个人，1978年夏天全家被饭中下砒霜，他在医院醒了过来，但瘫痪了，老婆和二个读小学的孩子被毒死。虽然不时会有人暗中明中去人事科长家送礼走动，但吴家岗派出所却查出张颖有重大嫌疑。醒来的人事科长回忆说出事前的一二天内，张颖到过他家，以前未来过。神志混乱的人事科长承认自己对她有过挑逗，主动安排把她的工作从车间调动到不用三班倒的幼儿园，许诺会帮她调回武昌，但并没有和她怎么样过，等等。张颖在派出所提到了人事科长给土门空军部队的回函，使派出所找到了她的犯罪动机。后续详细的问讯记录中，表明人事科长在张颖恋上飞行员之前有挑逗威胁，之后有无耻暗示，叫张颖最痛恨的是，当全厂都知道飞行员另外结婚了后，人事科长在路上堵住她说飞行员另外结婚不是多大的一件事，声称可以帮她调回武昌去找更好的人，前提是先答应他的条件。张颖说，他的嘴脸和他的条件统统应该扔下地狱去。她在派出所坚称砒霜是自己从玻璃厂偷来并放到人事科长家的。玻璃厂在生产过程中使用砒霜有严格的用量领用规定和进出库时间，经派出所办案人员推断与调查，发现张颖并没有偷拿砒霜的时间，她自己所描述的偷拿砒霜的路径也不符合实情，甚至也推断不出她有去人事科长家放下砒霜的时间。那么，如此精准拿到砒霜的人，放砒霜在人事科长家饭锅中的人，应该是另外一个二个，是她的死党，或是另一个二个胆大包天的人。但张颖一口咬定是自己做了这一切，派出所的人很同情她，但法律这个时候显身了，张颖必死。

与飞行员最后一次相见后，在回棉纺厂的泥路上，张颖伤心，让章青背一首唐诗听听，章青想起了唐诗《黄鹤楼》，但胡乱念出的是《山行》。张颖听《山行》听到频频点头，但脸上分明是《黄鹤楼》的千古愁。

1978年夏天，整个棉纺厂只为张颖的故事而运行而轰鸣。

张颖是吴家岗版的卡门，中国版的卡门。1978年初，我们听陶晚讲过《卡门》和《白蛇传》二个故事。巫婆有点像是《白蛇传》中的小青，吴家岗版的小青。章青，我一直觉得她会有个自己的故事。

财务科长确找到了一个条件很好的武昌大机关的男子，对方借出差之机来看过张颖，许以调她回武昌的美景，被拒。看上去，张颖宁愿毒死人事科长而承担风险。后，她被派出所移送公安分局，当夜，她割腕自杀。棉纺厂医院的宣传栏里一直保留着她的一张照片，香樟树路上她那惹人回头相看的情景还时时再现，尽管主角不在原地。她的故事的轰动使她的一切都更透明了，包括她与闺蜜的私语也在厂里流传不已，她内心的温柔与狂野从章青和巫婆的回忆进入了我们大家的回忆。在我们的唐诗小组，我们相信，如果在唐朝，诗人们会狂歌当哭。她这么一个美人儿，怎么受得了人事科长老谋深算的笑容和初恋飞行员在天空的徘徊和远去。

唐老师曾在路边吟唐诗一句纪念她：晴空一鹤排云上，便引诗情到碧霄。

她走过烂泥湖边的身影一直在我的脑海里，欢笑变凄美。我和田妖精以杜诗国破山河在城春草木深涂写在一辆公共汽车车箱里来怀念她。章青和巫婆用了海内存知己和春风吹又生及黄鹤一去不复返等诗句来描述心情，田妖精则认为秋风起渭水，落叶满长安之句表达的悲怆更为贴切。当然，还有跳绳队女生读普西金的诗《假如生活欺骗了你》来与张颖隔空交谈。

假右派的路边叹息是：好一个刚烈的荆楚女子！

在张颖被拘留的第一个晚上，我和田妖精黑暗里曾在吴家岗派出所墙外徘徊。此派出所距吴家岗公共汽车终点站有一站路的距离，是一所年代久远的旧仓库改建，两边杨树高大，田妖精想要爬上树去，却因为树干太粗难以攀手。徘徊中，我们看到章青和巫婆和跳绳队其他女生们也幽幽地走近。章青伸出白白的小手按在树干上，想助田妖精爬树，田妖精摇头。黑暗中，我们长时间沉默，但听得到彼此的呼吸声和自己的心跳声。接着我们的妈妈们结伴出现叫回了我们。路上，田妈妈和我妈妈说很遗憾，她俩之前分别未能介绍成功田爸爸的年轻同事给张颖。但毒死人事科长全家，那是报应，田妈妈认为应该，美好的爱情之后一定是优秀的儿女啊，你人事科长破坏的是一代或好多代人的幸福，一条漫长的生命线条被斩断。那是个吴家岗最有封建专制时代味道的夜晚，天上全是含冤的星星，地上的烂泥湖近似黄泉。

厂里不断有人走向派出所，路上人流中，有人问，"派出所放电影吗？是哪部片子，南斯拉夫的《桥》吗？是的是的，有人回答，是那个剧情生动歌词哀伤的电影。人流中，陶晚和二胖的行走十分惹眼，他俩神色慌张，大手大脚，歪戴军帽，高唱：请把我埋葬在山岗。他们唱出的歌词久久回荡在路上，使章青等女生在路上失声痛哭。

正是在那条路上那个时刻，田妖精讲起小学五年级往事，一次，他从吴家岗公共汽车上下来时，正好大雨，正好张颖也下车，拉他的手跑向茅草屋檐下躲避，那把手的滋味我却一下感到了，相信他是编的，但相信张颖是拉过他的手的。但他很知心地告诉我，是真的被张颖拉着跑过呀。

就在路上的人流中，让厂里人们愤愤不平的是，在派出所后续调查中发现人事科长染指过若干年轻姑娘和已婚妇女，却因其已经半瘫而未作深究。厂里男人们经某个与人事科长上过床的女人知道了其床上功夫平平，大骂人事科长：那是个鸡巴不硬心肠硬的家伙。

经田妖精的人脸上的考古，我们认为张颖和人事科长的脸，是典型的古代美人和奸人的传承。

为处理后事，张颖的双亲带着她的弟弟来过棉纺厂一次，一家人在香樟树路上一闪而过，说，来看看我们家毛毛。章青和跳绳队女生远远跟着，想靠近说话，却错失时机。

记得那时，正是男生们跳高跳远成绩不断提高之时。那时，我忽然学会背越式跳高了，我觉得，背越式跳高，有跨越死亡的味道。

1978年9月，章青转市里读高一去了。

这是一部哀伤的露天电影，一部一遍又一遍放映着的露天电影，一部结尾悬疑的露天电影。十二个跳绳队的女生都与张颖玩得好，理论上，队员中的某一个女生帮张颖从玻璃厂拿到砒霜，甚至是其中一个女生帮她去那人事科长家放下砒霜，都是有可能的。恰恰那时学校正组织初三班在玻璃厂进行过学工劳动。派出所并未深究这一点，家长老师同学皆不深究。厂里传言说派出所暗查到十二个女跳绳队员那天都无放砒霜的时间。那一段时间，十二个女生都很悲伤却谈不上很惊恐。她们走在路上，前有人迎望，后有人追看。

当时，玻璃厂的女工结队来棉纺厂香樟树路上疯玩也是一景，人们细看她们，猜她们中的谁谁是帮张颖的人呢？

张颖在棉纺厂的好友及武昌男青工中，谁谁是帮她的死党呢？

她要么是真的是独自完成了下毒，要么是独自承担了罪名。

巫婆述说，章青哀伤，田妖精专注地看着章青，似在远距离地轻抚着她头发肩背，似在远距离地与之轻握着手。

故事听到这里，吴起很伤心，说张颖是倒在黎明前，这个黎明并不是说世道马上就会变好，而是说张颖失去了期待。他说，悲和欢之间就是黎明和黑暗之间，不在于是间隔一二分钟、间隔一二天、还是间隔一二年一二百年。张颖是倒在了无情的时间面前。

更伤心的是陪在一旁的厂司机周公双，他说可恨张颖当时没有把心中怒火告诉自己。他强调，棉纺厂好多人事后都想过如何帮张颖整死人事科长。张颖当时应该跟那个能带她回武昌的人走，由棉纺厂男人来整死那个人事科长。他说，可以以车祸来实现张颖的愿望，做司机的完全可以做到这一点。

而经过一年的治疗，人事科长出院了，人们传言他准备回厂任厂长办公室副主任，半工作半养病。此人本准备在厂庆晚会上露面，据说被某厂领导劝阻了。又有传言说，厂领导中有人建议把他调到市工业局去算了，免得厂里人都不舒服。不管是哪种传言，人事科长将复出的话题都犹如一只出洞的蛇，令女生们心情紧张，搂在一起，令男生们拳头握紧，四面张望。

人们的眼光看向周公双，而章青的眼光看向了田妖精。

话题到此，田妖精和周公双由忿忿不平顿时变为兴高采烈，二人先是一阵耳语，后是争说自己可以去开车撞死人事科长。一时，我相信这会成为田妖精冲洞玩失踪之后要妖闹一次的大事，但随后又觉得这半是真心半是田妖精追章青的招数。黑暗中，田妖精的双眼十分明亮，章青和巫婆看他的眼睛也闪闪闪闪，星空也刷刷地下流星。

田妖精和周公双的念头，像忽然从天而降的老鹰，张狂而又诡异，令巫婆一怔，然后轻轻地朝他俩吹了口气，施弄魔法一般。

木材场上，月光下一头驴在我们近旁倾听。稍远一点，有人在沙地上练习鲤鱼打挺。再远一点，空场地上有个午会，刚回厂还未有工作安排的知青随着录音机播出午曲跳摇摆午，其中某些个动作真的很像是驴子站立跳动，十分苍劲有力和狂野，十分悲怆又十分欢喜。

夜深了，我们回家的路上，田妖精与章青的手指尖像二朵浪花飞溅中碰到了一起，二人的手尖像触到子弹一样又飞速分开。过后，田妖精看着自己的指尖，脸上露出大面积的十分轻微的含有些许忧郁的微笑，这微笑荡洋开快有木材场的面积那般大了。

路上，尽管只是指尖相碰，我觉得张颖爱情故事中的中止情节，恰如一辆公共汽车在吴家岗终点站的急刹，让章青和田妖精撞到了一起，摔到了一起，尽管这个中止情节已经过去了整整一年。

7、丘岗

十岁左右，我们刚来吴家岗时，雨夜天空黑得吓人，黑色风雨狂暴如天湖压下来，白天地下泥泞则如妖怪布法。好在厂里有宿舍楼，比在沙洋干校住草棚和埋地锅做饭又好太多了。多少个夜晚，大人下班后加开大会小会，小孩子在家心慌，怕大人就此不回来了，死在无边的黑暗里，正所谓黑云压城城欲摧。好在一切都过去了，吴家岗棉纺厂区生活区的灯光已经足以染亮近旁的丘岗，那夜晚的丘岗也已经成了人们漫步恋爱的好去处。

厂庆晚会的第二天早上，天空特别晴朗，蓝空深远，似在专心等一架飞机飞离地球。我们去找吴起玩，在去厂车队宿舍的杨树路上，田妖精说，把自己喜欢的一个人放在心里也行，就当是观赏着心里的二个小妖也好，自己一个，她一个。他说章青才是一个真正的妖，自己哪里捉得住她。他放松了，我也就放松了，不管怎么说，这样，章青就暂时还待字闺中啊。我们二人共同赞赏他的想法，他一句，我一句，把他的想法夸得比晴空还要清纯，一时天花烂漫，脚下的路铺满锦绣，厂食堂菜香味狂飙如浪。我们还在路上握了握手，还朝天空挥拳，浑身处于冲进激流时的高度绷紧状态。

路边，黄瓜架，豆架，扁豆花，南瓜地，晃动摇动，对田妖精的二个小妖之论有所议论。有牛长哞放响屁，有毛驴摆弄胯下的硬物，它们有所比试。

我们谈得兴高采烈而又庄重，谈着谈着又绕回到木材场，不急着去找吴起了。我和田妖精来了场盟誓，约定今生不谈恋爱不结婚，男儿志在四方，不能像棉纺厂的那些窝囊的男人和老婆吵架打架了后又去找别人的老婆鬼混，不能像学校那些不事学习也不关心国家大事的专门谈女朋友的混混们那样乌七八糟。这个念头曾多次被挂在我们嘴边，被塞进我们的心里，这次像是来真的了。

田妖精说，我们再也不跟她们说话了。以后也不找人结婚。

这时，太阳发出阵阵闪光，长江吹来的风扑扑闪闪如有鱼在其中跃动。

就在我们的盟誓进行中，巫婆找来了，她张开双手如是走动在齐腰深的水里，眼神温柔如是未跃出水面之鱼的眼神。她站木材场的一根巨木上，说话时手扬得很高，人还跳着，真像是真想要挂到电线杆上去点天灯。我的眼尖，似乎看到宿舍区栋与栋之间远远地走过田姐和章青，花裙白衬衣，闪闪烁烁。

巫婆告诉我们，她早已经去过市里章青住读学校，帮她拿回了一块手绢，她以一种少有的亲切对我们说，真的，只有一块手巾忘在宿舍里，章青的行李物品早就被章妈妈和章妹妹帮着拿回家了。

接着，主角上场，章青骑一辆飞鸽牌自行车过来。顿时，我和田妖精刚才的誓言犹如被军事政变推翻了，想想，忽然发出的誓言本身也是一场政变呐。田妖精立马跑去找陶晚借来杂牌但车架粗大结实的自行车。他跑去时跑得那么轻松，堪比自行车滑行，他骑着陶晚的粗大自行车则像驾拖拉机一样轰隆隆地冲进木材场。我心里想，他成功了，因为我看到章青的小飞鸽车是那么的温柔听话，骑着骑着，小飞鸽车或依依随杂牌车左扭右扭，或相向穿梭，或差一毫米就相撞了。

巫婆对我说，我们一定要多多地一起走动，我们在这里住了六七年，这样的六七年一生都不会再有了。她又说，章青真的好好，好甜的，我要是一个男生一定追她追到死。她还很柔和地说，田妖精上次喝醉了开口约会是找死，喝酒就是流氓。好在他也死过一次了。我听了感动死了，手都差点抓向巫婆了。还好我马上明白自己只是帮田妖精感动，我心里及时刹车，我的身子差点从我所站立的木头上摔下去。

田妖精真是耳听八方，虽在骑行中，似乎听到巫婆的话了，人歪歪扭扭，脸色很凝重，抬头看向章青的眼光很是惊羞。他应该是听到了巫婆讲的话，或他从我的脸上看出了巫婆讲给我听的话，他感动死了，他骑车差点冲撞到巫婆，还好，巫婆是站在一根最粗大的木头之上。

我感觉田妖精是被巫婆给抓住了，给捉住捆了。阳光变得热了一些，阳光下巫婆的脸呈金黄色，她抬头看太阳，双手叉在腰下，久久不动，倒像是被田妖精捆在那里。

这巫婆，好一个隐藏的花蝴蝶，好一个拉着别人到处飞的花蝴蝶。

巫婆还又对我攻击黄家诚，说他鬼头鬼脑，是个怪。她与黄家诚也是互讨厌，曾和他在学校操场上山呼海啸地单吵过一架。

我一时心乱，代表田妖精假装犹豫，对巫婆说，章妈妈好严的一个人哟，还有她家那个二毛，每次见到我们凶得像看家狗。

巫婆听出我的话意，竟摆出章青那句著名的口头语，不算什么。

我还又真的犹豫起来，说，她真的要和我们天天在一起玩？

巫婆知心地说，你们，一定要弄清楚究竟是谁到人事科长家下毒的？章青不可能带着这个悬疑回武昌啊。你们必须做到这一点。再说了，你们像个苕，老想着什么开车去撞人事科长，呵，太苕了。

我说，啊，这么神奇！

巫婆说，好了，不准你再讲这个事！你像个苕！还有，你们永远也不许自己跑到她家楼下喊她。

这个章青，小学时曾对我和田妖精说，我教你们做作业吧，成立唐诗小组时，她对田妖精说，你再不要瞎闹了哟，现在，她又对巫婆说不能让田妖精去撞人事科长。田妖精骑行中听到了看到了巫婆对我说的话，他把持不住，翻车翻到一根木头上，是连车带人一起翻到木头上那种，这不是妖精真做不到哇。

不管怎么说吧，阳光美得像是柔软的细纱在飘扬，阳光甚至是棉白色的。

巫婆话说完了，章青一扭身，骑开去，巫婆跑跳上车后座，随小飞鸽溜了。

田妖精骑自行车带着我到了厂车队宿舍，和吴起坐在一起谈东谈西，心却一下就滑到了下午和傍晚。

吴起笔记本上有写：

我们从不感谢空气，只是有时觉得空气太新鲜了，如有淡淡的薄荷甜味。

我们从不感谢唐诗，只是有时觉得唐诗太美妙了，如有幽幽的竹笙清香。

偏午，云朵如伞。巫婆先把章青叫下楼，后来叫我，再是我叫出田妖精。四个人行走，从江边到丘岗坡下，先溜一圈。章田二人躲躲闪闪，眼光总算碰到了一起，骂过死过后，总算走到并排了。

这可是正式的一场非恋爱的约会啊。

从江边回到木材场，经过烂泥湖茅草路，走上与卫校相隔一个小山坳的丘岗，到了吴家岗最有走动趣味的地方。这里片片桔树林和松林风中轻摇，是天下种种微笑中的一种，半坡上有二棵银杏树，每到秋末，银杏的树叶变得金黄耀眼，是天下种种狂笑中的一

种。我们很期待银杏树的狂笑。四个男女生第一次一起溜上溜下丘
岗，一溜风似的，好像上了午台，排练一下。我们的话题当然只是
空气和唐诗，空气和唐诗也能把四个人都弄得笑弯了腰或发呆。

　　晚饭后，我们四人又走到江边。章妈妈追出来了，非正式地追
出来，隔一栋楼远的距离看着自己的女儿。但巫婆和我假装追着一
只花猫看，跑到章妈妈身边，骗她说今晚我们去学校玩，玩唐诗。
章妹妹也非正式地冲来了，好漂亮的一只小毛毛虎，与其说她凶不
如说她是精灵精怪，她独对田妖精眼神凶凶。

　　章妈妈和章妹妹跑到子弟中学教学一看，楼上高一班教室确是
一片灯光。

　　唐老师有意无意中非正式地配合着我们，他和老国在学校操
场边高谈阔论着，二人手上都还拿着一本什么书。唐老师特地叫住
在学校操场上走动的章妈妈聊聊，说起了外国文学中较深奥的莎士
比亚戏剧，唐老师竟然也热爱莎士比亚戏剧，章妈妈不觉细细打量
他。学校操场顿时变成了一个英国戏剧排练场似的，远远的，可听
见章妹妹很认真地纠正唐老师念错的英国人名。

　　后，我们四人你呼我喊地一起去厂车队宿舍找吴起，吴起也很
配合。站在宿舍院子里的树下，在一只悬空的毛毛虫身边，吴起讲
起他在青岛与上海之间的一次乘坐海上客船的经历。船上，他和一
位老家山东的印度尼西亚华侨小妹聊天，聊整天。夜船尾，二人坐
甲板，灯光下她乌亮的眼看着船尾苍白的浪花，海风时大时小，把
她的头发吹进他的眼鼻耳嘴，二人紧紧握手。她的一双小脚，如是
一双小手般光润柔嫩，在布拖鞋里轻轻收着，笑声起时脚趾微动。
这就是初恋吧，二人约好二十岁后再互相联系，互留了各自妈妈的
通讯地址。吴起有点迷惑的是，因想念她而写出的《丘岗》那首小

诗，却似乎不像是在怀想着她，自己怀念的究竟是一个什么样的姑娘？是怀念着一个姑娘吗？诗人对自己的灵感有所怀疑，也弄不清楚自己作为一个男人到底爱着谁？也怀疑自己所写的《丘岗》算不算一首诗。

讲完自己的故事后，吴起与田妖精有个对视，田妖精心领神会，巫婆与章青有个对视，章青心慌意乱一下，眉头跳一下。

我们四人经木材场穿过烂泥湖中间的茅草路走到丘岗上去。路上，萤火虫群午如手形抚人。散散乱乱的走动中，我和章青有个悄自的对话，她问我最近在看什么，我胡扯在看唐诗三百首，她问最喜欢哪一首，我又胡扯还是最喜欢贾岛的《忆江上吴处士》，秋风生渭水，落叶满长安，她呵呵呵地傻笑起来，说你骗我干什么？我心里对自己讲，我是喜欢章青你啊。

从丘岗半坡上看江中上行的大客船，船虽灯光通明，时而发一声响彻长空的鸣笛，但仍给人是古代客船之感，是李白千里江陵一日还后又上行的一艘船，是郑和下西洋后返回的一艘船。看着客船轻行，我们如是站在武昌的山坡上，只不过对岸不是汉阳而已。夜幕中，吴家岗公共汽车站那里灯光暗淡，树影浓黑，从市里开来的公共汽车娇小玲珑。丘岗下的景色十分平静，丘岗上的风则呼啸不已，我和田妖精的大喊大叫都被风吞没，章青评我们和狂风一句，是快活虫的平方。

江上白色客船，是动荡生活也是安静甜美生活的象征。

回想我们刚搬家来吴家岗，依稀听大人谈到，此地颇有古典中国之味道，吴家岗，只当它是一个唐朝小镇吧，在此安身吧。当你置身星空下，茅草在耳边摇动，松香味穿鼻抓眼，当你长大，身轻如燕，脸热心跳，你可以忘了今日今朝，只当鄂西高山的边边上暗淡的迟迟不落的夕阳红是那唐朝的余辉，只当树林中透出的阵阵泥土混杂树叶的香是楚国的余味。看眼前一派山河胜境，你知道自己怎么也活不了一百年，但你可以只当自己是一个已经活了一千年的少年。

好像田姐曾经说过，无法开口谈恋爱的男女生，在接近恋爱时有一段迷人的闪烁时光。这段迷人时光，正是像毛毛虫靠一根细丝吊树上晃荡之时光吧。

我觉得田姐就是那已经活过一千年的少女，她，才是一个妖，一个真正的妖。田姐，卫校学生，1978年高考分数未过线就去读了卫校。就在离卫校不远的丘岗大片松树林，我和木头人来偷看过田姐与子弟学校数学老师的亲热，证实了一直以来的传闻。我们没有拿这事去逗弄田妖精，甚至没有告诉他。

那是片一溜远看如一队野营队伍的松树林，有次偷看时，田妖精奉田妈妈之命来丘岗找姐姐，我和木头人的偷看被田妖精发现。当时，田妖精喊叫着说话，中止了数学老师和姐姐的动作，姐姐只好自己先溜回家去了。田姐与数学老师也是在公共汽车站相遇搭话开始来往的，约会也是从吴家岗公共汽车站开始的，然后到了丘岗上的男欢女爱。后来，我和木头人在丘岗上转来转去，还真的偷看到了田姐与数学老师最猛烈的一幕。我们偷看到田姐的连衣裙被数学老师掀脱到脖子下，田姐如天降仙女或天降小母龙。田妖精的报复是老一套，上数学课前在教室门上放个脸盆，数学老师一推门，脸盆翻下，脏水也泼下来。起码有那么二三个月，田妖精都不太理睬我和木头人，用冷眼报复我们的偷看。那时我们初三，田姐高二。幸好有天田姐和章青聊到了弟弟田妖精，章青评论田妖精的忧郁，说他近来变深沉了。这句简单的话经田姐传到田妖精耳朵里，变得那么轰动，好比深夜那辆题有《黄鹤楼》的公共汽车开到了他家的窗下，来了个急刹车。田妖精因为忍不住想要告诉我这句话，才又找到我，并说起这个深沉。

时间流转，现在变成了章妹妹来找章青，章青也是一个活过千年的少女了。初次夜色里同走丘岗，我们一走上丘岗岗顶就开始下走。当我们走下丘岗，走到生活区与丘岗之间的烂泥湖小路上时，听到了香樟树路的最尾的一杆路灯下章妹妹细弱而清婉的绵长的呼叫姐姐的声音：毛毛。第一个毛字很短，后一个毛字悠长。

章青和巫婆跑去学校后，我和田妖精在烂泥湖里的小路上小跑，气喘嘘嘘中他谈起他的漂流。他说没远漂之前，想象怎么漂，漂过之后，总像在漂。我们谈法国兰波的诗《感觉》，他说没读过前，模模糊糊地是有那样走动过，读过之后，总像是在那样走动着。我们谈吴起的诗《丘岗》，说没读过前，也曾模糊想象心心相印的滋味，读过之后，总想着那心心相印的滋味，又总觉得真会有个波涛万丈的湖在不远之处打乱你的心。

蓦地，田妖精在烂泥湖边停步，在一丛最大的茅草下不走了，他像一个头顶繁多羽毛花翎的京剧大师。他说，我会有我的二次初恋，我是想和章青一个人来二次初恋。他是怕一次不够，一次只是一闪而过呀。田妖精就是田妖精，就是要和别人不一样，他天生爱钻牛角尖，爱冲洞，爱冲动，爱钻向无垠的未来。一次初恋都还没完全出现时，他就开始想着一生中的第二次初恋。如何一生来二次初恋，这真是一道几何题。武昌话有：几何几何，想破脑壳。

第二天早上，巫婆在打开水的路上又与我约好晚上的丘岗行，紧锣密鼓。回家放下开水瓶，我去找到田妖精，一起一溜烟地跑上丘岗，预先走一次今夜的路线，今夜要走得远一些了。我们提前想到了唐诗曾经沧海难为水除却巫山不是云。想想也没提前什么，人生在世，其实谈不上以前，谈不上以后啊。

我们本想仔细看一下那座丘岗小棚，神思妙想里，我们考虑或可四人同坐其中聊一阵，却正好看到它已被人拆了，一打听，原来是丘岗林地新有人承包，准备扩展桔林，真是世事变化好快哟，农民们已经自由了。

烂泥湖边山坡小树林里可闻到浓浓的草腥味，刚有巨人来射精过似的。往丘岗上走，沿路高高茅草尖上飘摇着白花，大白天也轰鸣着的烂泥湖的癞蛤蟆叫声渐次转为蛐蛐声，丘岗上的松树下透出一股隐秘松快的淫荡美。

冬天，我们常走江滩青草地，也常走丘岗松树林中雪地。走了那么多次，想来也不是闲逛，正是为了某一天的两情相悦而探路，正是为了将来的属于自己的男欢女爱。说来，吴家岗丘岗最好玩的正是在冬天，树叶尽落，枯草温柔。那山草长得十分厚实，村民可砍草扎把担回家去烧水做饭。特别是晴朗的冬日里诳丘岗，我们心醉神迷，看草狂树颠，看天空光芒四射，看到想要射精。

春眠不觉晓，处处闻啼鸟，夜来风雨声，花落知多少。春天丘岗上心念唐诗，是最想射精之时，所谓洒向人间都是爱。可到了真正约章青走丘岗时，虽然并不是我约她，丘岗上的清风一吹，我和田妖精心里都十分的干净，下面也很平静。

傍晚，教学楼高中班教室灯光通明。经巫婆暗示，含糊知道我们丘岗之约的唐老师十分配合，在教室静等章妈妈和章妹妹的寻找。他还真找了些语文成绩奇差的同学晚上来补课，还真邀请章青来给差生们讲课。白天，唐老师在路上碰到章妈妈说了一遍又一遍，说得章妈妈含笑点头不止，同意不催章青晚上在家做功课，章青也真的晚上先到教室陪大家说笑一番。

章妈妈说，我是完全由她自己做主呀。

女生们在教室门外的走廊上一阵喧闹，挺胸抬头，胸口比白。

金玉老师站在操场上闲话，说老国的二女儿适婚，巫婆适闹，章青适被暗恋。

金玉老师叫一声田妖精，声音如是那只小鹦鹉在叫。

我拿着吉它一阵乱扫，动静很大。

田妖精快速乱加一句唐诗：此情可待成追忆，只是当时已惘然。

我和田妖精走进烂泥湖茅草小路，等章青和巫婆一前一后走过烂泥湖的茅草小路后，我和田妖精变为在她们后面远远跟着。走着走着，我和田妖精也拉开距离，吉它在我手中成了纯挡箭牌。再后来，木头人跟来了。木头人的跟是在另一座丘岗上远远地转着跟，跟着跟着，木头人和我走到一起来。我有偶尔一现的千里眼，他有时时可用的顺风耳。别人在做什么，嘴里说什么偶尔被我俩看到听到，这是多么巨大的乐趣啊。比方，昨天他在路上听到章青在对巫婆说，莫让田妖精在自己家附近楼下吹口哨，妈妈早听得出来是他吹的，等等。过后，我找巫婆核对，果然，是有这次对话。田妖精从此再也不吹口哨了。

我和木头人早有特殊友谊，他听我看，至此，我们正式搭档专围绕田妖精闹笑找笑，当然，对外保密。他早知道田妖精的心事，早听得出来。除了远听的能力，他总是一听就听出话中话，章田哪还有什么秘密。也可以说，在我们两个面前，吴家岗毫无秘密可言，是透明的吴家岗也。不过，木头人耳朵太杂，听到的东西太多，而连片的丘岗在夜幕下何止一二桩乐事发出声来，所以，一不留神，木头人追声而去，不见人影。

正式陪田妖精追章青，我以为自己会紧张得不行，却发现自己平静得不行。我偷偷撒了泡尿，虽撒得是十分过瘾十分猛烈，但心里很清亮。

我有意无意地慢走，我以为巫婆会陪田妖精和章青聊聊。却在走动中蓦地发现只章青和田妖精二人站在那二棵秋天会变金黄的银杏树下，一人靠着一棵银杏，距离有个七八米，而巫婆不见人影。一只荧火虫正闪上闪下，像是巫婆化身，像是巫婆专留它在此地代表她。我抓抓抓，抓不到这只荧火虫，倒是把自己抓到丘岗坡下的一片桔树林边去了。

夜中青桔粒粒可见，天空云朵连排，确像吴起诗中所描述的如同湖水倒映的丘岗。天空时又云起云涌，变幻一番。我看见巫婆独自走进走出松树林，看见晚归的农民扛着锄头走过丘岗顶上小路，看见老少二只牛摇铃慢行，看见男女青工一对对散步而来。整个丘岗有一阵子像一个集市，人多人杂，张牙舞爪，群男群女，小猫小狗。天空和丘岗，人和云，蛮像远古时人类的耕织情景。

一只蜗牛，在一段枯枝上夜行，它一对软触角慢慢摇，很过瘾的样子。

今晚，丘岗又是彭主任及他妻子的主场，二人时而走到一块，时而分开互找，出入树林草丛间。我常听见彭车间主任夫妇说武昌话，其中永远不会少了的二句，你又不死，你像个鬼一样的，男声女音，好听好听。有次，在江边，我听见彭主任说了一句武昌脏话，这个小狗日的。我忘不了他脏话出口时的那一种喜悦其中的喜。当他到巫婆家找谢爸爸谈工作时，带着老婆，神情清爽，脸上总是那种喜悦其中的喜。

有好大一会儿，木头人走单，我在桔树林边小路上发呆，我看到彭主任妻子也走单。忽然，来自玻璃厂的男工群打起呼哨，棉纺厂的女工群发出惊叫，细听一下是棉纺厂整理车间女工群发出惊叫。后有二个女工哭骂有流氓，从相邻的一座丘岗上跑过来，经过我的身边时，却又低声嘻哈，她俩的几个男同事上行，问出什么事了，她们一个说被打了，一个说被摸脸了，男同事们喊叫着前去找呀找，也没找到什么可疑的人。接着，棉纺厂的一个有名的酒鬼冲过我身边又冲回去，酒气把路边的旋飞的蚊群搅疯了。

我走近田妖精和章青，二人还站在二棵银杏树下，大声讨论著抗美援朝援越战争、国内解放战争、对越自卫反击战，我加入田妖精一派和章青展开论战，情绪高昂，估计整个丘岗都听得到我们的声音。接下来的话题到了吴起的诗歌，我和田妖精走到章青所靠的那棵银杏树下与她细说。

田妖精和我在厂车队宿舍与吴起有彻夜关于西方民主和艺术的长谈，吴起说他在北京丁头抄到了兰波的诗，抄诗的感觉如同被一条大于给抱住了，如果说有诗初恋，那就是。章青听了，一时不语。我们也一时不语。

吴起此时虽身在厂车队宿舍，我们却能感到他如行走在北京长安大于上那般皱眉、仰坐在天安门广场上那般屏气，他思考着世界大势、中国大势、也思念他的印度尼西亚少女。我们是身游丘岗，他是神游大地。

夜空中又飞来了喷气飞机，张颖又来到人间也。

章青轻笑摇头，说，时间过去越久，自己越相信张颖心中虽恨死了人事科长，但不会真的下手置他于死地。田妖精点头说是，仰头致意飞行员。看来，刚才章田已经谈过这个话题，现在是收尾。

巫婆久久不见人影，我们只好大声喊叫她。我们喊声响起，丘岗复归平静，巫婆竟幽幽地从那片宽阔浓密的松树林里晃出来，说什么刚才路遇吴爸爸，聊了一会，吴爸爸讲文化救国，科技救国。

章青马上告诉我们，章妈妈说过吴爸爸的一个妙论：天气不冷不热，最好，人与人之间，不冷不热，最好，党和民众之间，不冷不热，最好。

我们告诉章青，吴起也说过，1979年，中国在等一个消息。这句话，章青最赞成，巫婆也最赞成，这一最赞成加上对张颖的怀念和对吴爸爸妙论的欣赏，弄得大家心里热乎乎的。

我们回走到烂泥湖中间的茅草小路上时，丘岗上又有闹腾，男男女女经过我们身边时都说，有人把那个酒鬼抓住了，打了个鼻青脸肿，他自己也承认调戏妇女。酒鬼被人架着带到厂保卫科去了，路经我们身边时，他满不在乎地喷着酒气，眼睛狠狠地看着巫婆，巫婆也狠狠地看着他。

章青赶快拉巫婆到一边去细说，巫婆猛地大笑，晃晃晃差点掉进烂泥湖。我和田妖精听路过的男青工说，可能是巫婆被酒鬼强奸起码也是被调戏了。

巫婆笑说自己一脚踢得死酒鬼，什么东西。她说自己是摘桔子去了，她从口袋里掏出一把珠珠糖一般大小的青桔，说好香哟。她的样子后又变得很凶，七说八说，快速说到什么献身科技事业的话题，还有一些其他听不明白的话。章青却好像都听懂了，在一阵江边方向吹来的风中低头傻傻一笑。

巫婆又莫名其妙地说，不管是一生情还是一段情，都是情情情。

那被抓住的酒鬼在烂泥湖茅草小路上蓦地被一只从一大丛茅草后窜出的驴子狠踢了一脚。

这是一只陌生的驴子，一个逃亡在此过夜的驴子，一个我们第一次与之相见的驴子。它踢出的一脚离酒鬼实有二米远的距离，但章青已经认可了它的好心。她的手先是在距离二米远的空中抚摸它的背部，后接住它轻甩起来的尾尖，再用指尖轻触它的耳尖。她说，我要训练它，让它学叫田妖精三个字。驴子听懂了，跟着章青叫田妖精，叫出高低三个音。

田妖精说，还真的叫得有点像哟。

木头人一溜快走出现在我面前，他告诉我，他在丘岗上听到彭主任好像和巫婆有对话，但我什么也没看到。

我们跟随驴子走动，茅草小路上，有一道横沟，田妖精迈过后回头要拉章青，章青伸出手又缩回，娇嗔一句，你又不死。这是最美的一句武昌话，连路边高高的茅草都低下头挠她一下。这话有笑狠二说，字面上是骂人的，其实是真情流露。她的音调和别的人不一样，是小调中的E调吧。我说，我恨不得马上吉它伴奏，嘣嘣嚓嚓。章青傻笑地看着我，停顿了一下，也说，你又不死，但音调远不如前一句那么深奥。

这句话在武昌人吵架赛骂中是不会出现的。

这话一出，旁人都该死开了。

我们回到教室，陪章青给成绩最差的同学讲课。夜深了，章妈妈说是不找女儿还是又找来了，一看，章青在讲台上是那么认真地讲着课，章妈妈放心而回。

在学校操场边分手时，章青告诉我们说，妈妈是怕那个黄家诚缠自己，妈妈说，大人说说将来的婚约是可以的，但小小孩子不可以来往。我们正要骂黄家诚，章青一笑，说主要是因为自己对妈妈暗示了一下黄家诚想约自己，讨嫌的是，黄家诚真的约过自己。

她与田妖精对视，田妖精眼光轻柔，似有最细小的泪花飞出。章青看向天空的眼光也是无限轻柔，似如蜘蛛放丝。

灯光球场边我们和木头人聊天。木头人念：一下下疼，二下下痒，三下四下灌米汤。这个黄色顺口溜听得田妖精赶快抬手挥去，并猛踢木头人，木头人不敢再撩他，跑下球场去玩空手投篮，空手带球过人，空手空中传球。

我们去开水房打开水，灌吧，灌吧，快灌。田妖精太开心了，他帮我开关水龙头，帮我拎一瓶开水，还要借一本我并不喜欢看的英国小说《苔丝》给我，反正，他恨不能不停地示好与我。走到家门口，他甚至在楼下就喊着让田姐快点把书拿来给我，然后要求我下次再带上吉它一同走丘岗。

夜深了，诗人吴起来到香樟树路堵住又次翻身下楼的我们，一起等章青和巫婆出来走动。

前唐诗小组成员巫婆最喜欢说一句，金风玉露一相逢，便胜却人间无数。她说，好诗不管是哪个朝代的人写的，都是唐诗。

前唐诗小组组长章青倒是有些喜欢《再别康桥》，她说这首诗也还是唐诗味道，只是变成现代语言。

在香樟树路边，前唐诗小组付组长田妖精对吴起说，送她们几首诗吧。

吴起对二位女生说，可以说这次我最大的收获就是发现了唐诗在吴家岗遍地都是，像茅草丛一样。我要好好以唐诗的意境写一写1979年夏天。你们回到武昌后记得给我妈妈单位来信，把你们的新地址告诉我，不必经过田妖精，我们可以直接通信。

这个夏天，吴起收了吴家岗的色彩，吸了吴家岗的味道，听了吴家岗的故事，看了吴家岗的唐诗。他来吴家岗时大包小包，走时一个小包，主要装着他那本所记纷纷杂杂的笔记本。

当晚，经吴起对唐诗味儿浓重的吴家岗一番赞美，田妖精低沉的嗓音咚咚咚咚响个不停，直到他躺到床上还又从窗口对我吼出好多句明天早上明天早上。

我想，我和田妖精一定会喝一次狂酒，他和章青一定会野外欢合，像一对小猫。说起来，小学时，章青刚从沙洋干校转来，班上讲一对一学习，是我和她一对一，田妖精和巫婆一对一。所谓一人红，红一点，大家红，红一片。现在，是田妖精和章青红成了一片，从唐诗小组开始，慢慢红成了一片。

吴起，相信他会为此专写一首新唐诗吧。

送别吴起的那天，田妖精不忘趁机要开周公双的大卡车送他去火车站，周公双欣然同意，让田妖精在厂生活区和吴家岗之间的泥巴路上开了一小段，感觉田妖精控车还行，就让他一直开到了丘岗半坡上的火车站。车经过公共汽车站边时，吴起要求停下，因为他注意到卖甘蔗摊边的一景，那纷纷飞旋在刚削下的甘蔗皮上的不是苍蝇而是蜜蜂。他下车细看，脸上露出喜色，伸出双手让蜜蜂绕飞。这本是日常所见小事，却让吴起若有所思。

驾驶室里，田妖精和周公双二人免不了一番对人事科长的声讨。人事科长回厂住下的可能性很小了，但田妖精仍很坚定地说要计划。老道的周公双倒是有个说法，他说，让人事科长知道全厂人都恨不得撞死他就行了。

我和木头人站在卡车布棚车箱里，第一次乘田妖精开的车，非常过瘾，非常嫉妒，非常激奋，偏头朝驾驶室里的田妖精说，你一定要去撞。

火车站是人们奇思妙想涌现的地方，吴起久久伫立在站前广场，久久徘徊。天空飞云起伏如是若有所思，飞鸟鸣响如是若有所思，干茅草味掠过站台如是若有所思，火车远远鸣笛开来如是若有所思，火车进站前火车头的蒸汽味儿抢先扑来如是若有所思，火车车箱里拥挤嘈杂也如是一种若有所思，所谓世界即脑海，脑海即世界也。吴起要从武昌再转车回青岛。他还要先转车到北京，要走长安大于坐天安门广场，所谓生命就在地图上，地图兜满生命也。若有所思的天安门等着他，若有所思的大海等着他，若有所思的印度尼西亚少女等着他。几只蜜蜂也若有所思地绕他旋飞。

我和田妖精木头人三人上火车送吴起一站，至鸦雀岭站下，然后沿铁轨回走。这是一次隆重的送行，回走在铁轨上，我们说吴起或许会成为一个名人，我们的这次送行或许会进他的回忆录，会上书。回走走动中，我们看到长江江面和吴家岗丘岗，很美。当能远眺到卫校的灯光时，我心里一个劲地想一定要在卫校后面丘岗上和一个女孩子来那最过瘾的第一次抱，明知道或无可能，心里却非常爽朗。

吴家岗火车站也是男女欢喜故事的主要发生地，假右派就是在火车站下决心结婚的。当他和卫校厨娘相好后，仍有二三个邻近当阳县的男子时常坐近一小时火车来卫校追厨娘，年轻的厨娘迎来送往，少不了火车站前喜怒哀乐，藕断丝连。假右派出差和回武昌跑调动，和厨娘在火车站吵架和好，许诺劝告，反反复复。有一次，假右派当场从她口袋里抓出一封当阳男子的火热情书，年轻的厨娘绝望了，以为他会就此放弃自己了。她怔怔地，然后愤愤地看着假右派。他却一下心软，说还是让自己来给她一生的爱护吧。他宣布马上去办证，然后在厂食堂摆上了十桌婚酒迎娶了她。

当时，假右派站在火车站前说了很多很多，她说只要你是真心结婚就可以了。

木头人亲眼看见这定情一吵。就在我们走回到火车站前的下坡路上，就在当时假右派拉着年轻厨娘的地方，木头人描述他俩吵架的经典一幕，说她当时准备散伙，一屁股坐在一块大石头上，脚抬得很高地架起二郎腿，不料假右派很温和地用手把她的腿抬起放下来。他学着假右派那样把我架着的二郎腿抬放下来，回头手往自己腿上一拍，说是打死一只有血债的阶级敌人蚊子，然后责备自己几句。我怒笑骂着说，死开，死远点。

婚后，还有不知状况的男工在路上停步看年轻的厨娘，快步追她，左右步缠她。她长得就像是一只花蝴蝶那样招眼，她对追他的男工们微微笑，一听要约什么会，马上摇头走开，变成一只弹飞迅速的蚂蚱。

唐老师夫妇曾大吵一架，老婆要坐火车一去不回，唐老师来火车站追，三个小孩也来追，结果和好。木头人扶着吴家岗火车站下坡路上最大的一棵树学着唐老师和老婆，回头手一拍，说是打死一只有血债的阶级敌人蚊子。然后他抱着树哄呀哄，露出唐老师独有的献媚的微笑。一阵巨风扑来，大树哈哈大笑。

木头人再学一段假右派和老婆在路边啃甘蔗，老婆动作太快了，渣子纷纷下，假右派干脆不啃，都递给她啃，并暗自赞叹，说她像个榨汁机器。

章青和巫婆没有来火车站送吴起，但章青和巫婆在离火车站不远的公共汽车站等着男生。她俩在路边啃甘蔗，动作很快，很过瘾，渣子纷纷下，蜜蜂阵阵起。

等着等着，她俩等到了晚桃。晚桃和一位男友围绕整个吴家岗走了一大圈后，走到公共汽车站。晚桃的那位男友跳上公共汽车，又跳下来，要求送晚桃回厂宿舍，晚桃摇头，男友只好又跳上车。

昏黄的路灯光下，晚桃，暗香浮动。

8、省道暴风雨之夜

巫婆早上从高低床上层翻身下来，然后把大妹二妹从高低床下层拉坐起，把三妹从里间父母的床上叫出来，给她们一一穿衣扎头发，带她们排队去学校操场跑步。棉纺厂生活区宿舍全是二间套，外屋住小孩，大人住里间。巫婆身材高大，妹妹们娇小瘦弱，四人在家里窝窝闹，在操场排排吵。她们吵呀吵，跑呀跑，围着早跑的田妖精前后欢腾着。巫婆说，我们四个姐妹都在为你操心啊，一起床她们就问田哥哥和章姐姐是不是已经到操场了。田妖精说好好好，我保证上午就送三根棒冰给她们吃。章青跑过来，边跑边帮三个小妹妹整整衣服和头发。巫婆家的三个妹妹对我也非常有礼貌，齐声叫衣民伯伯好。厂广播高声大气领播完广播体操后，放出很响亮的合唱歌曲，跑步练身的人流汇入去开水房打开水的人流，章田走在路上，各自穿梭，你追我赶。

巫婆一直坚持认为彭主任是出差，而不是失踪，心怀感激的彭妻子经常在打开水的路上，等待她，寻找她。今天，彭妻子学章青那样一下从侧后伸手搂住巫婆的肩，巫婆神情淡然，只是换双手各拎一只开水瓶变单手拎二只开水瓶，空出一只手握住彭妻子搭在自己肩上的手。章青和妹妹各拎着一只开水瓶，碰到田妖精时，章青目不移视，章妹妹则上下左右打量姐姐的同学田妖精，脸上做出不显著的怪相。田妖精只顾和我大声说话，声音低沉响亮，有意地低沉响亮。

美好的一天又开始了。

上午，巫婆和田妖精二人有意无意地在路上转到一起，串连，一起跑到空荡荡的木材场讲话，看上去二人都到了一个很亲密的程度了，我远远跟着，好似为这二人放风。路上，同学问坝问我，这巫婆和田妖精是不是专门在搞早约会。后，巫婆和田姐互有串门，我能远远地看到她俩在楼梯口和家门口走进串出，我能猜到巫婆和田姐谈到了章田约会，我能想到田姐会保持旁观，会让自己和数学老师的约会地点从丘岗改为别的地方，她才不想姐弟俩在丘岗上碰到呢。章青则和卫校的许老师有串连，我看到许老师走过烂泥湖中间的茅草路，直奔章青家楼下，章青下楼，我以为许老师是来告诉章青说他那著名哥哥今天就会来到吴家岗了，却原来是参加过高考的许老师讲不顺不顺，可能又没考好。许老师和章青在香樟树路上和上海老女人有串连，传来的消息却是，上海老女人的坐了七年牢的前夫今晚会来到吴家岗。章青觉得这个消息很好，也是吴家岗一件赏心乐事。她一开口说这事，脸上就浮出她那傻笑，她那傻笑里有悲伤，有她怀念那个仍在劳改中的爸爸的悲伤。

傍晚，天上正堆满红棉花云之时，那个上海老女人的前夫即一个上海老男人找到吴家岗来了。就在宿舍楼家属楼与开水房之间的香樟树路的路边，就在厂食堂门外的露天餐椅餐桌上，上海前夫妻来了一场的回忆，一场七年后的餐聚。陶晚出钱招待客人，桌上有散装白酒。路边餐，一个经典的上海好男人与落难的上海老女人的故事在进行中，引得人们悄然围观和议论，其中一个美丽女儿与落难爸爸的相见，弄得几个棉纺厂中年妇女们的眼睛发红，弄得棉纺厂小女工们啧啧赞叹。上海老男人蓝裤白衣，普普通通，上海老女人一袭咖啡色底碎花长裙，六十年代上海流行款式，尽显优雅，上海女儿头扎花带，身着妈妈旧衣改缝的背带裙，十分亮眼。上海服装又弄得几个棉纺厂中年妇女像是觅食的鸡，冲冲走近去细看，弄得棉纺厂小女工们也目不转丁，边看边用手在身上比划着。上海老男人为女儿剥开一粒著名的上海大白兔奶糖，那奇妙的香甜味像剃刀一样杀向四周，蓦地惊起近边或站或坐的少年们。

路上人们的脚步放慢，如是路听陶晚的吉它独奏和弹唱。陶晚举杯敬酒，上海好男人仰头而饮，其热烈情景引起章妈妈发出巨大的深呼吸，她走过我和田妖精身边时，对我们这二个陪坐在酒桌一侧的年轻的成人有个若有所思的注视。章妈妈走远了，还回头朝酒桌一望，风从天边吹过来轻轻地拨响路边树叶，其中似含有的她叹息声。唐老师在附近走来走去，少不了他的古诗一句送上：正是江南好风景，落花时节又逢君。此时，少不了唐老师的捉摸调整，他另又奉上一句：明日巴陵道，秋山又几重。他都乱了，东一榔头西一棒，田妖精和农民伯伯偏喜欢隔一小会儿走近唐老师，一番龇牙咧嘴，讨教再讨教唐诗如何应用更好。冷不防唐老师老婆走过来，半怜半嘲讽地对我和田妖精说，要是没有唐诗给你们的这个老师喜欢，不知道他能喜欢些什么？

食堂大门，正远远对着丘岗半坡上的卫校，看上去整个卫校灯光秀丽，似为等待许老师那个著名演员哥哥的到来。路上，走着木头人的爸爸，他扛着猎枪朝丘岗那边的大片松树林走去，去享他的夜射猎物之乐。巫婆爸妈也带着手电筒朝另一座丘岗走去，那里有棉纺厂的人们专挖地米菜的一块低坡地。晚桃走向吴家岗公共汽车站，坐车去市里了。陶晚和晚桃兄妹很相像，我们仔细看，陶晚与上海老女人也相像，是有夫妻相，晚桃和上海老女人也有相像之处。

酒饭中，上海好男人抱着女儿，与前妻小吵一架。1966年到

1969年，作为也算小有名气的年轻女诗人，上海老女人写了不少的革命诗贴到墙上，偏又收不住手在1971年写了很多抒情诗在笔记本上，偏又不藏好笔记本，偏又在笔记本上记下已经因为家庭烦事而离婚的前夫的涉议论政治的言语。男人说，我说了什么是我的事，你不该记下。女人说，我记下什么是我的事，你不该偷走我的笔记本却又不藏好。男人说，我坐牢连累了你。女人说，我没受你的连累，我自己七转八转被下放到吴家岗来主要是因为胡风案。男人说，没有吧，你小学同学的爸爸才牵涉胡风案。女人说，是的，正是因为他爸爸非常欣赏我写的诗而牵连了我，这一点，我的档案里都有记录。说到这里，上海老女人眼光炯炯，酒和国家大案让她卓尔不群，满怀悲怆。

陶晚，一个没有午台就不显精彩的男人，神情颓废，眼神松散，酒更添愁。

田妖精适时问陶晚一句，那个独午《梁祝》是专为张颖编排的吧？陶晚酒中实话实说，独午是为自己的妹妹晚桃编排的。我们一想，果然那独午中有动作十分吻合炸雷般的响声。

酒后，上海好男人为了回报陶晚的好酒，对帮着假装不胜酒力的陶晚喝下几杯烈酒的田妖精来了一篇宏论。他说，一个人的十七岁，其实是一部分十七岁，一部分十一二岁，一部分二十五岁，更有一部分已经三四十岁，人的发展是不均衡的，不是齐头并进的，而这个不均衡性在十七岁到三十七岁时最为显著，所以说，十七岁是最独特的一个岁数。这个宏论对陶晚也适用，对衣民伯伯也适用，对章青巫婆也适用，甚至对吴家岗也适用，对中国也适用。1979年的中国，一部分是唐朝，一部分是明清，一部分是民国，一部分还在文革中，但也有一部分已经进入到下个世纪。这个宏论对这一对上海前夫前妻也很适用，二人一会儿脸上互有不屑，一会儿脸上互有谅解，一会儿脸上又互有愤恨。

1979年初，陶晚在吴家岗公共汽车站与上海老女人的初次打交道，说来，那次是陶晚在公共汽车上没站稳，停车一刹，他撞倒了身后的上海老女人，然后二人结伴走，那洋气的小女孩跟在一旁。曾经的上海女诗人聊起自己与胡风案有牵连的身世，一路上深深打动了她自己。她走在一个高大英俊的年轻男工身边，陶醉到早先的尚存的几丝荣光里，陶晚被她的陶醉打动了，专门请她到自己宿舍门外的树下听吉它演奏。从那时起，厂里人才都听说她是胡风案的受累者，她来到棉纺厂好多年了，一直没什么人注意她，也不清楚她为何来到棉纺厂。现在，她女儿长得美丽非凡，胡风案已经在1979年初平反。从那时起，陶晚不再找厂里的女工交朋友，而是迷进与上海老女人谈论音乐与诗歌的乐趣之中，二人从丘岗谈到了他宿舍的床上。

上海老男人跟跟跄跄，起身朝吴家岗公共汽车站走去，众人送他，或只是随风走动。恰好此时厂广播里回放出右派一律平反的消息，这位前夫对前妻坚持自己是受了胡风案的牵连而被迁出上海之说，忽有释然般，建议前妻跑回上海活动调回之事。

厂广播回放右派一律平反的消息使路上走动的假右派脸色紧绷，我注意到，他老婆一会右手挽他，一会左手挽他，上公共汽车时还扶腰推他。我也注意到，章田二人的手指尖在走动中多次碰到一起，浪花飞溅。

章妹妹跟在章青后面走。章妹妹找到一个机会问上海老女人，那你认识收音机里拉小提琴《梁祝》的人吧，就是上海交响乐团的人呀。章妹妹是那么的冰雪般聪明，独独在这类人际关系的问题上一直没弄明白，一直无限可爱地弄不明白。

上海老女人夸比自己女儿略大几岁的章妹妹学习好，章妹妹说，不算什么。

酒和国家大案使上海老女人对章青热烈地总结说，人生，以前是剧本已定，角色已定，现在，是角色未定，剧本未定。章青和巫婆后来把这话记到她们各自的笔记本上，她们还非让田妖精也记下来，田妖精还非让我也记下来。

彷佛一下长大了，从吴家岗汽车站回走时，章妹妹竟然对我们四个哥哥姐姐说，我知道了，你们要去教室，我先回家了。章青笑对妹妹，瞟向田妖精的眼神充满了温柔。

巫婆偏又说，她们都偏又不约而同地说，今天晚上只听衣民弹吉它吧，特别是田妖精，他因为自己晚饭时被陶晚拉去喝了几口酒，深怕章青骂他流氓，处在柔和的慌乱之中。上海老男人女人的故事使章田约会先停顿一下吧。我们来到烂泥湖边的草地上围坐，我弹唱起英国民歌《可爱的家》，虽然我只会弹唱这一首，但这是一首你很想弹唱一辈子的民歌。田妖精跟着哼唱，歌词开头及最主要的一句是，纵然游遍了美丽宫殿享尽富贵荣华，但是无论我到那里，都怀念我的家。很明显，这句歌词是说纵然认识了无数漂亮姑娘，但是无论如何我都只怀念一个人，只喜欢一个人，只和一个人相好相恋。巫婆点出这个意思来，田妖精点头称是。我和田妖精反复哼唱，巫婆反复点出这个意思，章青脸上反复露出娇羞，好娇羞好娇羞，娇羞到恨不能马上跑回家去，巫婆偏又抓紧她，偏又说还是走丘岗吧还是走丘岗吧。

在丘岗茅草味浓烈的草路上，落在章青和巫婆后面的我和田妖精有一段君子对话，他说，我最多也就和她拉把手，这个妖精顿时变成精神恋爱大师柏拉图了。我讲，你多拉拉，多拉拉。他说，我和别人不一样。听上去他说的那个别人正是田姐。我讲，要抱抱吧。谈话猛地停止，急刹。我心里涌起能说清又不能说清的伤感。不管怎么说，我的梦想破灭了。

此时，天上的星星们正彼此永恒地眉来眼去着。

田妖精说，真的不敢啊，一想就心慌到要晕倒。

走上丘岗，巫婆巧妙换步，让章青与田妖精单独走，又说要跟我学一下吉它指法，拉我走开让章田单独坐。见我有些寂然空虚，巫婆偏要对我说上海老女人确有很浓的女人味，我问什么是女人味，她说，香水味。

在离二银杏树上方约二百米的地方是原来桔树林看守人秋天会来守望的小棚，这是个不比公共汽车车箱大多少的小棚，其中发生的男女欢喜故事不比公共汽车上少，现在变成一小块空地。章田夜走丘岗，从站在二棵银杏树下聊天，又走到原丘岗小棚旁的树林边站着聊天。这小块空地四周，杂草高高低低，农民伯伯我陪在杂草之一侧，算是帮着田妖精看场，胡乱弹着吉它，琴声都被风声盖死。巫婆走东走西，算是帮章青护场，有时，她又一人靠着银杏树独想心思，狠锁眉头想着，想到抱紧自己，锁紧自己。丘岗粗糙的草路上，有人回头看我和巫婆，以为我俩是一对。我也在想，巫婆其实也不丑，为什么我对她一点那个意思也没有呢？黄家诚跑到丘岗上来转动，脚踢草丛和路边枯枝，走动声大过了风声。他配了付很大的眼镜戴着，我感到他整个人是藏到了眼镜片后面去了。有好几次，他问我章青是不是来过丘岗，我一概告之说章青和巫婆去了卫校。明知我是胡说，他也假装相信，明知章青和田妖精就在那小块空地上，他也不敢走过去。

回走的路上，我们松松散散走成一条线，我们的行走如是一首五言绝句，去时巫婆打头，章青尾随，然后我，最后是田妖精，田妖精和章青排二四，有点押韵。回时田妖精打头，我跟后，再是巫婆和章青，我和章青排二四，不押韵了，再一想，衣民和章青，也很押韵。

从丘岗看去，弯曲省道上往来的卡车，光影扭动如虫，高度一至的行道树线条朦朦胧胧。此时天空的云朵，如是一对对狂怒的狮子，坡边高耸的茅草，如是一对静卧的狮子，而介于狂怒与静卧之间的一对狮子是章田二人啊。从丘岗往下走动时，我忽停下脚步，我们忽都停下脚步，四人都不约而同地想要狂奔一下。巫婆开口，提出去省道上骑车狂奔，然后我们三个轻吼了一声响应。

巫婆有心，她回家骑出她爸的自行车。章青妈妈以为女儿是骑车送一位老师去吴家岗公共汽车站赶晚班车，同意。陶晚自然猜出田妖精今夜是和女同学一同骑行，刮目相看，借车没问题。连老天爷也猜出今晚有事，夜空云彩变幻，地面厂区灯光对天调色，调出了一阵阵红晕。巫婆有心，还未骑行出香樟树路，她肚子疼起来，把车让给坐在田妖精车后座的我骑，自己先回家去了。她对我说，你要是肚子疼，也先回来啊。可我看见，她分明朝公共汽车站溜过去了，那里独一根路灯杆高耸，巫婆像是想要去玩玩点天灯。

我们三人刚骑上省道，天空狮吼龙翻的，乌云跳荡。章田和我三人狂奔，被风吹去一样，道上，田妖精哄章青说，他将来要考航校，当个飞行员，章青听了，发出清脆脆的傻笑。我一愣神，又鬼使神差般地，停在一棵行道树下，我觉得我是被巫婆给施法了，肚子真有点疼。但巫婆的法力不够，没有把我疼晕，我没有回家，而是返骑到吴家岗公共汽车站旁的无屋檐的小店边躲雨，浑身淋了个透湿。

狂风暴雨中，我那里忽然硬起来，我不停地拭去脸上的雨水，笑自己不知为谁而硬，似是扛枪为别人打仗。过了好久，天雨才兴尽而收，章田二人骑回来，也不说话，也不看我，各自直冲回家。我知道，故事发生了。

第二天，章青脸红了一整天。

清晨，夜雨过的天空云彩有红有白。打开水的路上，巫婆惊讶地看着章青，拉她的手，摸她的脸。走在打开水的路上的我和田妖精也都一下呆住了，章青的美真如一首拉美民歌歌中所唱：像朝霞像天空一样。她听了巫婆的话才知道自己脸红得厉害，早上，她从镜子里也看到了自己的脸红，没想到出门后脸更红。她惊得快跳起来，逃跑一样冲进开水房，逃跑一样跑回家。接着，我们看到章妈妈紧绷着脸出门上班去了。然后，整个白天章青都没有出门，整个白天都是巫婆给我们传消息，说章青在看物理书，又说章青在给妈妈做饭，做了一道清蒸茄子。整个白天章家都是章妹妹出门晃动。我们在香樟树路上走了整天，身旁不断有人叫，衣民，你怎么晒得这么黑了，田妖精，你都成了非洲人了。

田妖精一双眼亮晶晶，一口白牙闪闪亮。黄家诚与他擦肩而过时，看他的眼光十分尖锐，田妖精回过去的眼光更是凶狠，二人在空中午刀弄剑。

路上，走着走着，我们和刚下班去食堂吃中饭的陶晚走到了一起。走着走着，陶晚似有所知，讲起他早前的一次短约会，记不清是不是第一次了，说是在武昌蛇山脚下的路上和一个姑娘碰到了，跑进蛇山树林里坐，不知不觉，坐在他身上的她晕沉沉了，他也傻愣愣的，不敢抱她太紧，不想让她碰到自己下面的硬。我和田妖精奇妙地一致保持着沉默，只听不讲，不追问他故事后续，不追问他故事中女主角今何在。

同学问坝在路上不断偏过脑袋看田妖精，打出特别大的一个个问号。

直到天黑，章青才又走出门来打开水，且由章妹妹紧跟着。章青的脸仍然红着，在路灯下，那红色更显娇柔，她披着头发，紧靠路的右侧走，不时伸手拢发，让头发摭住左脸。

田妖精夜里打开水的路上，身姿挺拔，眼光平视。直到夜里他才告诉我昨夜他和章青骑行故事，那个骑，骑得比横吹的暴风更快，快要到吴家岗和土门机场之间一个叫花艳的地方了。忽然，他看到路边一个半倒的竹棚，很像丘岗上刚被拆的那个小棚。说来也巧，暴雨就在那一刻席卷而来。二人停车下来，他护着章青，躲进小棚时，黑暗中，暴风一会儿东，一会儿西，二人东躲西让，忽然被二根竹竿卡到了一起，好像是被卡到了一起。等于说，当时他俩是抱在一起了，抱了有半小时。当然，并不是真被风吹竹棚而卡住，是他自己想被卡住。雷声猛轰时，章青在他怀里似乎吓晕过去了，他的手碰到了摸到了章青的胸部。章青的胸部弹球一般跳起，好温柔的爆发。爆发而出的那种温柔，足以让人去死一次。

当时有路过的卡车灯光远远地照亮了小棚，而他只看见章青的柔发。

他说愿意去真的死一次。他的口头禅，这么神奇！这次没有出现，后，再也没有出现在他的嘴里，最神奇的事物他已经见识了。

他有好半天讲不出话来，我倒是想起一句话，叫作温香软玉抱满怀。

我虽然早已猜遍所有情况，还是被未知情节震撼到，我保持沉默，偏着头看他，打出特别大的一个惊叹号。他说，在那小棚中，他不由浑身跳动颤抖，冲动爆发，她醒来后以为他生病了，看他为了护着自己而全身淋得透湿，就让他拧干衣服，黑暗中他把衣服裤子全脱下拧干，路过的卡车灯光照亮的他的全身时，她没有扭头不看，只是暗中发呆了半小时。

果然如二胖说的，姑娘被摸一次就熟了？我倒是觉得走在香樟树上的巫婆已经很熟了，乳房很大呀，她是被谁摸了呢？被天摸了吧。

在宿舍楼家属楼与开水房之间的香樟树路上，田妖精告诉我，他还真的没有往那方面想和做，是天上涌来的念头和火苗，是天上飘来的一股香味加上章青手绢上的香味加强了这个念头和火苗。暴风雨中，二股香味仍强如火苗一样的有力，引爆了他。他说，是暴雨把二人挤到一起的，是炸雷把自己的手放到她胸前的，是雨中聚停二十秒时轻轻涌来的萤火虫推动了二人，是躲雨的萤火虫推动了二人。

似乎，是上海男女悲情故事苍老故事也起了催促作用，是想象中的武昌和上海二座城市的各种浪漫故事一下掀动了二人，是温暖又凉爽的从丘岗冲下来的桔子香味把二人揉在了一起，总之，即唐诗云，野渡无人舟自横。他讲，在手忙脚乱中，章青说，不行，你不能看我，不准你看我。他说，我真的没看。

香樟树路上，他跃跃掀动的身体极为轻灵，他极为得意自己让章青脸红了整天。看上去他英姿勃勃，眼光一直保持平视，脸浮发自内心的微笑，他像水面生出一朵荷花。

田妖精说的每个动作都加以时间半小时，我一细想，那可要一整夜才够，但看上去，他不是在吹嘘，他是沉浸在好多个半小时中。

田妖精似乎是为了安慰沉默的我，说，章青说了，不能不要不可以做坏事。

听到这里，我才微笑继而大笑出声，可爱，章青把那件事标为坏事。坏事是多么可爱的事呀，此时的吴家岗，此时中国的夜空下，多少人们在做着坏事呀。一时，我从心眼里觉得章青可不能和田妖精做坏事啊，我看见我在田妖精面前浮起的双手在颤抖，那是多么大的担心啊，手势真如心声啊。

在吴家岗，我算是明白了，酒，喝到后来会醉，诗，读到后来会明白，少男女，走到后来会亲热，老男女，走到后来会有悲欢离合。

田妖精看了看我，嘴角上扬而笑。

他告诉我说：我和章青重新骑到车上时，她还告诉我，不知为什么，她觉得自己心里的张颖不那么痛苦了，自己再想起张颖时不那么痛苦了。

夜深了，我和同学问坝走到木材场转悠，讨论女人的美，问坝也是有经验的人了。他说，心里最先开始是想知道她们两腿间的秘密，是从那最不容易看到的地方开始，其实你后来发现的她们的手是最美最好看的，还有嘴唇和头发也是，当然，是身材决定你喜不喜欢她。

我心里想，章青最美的是她走动时前后三米内的风与味。

章青脸红整天。巫婆处在与我一样的沉默当中，章妹妹也处在此沉默当中。章妈妈愤怒，晚饭时在食堂门口为了棉布质量的问题与一个车间副主任争论，很少有地争到脸红脖子粗的地步，声音很少有地大，人们纷纷驻足劝解。

田妖精深夜躲在家里看书，一再强调，章青最美的是眼睛，那双眼睛近看可见其中五彩斑斓，远望如空中发光的二个杏仁，如天空二个微涨的半月。他说，你可以仔细观察，她是眼睛美，手也美，脚也美，身材也美。但并不是所有人都是这样，很多人只有一项是美的，这是他人体地理的最重大发现。

那天深夜，很少回来吴家岗的田爸爸，像个邮差送来了田家一直盼望着的信件。他把田妖精叔爷爷的二封信展开，全家轮读。信中说，一个被扫地出门的坏分子竟然又能够回到大学教室任教了，也能够回乡修坟了。田家欢欢喜喜，田妖精开心地嘲讽爸爸，说他红脸大耳，猥琐，说妈妈像个怨妇，唠叨。

隔天早上，香樟树路上，我看到田爸爸对章妈妈大动作点头招呼，章妈妈有礼貌地轻轻点头。我觉得二人的对视十分奇特，其中我有人体地理的重大发现，章妈妈和眼睛和田爸爸的嘴，分别是章青版和田妖精版，分别是章青和田妖精老了以后的形象。我越看田爸章妈越来劲，也对二人点头微笑，却惹章妈妈犯疑。恰此时，有个早年的武昌女同事来棉纺厂看章妈妈，远远走过来，大叫一声章妈妈的名字，她惊喜地扭头回望，说哎呀，我一下听不出你的声音，但是你直接叫我的名字，我就知道是个老武昌的什么人来找我了。

有次一个老同事从市里来看我的妈妈，也是门外叫名字，妈妈也是喜欢得不得了。我妈妈总是唠叨说好多年没有人直呼她名字，现在都是称某会计某组长某股长某同志等等。

田家的欢喜似乎经田姐传到了我们的数学老师身上，不过他的欢喜更像是欢腾，欢腾之外还有张扬，因为数学老师提前一二天知道自己考上了市师范学校，他准备读完师范进报社或进市政府当秘书。他在厂生活区走路的步子过大，像被人追赶的公鸡。这位公鸡喝了点酒，到灯光球场上来了几个三步上篮，连厂篮球队著名的名为棒冰和痞子的二位队员都闪让，让他摔倒在篮球架下。在考上市师范前，他哪敢在棒冰和痞子二位队员面前上篮啊。摔过后，他在香樟树路上与田妖精撞了个满怀，对视中他有恼火，而考上之前，他哪会在田妖精面前有恼火的表情。而田妖精则温和得不得了，他有章青了，一时谁都难以让他生气。

篮球场上，晚八九点钟的黄金时间，各种投篮端篮扣篮挑篮灌篮上演。这是永不中断的晚会，只有暴雨才能停它，而当停电时，场上一片球砸篮板的声音，闷狠有力。

深夜时分，球场灯光已停，球砸篮板声仍不停。

我定名为省道暴风雨之夜的隔天深夜，整个吴家岗特别温存静谧，我独自走香樟树路，听巫婆隔壁家的收音机大声播放着的苏联歌曲《纺织姑娘》，我独自围观下了中班的纺织女工。路上女工们细看着尚在篮球场上跳动的男人，我细看着她们的眼神，一一捉摸她们初次与男人的交往情景。

路边，老国家，窗下，他的二女儿，晚八九点钟，练写毛笔字的时间，奇妙的是，今夜，她练画着紫色水彩人物画。我觉得，在她眼里，我的独自走动肯定就是一个故事，一个与章青隐若有关的故事。在她的描绘中，我或许被夸大变形，被涂成全紫色，是个一心一意想着快快回武昌的烦透了吴家岗棉纺厂的年轻的成人。忽然，停电了，老国的二女儿点亮煤油灯继续写练画，她就是一个不那么美丽但细看又很有一番韵味的古代女子，没有电的时候，她有古代美，她真的很有古代美啊。

腊烛和煤油灯的光亮中，我看吴家岗有着和唐朝时期一模一样的黑红色和朦胧，我定名此刻的吴家岗为唐朝吴家岗。

在黑茫茫之中，田妖精跑到香樟树路上来找我，特地告诉我说，一般说来，我们是怎么想女孩子的，女孩子就是怎么想我们的。

他的重大总结是：她们的恋爱是吮吸一粒糖的方式，男人的恋爱是咬碎一粒糖的方式。

9、黄山行

　　我十岁那年跟着妈妈从武昌去了沙洋干校，在那呆了半年，住世上最低矮的茅草棚，门前沙地上埋锅做饭。搬家来吴家岗没几天，我与田妖精在砖房与茅草棚间杂的生活区后面的水塘边相识，他当时正用竹竿系着的球鞋上的白鞋带钓青蛙，钓饵是一点点白棉花。我发现，上钓的青蛙多不胜数，便立马和他组成钓蛙流水作业线，他钓我装袋。吴家岗的青蛙群一下令人忘光了武昌。吴家岗农民的故事更令人失笑，他们说六零年灾荒时，没粮食吃，只好天天抓乌龟脚鱼回家煮。吴家岗丘岗上的花蛇野兔，一直是木头人家的家常菜，等等。我们飞快就从家庭迁徙的疑惑中进入丘岗田野的玩闹中，之后是十三四岁时的顽皮，十五岁时的思索，十七岁时的忧郁。十七岁，忧郁之外，出现了与生俱来的心底潜伏着的青春反叛，对家庭、政权、文化内心都有质疑与不屑，只对河流山川和古诗及自己青春美妙的身体有发自内心的归顺。这一年，章田本是有心，恰被一场大雨罩住，初尝肌肤相亲滋味。

　　1979年夏天，作为对我陪追章青的回报，满心欢喜的田妖精极力助我去黄山一游。田妖精叔爷爷所在的武昌某学院组织黄山游，从武昌包车去。那田教授可安排二个家属名额随行，盼田妖精黄山行，并盼田妖精来年高考成功。吴家岗少年往返武昌的火车票，陶晚一口承诺包办。好一个田妖精，说是要把中国最美的地方留待将来与章青一同游玩。其实是，现在他和章青不可同游又舍不得分开，还又怕章妈妈忽然就把章青提前送回武昌而棒打了鸳鸯。木头人坚持田妖精那次远漂不是失踪而是躲藏，他也得到了田妖精助游黄山的回报。

那是十分忙乱的一天，田教授电话打给田妈妈，田妈妈马上催促儿子动身，不料变成田妖精风一般地驱赶我和木头人，真是堪比梦境切换。其后在武昌和田教授的接触，堪比失去组织联系的地下党员茫然中忽然巧遇接头人。

陶晚和田妖精送我们上去武昌的夜班火车，并陪坐一站，然后，他俩下车沿铁轨回走，这是我们给吴起送行而形成的惯性。在火车上，换了角度看吴家岗的江面和丘岗，很美，美得田妖精心想一定要在其中和女孩子章青做那第一次野合。一时，我恍惚成了真正的田妖精，他怎么想我都一一知道。当田妖精和陶晚下了火车后，天空又下起了雨，我又觉得我是一个被打散了的孤身的鸳鸯，火车像纸船般带着湿纸般的一只小鸳鸯颠簸前行。我还觉得，我这只孤身的鸳鸯简直公母不分，面容含糊。我还觉得这只孤身的鸳鸯最为担心的也是再也见不到章青了，要是她妈妈把美丽的章青鸳鸯送回武昌或比武昌更为遥远的一个地方，那么，这里这个湿纸般的小鸳鸯真会就此通身漂散无影。反正，在我心里，在火车上，章青就是主角，我把自己这个配角设想得越是悲惨就越是过瘾。

在黄山，我发现自己对章青有很多赞美，心里很是干净利落。美丽壮硕奇特峥嵘千变万化的山峰巨石是形容她，神一般的树是形容她。

我浑身是劲，独独一点也没有感觉到那个地方要硬要骚，我还悄自对自己说，你现在好规矩呀！

在黄山，我正式爱上了中国和楚国。是的，我看了中国的身体，中国最精美身体的一部分，或者说上半身吧。我脸要红一辈子了。我脸红心热。我心中充满李杜的诗，神仙的诗，当然，还有贾岛的诗，我是寻道士不遇呀。

我想，我忽地这么热切地爱上中国，这也是一种初恋吧。

木头人只对山上的小花小石头感兴趣，或是后悔没把他老爸的猎枪带来。他也有很激动的时候，想把十二个跳绳队员都带来黄山，带来干什么？带来跳绳。奇妙的是，我俩的黄山行几乎每时每刻挂在嘴上的都是班上的同学，他们似乎随行而来，只是远远地在吴家岗的丘岗上散走着，大家相距着一个似可听见而又不可看见的距离。

这是我一生中眼睛最舒服的时刻。我的视力惊人，可远远看到对面山上的小虫小花小石头，看得到小花小虫之间的小故事，看得到小鸟在密林深处的交配和讨论，看得到小溪在密林深处的跳跃，看得到天空白云飞掠过绝壁松树时松鼠的眨眼。我身上的这种偶然的能力在黄山得到了极大的发挥。木头人的听力惊人，听得到山沟沟下的虫鸣，其音色优于吴家岗百倍，其声音品类多于吴家岗百倍。他说，他听得到连续多变的风涛声中的溪流声，风涛声和溪流声混响如同吉它琴上的和弦声。这是他一生中耳朵最舒服的时刻。

黄山，明媚的阳光，如是章青之影。黄山，天与地的绝配，章青，配得上这美景，田姐和晚桃也是，张颖也是。

黄山，楚国境内之山，天空翻涌着春秋战国的风云，我恨不能与同学吴起同游，好叙一段春秋战国之情。

这次来去武昌的火车和来去黄山的大客车，成了时政讨论之专列。正是：热议中国吵翻天，狂批历史闹死人。黄山的险峻奇巧与人间火车和大客车上的激情悲叹相映成辉，群峰张狂快意。火车和大客车上的乘客时而浪泼一般激动，时而沉静如山。火车和大客车是轰轰隆隆的黄山，黄山是轰轰隆隆的火车和大客车。木头人不爱热谈，火车和大客车上全程塞住耳朵大睡，全火车车箱和大客车车箱中的男人中独他是一根木头。

我们的小半个中国的旅行，穿越荆楚大地，细看千年来的各个战场和古诗人的足迹。回程经过武昌时，细细回忆幼年时亲见的疯狂胡闹的文革运动的集会和游行，想起那些乱哄哄的人脸，我实在想不通，为什么有黄山如此美妙高山的国家也会有如此愚蠢透顶之人群。

我在火车和大客车上与人热谈，把原本独守鄂西一方的吴家岗装进火车故事中，其中老国和唐诗的故事我是越讲越有情趣，深深打动了我自己，其中张颖的故事本在中国万千伤心往事中谈不上很招眼泪，却能使轰轰响的火车箱和大客车车箱里突然静了下来。

其中，张颖，一个刚烈的荆楚女子的故事，经我的嘴巴，从湖北宜昌和武昌，又一次地向全中国传送。

我的眼泪夺眶而出，悲伤眼泪的冲出好像是有人跳车。

武昌至宜昌的回程上，火车恰逢风起云涌的雨后初晴的凌晨，荆楚大地在月光下庄严肃穆，我涌起了给吴起写信的冲动，就在埋头大睡的木头人的木脑袋边上，垫着行包，我奋笔写下了一大篇，写完一看，发现此刻的自己与平常的自己是那么的不同，仿是二个人啊。我在信中写到，我那发自内心的家国情怀，比性冲动更强。我对自己的一生不坚持什么，不图名利，但对国家未来满怀期待，要国富民安自由公正。啊，中国人口太多，好吧，我可以独去深山开荒，中国财富不够分配，我可以分文不要，只做开荒者。我要为中国献身。我疯了妖了。

信中，我还写到，我的天下只要有唐诗和现代诗再加上一些戏剧片断就够了。

我觉得，田妖精被章青看了，衣民伯伯看了黄山，我俩成了全吴家岗最热情纯洁的少年。

　　清晨，火车停吴家岗站，我和木头人下车后飞快走动，十分的风尘仆仆。

　　我们看到木头人老爸扛着猎枪走过卫校融入丘岗，花蝴蝶和一个男人从丘岗往棉纺厂回走，同时有一对男女走上丘岗。人们进出丘岗的松树林，进出大棉被子一样。还有古家三兄弟的例行的走动，例行的晨读，他们虽然矮小，却有无可估量的前途。

　　我直奔厂车队宿舍让周公双帮我寄信给吴起。

　　接下来，我在路上被唐老师和老国给抓住了。我活蹦乱跳，我觉得我比站在黄山上时还要心潮澎湃，我午手动脚感染了这二位唐诗爱好者。我们三人蹦蹦跳跳走到木材场，活像是三个被捞起的活蹦乱跳的鱼。他俩热议我，夸大我的未来，一是说我定会对唐诗有自己更多更全的独到的理解与欣赏，二是说我将来一定会行商万里。我明白，行商万里是他们自己唐诗之外的梦想。

　　1978年，厂里给一批原造反派办含批斗性质的学习班，加进老国在学习班凑个数，当时唐老师不断暗助老国水果糖，由我夜里跑去见在洗澡塘楼上参加学习班的老国，给他送糖果并传唐老师的字条。唐老师最先传去的字条是要老国不要怕这个社会不喜欢你，后来的字条写到你也不需要这个社会喜欢，只要唐诗喜欢你就好了。字条再传的内容是，但你我终归是需要社会喜欢，需要喜欢社会。再后来的字条是约好将来一起去做生意。我当时就发现，纸上的人和实际的人是那么的不一样。

　　木材场，我们三位唐诗爱好者，品我的黄山归来，品中文，品中文里文字用得最美的唐诗。当然，其中秋风生渭水，落叶满长安这一句就够了。

唐老师说，山河大地是唐诗的，天下是唐诗的。热议中，老国加一句：天下是中文的天下，是中国文化的天下。然后，我讲了我在火车上听来的类似老国夜吟贾岛诗挨斗故事和类似张颖爱情的故事，我一时觉得吴家岗是我的天下，起码这木材场是我的天下，因为他俩听得极为专注倾心。我在火车上对陌生乘客讲老国的夜吟故事有个三五次。老国一想到自己和贾岛同在一个故事里随火车奔行在中国大地上，被人听得津津有味，整个人不由得欢欣鼓舞，脸上皱纹伸到天上去了。我发现，火车车厢和吴家岗这空荡荡的大木材场没有区别，我耳朵里满是轰轰隆隆之声。老国蓦地发现自己要迟到了，一下惊醒，跑得像火车一样快地向厂区奔去。

田妖精闻风而动，跑来木材场把我找到。我俩十分冲动，抢着要先问先说，最后只是像二只狗或鸟叫唤了一阵，没说出个什么，因为大家心里都清楚，最优先要说要问的，除了章青，还有什么呢？虽然这个章青已经是他的章青，但反而此时此刻又根本就不是他独有的章青，起码可以说谁又能独有黄山呢？

我和田妖精赶快去打开水。路上，田妖精却对我小玩一个伤心，骗我说章青已经被章妈妈送回了武昌。天啊，我果真是一只孤身的湿纸般的小鸳鸯，香樟树路顿时成了一条小河，我快要漂散无影了。田妖精非常仔细地品味我的离别哀伤，大眼换小眼，伴以抓耳挠腮。直到章青闪亮闪亮地从家里走出来打开水，我才又变回为一只喜鹊。

路两旁香樟树为章青的行走哗然出声。她路过我们身边时，只对我点了点头。田妖精则专注地用一只手在我的面前摇晃，似在拦阻我开口想说的黄山行，怕我借机热情万丈吧。说真的，我的黄山行，胜过了吴起带来吴家岗的比目鱼和兰波诗二件宝贝。

后，田妖精花了一整个上午反复对我讲吴家岗近天发生了些什么。主要是：一，章青真的差点就先回武昌了，这不是假消息，是章妈妈亲口对田妈妈讲的，幸好后来章妹妹亲口对田姐姐说章青还要去市里那所她就读的高中见见对她最亲近的一位老师，还不能马上就离开吴家岗。二，我以为章田后续有丘岗亲嘴，有二三钟头之久的亲嘴，田妖精说没有没有没有没有没有，手摇得像最狂的狂风中的树叶。他说，章青要么不出门，要么被巫婆约上晚桃，三人一起走丘岗去了。三，厂里有人说田妖精长得与那位张颖所恋的飞行员很相像了，这个相像，也不是假的，我也越看越觉得有些像了，或者说，田妖精嘛，会变的，变得越来越像了，这是他作为一个妖精的一大本事呀。四，那人事科长由人开车带来厂里转了一圈，不行，所有人都感觉不行，在厂里他还怎么呆得下去，厂里决定把他调去市工业局挂着吧。五，好像全校都知道了农民伯伯的黄山行，好像章妈妈知道了省道暴风雨之夜发生了什么，好像全班都还不知道田妖精捉住章青了。六、田妖精想起那个骑行夜，暴风雨将要从天空扑下来时，自行车上的章青讲了自己与张颖最后一次在派出所相见的情境，当时在场人多，张颖并未多说什么，只是说你以后要多和晚桃去玩，说晚桃也是我们武昌的姑娘伢。

原来章田自我黄山行后，一直没有单独见面。但田妖精一点也不后悔未能黄山行，他说，黄山是美，但还不能和吴家岗1979年夏天象比。他说这话时，撮起嘴深吸一口气，活像是和空气亲嘴。

77年，有一天傍晚，我们在江边游逛时，忽听到厂广播里放出电影歌曲《洪湖水浪打浪》，此电影解禁了，传说中的美，浪涛般涌起拍下，就像碧绿的临江溪水漫天铺盖，就像我们在冲洞时，水中静眼看到花花绿绿纷纷繁繁。课堂和路边，我们听到和我们讨论的是，一个少男或一个少女的长大其实正是一个不可阻止的解禁的过程。吴爸爸和假右派只言词组地评论说，恰在你们长大时经历国家政治方面的一些解禁，这是双重解禁。他们说，少男女的生长和政治上的解禁都是必然，还说人类正是一个漫长的解禁的过程。《洪湖水浪打浪》歌曲解禁，吴家岗棉纺厂作为一个流放地也就解禁了。

晚桃的歌声甜美，最甜的正是这首《洪湖水浪打浪》，她整个人被解禁了，从一个走在路上含羞低头的姑娘一变而成台上高歌路上高声公共汽车上大笑的年轻女子，变成棉纺厂姑娘故事集中的主角，并专有一个晚桃故事集。

78年，晚桃有次坐火车从武昌回吴家岗，火车上的一个长得尖眼尖鼻子的跑军需的军人本来是卧铺票，硬是换成坐票，坐票本和她隔六排座，硬是嘻皮笑脸想办法换到她身边来坐，坐下却变严肃了，因为晚桃如花笑脸忽换成冰。她抱臂闭目，不屑一顾。第二天早上车到吴家岗，军人跟随下车，不依不舍地远跟着晚桃进厂，打探到晚桃确为棉纺厂女工后，先到市里办公事，而后把公事扯到了棉纺厂。此军人在棉纺厂招待所一住就是大半月，也在香樟树路上和晚桃说上了几句闲话，只是每次闲话都以晚桃扭头而去终结。有时，她面对军人发出爽朗的笑声，反而叫他不知所措。有时，她怒眉深锁，军人身形发僵。更多的时候，军人是在路上向全体棉纺厂女工显示他与厂长的关系，他总是等在食堂门口，一当厂长出现，他就抢过去握个手递个烟，一次二次三次，厂长弄明白他的意思后，反而大手挥挥，向他提示棉纺厂姑娘众多，别只盯着某一个人。在厂里，厂长是一个中心，其形象不怒而威。晚桃也是一个中心，不午而美，晚会上她是独唱演员，香樟树路上，她是个独午者，不午而美。此军人热烈公开而又久无进展的追求在见到晚桃分次约不同的男友傍晚走丘岗后，渐渐变为一种自认失败的旁观，一种不失大度的温和的旁观。旁观的军人被棉纺厂子弟学校的金玉老师看上了，或者说是军人旁观到了金玉老师。二人在吴家岗公共汽车站，经过一次那著名而且奇效的急刹车后，军人和金玉老师不过二月就结婚了。

晚桃约人或被约走丘岗是继张颖离开人世后棉纺厂引人注目的一个场景。她本就爱约各样人走丘岗，同行者有过陌生的男人、有过相好的男女同事、有过章青和巫婆、有过她的哥哥陶晚。不午而美的晚桃走在丘岗上，在张颖故事终结后，显得是那么的特别，特别有一种故事又要发生的感觉，因为她人美歌美，有武昌姑娘的狠与欢。

晚桃下放农村做知青时当过赤脚医生，招工来厂后获市医学院药剂专业进修的机会，现在在厂医院药房上班。因为漂亮抢眼，她一上吴家岗的公共汽车就有人会踩到她的脚，然后就有约会。厂医院药房安装有一部电话，打进来的电话大多都是找她的，她是厂里最方便与人约会的姑娘。人们在香樟树路上听到外厂来的小伙子问厂医院在哪里，一定会反问，"这是来找晚桃的？人们在吴家岗公共汽车站听到有男人打听棉纺厂医院药房的电话号码，一定会生气，晚桃是你们可以随便去乱找的吗？陶晚那本着名的笔记本，因记有厂医院药房的电话号码而更增加了被借走的次数，也因为这笔记本的被借，那炸雷般的响声，那格外大的喜气和脾气在厂里成为谈资，成为香樟树路边的场景，更为章青和巫婆津津乐道。

晚桃换男友，甚至一二天一换，但哥哥总是暗中把关，曾直接拉上我和田妖精木头人远远跟踪。晚桃的恋情故事通过巫婆到章青经过田妖精再到我，我听得很是惊奇。她的脸热说与花蝴蝶的脸热说法一模一样，即脸上发烫，就是有人要来约会了。她在吴家岗公共汽车上倒进别人怀里，踩了别人的脚或被踩，都是故事开头。她是解禁的白蛇传电影中那条白蛇仙吧，只是许仙还在遥远的他方。她与花蝴蝶的区别是她长相纯正，语音纯正，眼神纯正，她和各个男人的交往都是仅限于丘岗坡下，烂泥湖边，晚上九点钟前，而且，她找的男人要么长相体面，要么态度温和。而花蝴蝶，走姿妖娆，说话嗲嗲，找的男人各色各样。

晚桃和一个个男人的约走丘岗，路线很是标准，即从厂生活区边的木材场，穿过烂泥湖，沿丘岗坡下小树林，绕向吴家岗公共汽车站，然后回进厂生活区，于香樟树路分手。如果同行者是好姐妹或女同事，行走路线增加为从江边一溜转向丘岗顶上。她天性欢快而又极有分寸的故事可以编为一个晚桃故事集，棉纺厂男孩在丘岗偷看男女欢爱的传说中，她的故事是传说中的一个专集。

木头人集77年和78年到79年的跟踪，在丘岗边的小树林边，在灿烂的月光下的烂泥湖边草影里，他不止一次听到与晚桃同行的男人由议论国家大事转向挑逗的话语和暧昧声调。小树林外人来人往，小树林下溪流翻跳，木头人或攀身在一棵歪脖子树上，或缩在溪边的一块石头下，或卧茅草丛里，听到了几乎是全吴家岗或热恋或偷情的男男女女的对话，部分看到了人影缠绕。木头人独独没发现哪个男人摸到了晚桃的手，没听到过晚桃哪次有过羞羞答答的响应，她只是挥发喜气加脾气，她一直也没有真看上哪个男人，她看上的是丘岗上下的美景和她自己的美。

79年春，晚桃终于开始同男人走丘岗顶，走向丘岗上的密林，她是真的恋爱了吗？这事，首先被木头人发现。木头人发现，虽然她走上丘岗，但也只是擦树林的边而过。在晚桃79年愈来愈密集的约会里，一个在市建筑公司做泥工的青年闻声而动，徒然出现，这人长得特别精神，传说是一个刚翻身的有海外关系的1949年以前国内著名的大家族之后人。说来也巧，此人曾在吴家岗公共汽车上与我和田妖精相见过几次，一头卷发，侧面像极了陶晚。所以，木头人一提起，我和田妖精就对上号了，我们马上给那人起名为卷发。卷发与晚桃是路上相见而约还是电话相约，我们无从知道。但木头人已经听见卷发对晚桃说了，他会同陶晚哥哥谈判，要么与陶哥决斗一次，要么与陶哥的交个朋友，交个亲人。因为晚桃对卷发说，自己生活中最重要的决定最终由哥哥定，而哥哥一向很严，严得她自己也不知道在他心里什么人可以和妹妹成为亲人，哥哥的喜气和脾气很大，炸雷般的声音随时会爆出。直到卷发真的和一个与晚桃相约走丘岗的男青工在吴家岗公共汽车站狠打了一架后，晚桃才对他认真了一些，但这个认真并不是和走他丘岗，而是不和他走丘岗了，也不和其他男青年走丘岗了，来找她的电话也少了。卷发于是经常出现在厂医院药房的窗口前，像一个浑身是病天天需要领药的人，晚桃天天给他递微笑，递手势，卷发每次离开药房都开心得不得了，双手张得很开地走着，彷佛捧着大抱大抱的药包药瓶。

我从黄山回到吴家岗的当天傍晚，吴家岗的鸡鸣狗吠与棉纺厂的机器声中，准时响起江面上往下游滑行的客轮的汽笛声，准时响起巫婆呼唤章青的尖叫声。遥远的丘岗深处，莫名地传来爆炸声，人们说那是某个军工厂在炸山开洞，我则认为就是那种生活中时时会有的从天而降的炸雷般的响声，就是云中降下的轰鸣，就是晴空的天炸。从木材场走向丘岗的晚桃带着巫婆和章青，一路上有迭加在一起的笑声发出，远远地看去，她们三人笑得东倒西歪，笑声如是从一根电话线里传来的，我和田妖精细听着，偏头让一只耳朵朝向她们。我们站在木材场最粗大的木头上，每口呼吸都是鼻子极深极深的深呼吸，彷佛在细寻空气中如蜂群般长距离流动的她们三人的女人味道。巫婆忽然改约晚桃走丘岗，很像晴空的一个天炸。晚上打开水的路上，见不到巫婆和章青，只见章妹妹和巫婆妹妹一起去打开水，二个小小女孩一路上有商有量，表情认真。

　　我和田妖精坐在灯光球场边上，在球场灯光下，在人球满场飞旋的动乱中，在香樟树路边女工和小摊贩的交谈中，忽然天降一阵武汉话的舒适美。平常，我们也都说的是武汉话，听的也大多是武汉话，但还是在这平平常常的一个夜晚，忽然被武汉话中独特自在的舒适美打动了，因为，那是田姐和晚桃在对话。她两少有地在灯光球场边相遇交谈。

　　我用手指指点点，想抓接住田姐和晚桃在空中冒上沉下的武汉话。特别是田姐说出的武昌话，是那么的温婉清脆。我不能不说，要从声音上辨别，全棉纺厂说武汉话最好听的姑娘就是田姐，田妖精反对，但不提出谁的声音更好听。

　　我只觉得田姐的武昌话是远距离的一只小棉签，在我耳朵里掏呀掏着，我醉了，浑身上下好像有十几个耳朵在听着听着。田姐路过我和田妖精身边时，特地拉着弟弟讲东讲西，特地说衣民最好，你们二个在一起玩看着蛮舒服。我极有灵气地说，我们三个人在一起站着，谁看着听着都觉得舒服啊。田姐眼风一飞，笑意抛上天去了，弄得星星波动。

　　小学升中学的那段时候，巫婆和章青在田家和田姐曾挤睡过好多个夜晚。74年，田家最先分到了有独立卫生间的房子，男生女生都来玩而不想回家，女生在里间讲个不停，田妖精在外间睡得像个死猪。但他记得章青和巫婆嘻笑着在自己床边走来走去的样子，朦胧中他做出咬人的样子，然后保持着咬人的样子又睡着了，巫婆说他咬了一晚上的鬼。他还记得听到章青跑回家去后又跑来和姐姐一起睡的事。当然，那时我也常和田妖精挤睡在一起。

那天晚上，我发现我们的同学，老国二女儿，她也很少见地与另外的女同学从丘岗走回来，她的武昌话也很甜，糖份稍少一点点那种。她虽然走在一群姑娘中，但怎么看，都还是有些形单影只的味道，她的身子总是要与旁人有个小距离，从没见她和谁搂在一起走。她对我们笑笑，也是偷偷笑笑那种，脸也是一阵阵发白那种。

10、外公

　　一年一度的吴家岗各厂各单位间的篮球联赛开始了。白天，灯光篮球场上也安排有比赛。外厂的球队队员候球时，喜欢冲到香樟树路上寻花，看到棉纺厂女工散漫走来，他们喜欢相互捶打一番，龙腾虎跃。

　　田妖精也龙腾虎跃，给巫婆以回报，花了一个上午专为她的三个小妹妹用废弃的五夹板拼做了一张小乒乓球台。在他忙东忙西在巫婆家门前像个老练的木匠大张旗鼓时，独独不见章青来巫婆家玩，有几次，章青远远地露面一下就又溜回家去了，害得田妖精追过去也不是，接着做木匠活也不是。巫婆也神兮兮的，好像忘了章青，忘了田妖精在自家门前干着活，一消失一整个上午，身影远远地露出一下就又不见了。田妖精的乒乓球台制作过程中，倒是吸引了我的妹妹。我像个木匠学徒给田妖精打下手，倒是感动了我的妹妹。我的妹妹比巫婆的三个小妹妹都大些，她临风站立一旁，频频微笑。我发现她也到了一生中长相最美的时候，依巫婆家门口的晒衣架的高度，我发现她个子长得比章妹妹高一些了，好像就在前一个星期，我看到路上她与章青擦肩而过时，还和章妹妹差不多呢。

　　栋与栋之间的梧桐树、杨树、樟树，也都从前几年刚种下时的青涩长到了浓烈之时，麻雀群飞上扑下，活像我们那最可爱的校长台上讲话时不停掀动的双手。我的妹妹也长大了，这时，我妹妹身穿妈妈刚给她做的一件新裙子，满脸是穿着新衣的娇气。我那爸爸逢年过节从遥远的地质队到吴家岗，最喜欢握着妹妹的手说，真的是一双好手，软软的，软手好命呀。

她扬起她那双好手给龙腾虎跃的田妖精打了个招呼。

黄山行的热情悄自又燃烧了起来。我，体会到一生中开始燃烧起来的兄妹情，涌起终生的爱护之情，继黄山上正式爱上中国后正式爱上了家庭。说来也奇特，和妹妹争食还是昨天的事，享受妈妈对儿子的偏心也还是昨天的事，蓦地一下，一个念头像一个种子发芽了，我想我应该多多让着她，家中以她为主。

我龙腾虎跃地跑回家。这个农民伯伯想象着将来宠妹妹，心中花团锦簇的，设想很多很多。在家里，按鞋匠的做法，我用一片钢锯片在煤炉上烤热，补她的凉鞋，我想，将来不论她走到哪里，凉鞋都由我来补吧。

我还自己动手用做乒乓球台剩下的木板为妹妹做了一个画板。边做画板我边对她讲美国的一幅名画：半夜里一个黑人捉乌鸦。这幅名画是从吴起那里听来的。在她面前，我把吴起吹得天高，所以，我在她眼里的形象一下就拨高了。我对吴起怀有一个诗人的梦想特意流露出轻轻的鄙视，却更叫她对吴起生出崇敬的神情。

我们还讨论丘岗上的春夏秋的鲜色美和秋冬的枯色美，这也依希是吴起所谈过的话题。她说可以画武昌城大于小巷的法国梧桐树、红瓦红窗。可以画武昌桥头纪念石柱。她记得那石柱上建桥记里的句子：江水悠悠，长桥如画，楚天凝碧，艳阳似锦。这个建桥记上的楚天和艳阳的描述，放在吴家岗也恰恰好。

我们还想起了武昌蛇山上的石砌山坡。

我急冲冲地带妹妹去厂医院药房找晚桃，用她的借书证到厂图书室借了一本素描集。第一次，和妹妹一同为一件令人舒服的事走在香樟树路上，有异样的舒服。为什么非要找晚桃帮着借书呢，是为了让妹妹与晚桃成为熟人，成为在打开水路上可以点头欢笑一下的熟人。我，宁愿和我的妹妹的故事如同陶晚和晚桃，将来在一个厂或一个单位工作生活。路上她的男女同学与她打个招呼，我也觉得很舒服，很欣赏她和同学关系融洽，有情有意。我特别注意到有个男同学和她招呼一句，然后很夸张地急步走开。

后来，她还真学习绘画了学了好几年。在离开吴家岗前的最后几个星期，小小年纪的她，独自一人去江边去丘岗写生。她或穿着补巴累累的凉鞋和新裙子，或穿着有补丁的旧裙子和白色的布鞋，她喜欢这样新旧搭配。

傍晚时分，巫婆不来约我们和章青走丘岗，却和整理车间主任老彭一家人走丘岗去了。彭主任一家只有二个高高大大的人，没有一个小小跳跳的，这会，巫婆加入其中，走走跳跳，我和田妖精恨不能飞过去追问她。

从木材场穿过烂泥湖到丘岗下，再到吴家岗公共汽车站，只是土路和石渣路，木头人骑自行车绕这个圈玩。木头人骑车经过巫婆身边时，帮田妖精问到一个不算消息的消息，说章青在家复习功课。

快要立秋了，烂泥湖边花香清凉，泥腥味清淡了些。

这次，我在丘岗的半坡上看到，章妈妈和章妹妹一同乘车回吴家岗，二人下车时有说有笑，还一再回头笑别人，估计是刚有一场精彩的急刹车。我和田妖精浑身充满惯性地半冲半跑地迎过去，恰在香樟树路口上与章家母女碰面。我们一直在观察，章青脸红整天一事，哪些人心急如焚，哪些人莫明其妙。

章妈妈看到田妖精时，却是很温和地问他，回武昌的事儿，大人在忙着，你自己准备得怎样了。田妖精还未回答，章妈妈的话头又转到我身上来了，她问，"黄山好玩吧。田妖精发愣，我心虚。

我心虚也只是帮田妖精心虚一下，所以我很快就兴高采烈地边回答边飞起手来。章妈妈夸耀我一句，说衣民是个不错的孩子。这话叫田妖精眼睛一亮，我也以为这是暗中夸他，或者说，我也很愿意章妈妈是暗中夸他。恰此时章妹妹恨声皱眉，说，看不到你们复习功课。趁路上各种招呼问候朝向章妈妈，我和田妖精闪到一边去了。

我俩闪呀闪，在吴家岗棉纺厂这宛如河流水湾的生活区里，像二只泥鳅。我们这二只泥鳅闪到章青家的楼下时，却看到章家母女三人走下楼来，于是二只泥鳅闪到很远的地方跟着，叫二只泥鳅十分惊喜又不无抓心的是，今晚是章家母女同走丘岗。

木头人告诉我们说，巫婆和彭主任夫妻在丘岗下的树林边讲故事，讲的什么故事呢，讲的是穆桂英挂帅出征。他精怪精怪，自然知道田妖精最想听到什么，说不急不要急，我先去看看巫婆给彭主任二夫妻怎么施巫术吧。

远远地跟着章家母女后面，田妖精万分友好地搂着我的肩，说，和章青的事千万不能告诉木头人，不然，章妈妈就知道了，我就完了。我则更友好地抓紧他的手，说，章妈妈已经知道了吧。

二只泥鳅闪闪跳跳，不敢靠近章家人。木头人骑自行车，颠颠簸簸，每当路过章家人时，都要停下说道几句，他不是绕一大圈路过一下章家人，而是短距离回返骑行反复路过章家人。

木头人特意长时间不过来和我们说话传消息，田妖精失落。叫田妖精气愤的是数学老师和田姐同走丘岗，走到丘岗树林的深处去了，那是全吴家岗人都知道的一个地方，是拉了幕布的演色情戏的地方。我也失落惆怅，看田姐的背影从我面前三五米远，一直到她消失在丘岗上的树林里，一直到夜色吞没她，她身上的一股香味像被有意遗忘的手绢一直塞在我的鼻子里。她柔美的背影，细微而又猛烈的屁股的扭动，独独撼动我的心，激起我背上一片燥痒。屁股是全天下用来骂人的人的身体的一部分，却恰恰是田姐身上的这个部分，在吴家岗的这个时分，使吴家岗美过了武昌，美过了青岛，美过了北京，甚至也美过了黄山。

我们这二只泥鳅倒是在拐过一窝形如巨大喷泉的茅草丛时和巫婆及彭主任夫妻碰面了。巫婆看见我们，吓了一跳，似有往彭主任身后躲的动作，似被彭主任老婆挡出，似又被彭主任用手护了一下。就这么类似午台上的一番站位调整之后，彭主任背靠那喷泉般的茅草丛对我们说，我家里想做一只木柜，你们帮着想个样式，可以吗。彭主任假而很真诚，田妖精真诚而假，想了一个样式。巫婆的脸红了，都不知道她为什么脸红。我看到了彭主任妻子脸上的怪异，她假装不出无所谓，她的脸皮正在轰轰然往下垮塌，她忽然流水破堤般地往一旁快走，一个人一哄而散般地往一旁快走，快得彭主任拉都拉不住。

木头人是老道的，他跑来偷偷对我说，老牛都喜欢吃嫩草，老彭喜欢吃嫩草，巫婆就是一把嫩草。我和田妖精哈哈大笑，虽离巫婆有半个篮球场的距离，她也听出是在笑她，她也听出来我们根本就不相信老彭要吃嫩巫婆，她特地跑过来和我们一起走走，友好一下。

木头人今夜形象儒雅成熟，路上与章妈妈有个高谈阔论。章妈妈说唐诗可以是简单读着玩玩的，但你要是真的喜欢唐诗，那就要用心去演奏，要像演奏一件音乐作品一样。木头人说自己不演奏，田妖精和衣民伯伯肯定去会演奏，特别是衣民伯伯。章妈妈细问他，为什么说是衣民伯伯呢？木头人说那家伙读唐诗时喜欢手舞足蹈，喜欢动手指头。这场木头人与章妈妈断断续续有关唐诗的交谈，后来短暂加进了急步而来的假右派夫妻，加进了扯扯拉拉的彭主任夫妻和巫婆，也加进了我们这二只泥鳅在烂泥湖一片高高低低的荷叶的映衬下，一群人中，章青像一朵月色下美丽的红荷花，虽然她只是头上扎了一小根红绳。章妹妹接过妈妈的话头笑说姐姐每天都练习演奏唐诗，练着练着，从唐诗的旋律中，会感觉到唐诗是那么的连贯流畅，字符是那么的园润，然后意境就涌现了呢。假右派听了，点头致敬，他老婆也脸换微笑为凝重。假右派环顾四周，说，吴家岗这个地方，是个演奏唐诗的好地方。彭主任用力点头，加以肯定，说，还真是的，读唐诗和拉小提琴演奏独奏曲是一样的，他妻子也用力点头，巫婆也用力点头。田妖精说，我也一直都是在演奏唐诗，不是简单读读那种，不过我是没有怎么细心练习。章青朝他一笑，章妈妈也朝他一笑，章妹妹也朝他一笑。笑过后，章妹妹对我说，衣民呀，你可要多多练习。我赶紧说，贾岛的诗可能是比较难以演奏的唐诗。

彭主任此时皱眉抓耳，心思纷繁，插话问章妈妈章青高考准备考理科还文科，章妈妈飞快回答说要求章青文科的课文要精通，但女儿高考肯定考理科。彭主任又问，"你们差不多定好回武昌的时间了吧。章妈妈说很快很快了。彭主任用力点头，又问，"那谢副厂最后怎么定呢，章妈妈说，那我就不知道了，有改变了吗？彭主任看向巫婆，彭主任的妻子看向巫婆，然后彭主任自问自答地说，谢副厂也不一定非要回武昌，他现在在厂里的位置很好呀。

众人松散地往前走着，章妈妈拉着巫婆单聊，巫婆声音压得很低，为了让我们一点也听不到她的声音，她差点把章妈妈拉躲到烂泥湖水中去了。接下来，章妈妈对章青发脾气，对她左耳说了一句狠话，对她右耳又说一句更狠的话，看上去像用头撞一下章青左耳然后又撞一下右耳。章青如在课堂上那么平静淡定，章妈妈便把恨恨的眼光甩到田妖精这里来，章妹妹也恨恨地看着田妖精。巫婆扭头独自回家，经过我和田妖精身边时，轻轻说，可能她妈妈猜到了，猜到了，但我一点也没有说漏嘴，一点也没有，田妖精你不要怕，衣民你也不要怕，我有消息会马上告诉你们。

于是我和田妖精就顺势往岔道上溜走，奇特的是，当我们在烂泥湖所有七拐八弯的小道上快快地溜了一整遍后溜回到香树路上时，看见章家母女三人正非常有礼貌地与假右派夫妻道别，然后，她们也很有礼貌地与我们道别，三个人都笑意盈盈，手都放在自己肩胸部的高度挥动着。

我马上在心里给章青配诗，用了《春江花月夜》中的*江天一色无纤尘，皎皎空中孤月轮*。

香樟树路边，有二家人正在吵架，是久未出现的二家人全体出动吵架赛骂的场面，围观者众，武昌粗话像一窝受了惊骇的鸡炸飞而出。章家母女三人轻轻走过，并不扭头张望。

这个晚上，田爸爸回到吴家岗。田爸爸闲逛，走到子弟学校的操场上，看到暑期自发来校上晚自习的一对对男生和一对对女生，脸露微笑，当他看到田妖精手势很大地在操场上说话，忽然生产了一种喜悦，对唐老师和谢校长说，哎呀，从小孩小学读书到现在，都是他们妈妈到学校来，我这是第一次来，感觉学校真的很伟大，少年很伟大，当老师很伟大，最伟大的是校长。田爸爸心情欢畅，油嘴滑舌，唐老师欣然听之，校长挺直腰杆，保持镇静和尊严。

田爸爸遥看长江遥看丘岗半坡上白墙蓝瓦的卫校，说，这里真的有古代的味道，有唐诗的味道。

田爸爸是在演奏一般，田妈妈加进来，也摇头晃脑。

田爸爸高声讲起了田妖精的外公，一位四十年代武昌烟脂路小学的校长，清瘦博学，养一大家人。一旁的田妖精第一次听说外公还曾是个小学校长，手在后脑上扣了半天。田妈妈悄声对儿子说，是捐钱捐来的校长，那时候，家里有些钱的。忽然身分标明为三四十年前武昌烟脂路小学校长外孙的田妖精把话题扭转到章爸爸身上。田妈妈讲章家被抄家时有古代的值钱的字画玉器，有宝剑等，讲章爸爸是个管不住的男人，有才有貌，下巴总是刮得青皮溜光。说来章爸爸也是很克制的一个人，但一个老将军的年轻爱人硬是追他追到痴迷。结果算章爸爸破坏军婚，先是劳改，后来变成了政治犯，最终定了个破坏军婚罪。离武昌不远的大军山，靠近长江边上，有个著名的劳改衣场，章爸爸就关在那里。田爸爸叫田妈妈不要讲这些东西给小孩子听，田妈妈偏要讲，说好男人也好坏男人也好到最后都是管不住的。唐老师和校长哈哈地说，章爸爸主要是个有真学问的人，是化工专家，想想，章妈妈出身武昌有名的家族，男人如果没有真学问，＂能娶到她。我听明白了，难怪章青以前跳绳时爱说，真想被一只妖捉去算了。

学校操场边的树林松柳相间，松柳相配，松树籽的香味与空中飘来的江水味儿混合一起。田妖精的眼光里混合着忧郁和伤感，外加一小点遥远的家庭荣耀。

一旁，我的肩上搭着田妖精的手也搭着田爸爸的手。

田妖精这次反过来说，妈妈真猥琐，爸爸真唠叨。

后来，我和田妖精跟在假右派夫妻背后约五六米远，往江边走去。路上，假右派逢到一个棉纺厂技术科的家伙，他对这家伙吹谈人类是唯一面对面交配的动物。他们一路上长篇大论，手不够挥动，加进脚往天上扯。我们独独只听到了面对面交配这一句。啊，这个知识超越了我们以前所有对动物的认知。假右派的形象顿时也因此由沾古诗人的边边一变而为沾科学家的边边。

深夜，我和田妖精仰坐在浩浩荡荡的长江边，恍惚觉得正身随江流悠然飘去，面对浑然一体可亲不可近的星空，说起一个到了我们这个年龄终于可以开口谈谈的问题。在武昌幼儿院里，他我分别都曾顽皮地趁女生站在椅子上往黑板上写字时从后面去扯脱她们的花短裤，看到女孩子白白的屁股后，我们哈哈大笑地跑开。

我俩不约而同地说，其实，这本是一件多么神圣的事呀。

篮球联赛主场从棉纺厂移动到了土门飞机场。

在武昌，常见那些五到十五六岁的孩子，三五成群从中华路走到水果湖去游泳，个个黑不溜秋。在吴家岗，这类随家迁来的孩子喜欢从棉纺厂生活区走到土门机场看飞机起飞或看篮球比赛，个个活蹦乱跳。我们沿省道行走时，看到过最为漫长的军车车队，感叹此为国家之精华所在，看到过漫长的劳改犯步行队伍，笑说此为国家之糟粕所在。

79年联赛，第一场在土门机场举行的比赛，棉纺厂队上场。厂里首次安排有观众接送车。想到以后怕是再很难见到土门机场，章妈妈同意章青和同学们一同去看篮球比赛。巫婆早上直接跑到我家楼下喊我，通知我和田妖精下午要早点帮章青找好发车的地点，明明发车地点就是灯光球场，她偏强调要先找好找好。到了晚饭吃完时，巫婆却又不出现了，我只好跑去她家找她，她却被谢副厂关在家里不准出门了。她的三小妹妹纷纷对我说姐姐在谈男朋友，爸爸妈妈都生气了。我顾不得许多，跑去把章青喊下楼来。我的步伐是那么的轻松，真想手抓起章青一同轻飞一下。田妖精等在运棉花的大卡车上，两腿张得很开地占了一片位置。车上，他很自然地让我站在他自己和章青之间。

夏收时节，省道路面铺晒有新谷，麻雀群飞在树顶与路面间，像扇面开开合合，像有一个隐形的摇扇人。这会运人大卡车开来，沿路麻雀如是汽浪喷溅般起落。车上，我问章青，巫婆出了什么事，章青假装说自己还不知道。但她假装不了不记得省道暴雨之夜的路边小棚。车路过那小棚时，她的脸红了一下，一阵红晕从她耳根飘到鼻侧。田妖精把脸扭得远远的。二人一直眼朝远方，目光坚定。我大肆欣赏沿路风景，大肆欣赏也站在车上的田爸爸。田爸爸本是个大红脸，落日的光芒下，脸呈金红色。他先前那个传说中三过家门而不入的故事，学着大禹三过家门而不入的故事，颇有老田妖精之夸张。现在，几乎隔天田爸爸就溜回到棉纺厂来。我更欣赏的当然是章青的香味，虽然车行中主要只有迎面风的味道，虽然章青站在我下风位，但这是我第一次与她持续地站得如此近，时有相撞，她身上的香味从她的头发翻传到我的脸上我的耳朵上。我巴不得时有急刹车呢。特别是车从省道拐进通向飞机场的一片丘岗路时，司机表演车技，把车开得飞快，左旋右旋飞上爬下，我的心都醉了，我的心都单独飞上天去了。但我还是悄悄地让位田妖精，在卡车的晃动中自然让出。车进机场大门时，章青对我说，下一场比赛也要来看，她说，你要记得找我。我问，"那巫婆呢。她说，就你来叫我吧。我赶快点头，我知道我已有了特权。下车时，田妖精先跳下车，然后很自然地接章青一下，她看我一眼，才伸手握住田妖精的手往下跳，似是在征求了我的意见并获得了同意后才伸手的。

机场平阔宽广，远处的机坪上停放着银色战机。去年，章青随棉纺厂球队来看球赛，曾经引来飞行员们的齐刷刷的目光，他们知道这是与自己战友相恋的一个棉纺厂漂亮姑娘的妹妹，当时有蜻蜓停落在这些硬梆梆的目光上，久久不愿晃动。现在，有飞行员的目光再停留在章青身上。果然，有个年轻的军人对我们说，你们好面熟，去年来过吧。实则，他是说章青看上去面熟。章青说，我去年来过。军人说，那你姐姐今年来吗？

我们没有看到面熟的那位飞行员，只看到有战机升起，奔向吴家岗上空。果然，球赛开始了，章青并不关注场上的运球投篮，而是引颈张望，细细眯看远远走动的人群，找寻那个他。田妖精表现得格外放松，注意力完全投入到棉纺厂队的攻防中，双臂一刻也没从空中落下过，双手像是二只梆在胳膊上的野鸟，拚命扑腾助威。

第二辆观众接送车送来了田爸爸的同事向工，一位人们说他面相奇丑但我不觉得多丑的男人。几乎是田家来棉纺厂落户的同时，田爸爸介绍向工成了棉纺厂女婿。这位工程师与田爸爸同在葛洲坝工地，本是二个天天见面的人，偏要在飞机场的球场边来个久别重逢的大动作握手，弄得观众席上的人因让位让路而东倒西歪，他俩握完手还偏要换坐在一起，还偏要大声说话，向工还偏要让手上抱着的女儿与田爸爸握手说很多话。这第二辆接送车是周公双司机开来的，这周公双本也是和田妖精天天见面的人，偏也要热情招呼一番，二人偏要中途退场，跑去停车场把车发动，师徒在飞机场一望无边的空地上溜车，直到被军人拦阻。

第三辆观众接送车送来的观众传来棉纺厂一直在等待的高考录取消息，说黄家诚考中了厦门的一所大学。黄家诚偏要以最快速度来找章青，跳下车后，跑进观众席，弄出一片东倒西歪，一下砸坐在田妖精空出的座位上。果然，章青给以祝贺，但只是单一的祝贺，脸上轻笑，身子则始终有避让之势。黄家诚想约章青在离停放飞机稍近些的地方走走，章青连连摇头，说，看球吧看球吧。田妖精跑回来，黄家诚不想让位，说，唉哟，这一场马上就要结束了。田妖精不依。结果，章青边移，让出空位让田妖精坐自己身边。然后，田妖精不客气地挤，挤得黄家诚只好换坐到别处。

第一场球赛终场哨一响，田爸爸拉着向工更大声说话，人声鼎沸中，田爸爸非要清华毕业的向工讲一下清华，向工非要因为话多而多次差点被单位遣送回原藉的田爸爸讲一下往事。章青非要靠近一些听田爸爸和向工聊天。

原来，是晚饭时的小酒起了作用。田爸爸说，现在他们妈妈喜欢弄酒我喝，不喝不让上桌子。向工说，是呀，我们小孩妈妈说就是喜欢我喝醉一些，我这个人，喝醉了就由好人变成最好的人了，喝醉了只做一件事，抱女儿玩。章青笑说，妈妈们的酒真是好酒，没有酒气熏天，连酒气都闻不到呢。田爸爸感叹，这么多年来，我终于是在今年，1979年，放下了心中最大的担忧。田爸爸用手摭掩一下嘴巴，说以前私下涉政治言语几次三番被告发，面临遣送回原藉的命运有过二次，吓死，现在终于不存在这个问题了。向工说，不止二次吧，是正式的有二次，好了，你现在不用搞得那么看上去忠心耿耿的了，工地一呆一年二年都不回吴家岗家里来看看他们和他们妈妈。田爸爸说，好在工地上也还热闹。向工哈哈大笑，说，你真是个老田妖精啊。

田妖精开心地对章青笑了，章青也傻笑。

向工趁势把女儿让章青抱抱，让女儿对章青说很多话。向工对章青笑得很有深意似的，他看田妖精一下然后扫视到章青这边来，那么一扫，相当于他制图作画那么连一根线，他扫了又扫，相当于完成一幅构造图。

当章青抱着向工女儿站起来哼哼摇摇时，一对来看球赛的老夫妻也凑过来逗孩子。田爸爸说，老头老太也来看球，真的是很开心很幸福呀。向工忽抬手搂着这个他看着长大的田妖精对田爸爸说，他外公活得用心，死得伤心，这事你对他讲过吧，不应该对他讲的呀，讲得过早了一些。向工曾听田爸爸说过，对自己的儿子，一点家事都不隐瞒。向工还以为田家早对田妖精讲过他外公家中土改往事。田妖精赶快拉紧一些向工搂在自己身上的手，追问，"追问，"连连追问。向工就和田爸爸就一起说，田妖精外公死于土改运动，被活活打死后，同族男人用一个萝筐把他抬回家里。当时动手的有同乡的谢姓人家。说来，外公土改不死其他运动中也要被打死，按当时的划分，他有间接血债。田妈妈来吴家岗棉纺厂后认识了谢副厂，一聊，是同乡，正是当年动手打死外公的人之一呢。谢副厂年轻时从乡下到武昌做某个局长的司机，后来局长喜欢，提他当上科长，文革中却又做造反派，后被下放到沙洋干校而后来到吴家岗棉纺厂。但那事哪能怪谢副厂呢，向工说，或许田妈妈也是弄错了。

讲完后，田爸爸才酒醒般地说，哎呀，真不应讲给小孩子听，我们从来不隐瞒家事，但这件事还真没讲过。

向工和田爸爸讲得不是那么流畅，听的人全都很不舒服，田妖精朝天瞪眼，章青低眉，我抓耳咬手指，连向工的女儿也不发声了，逗孩子的老夫妻倒是更用心地逗弄着。

这件往事给接下来的球赛泼了满天的冷水，场上越是激烈，我们越是别扭。田妖精本来和我约好，找机会拉章青去走走张颖和飞行员男友走过的路，三人行，然后我先溜，像风一样先溜走，然后他和章青去找张颖强调过的羽毛球场。现在，他俩不知道往哪走，我不知道往哪溜。现在，我们三人坐着看球，东倒西歪，是一种瘫坐。这场球，棉纺厂队缺二个主力，最后输了。章青认真看球，但不热烈鼓掌。田妖精不认真看球，但鼓掌凶猛。我一一细想田妈妈与谢副厂在厂里的一些走在一起的情景，他们点头说话，好像一点也没有什么仇恨。

直到球赛结束，也没见到张颖的前男友飞行员的人影。回厂时，观众接送车上的我们无语。二个青工在我们身边大讲鬼怪迷信，说，人有前生。他俩一个讲自己前生肯定是一个道士，一个讲自己前生肯定是一个和尚，因为年龄老大了，又在姑娘堆里，却都还没有找到女朋友。这话题让田妖精活跃起来，说自己前生肯定就是马。青工说，你不是妖吗？田妖精笑说，妖有什么不能做的。他们问到我，我说不用讲了，我的前生肯定是个农民。

观众接送车回到灯光球场。章妈妈在苦等，原来章青的一个叔叔正好出差来宜昌，顺道突访吴家岗，要看一下二个小侄女。叔叔告诉章青，她的一个堂哥已经考上复旦。灯光球场上，本来黄家诚要挤到章叔叔身边认识认识，听了这个复旦，就不那么用力朝前挤了。

黄家女儿众多，黄是独子，最小。这会儿，他的那些姐姐们不知从市里和吴家岗其他什么地方冒出来了，都冒出来了，满香樟树路上走动，满灯光球场晃动，弄得好像整个棉纺厂生活区都在感叹黄家儿子了不起，弄得厂里全部马上就要升高二的高一生都一下提前感到高考的压力了。

纷纷杂杂中，章青约我去打开水，我则怎么也找不到田妖精了。章青眼神忧郁，似有纷纷杂杂的最为细小的泪珠不断涌出。

11、捉美抓骚

　　向工秃顶，下巴尖翘，显相较老，被人说成丑。在武汉他久未成婚，来宜昌葛州坝工地一下就在棉纺厂经田爸爸田妈妈介绍找了个叫巧巧的女纺纱工做了老婆，你说巧不巧。这位用武昌话喊出来特别好听的巧巧，飞快生了个小巧巧，你说巧不巧。这巧巧的妹妹二巧巧，经向工介绍也与一个较老丑的知识分子结婚，生了个二小巧巧，你说是不是巧巧巧巧巧。婚后，向工的特点是爱抱着女儿满香樟树路上走动，或去打开水，或去买馒头。老婆给他一连生了三个女儿，所以，这些年来，他一直是一个抱着女儿的形象出现在棉纺厂开水房和食堂，自然，现在人们也时常看到向工手抱一个女儿，身边跟着二个女儿的情景。二巧巧的男人没向工这么爱孩子，也没向工这么爱老婆，常年不见人影。所以，人们经常可见向工带着二个大巧巧和四个小巧巧走江边走丘岗，他完全是一个红色娘子军党代表的角色，人称巧巧连党代表。

　　偏午，拖着二家子大小女人的向工，走香樟树路走木材场，最后走到江边看人游泳，他到处找田妖精，问木头人，喊问坝，打听田妖精在哪。

　　土门飞机场的篮球联赛，今天无棉纺厂队上场，就是有棉纺厂队上场，田妖精也无心去看，他像个泥鳅溜溜溜，溜得我也抓不住他。他一会儿出现在厂图书馆，一会儿去了烂泥湖边，一会儿又有人说他去澡堂洗澡去了，一会儿我又听见了田姐喊他回家吃饭的声音。章青走在香樟树路上，即不是去打开水，也不是去食堂买菜，我问她做什么，她说是打开水去，手上没开水瓶打什么开水，她说是接打开水的妹妹，妹妹出现了，手上也没开水瓶，然后，章青也不见人影了。假右派和章妹妹在香樟树路上碰面讲书，我旁听了一下。章妹妹说妈妈最欢喜看《简爱》。假右派说人生是苦的，只是分正常的苦和不正常的苦，分和平年代和战乱和动乱年代的苦。章妹妹不认可假右派所说，苦就是苦，不分和平年代的苦和战乱年代的苦。章妈妈说了，《简爱》里主人公说的最好的一句话是，人生就是含辛茹苦。我加进去说，好苦，你们闻到了没有？有人家里在熬中药。空气中的那股苦味飘飘荡荡，真的是串连了人生和古今。

跟着那股苦味，我走在栋与栋之间的小道上，一飘眼，看见不远处的烂泥湖边，田妈妈和章青竟然走在一起。西阳火热中，她俩似右右左左择树荫走着，择树下走着。田妈妈看章青的眼光满是欢喜，欢喜得到了手都舍不得轻碰一下章青的地步，但二人又走得很近，活像一对花蝴蝶上下伴飞，距离不超过一只手掌的大小。章青看田妈妈的眼光满是欢喜，欢喜得到了不好意思多看一眼的地步，但又好像是全程用眼睛的余光放在田妈妈身上，好像是一只被栓住的小羊。不一会儿，二人倏地又看不见了，我都怀疑自己看错了。

那股苦味中，巫婆走出家门，手拿一只饭碗，应该是去食堂买菜，她身后跟着妈妈，再后跟一个妹妹，三个人中只巫婆拿着一只饭碗，三个人的脸上都苦苦的，想必那巫婆与彭主任的传言已冲进了她爸妈的耳朵，她家一无例外地开始了对傻女儿的监管，办起女儿的学习班，隔出了一个小牢房。和巫婆往日走路大步流星的样子相比，她彷佛戴上了一套透明的手铐脚镣。

在这纷纷繁繁的香樟树路上，晚桃故事又开始了，那个全市最英俊和最有前途的建筑工卷发出现了，他是此时此刻最苦的人，眉头微锁，因眉头微锁而似乎使眉毛也弯弯曲曲了。他定是药房寻晚桃不得女工宿舍寻晚桃不得进而全厂遍寻晚桃不得，他脚步流畅滑溜，抹了油似的。他蓦地站定，因为他的面前走来陶晚和上海老女人。双方皆意味深长地打量对方，双方定是早已经远远见过对方而未能正式认识。不知为什么，我觉得这也是苦中最苦的一种苦。陶晚低下头去，卷发也低下头去，伴陶晚走着的上海老女人也低下头去。

向工碰到我了，他一站住，全部的大大小小的女人女孩子都站住，活像一群羊在头羊的带领下站住了。他约我晚上走丘岗，走江边也行，让我一定要叫上田妖精，他很想听听那次轰动全厂的田妖精漂流的事儿，他最大的女儿已经深得父亲的教诲，懂得对我说，田哥哥和我一样喜欢探险。我说，哎呀，这真是巧得不得了呀。她还说，我们在灯光球场等你们。你们不要来得太早，要刚刚好厂广播京戏结束的时候来。

田爸爸下楼打酱油，碰到向工，这次二人习惯性地又热烈握手。和向工握完手，田爸爸拉我去他家里吃饭。就在那股风中的苦味里，田爸爸头压在我的头上，轻声问我田妖精是不是谈了女朋友啊。我使劲嗅着那苦味，连连否认，装出很惊讶的样子。我也确实很惊讶，虽然章田有意吧，但是否真的有过省道暴风雨之夜呢？似有似无啊。我倒是发现，做爸爸的定是很关注儿子的初恋。他说，我当然蛮关心这个事，儿子的初恋也是做爸爸的初恋，我告诉你，一个人自己的所谓初恋不值一谈，儿子的初恋那才是精彩。好个田爸爸，此刻，我深信，他与我之间有一种超越父子的关系。以前，在他每年不超过一次的回吴家岗探亲之来路上，我几乎每次都在路上碰到了他，还多次在公共汽车上单独碰到他。在他最近的一次从吴家岗公共汽车站回棉纺厂的路上我俩相逢时，他曾对我说过，初恋主要是用来回味的，是一种有后劲的酒，很多年后你才发现其味，他说一个人起码要四十岁以后才会发现真正的初恋是哪一次。他说人类的顽强就在于生殖力的顽强。他说少年是独立和不可侵犯的，少年是最应得到尊崇的人。公共汽车有惯性，哎呀哎呀歪歪歪，吴家岗公共汽车站到棉纺厂区的泥渣路高高低低，每次听他说东说西，我心里都纷纷杂杂，但一个字都没忘记，过后很久才懂一些。我亲眼看见过他在吴家岗公共汽车站和一个外厂三十多岁的女人拉拉扯扯，从眼光到手脚，从站边小路到丘岗深处。恰是他和那女人的拉扯，增强了这些语言的深度，但我从心眼里不觉得他有什么虚伪，有什么做作，有什么不对，有什么猥琐。他对我不掩饰，也不解释，我却十分理解，天然地理解。

田妖精适时溜回家来，大口吞饭吃菜，听说向工有约，嘴张得更大了。田爸爸第五十次对我说，我们老家是鄂西深山里的，我从小学会了炒土豆丝，也只会炒土豆丝。田爸爸的炒土豆丝，加有红辣椒丝，加有醋和姜蒜，是全厂最好吃的菜。这会，田姐在一旁做针线活，因为要回武昌了，她的歌声哼出来了，咿咿咿咿，配合热腾腾的冒出热气的土豆丝。

这次的炒土豆丝是我吃得最香的一次，是我一生中嘴巴最舒服的时刻。

恰此时，窗外楼下传来章青喊田姐的声音，哗，田妖精和我都一个劲地转动眼睛。田爸爸也探头探脑，脖子顿时加长了。田姐飞下楼去和章青说了一会儿话，又飞回来，她看向田妖精的眼神很是温馨，这温馨真叫我吞口水。幸好田姐专门要对我讲一讲她从卫校退学后，回武昌要去考电大读电大，要整个夏天去武昌水果湖游泳，要天天吃武汉最著名的热干面。忽地，她看着我不说话了，我也一时张口结舌，因为，好像是该说说她那个数学老师了，她却说不出口，我该问问此事了，但哪问得出口呢。田爸爸田妈妈田妖精也一时沉默不语，被那数学老师堵住了嘴。

空气中那股中药的苦味在田家出入缠绕，然后贴在墙上不走了。

厂广播里吵死人的京剧节目一停，天上星星就全涌出来了。向工准时带着一群羊走过灯光球场，我和田妖精没在灯光球场等，而是从向工家门口就开始跟着走。向工走到木材场的空地就停下了，他那些欢跳不已的女孩儿们纷纷爬到二根横放的大木头上去玩。有一阵阵的清风从江边独独朝这儿吹来，水腥味清凉，那风独独在向工的半秃顶上吹得猛，让他后半脑上的长发飘飞翻腾。他那姨妹，二巧巧，专门坐在木头最高的地方，唱起了邓丽君的歌曲。她一直唱，一直做着邓丽君歌曲磁带封面上回头一望那种标准的美人样子，腰和脖子都快扭歪了扭断了。这个向工，河南人。我们武昌的人也是很坏的，有首几乎全武昌小孩都喜欢上口的顺口溜专门对付河南人：河南胯胯，挑担粑粑，我去接他，他说我打他。但杜甫是河南人，向工最爱回忆亲友，最爱洛阳亲友如相问，"一片冰心在玉壶。过了好久，我们才知道一片冰心在玉壶是王昌龄写的，向工真正的老家是山西，他是在河南长大。

话题是从向工问田妖精看不看《参考消息》报开始的，顺着日本一个叫三木的首相到半导体到苏联的核武器。以前，我们只知道向工是因为做了一个半拉子造反派而被单位派到最偏远的工地长呆，这会我们才知道他已经成为一个共运史专家了，相关刊物上发表过相关文章。为了讲他的共运史，这会，他特地让老婆巧巧抱最小的女儿，他则使劲地扳着手指头数，一个伯恩斯坦，一个布哈林，这二个他最喜欢。看他那严肃压重的样子，要是他有些神力的话，他一定要扳着二根大木头来数。田妖精轻轻点头轻轻喘气，身子长久不动，好像被二根大木头压住了，我知道，他是想听向工讲讲有关他的外公的话题。向工讲着讲着，他最大的那个女儿跑过来问，＂你们讲的漂流讲到哪里了呀。

向工哪里还想听田妖精讲漂流，他要讲的是共运史。他竖起的二根指头很快只剩下一根了，他要讲的是布哈林，因为他看过布哈林俄文版著作。这一下，田妖精倒吸了一口长气，很冷的一口气吧，因为俄文应该是像天空繁星一样繁杂的语言，懂它的人如有法宝。向工的法宝收了一下田妖精，正如某菩萨用法宝收孙悟空。今夜吴家岗棉纺厂的天空，哄闹的京剧刚停播，就上演了一出降妖记。田妖精知道向工在自己爸爸那个知识分子成堆的单位也是一个极出众的才子，却原来这才子心中最欣赏的才子是共运史上的布哈林。

布哈林这个名字叮叮咣咣如向工摇铃摇出的声音，把章青从栋与栋之间的小路上给召过来了。章青用眼睛的余光看着田妖精，看田妖精那般着迷，她松了一口气，微笑转身离去。向工口才了得，从布哈林的经济理论到个人命运，滔滔不绝，看上去，他是边摇铃边吐莲花。布哈林死得极其凄惨，死前相信未来自己会得到公正的对待，口头向年轻的妻子留下遗言。我敢说，布哈林的死亡故事有极大极神秘的感染力，使生活区栋与栋之间的中药味儿都曲里拐弯地飘过来了，与江风缠绕回旋。顺着专门吹翻向工头发的漂荡的那股江风，陶晚与上海老女人走进向工的听众群中。上海老女人摇身一变而成为一个俄罗斯女人，她那烫过的头发迎风飘起，布哈林的光辉让她一下年轻了十岁。她和向工比对各自理解的布哈林，比对资本主义与社会主义，渐渐地，谈话的主角变成了她，她摇起了布哈林铃铛。

向工倒是又和陶晚谈到了一起，二人之间产生了一段瞬间友谊。只是初中毕业的陶晚讲初中生活决定一切，这一论点得到文革前清华生向工的肯定。初中，不论在哪个年代，都是一个人一生中最闪亮的时刻，之后并无新意。

向工与陶晚二人一起对田妖精大讲初中生活决定论。陶晚的初中在武昌和南京各就读一年，后随双亲到了重庆，户口却一直在武昌，一直乱糟糟的。后来，陶家兄妹二人下放到当阳县当知青，一起来了这个棉纺厂。按说，他的双亲也是大学毕业，可他却不那么爱读书，高考重来临，兄妹俩都没去试。一谈到陶晚的双亲也是大学生，其中父亲也是名牌大学生，向工大表赞赏，而并不试探性地问陶晚兄妹为何不参加高考。向工也不深问田妖精的高考准备，反而一直强调，历史证明，仇恨比人想象的要快得多地消失，而人性的光辉一直留存。当然，他接着说一句，是人类的弱点一直留存。

向工说，人分四种，一、有一个你最喜欢的人，没最恨的人。二、没最喜欢的人，有最恨的人。三、有最喜欢也有最恨的人。四、没最喜欢也没最恨的人。但他说，你不可以找出一个你最痛恨的人，因为最坏的人一定是历史特定环境下的产物，而最好的人，是自我修练而来的，独自修练是一生最美好的事。

向工这么说，感觉也是越说越乱。

田妖精只问一句，布哈林的儿子后来做什么。向工叹息一声，他不知道。

我则放眼吴家岗的星空，想，兰波来过了，邓丽君来过了，贾岛来过了，伯恩斯坦来过了，布哈林正在这里，都来过都在，够丰盛的人物聚会，但今夜星空下真正的主角是田妖精的外公。田妖精外公故事是中国革命这辆狂奔之车急奔时，猛摔出来的一堆骨和肉。

向工最赞赏的是我们的年龄，他说，十七岁，人生的一个空隙，无忧与有忧之间的一个空隙。在十七岁面前，唐诗迎风飘扬，欧州诗迎风飘扬，布哈林迎风飘扬。我和田妖精不约而同地欣赏他的三个女儿的年龄，说到她们长大，中国可能都已经超过苏美二国了吧。向工哈哈大笑，却又不无一些看透未来的颓丧，连说未见得未见得，未见得啊。

因为向工的摇铃，今夜，在香樟树路的尽头，在木材场与灯光球场之间，人们一时谈兴大发，活像挤在一列通向遥远武昌的火车上，话题千回百转。人群中尽是叫建国、建民、建新、建军、建平、建伟、建英、建丽、建梅的青年，可以说，他们都是因为文革这辆往下坡猛冲的车在急刹时摔倒在吴家岗的，这一刻，都乐呵呵的气愤着。

田妖精却又渐自变得不动声色起来，向工则又忙着长篇大论。由于向工是一个真正意义上的知识分子，名牌大学生，我总感觉人群中有吴爸爸在，是吴爸爸与向工对聊着。果然，吴爸爸适时过来了，他一过来，那股专门吹向工的江风，转而吹到他的头上，他的头发浓密，被吹出一个大分头来，或者说，是向工把自己的位置让出给了他。紧跟在吴爸爸身边的是假右派夫妻，只有一点点风儿飘到假右派老婆的长发上，年轻的厨娘用手一个劲地拨弄头发，把手当狂风用起来。

这个共运史，我从田爸爸那里听说过一些片断。田爸爸说苏联电影只是电影，真正的共运史在书上，等你长大了后去看吧。田爸爸说，其实，一个男人，不论在哪个年龄段，对政治的关注都远远大于对女人的关注。政治对你来可以说遥不可及，女人则左右皆是。其实，女人政治皆近在。再想想，这世上，男人是离政治最近，离女人最远。

我在人群中代表田爸爸，说，唐诗是欣赏，共运史是研究。

对，向工接过我的话说，少年期的热情表现在欣赏唐诗，少年期的老成表现在研究共动史。

假右派似是代表吴爸爸，老生常谈，说，人生十分空虚，不得不偷窥一样关注少年儿童，你们会看得更远走得更远。这话实际就是一个时光已逝的感叹。

这场合，怎能少得了唐老师和老国。他二人晚饭后沿江边椿树林走到不见人影，布哈林这个铃铛很灵，一下把他俩也召过来了，还把老国的二女儿也一并召过来，他们是三人一起加入进来的。老国二女儿，走过来听，她不多话，一对单眼皮眼睛主要是看着自己的爸爸。有时，她也偷偷看一眼田妖精。

向工谈兴更高了，手在空中猛地一抓，似乎是抓到了唐诗这个解决问题的关键，要捉美抓骚。但田妖精开始准备外溜，他插在裤子口袋里的手轻轻拨了我几下，看来他不想再听布哈林铃铃声了。

向工总结，说，现在，一个人愈爱唐诗，愈感到羞愧，在伟大的唐诗面前，你不像一个中国人，不像一个人。

假右派代表吴爸爸说：唐诗是一面镜子，照出真实的你。或者说诗是一面镜子，照出真实的你。不爱诗歌的人等于不照镜子。

一旁的唐老师点着头，迅速朝我和田妖精使眼色，生怕我们漏听了。

天边风云变幻，这里彩句迭出。

我和田妖精刚溜出来这圈子，就看见章妈妈和章妹妹找过来，一右一左张望，然后拉住了章青。章青家是典型的一家武昌人，傻姐贼妹瘦妈妈。却原来章青也在向工的谈话圈子里，她什么时候又靠近站进这圈子的，我和田妖精一点都没发觉到。她和章妈妈章妹妹平稳地走在路上，神色平平，那个暴风雨省道之夜的亲热从未发生过似的。

唐老师一会走到我们前面，一会又闪到我们后面，热邀硬扯我们到学校去玩玩。到了学校，他却楼上楼下，神出鬼没，自个照他的唐诗镜子去了。

丘岗半坡上的二棵秋末会变得金黄灿烂的银杏树，这会在省道上一辆拐弯的卡车的强光下闪现。子弟学校的操场上有一个女生在跳绳。天空银河里似也有一个临江溪，其碧绿河水泛着银光，冲流着。香樟树路上，走着学校金玉老师和她的军人丈夫，二人轮流赞叹吴家岗夜色之美，田妖精凑近说，吴家岗是楚国最美的一个地方。军人连忙说，是呀，最美的地方配最美的棉纺厂。眼看我们就要回武昌了，金玉老师对我们很客气地笑着点头，并随和一句，吴家岗配得上最好的回忆。我们问她，回忆什么？她说，故事呀。

果然，木头人骑着处自行车滑过来，非要讲晚桃故事集中的一个最新最精彩的故事给我们听听。他出现了，我就觉得他是适时应我心里的渴望而来的。

天色向晚时，木头人盯上了卷发。卷发和陶晚及上海老女人同走在一条路上，顿时引起木头人的极大兴趣，于是，木头人骑自行车开始了他的远距离跟踪，他好似四处乱骑，实则是以卷发为中心，作不规则运动。正是在厂广播京剧节目停止时，晚桃从最偏僻的女工宿舍楼出来，她是有意长时间串门，让卷发着急。当二人在香樟树路上四目相对时，和当年张颖与飞行员相见一样情意绵绵，所不同的是，二人是肩挤着肩走到了一起。木头人骑自行车从二人身边一冲而过，冲力之大，差点把二人挤下香樟树路。

晚桃和卷发走到丘岗下，来回长久徘徊，木头人都已经准备放弃远跟了，忽一个转折，他看到这对情侣直奔丘岗上走去。在爬坡时，二人手把手。丘岗顶上，一片浓密的松树林铺展开去。木头人在丘岗坡下锁好自行车，冲进草丛树林里，他时隐时现，自己把自己藏起来了。当卷发与晚桃走进棉纺厂众所周知的那片最隐蔽的松树林深处时，木头人知道晚桃第一次与一个男人到此，定是动了真情，定是有大把的好节目上演。他也犹豫要不要靠近观看，一来自己也长大了，不该偷看，二来晚桃是厂里公认的美人加好人，不该偷看。但风中有股松香味，香味与往常大不一样，是一股有吸力的松香味，甚至直接就是一股流动的松香，把他给粘住了。于是，木头人被那股有吸力的松香味吸附到晚桃与卷发所站的松树边的坎坡下。一大阵情话涌现，木头人虽然好耳朵，也没听清太多，估计那些情话都是嘴巴对着耳朵讲的。木头人展现神力，几乎是爬上了一丛茅草中的一根草吧。他看到卷发在晚桃面前动荡不安，潮起浪落，又像是一只被甩上岸的泥鳅那般跳跃翻滚。卷发情急，脱裤，对空开射，精液差点射到木头人的脸上。木头人说自己距离卷发有十米吧，惊讶之中，他倒是听清晚桃说了声，谢谢你。

　　天边风云变幻中，这个情色故事一下变为体育竞技类项目了。

　　我们三人讲在一起，像三只低头啄食啄在一起的鸡。冷不防，数学老师找田妖精来了，他大吼一声，我们三个轰地一下羽毛乱飞。

　　数学老师单朝田妖精打个响指，田妖精手搭我的肩靠近他，木头人变为远跟。田妖精眯缝着眼说，我也正想找你呢。数学老师知心地说，我这里有几本好的复习书，想了想，还是我直接送给你吧，什么时候，我在你家楼下喊你，你下楼来拿。田妖精说，不要不要不要，当心我妈妈骂你，看什么时候我来找你吧。田妖精用一根手指头扣了扣我的肩，我心领神会，我也早想要找数学老师玩一下，比方冲洞去，顺便淹他灌他。数学老师问我们刚才和向工谈些什么，我们说，主要是讲漂流。数学老师顿时献媚，说田妖精水中为王呀，说自己也蛮想漂流漂流。田妖精手放耳边作个倾听之势，然后说，啊，水声好大，难得临江溪今天水大，我们一起去冲一次洞吧。数学老师连连摆手说，改天吧，水太大了不好。田妖精说，恰恰相反，水越大越安全，越不容易碰到洞壁和水底石头。他话题一转，说自己明年一定会考得很好，因为老师要送复习书嘛。数学老师马上又媚他一下，说你肯定会比我考得好。田妖精赶快媚他说，你读完书后可以找关系分到市长秘书的位置去，这个我做不到。七说八说，数学老师同意今夜就去临江溪入江洞口一冲，免得日后没有田妖精这样的高手陪冲。路上，田妖精对数学老师又是媚又是烹，说他精通数学，自然可以算出下水点和浮起量。直到我们三人走得很近时，我们才发觉数学老师晚饭时灌过酒，早已自烹过。

到临江溪岸边一看，水真的很大，碧浪如龙，龙身闪着寒光。

数学老师说，呵，今晚临江溪很骚啊。

他兴致来了，说：人生无非二种骚。一种是男女间的肉骚，男欢女爱，一种是人与天地间的心骚，琴棋诗画。二种骚都是化学反应！他的身分顿时由数学老师变为化学老师。我和田妖精还来不及烹他，他又说，化学问题根本上来说还是数学问题。

我和田妖精交换一个有所担心的温和眼光，怕数学老师在水下犯傻。报复之心因他的二种骚之说而悄自改变，但又来不及改变了。田妖精先作下水前的活身运动，然后双手对我比比划划个听其自然的意思、比划个天地间自有数学公式的意思，溪边夜色里，听天由命吧。

田妖精悄悄对我说，真正应该弄来这里的是巫婆的爸爸谢副厂长。天哪，这又是一道几何题，又可怕又难，这道题的最后结果会是什么呢？

忽然，我听见一个非常熟悉的声音，是章妹妹叫姐姐，毛毛。声音是那么细小，比毛毛虫的一只小腿还要细小，但我听见了，或者说我是假装听见了。应该是章妹妹站在香樟树路的尽头，朝江边方向叫出来的。我赶快对田妖精说，章青在找你。他暗中低头一笑，说，我没有听见，再说厂里叫毛毛的快有一二十个人。数学老师赶快烹一下田妖精，说，我也听见了，章青在叫你。田妖精不由得朝厂生活区方向看去，又是抓耳又是抓腮。

　　我先跳下，数学老师第二，田妖精押尾，做所谓保护。虽然田妖精一再强调要从水流中间住下冲，数学老师最后还是靠边跳下，额头在水中撞到了洞壁石头上，左右各起一个青疱。他浮上江面时十分惊慌，由我和田妖精左右拉扯着他游回岸边。说来也巧，下水冲洞时，岸边只有一个男青工路过，我们浮上江面回到岸上时，周边一个人也没有。但我们还未走回香樟树路，厂里已经有人传言说，田妖精把姐姐的男朋友淹死了。很快，这传言修改为田妖精让数学老师在水中出了个大丑，只差一秒钟就把姐姐的这位男朋友或前男朋友给淹死。最后，传言定格为田妖精在水下一左一右让这个花心的数学老师头上撞起二个大疱。

　　数学老师上岸后，摸着头上二个大疱，一想，倒也开心，服气，这样，和田家也就扯平了。接后几天，他走在香樟树路上，挺胸抬头摇着二个大疱，暗自得意。

12、冲洞

　　清早，我在田妖精家的楼下叫不到他，香樟树路上碰不到他，在江边搜不到他的人影，在丘岗下看不到妖气，在空中闻不到他的妖味道。田妖精又失踪了，这算是他的又一次的长距离漂流吧。接后，倒是在木材场那儿有了一点蛛丝马迹，我发现那儿有一大群鸟儿低旋跳飞。我低腰猫头走到木材场，躲在一根巨木后探望，果然看到田妖精抱头靠坐在另一根木头侧，随着鸟飞来飞去摇着头，一付伤心样子。我站直好一会儿，让他用眼睛的余光看到我。我和田妖精隔着整整一个木材场，碰到了却不招呼，算是一种垂头丧气吧。那群鸟儿在我们之间的空中来来去去，低旋跳飞，传递疑惑。

　　就在我们垂头丧气时，巫婆找来了，她张开双手如是走动在齐腰深的水里，眼神温柔，如是未跃出水面之鱼的眼神。她站木材场的一根巨木上，说话时手扬得很高，人还跳着，像是真想要挂到电线杆上去点天灯。我的眼尖，似乎看到宿舍区栋与栋之间远远地走过章青，花裙白衬衣，闪闪烁烁。

　　巫婆眼看我们，双手分开压下，意思叫我们都别动。她一跳二跳，跑到我的身边坐下，呼呼啦啦说一番，我这才知道谢副厂决定不回武昌了，回去也没什么好位置，家中小孩又都恋着吴家岗。我还没问她是不是真的到了喜欢吴家岗喜欢到不想回武昌了，她就又呼呼啦啦说一番，果然她与彭主任早有恋情，家里经过一番二番彻夜讨论，同意她将来和彭主任结婚。

　　她说，我在班上本来就大你们一岁，我都十八了。

我伸长脖子看看，果然看到章青一跳二跳跑到田妖精那里去了。

巫婆最喜欢搞形式主义，她的安排是她和我谈，章青和田妖精谈。她说，我跟你讲我的事，章青跟田妖精也是讲我的事。

她脸上有甜蜜的微笑，那甜蜜中有杜十娘怒沉百宝箱的狠劲，她现在是一个喜剧中的杜十娘，一个似已最终如愿的杜十娘，一个不用跳江的杜十娘。

原来，她早已和车间彭主任勾上了，故事当然是从吴家岗公共汽车站和公共汽车上开始的。她家刚从武昌来到棉纺厂的第二天，她十岁，随父母坐公共汽车去市里采买日用品，正好彭主任坐在车上最后一排连位的座位上，让座不成，变成她挤坐在彭主任身边，她心里当时就一动，也不知是动的什么，反正是从未有过的一动，就像开窗那种感觉，身上有个地方窗口开了。大概是她十一岁时，彭主任结婚，她随父母参加婚礼，她全程用眼睛的余光看着彭主任，他也全程用眼睛的余光看着她，她还悄悄地和他拉了一下手。当唐老师在物理课上讲出他那著名的吴家岗公共汽车刹车的惯性说之后，有天，她果然与彭主任单独在车上相遇，果然享受到了那摔在一起的巨大的乐趣，只是没什么人知道。从那以后，有很长一段时间彭主任反而没有和她碰到一起了，偶尔他和妻子来她家里找爸爸坐一坐，都是工作工作工作，尽谈（弹）棉花。记得有一次，家里人多，有人当面对彭主任恭维他妻子几句，说你爱人节目主持得很好啊，他摆手说，吴家岗就是乡下，哪有什么爱人，只有老婆，叫老婆就好。旁听的巫婆一下就激动了，因为觉得老婆的婆和自己的巫婆的婆不差分毫，是主任有意说给自己听的。最精彩的一次相处是从武昌回来的火车上同车箱不同座，空中彭主任用眼神把她照顾得很好很好，牛郎织女一样般配，所谓两情若是长久时，又岂在朝朝暮暮。

直到彭主任七月里厂庆十周年前的那次失踪，直到自己家有可能搬回到武昌时，她下定决心了。她下了决心，哪怕是被吊到树上点天灯，也要和彭主任一生在一起。那次在女生跳绳时，她说自己情愿做一个被点天灯的巫婆正是此意，她必须开口说出来，说给自己听，也就是说给全厂听，全厂听到了，彭主任就听到了。

　　从那以后，她心里就欢欢闹闹地好像一直有一只花蝴蝶飞着扑着。

　　我们四人的首次丘岗行，中途不见她人影，丘岗上闹闹杂杂。那次，恰应她心中之约，她与彭主任在坡中树林里碰面了。那次彭主任本是与妻子同行，也恰恰走岔而与巫婆单独相逢。这世上的事情不是约出来的，都是碰出来的。二人穿树过茅草丛，在一棵孤独的小松树下，隔着粗糙弯突的松树树干，第一次亲嘴，只亲了一下就被轰轰闹的远近走动的人给冲散了。当晚有人在丘岗上抓住一个承认调戏了一个棉纺厂姑娘的喝醉的酒鬼，巫婆被怀疑是受害者，是一个被害成功了受害者，巫婆否认但神态含糊，她觉得含糊一些好。

　　那个暴风雨省道之夜，巫婆把自行车借我骑，自己却不知跑那里去了。恰是因为她一眼看到了甚至可以说是预感到了彭主任会独自一人从市里开来吴家岗的公共汽车上下来。当章青和田妖精在省道上被暴风雨拥抱时，也正是巫婆和彭主任在公共汽车站惊喜相逢而后跑去烂泥湖边相拥亲热私定终生之时，独独我一个人也是空自钟情地自个硬梆梆地回家去了。

　　巫婆很得意，说，你不了解我，你不了解吴家岗，你也不了解章青。

　　巫婆不了解的是彭主任的妻子，不了解那个厂里漂亮的节目主持人，明明不能生育却还要死拖彭主任。当巫婆进入彭家婚姻的嫌疑越来越大时，节目主持人开始主持了自己与巫婆无尽的周旋，从头到尾，二人一直是亲切相对，她亲如大姐，哭肿了双眼眼泪婆婆还要用温柔的手轻抚巫婆，还要一再约巫婆与她夫妻同走丘岗走江边，想用温情软化巫婆，这种主持真的软化了巫婆，好在没有软化彭主任。

我的疑问是最开始的章田约会，究竟是她促成，还是章青主动。

巫婆笑了，说，你是个苕。

武昌话里，苕字的含意太丰富了。

我，就苕吧。

恰恰就在昨夜，彭车间主任的老婆最终认可了彭主任与巫婆的来往，是彭主任主动挑明承认。老婆竟很快同意了。彭主任老婆亲自来巫婆家劝她父母，不要怪女儿，而要成全女儿。巫婆的天灯不用点了，李白早已满怀深情为她写下了《春思》一诗，我猜她将来也会有哀有愁。

彭主任家里曾是资本家，他将来也会是一个资本家，但他决心献身科技事业，搞科研。难怪那次在丘岗上，巫婆胡言乱语中有献身科技事业之类的豪语。原来她与彭主任才是种子对，种子队。

接下来我的疑问是，巫婆与彭主任的交往章青早就知道了吗？

巫婆又笑了，说，你是个苕。

我朝木材场另一边看去，章青和田妖精二人站得直直的。

巫婆怀着对彭车间主任无限的温柔，对正在欣赏她新挽的发型的我说了一句：你像个鬼一样！

我问巫婆，你是疯狂型的吧？她扬头说，你以为章青是甜蜜型的吗？她可能比我还要疯狂，我可能比章青还要甜呢。当然，她说自己主要是甜蜜型，也主要是疯狂型。这事本来就是疯狂的甜蜜，甜蜜的疯狂。听了半天，原来巫婆不光是爱搞形式主义，还爱搞模糊主义。

她告诉我，章青自己代表妈妈和自己深谈了一次，讲到了那次暴风雨夜的省道自行车之行，她要中止和田妖精的这种来往。巫婆说，是的，田妖精人蛮好玩的，长得也是最精神的，但是年龄不能和彭主任比，我就觉得男的要比女的大最起码五岁以上才好。

然后她狠狠地盯我一眼，不准我把彭主任都大你十五岁了吧这句话说出口。

巫婆赞叹说，章青好清醒啊。

我也说，章青好清醒。

那群鸟儿在木材场二边来来去去地低旋跳飞，传递着疑惑和失落。原来鸟儿早就知道这儿会有一个结局出现，特赶来表现出缠绵悱恻。

巫婆跑去拉起章青的手，二只蝴蝶联合飞走了。她俩在烂泥湖柳荷相间的岸边溜了一小会就回家去了。

田妖精却告诉我，章青对他讲完巫婆的事后，并未提出什么分手，根本就没有提到章妈妈。章青的眼睛真的是彩色的，清清楚楚地含映着整个天空，从中看得到白云流动分开。在田妖精详细的描述中，他自己的眼光像是冲天而起的飞鸟飘向高空。立秋后的天空清蓝多风，看上去宇宙正处在妙龄之中。我们大口喝风，猛灌凉开水一般。

他说，准备一下，章青约我们下午去冲洞。

我说，这可能就是要谈和你分手了。

不会吧。他说，当然，也许。总之，她有些脸红呢。

我说，是约你呢，还是约我们。

他说，约我们。

我又问，＂那她其他什么事也都没有提起？

他低沉地说，没有。木材场空荡荡的，他的话却有回声。

随后，在香樟树路上，我们听到了有关巫婆的流言。流言总是比实际情况只滞后那么一点点时间。著名乒乓球手家里的老太太，边走边叹息，说谢副厂不该下手打女儿。听了这话，田妖精一愣，我赶快扶老太太走几步，说巫婆不可能挨打，好消息就快要来了。老太太说，好什么哟，彭主任家里的女人都快哭死了。

这个流言算是流传在香樟树路第一根电线杆附近的吧。我们走过第二个电线杆时，有个青工朝田妖精打个响指，说有人昨晚看见田爸爸和一个三十多岁的女人在烂泥湖边走。田妖精闷声一哼，理都懒得理，但脸上止不住地露出鄙视的脸色。我们走过第三根电线杆时，听到有人讲起谁自杀了。我们走过第四根电线杆时，有人讲起棉纺厂陈年烂芝麻的往事，谁谁强奸了自己家的女儿。我们走过第五根电线杆时，有人讲谁谁把谁谁的老婆勾引而被捉奸在床。

田妖精心乱了，对我说，章青没有话中有话，但眼中确实是有话未说啊。

他进而与我交心，说一想起自己将来可能和自己的爸爸一样猥琐，可能就是一个虚荣伪善趋炎附势的人，真的是恨透了自己。我反驳，说田爸爸还是有深度的。田妖精说，我总是怕将来章青会有看出我很猥琐的一天。

我们走过第六根电线杆时，有人说我在黄山交了一个女朋友，是一个大我三岁的山东女人。我和田妖精哈哈大笑，看来山东女人最合适在想象中做喜欢你的姐姐。我们走过第七根电线杆时，好听的故事来了，有人说田妖精已经被武昌的省体院录取了。这流言又太过提前了。也很提前的流言是，走过第八根电线杆时，我对田妖精说你回到武昌后，可以和章青一起走走蛇山，蛇山顶上的小道上，总有几只拖着一把扫帚那么长的长尾巴鸟飞来飞去，鸟会看到你们亲嘴。

我们走过第九根电线杆时，碰到了同学问坝，他正要去吴家岗火车站。

这会，他的问号特别大，他特别偏着头对我们说话，好让我们看清楚他的问号的弧度。他偏要在微风清凉阳光轻盈的上午，在香樟树路人流繁杂花哨时，拦住我们，等木头人远远走过来，好让木头人对我们讲一个奇特的有关他问坝的流言一般的故事。他先问我们去过土门机场附近的一个叫鸦雀岭的地方没有？坐过去那儿的短线绿皮火车没有？我们一听，心想，他不会编出一个田妖精和章青跑去那里约会被他发现的故事吧。他一改手在空中划问号的习惯，变成拇指和食指捏下巴，好让新戴上手腕的闪亮的手表正好对着我们。他说，十点钟，那班车从市里开到吴家岗车站。鸦雀岭有一个劳改衣场，他的叔叔在那劳改，他要去送钱和粮票。为了表示对将要返回武昌的同学的情谊，他邀我们一起去。一算时间，去一次只要不到半小时，但返程车要下午五点才有，去一次一天就过去了。而大太阳下步行回走太晒了，不想走。其实，他知道我们不会去，但哎呀哎呀，表示出天大的遗憾，他头都大了，问号都大了。木头人七晃八晃走过来，咬着馒头，拎着开水瓶。木头人一听问坝要去鸦雀岭，马上嘻皮笑脸加严肃咳嗽。这一笑一咳之后，问坝的流言般的故事被木头人讲了出来。

问坝近二三年在去探望叔叔的火车上，碰见过一个由爷爷带着去探望劳改父亲的十岁的女孩，一谈二聊，知道了她家的故事，她家的故事一般般，但问坝与她的故事不一般。那短线火车一路上走走停停，常常停驶让车。问坝第一次碰见那爷爷和孙女时，是一个夏天的上午，那趟车走得特别慢，等待中，空荡荡的车上，爷爷打瞌睡，小女孩独占一个三排座，独自面对问坝站在座位上午动。挥手抬腿中，不知是有意还是无意，穿着大花短裤的小女孩让问坝看到了她花裤里的身体，她裸露的身体美震撼了问坝。问坝晕沉沉地如坠深水。第二次，问坝守着和那爷爷约定的时间上车，又和那爷爷和孙女同座，同样的情景又次发生，问坝已经有所准备，装出一种漫不经心的样子，实则十分仔细地盯看小女孩花裤里的身体，心里骚动得不得了。第三次同样情景发生时，问坝心里除了骚动确又感到了纯洁的美，特别是当小女孩看向车窗外时，裸露的身体和平静的眼神构成的美，叫问坝心里炸雷，他发誓自己一定要做个好人。再以后，可能女孩的父亲被释放了，火车上再也看不到她那忧伤而迷离的眼睛，单薄而柔软的身体。可以说，那是问坝的天使。他一直不知道小女孩在午动中，意识到了自己的裸露还是并没意识到。他慢慢想清楚了，美是一闪而过的，或者说，美只能是一闪而过的。过后很久，有天，问坝从劳改农场回到吴家岗火车站，下坡时，想到自己当时心中也曾有邪念闪动，也可能做出下流之事，忍不住悲喜交加，哭出了声。木头人闻声而至，发现了他的秘密。当问坝的秘密被发现，他自己才发现这是一件多么幸福的往事啊，所以，他一定要让我和田妖精知道这个秘密，然后再长久地保留它。

听了这天使的故事，田妖精很成熟地沉默着，所谓成熟就是忧郁满怀而不动声色，就是眼泪飘飞但细小得看不见。

木头人的评论是，美与恶只有一个念头的距离。

问坝友好地拉了拉我的手，告别，举着他的大问号脑袋奔向吴家岗火车站。

我们走到第十根电线杆时，谢副厂开着一辆吉普车过来，停车与人聊个天，说手生了，开得不顺了，又说胃疼，要去挖点草药吃吃，又说厂里吉普车司机回老家娶老婆已经超期了，又说天气太好了。田妖精侧看，心生恨意，拉着我说，你信不信，我可以开车把他撞飞。这已经不是初中几何题的问题了，而是高等数学，牵涉面又广又深。我只当这是个流言，是个流言。

我们走在香樟树路上，有人喊农民有人喊妖精。

我们走到第十一电线杆时，打开水的巫婆走出来了。有个早早就退学当上纺织女工的女同学对她说，你好胖啊，怀孕了吗？巫婆大吃一惊，浑身上下看一遍。

走过这第十一根电线杆后，是厂食堂大门，是全厂流言最集中的地方。

我相信，我们下午冲洞后，晚上章田恋故事就会在这里传开，因为会有人看见田妖精和章青手把手冲洞。晚上，厂食堂大门前的香樟树路路灯闪亮时刻，章田恋流言会像大量的粉蒸肉的气味传开，到时，看上去香樟树路会有如临江溪，激流汹涌，流言溜滑。

偏午，应冲洞之约，我和田妖精先到江边。那头逃亡中的驴子神清气闲地从烂泥湖中走出来，它对我们的张望伴以尾巴的摇晃和高甩。它吼了二声，田妖精说是在呼喊章青呢。田妖精刚说完，它又加喊一声，好似呼叫的还是田妖精三字。天空大片的云朵飘来飘去，当太阳被云朵遮住时，驴子朝江边走动，当太阳光热辣辣地照到地面时，它停步犹豫。当巫婆的身影闪现，它踏步前行，当巫婆身后的章青跟进，它轻步跳行。它专门跑到江堤上，用它大而忧郁的双眼和我们对视一下后，就一溜烟跑回烂泥湖去躲了起来。在我看来，它就是来表明一下忧郁的。

章青拎着一个换衣小花包从堤上沿堤坡上的蚕豆地走下来，她笑面如花，笑声如铃，她的换衣小花包在岸边草地上亮闪闪的。

大家先下水简单游了游，湿身拍脖子。田妖精也笑面如花，笑声如铃。巫婆起哄，要田妖精先去泊在近岸的一艘挖泥船上表演燕式入水。田妖精三下二游到挖泥船边爬上去，表演，约十米高的挖泥船高台上飞展如燕，然后收手入水。在挖泥船上的青工群起哄，要田妖精再来一次。江流里的田妖精返身逆水游上挖泥船，再飞。我和章青巫婆站在半腰深的江水中观看，我忍不住地偷看和比较章青和巫婆的胸部，果如二胖所说，巫婆的二只乳房已经被摸大摸圆了。巫婆发现我在看她的胸部，狠盯我一下，我也狠盯她，针尖对麦芒。章青的胸部则一只乳房小小尖尖地只是稍突起些，另一只乳房稍大稍圆，所谓一大一小，是个她自己还未发觉的笑话，我心好痛好复杂，恨田妖精是头猪，又猜出这是田妖精被坚拒而未能全部得手的结果。

田妖精高台跳水跳出水平来了，比青工们跳得还要好看还要高。

接后，青工们高喊，好了，可以了，田妖精回到岸边去吧，你的女朋友在等你，当心江猪子把她吞走了。一时整个挖泥船摇晃颠簸，船身自动侧转朝向章青，硕大的探照灯灯头对准了她，探照灯的璃玻镜面反射出的阳光闪花了我的眼。泡在水中的章青没有脸红，反而笑得更花更清脆了。我忍不住问巫婆，章青没有要跟田妖精结束什么吧。

巫婆说，你是个苕。

我陪田妖精和章青走上江堤，送二人往临江溪边走过去，我和他俩距离拉得很开，模糊听见章青说一句将来农业机械化会解决很多问题。我大叫一声，说脚被刺了一下。田妖精马上回头说，你就在江边等我们吧。我就在堤上看，他们二人走到临江溪边，指指点点，有商有量。章青时而抱臂，时而托腮，田妖精双手一直张成半圆型，想要托举章青似的。最后，二人手把手冲入临江溪，绿浪起伏中潜入上洞口。我飞快跑下江堤，盯着下洞口的激流看。我想，手把手一起冲洞，比搂着一起睡一觉是一样的。

章青冒出江面，笑面如花，笑声如铃。游回岸边后，她开心地对田妖精说，以后，不准你叫妖精了，我才是妖精。

挖泥船上的青工一阵起哄，再来一次。

田妖精却含糊地说，哎哟，有点晕。

章青收住笑容，对巫婆说，我们先回吧。

在临江溪边，章青很明确地对田妖精说了男女朋友到此为止的意思。

田妖精坐在岸边的泥沙里，江浪刚刚好可以淹没他的双腿，他告诉我，章青说绝不能让妈妈伤心，她对妈妈讲了暴风雨中的骑行，没有讲相拥。她说，当然，还是可以一起说话往来的。说好分手后，她就拉起田妖精游进临江溪。田妖精记得在上洞口前低头下潜时，她眼睛里闪过喜悦的光芒，像为自己分手的决心而喜，又像是纯为冲流而喜。冲旋在洞腔水流里，田妖精明白自己彻底没戏了。他说，是她把我一直拉着浮上水面的，旋转中好像她还抱了我一下。

章青入水前还对心神不定的田妖精说，好了，我们也可以野合一次，可以吗？

田妖精听了一惊，扣了扣脑袋。

章青说，不喜欢吗？

田妖精忙说，喜欢喜欢。

我听了这个说法大吃一惊。章青比法国小说里的卡门姑娘还要狂野吗？她是一个十七岁的卡门？别人要去野合那是平常事，而她要去野合那是天降炸雷。

田妖精即是虚名在外，又是名至实归。当我和他走回香樟树路时，人们对他看来看去，说来说去，所谓口水与眼光齐飞，赞赏共嘲讽一色。当我们去打开水，走到厂食堂大门外时，只觉得人声鼎沸中有关田妖精的传言如厂广播的声音般响亮。章田恋好像正是一个全厂都在等待的消息，这消息太需要传开了，人们太需要嘴巴里装着一个有滋有味的东西，以供吐进吐出。陶晚对田妖精刮目相看，手远远伸过来拍他。假右派的眼光越过一百人朝田妖精紧盯过来。好多棵香樟树树枝也特地低垂下来，在田妖精的肩膀上拍拍打打。尚未完全把人和名对上号的青工指指点点，指尖像跃跃前冲的泥鳅。唐老师也神神叨叨，拉我扯一句什么高山励志，流水动情。数学老师头顶二个大疱拉着田妖精烹了又烹，说田妖精高台跳水动作不输专业运动员。一个厂篮球队队员特地跑来对田妖精说，他打听到张颖的那位前男友飞行员是去外地培训去了，他特地细说在机场见到了几个年轻的抱着婴儿的女军属，想细问又怕惹出麻烦。

　　田妖精没羞没臊，晚饭后频繁进出香樟树路，乐意迎接旁人的评说，反正真正的故事人们并不知道。让自己的故事诈一下香樟树路，炸一下夜空下的棉纺厂，正是他一直以来的乐趣。他的故事在我的心中已经炸动了我。只是当有人指责他不该去影响一个棉纺厂最有前途的优等生女孩时，他才把手丢到空中翻转，一一否认，一一去堵别人的嘴。田妖精往日的胡闹，加上章青优雅的身影，故事在情理之中又在情理之外。夜色里，连田妖精自己也猛地惊讶起来，他站定在路上，左右张望，一顿脚，眨眼不见人影，站在他身边的二胖把自己看了又看，摸了又摸，说妖精没眨眼就不见了，只怕是藏进自己这肥大的肚子里去了。再一顿脚，田妖精又悠然而现，像是从树上跳下来的。

　　章青走向开水房时，脸色苍白，披发，靠左边行走时，分发撩住右脸，靠右边行走时，分发摭住左脸。章妈妈和章妹妹隔一张饭桌的距离跟在她的身后。我隔一间房子的距离跟在她们身后。章妈妈肯定是听到了传言，不时快几步追上章青轻吼一句。章青烦了，说，你像个鬼一样的。章妈妈也烦，说，你才像个鬼一样。章妹妹则慵懒神态陪妈妈，一门心思看星星。

约在晚上九点钟，香樟树路上，章青像个鬼一样地独自拦住田妖精，说自己刚查过字典，查到了野合的意思，也找巫婆问清楚了。她幽幽地对田妖精说，可以野合，但是是按我的意思，我们可以约着去丘岗上那片松林里，在最好的风景里、在最亮的月亮下走一走。原来，她只是偶尔在路上听到陶晚的嘴里冒出过野合这个词，还以为是和挖野菜一类的事。

田妖精飞快地跑到我家楼下，找到一直站在昏暗路灯下心神不宁的我，却不马上告诉我章青刚说过的话。他把我拉到香樟树路上，在章青刚才对他说这话的地方，高兴地说，她否认了。我如释重负，如从冲洞的激流中涌上水面，如在急刹的车上一下摔倒了，我大笑起来，挺胸抬头后翻跌倒在地三个动作一气呵成。田妖精很生气，说，你摔倒干什么，脚下面又没有西瓜皮。

有关田妖精和章青的传言从厂食堂门前沿香樟树路一直通向露天电影场，但人们并不对章家指指点点，这说明议论田妖精才有无限的乐趣。章妈妈和二个女儿很少地一起搬着板凳去看电影，有人在靠前排的地方让位给她们，人们非常客气地说，这可能是你们在吴家岗最后一次看露天电影了。今夜放映的是已在此场地放映了不下五十场的《列宁在1918》，讲战争与革命。我少有的独自一人看电影。田妖精不见人影，特别是此放映期间不见人影，我觉得我自己只剩下衣服鞋子竖着，我自己也是不见人影的啊。当屏幕上枪炮声大作，我蓦地感到田妖精和章青故事的终结犹如一个急刹车，让我摔伤在地上了，我感到谢副厂和田外公的故事中，谢副厂的凶狠也像是一个急刹车把田妖精和我都一下摔伤在地上了。我感到我的心给摔出来了，我的心像一条鱼给抓出水来那样给摔到地上。心不在身体里，正如鱼不在水里，这是多么的痛楚啊。

　　我想，我要把我的心抓回来放进身体里，而田妖精，他得把自己整个人抓回放进自己的身体里。

13、私奔

　　第二天上午，我独自走在香樟树路上。有人喊，衣民，你的妖精呢。

　　有人帮我，大声说，从来就没有人真正看见过妖精。

　　厂食堂大门口，正如电影《列宁在1918》里的一个镜头，有人扬着一张报纸从厂房边的厂区办公大楼跑过来，说青岛的吴起在青岛的海里出事了，溺亡。厂食堂内外一片哗然，这恍如是昨晚苏联战争与革命的电影的续集。消息是深夜电报传来的，吴爸爸迅即动身凌晨从吴家岗火车站上车去河南转车奔向青岛。

　　车队司机周公双从陕西拖运机械零件回厂，本可以在路上休息过夜，却被一种说不清楚的急迫感催促，连夜开车回厂。他到厂时间为早上七点半，听到这个消息，顿时热泪盈眶，然后破堤般流泪，他经过厂食堂大门跑回家去，然后再经过厂食堂大门跑向吴家岗火车站，抹泪水的一只手湿淋淋的。在他的身后，跟跑着二胖。二胖要到吴家岗火车站陪周公双等另一班上午十点去河南的火车转青岛。二胖主要是和去武昌的那班火车上的列车员们相熟，但他会以他的办法让周公双在去河南的火车上享受到去武昌的火车上的各种便利。二胖帮周公双抹泪水的一只手也湿淋淋的。周公双的老婆刚下夜班，扛着一个大包跟着跑，说可以慢一点点，上车时间还来得及。周公双暴怒，说，放屁。

　　周公双，他一向说老婆是床上陪的，吴起是桌上和车上陪的。他所能陪的，现在变成了床上的老婆和天上的吴起，他边奔跑边说哭诉，说在吴起最需要自己的时候，偏自己不在他的身边，他说，我是一个游泳比跑步还要快的人。他一向是林彪的崇拜者，可惜林彪已死，现在，等于说是他所喜欢的人都死了。

二胖说，我保证你坐火车上最前面的一节车箱。

陶晚看到我，问，"田妖精是和吴爸爸一起坐火车走了吗？

田妖精应声出现，说，我也是一个游泳比跑步还要快的人啊。

上海老女人，闻声掉出眼泪，说，老天不公，老天从来就没有公正过。陶晚一时大为伤心，愿出路费让我和田妖精奔向青岛。我摇头，我一没有勇气去看吴起最后一眼，二觉得家里不会同意我去，三不能用陶晚的工资吧。但我又十分想去青岛，一与吴起道别，二见面如收信那就去收一生中第一封信吧，三去遥远的地方收拾一下乱七八糟的心。田妖精双手握紧，暂没有表态。恰此时，天空巨大的暴雨奔来，打散了陶晚的出资计划，也打散了田妖精，他收了自己的人影，一晃又不见了。

假右派想请假，准备也去青岛陪一下自己心中的顶头上司，但还没有走出厂办公大楼，他的年轻漂亮的厨娘老婆跑来找到他，说是家里厨房着火了，于是夫妻二人经厂食堂大门口冒着暴雨撑一把只剩伞架的雨伞奔回家去了，人们感叹说，所谓最好的夫妻就是这样的了。

唐老师，最好的老师，跑到厂食堂大门口来，一把抓住我，让我不要伤心，然后四处张望，找田妖精，怕他冲动，做些叫人想不到的事。他在整个食堂里翻找自己最放不下心的学生田妖精，甚至去拉开午台的幕布翻找，最后他拉住人群中的田姐，与她十分知心地谈起吴起的往事。谈中，唐老师手抹胸前，像是轻捻长长的胡须，没有悲伤，倒是有古风。有个青工不无一点正经地对唐老师说，来一首唐诗吧。

我想独自奔吴家岗火车站送一下周公双，念头刚起，暴雨即停。当我起步开跑，却不料身后跟着老国的二女儿。她像个猫一样奔出厂食堂，跟着我跑。天空阴沉如是傍晚，风凉如水，我们的奔跑如是江中夜泳一般。说是雨停了，但空中尽是细细的雨珠，染湿了我的头发，水珠顺着头发滑落过我的双眼，我没有哭，但看上去像哭过一般。到了火车站一看，却原来送周公双的人不下三四拨，有厂车队的司机们，有周公双老婆的小姐妹们，有吴爸爸的邻居们，有吴妈妈以前的同事们。大家痛惜不能去青岛，痛惜未能送吴爸爸上火车，痛惜吴起的青春年华。周公双一一含泪作谢，当厂长专门派人将送吴爸爸的一袋水果送达周公双手中时，周公双的眼泪更是收不住，脑袋几乎像一颗大大的泪珠要滚下地了。

　　老国二女儿，单眼皮女孩，一哭，眼睛马上肿得不得了，像一对红桃子。我对她说，我还没有收到吴起的回信呢。这话更叫她哭到抽蓄不已。周公双伸手专在我肩膀上拍了一下，落下一个带有泥痕的泪水湿手印。

　　从火车站看去，连绵的丘岗像是千年的墓群。江边，云雨中沿岸的一溜椿树林像是被一只深绿色的铅笔轻轻勾勒出来的，有起伏的鸟点缀，有孤零零的帆船椿树林上驶过似的，江对面墨绿的高山上，缠着丝丝白云。

　　田妖精在火车站边上的丘岗现身，跑跑走走来到火车站台，他说，我或许和农民晚一天出发，周公双感动得狠狠拍了他一下，差点把他拍翻在地。吴妈妈的同事把田妖精看了又看，眼泪流了又流，说他走路的样子和吴起很像很像。当火车进站时，田妖精一晃又不见了，我知道他又跑到旁边的丘岗上去了，也看到他是从哪条小路溜走的，但猜不透他要去茫茫无边的丘岗群干什么。

狂风暴雨之后，树梢滴着冷冷的雨珠，电线杆湿淋淋的，觅食的鸡一再抖动羽毛，厂广播声格外清脆，整个厂房冒着白白的雾气，那里传来了的浆整布匹的味道。香樟树路上一片雨后清秀之色，有一只发情的驴子慢步走过，有人狠命地踢它。开水瓶爆破而碎的声音——响起。路上有人懒懒地说起黄家的事儿，说黄家有钱，并不需要厂里统一安排船运家具回武昌，准备是自费火车托运，贵一些没关系，更主要的是黄爸爸还在等一个更好的位子，他们家慌什么，全吴家岗慌了，他们家也不会慌。我东走西走，反复走进走出香樟树路，心里慌慌的。章妹妹和假右派又次在路上讲书，章妹妹说，妈妈说了，人生就是含辛茹苦，不断的含辛茹苦。那浓浓的中药味悠悠地又飘到空中又，配合一下章妹妹。在厂食堂大门口，章妈妈与一个相好的女同事边走边聊，她平静而自豪地告诉对方，以后政策和前景会好很多，女儿章青全力准备高考，她的堂哥，已有计划欧洲留学。天空扯出闪电，配合一下章妈妈。欧洲留学，我听了只当是一个流言，一个流言。

近中午时分，生活中随时会出现的炸雷声响起。卷发国外的叔叔来到了吴家岗，他们从吴家岗公共汽车上下来后步行走到厂医院。那老叔叔一根挂在胸前的红领带气势惊人，胜过摇着一面旗子。卷发与叔叔只在医院药房窗口前呆了一小会，他家族决定要带晚桃经香港去澳州一事，就口口相传，顿时轰动了整个吴家岗。人们传说，那位老叔叔说了，年轻人可以一起出国，可以再进修学习。正当卷发一副低眉顺眼的样子跟在叔叔后面回走时，二胖猛地窜上香樟树路，追到卷发的身后对他说，你得过她哥哥这一关，要打架才行的，要有一个决斗才行。二胖身后不远处立着陶晚，卷发狠狠地看着心上人的哥哥，重重地点了点头。这相当于是今天一连串炸雷声后又响起的一个。幸好，整个中午直到整天直到之后很长一段时间，晚桃都没有出现在香樟树路上，她要么绕行，要么深夜行，不然厂里人的舌头眼睛都会很辛苦啊。

整个中午，厂食堂大门前有一股宁静的气息，人们似乎在等一个急刹车般的消息，说吴起并未溺亡，只是个流言。数学老师在香樟树路上专走路边边的树下一线，他也好似在等一个急刹车般的消息，说自己被录取的不是市里的师范而是省里的师范。我乱转，似在帮田妖精在等一个急刹车般的消息，说是章青回心转意了。吴家岗天空流云翻转，似乎在品味有关晚桃的消息，细细品味那十分陌生的澳洲的事儿。

蓦然，我发现本来随处可见的木头人也不见人影了。经一番对木头人家邻居的细细追问，"我得知木头人扛着他老爸的猎枪去了丘岗树林的深处。我跑过烂泥湖，冲上丘岗半坡后止步，我想，如果田妖精真和木头人在一起打猎而又并不想让我参与，我又怎么能找得到他们呢，我又何必去找他们呢。

木材场那里总算有了些儿蛛丝马迹，一大群鸟儿低旋跳飞着。我走近一看，章青和巫婆蹲在一根大木头上，木头边立着章青的自行车，自行车上立着一只鸟，鸟在扭动着身子看一只蝴蝶。

我们三人站在一起，六目睁睁。

章青说，今天晚上是厂队和机场空军队的冠军赛。

我说，田妖精打猎去了。

巫婆说，晚桃准备送章青一本笔记本，正在想抄一首邓丽君的歌上去。

章青要回武昌了，晚桃也要离开吴家岗了。

接后，巫婆走到空地上，为吴起叹气，为彭主任皱眉。

章青细细地打听我从木头人邻居那儿打听来的事，细问那管厂里有名的猎枪的形状和威力，细问木头人老爸一直以来的打猎收获。在我印象里，这是田妖精第一次打猎，也是我们第一次谈到田妖精时，章青愁眉苦脸，而上次田妖精漂流失踪，她一直都不动声色。我说，也许他并没有和木头人打猎去。章青双手抱膝，头扭向丘岗，久久地看那看不见的田妖精。她说，我们再也看不到吴起了。她的眼睛红了，赶快跳起来骑上自行车转圈玩。

章青说，你一定要去把田妖精找到。

她的话使我一鼓作气又跑上丘岗，直接奔向那片宽阔的松林深处，明知找到田妖精的可能性为零，却有跑不完的劲，却有一种快意在身上膨发。我在林间悬崖边转悠，草树透湿，我也湿透。在林间空地上，我想到了吴起带来的那首兰波的诗《感觉》。

记得第一句是：在蔚蓝的夏晚，我将走上幽径，后面是：彷佛在做梦，

再就是，记不清的一句。后面是：

　　我什么也不说，什么也不想：
　　无限的爱却从我的心灵深处涌出，
　　我越走越远，像吉卜赛人一样，
　　漫游自然，如有女伴同游般幸福。

兰波写得细腻真切，让人觉得吴起还在人间吧。

我找一块大石头坐下来，想到了贾岛的那首《寻道士不遇》的诗：

　　松下问童子，
　　言师采药去，
　　只在此山中，

云深不知处。

贾岛写得飘洒自然，或是田妖精一生的写照。

天空刚一擦黑，整个吴家岗就停电了。香樟树路上哄声四起，灯光球场上等球赛观众接送车的人群像被惹了一下的蜂群胡乱飞旋起来，哄声响亮，其中我也在里面大喊大叫，午手顿脚。我正张大嘴巴喊叫着，巫婆挤进人群拉我到了她家门口。章青拎着游泳时拎过的换衣小花包，背一个大大的书包，一双眼睛亮晶晶的，站在一棵小树下等候着。谢副厂已经坐在吉普车的驾驶座上了，他本是定今晚开车送厂长去参加篮球联赛冠军颁奖礼的，但厂长要处理厂区停电事宜不去了，他本来是要马上出发的，但章妈妈临时动念，让章青今夜就先回武昌，先住叔伯家吧，让谢副厂开车送她去火车站吧。厂财务科长是章妈妈的原武昌同事，她本是明晚计划出差武昌，却与章妈妈一拍即合，正好带上章青今夜就闪电回武昌，一路有伴。章青让巫婆叫我来送送她，我还以为要把章青一直送到武昌呢，差点就拨腿飞跑回家去整点行李。巫婆说，你是个苕，你一直是个苕，你送章青去火车站就行了。

财务科长这个老俏老俏的武昌老女人，跑到吉普车上坐好了，又下车跑回住处去拿个香香盒，最后举着一个很小很小的盒子跑来先给站在车旁送姐姐的章妹妹擦一下香香才正式上车坐定，坐定后还又要举着那小盒子给站在车外的章妈妈闻一下，说昨天刚从市里买回来的，是上海的一个新牌子。

章青看着我，什么也没问，"既然我是独自一人，那肯定是没找到田妖精。人影晃动中，我听到了她一声轻轻的叹息。

吉普车载着四人，奔向吴家岗火车站，我觉得我在吴家岗的生活开始结束了。我觉得财务科长武昌老女人的香香味道浓得刺鼻，觉得这武昌老女人骚得很，骚得也很温和，觉得章青心事重重，觉得谢副厂手重脚重，把车开得歪歪倒倒。放眼车外，看到吴家岗公共汽车站四周已经开始大兴建设，但感觉永远也建设不完。吉普车开上火车站前的上坡路时，熄了一次火，谢副厂哈哈呵呵，说这车有点认生啊。吉普车停好在站前空地后，还没等谢副厂去帮财务科长和章青买火车票，就从一旁路人的嘴里得知今夜火车晚点。火车站也停电。

四外黑压压的，谢副厂把车内灯打开。这时，章青说话了，她阿姨阿姨香香地叫着，叔叔叔叔甜甜地叫着，说自己今夜不回武昌，明天回。财务科长和谢副厂都大声叫了起来，说你妈妈会骂死我们的。章青说，不看到最后的冠军赛，我回不去。我坚定地坐在章青身边，咬紧嘴唇，不觉中咬破了皮。蓦地，财务科长细打量起章青，彷佛想要给她脸上涂色化妆。谢副厂则扭过头去，后干脆下车抽烟。估计是田妖精在空气中出现了，财务科长盯着车内小灯看了又看，又伸头到车窗外把吴家岗的夜空看了又看，鼻子轻轻地吸气，把桔子林里飘来的清香和土腥味闻了又闻。她问章青，是想看田妖精吧。章青抿嘴发一声高低音变换的嗯，笑着否认是为了再看田妖精一眼。她说，就是球赛，厂队的几个打得最好的队员也只在今年还能打得欢，明年厂队只怕都没有人了。财务科长大笑，说反正明年你也不来看了。她又说，十七岁，不能闹啊，唉，不闹一下也是不行的。她又说，我知道你那个叫田妖精的同学。章青说，我保证明天晚上回武昌，后天早上找你一起过早吃热干面去。

吴家岗的夜空灰云笼罩，高处传来脆响的鸟声，飞鸟想把灰璃玻般的天空敲出个缝似的。

财务科长在车上对车下的谢副厂说，章青就这样回武昌是好像不对，我要是在她的这个年龄，也会想晚一天回武昌。谢副厂说，我做不了主，你做主。章青赶快出手捏了捏财务科长阿姨的手臂，捏到了阿姨的筋那般，让阿姨舒服得喔喔喔地叫唤。最后这位武昌老女人对谢副厂说，好吧，我写个条给你拿着，到时你给她妈妈看，就说是我放她的。谢副厂说，你写条交给她自己给妈妈就行了嘛。财务科长非常知心地对章青说，说真的，我和你比我和你的妈妈关系还要好，谁让我只有儿子没有女儿呢。说完这句，她怔怔地卡壳似地不说了，她被卡住的话是，谁让她离婚了，谁让她又还是厂里最有名的一个一心怀念和怀恨自己以前武昌最英俊丈夫的武昌老女人呢。

　　说话间，电来了，丘岗下的吴家岗灯光依次亮起，如浪排过，光影灿烂。

　　说来也很独特，虽是灰云满天，天边的少许蓝空还是可见流星不断落下。生命顽强而又诡秘飘忽，流星所代表的生命让章青的眼睛涌起无数的最为细小的泪珠。吉普车开行在省道上，车中话题是张颖，谢副厂虽然常在自家与章青见面聊天，但那都是扯闲话。他十分小心地把话题串引，说，你们听，天上有战斗机飞过的声音。吉普车在省道上轰轰嘎嘎，路上清风列队摇树，树声也是轰轰哗哗，谢副厂能听得到天上的战斗机的声音分明是个引子。章青分明喜欢这个引子，她说，我要是不再看一看张颖的那个男朋友，也是回不去武昌的。谢副厂说，我那丫头从来不跟我说真话，跟她妈妈也不说，但她又总是表现得她什么都知道。章青说，我可以说，我可以确认张颖决不会亲手下毒，她当时就是绝望了，干脆承担全部罪名，而且，我相信，她也不知道是谁下毒的。谢副厂深深点头，吉普车跟着发颤。他略偏一下头，问陶晚以前是不是和张颖有过比较近的来往。章青扭头看我，让我回答。我耸耸肩说，我和陶晚也只是这一二年才熟些的啊。谢副厂猛掀一下往事，说当年派出所调查，查到了自己的女儿。章青说，跳绳队的同学是都想帮张颖的，但哪帮得上，倒是觉得都受了张颖的保护。谢副厂说，等会到了机场，如果看得到张颖的那位男朋友飞行员，你指给我看一下。我差点脱口而出，说那飞行员长得和彭主任一样英俊。谢副厂真正想与章青谈谈的是女儿与彭主任的事，他转个话题说，听说张颖的男朋友飞行员会拉小提琴。我说，好像是会拉吧，我们小时候，一直觉得会拉小提琴的人都是坏人啊。我觉得我一时田妖精附体，很会用话引出谢副厂的心思。果然，谢副厂气愤地骂一句武昌渣子话，小狗日的东西。他说，起码有一半拉琴的不是好东西，偏偏我们家的丫头喜欢。我坚决说只是一二个拉琴的坏那么一点点，因为我听说章青爸爸就喜欢拉小提琴。章青纠正说飞行员只是会吹口琴，又纠正说自己爸爸也只会吹口琴。谢副厂哼了哼，藏起心事，不再说话了。

吉普车在路上连续拐弯时，车内风声呼呼。这正是一段张颖和章青巫婆走来走去的道路，正是那个省道暴风雨之夜所在的地段，正是在吴家岗和土门机场之间名叫花艳的地方。

此时，人有乘车之美，车有乘风之美，地有地名之美。章青紧抓着抓手，眼睛朝向有一片灯光映天的土门机场，嘴中念念有词。我问她，你在念什么。她说，秋风生渭水，落叶满长安。

我一下想起了财务科长，她曾经在香樟树路上的一次议论他人偷情的谈话时，情绪很高，眼神里不无一点鄙视又不无一点奇怪的傲慢，说，现在政策变了，生活好了，每个年轻的女孩，哪一个不是在私奔的路上。本来，她的这句话我可能永远都不会再想起了，但吉普车上章青脸上那柔嫩的绒毛尖上晃动着的细小多彩的光芒，让财务科长的这句话在我心里再也忘不了了。是啊，哪一个女孩不是在私奔的路上。刚才，财务科长上火车时情绪非常好，处在一种将要为章青担些责任的开心中，她与章青的最后一句道别语是，不要管我，我会说通你妈妈的，她根本就不会相信你会喜欢什么人。把自己管好吧，我在武昌等你。

我看，财务科长这个老女人到武昌出差，实际也是跑在私奔的路上。

我轻声对章青说，你是放不下他吧。

章青说，是。

我说，我们会找到田妖精的。

她说，好。

我想，我一定帮章青把木头人家那把猎枪抢到手。

吉普车驶离省道，拐向土门机场，时而上坡时而下坡，在临近一条乡间小溪时，月光从云中露出来，溪水闪出银花。我遥遥看见对面开过来一辆卡车，卡车车箱上有棉纺厂运棉卡车特有的敞棚架，应该是那辆早先送厂篮球队队员到机场的卡车。这时，厂里二辆观众接送车从吉普车后面接连超过来，车上的人群一边与对面卡车打招呼发喊叫声，一边对着谢副厂的吉普车发出嘘声，像赶鸭子一样挥手。

在被超车时，前方起伏弯转的路上那辆本厂的返程卡车加速了，它眨眼就冲过来了，那卡车车头对着吉普车。谢副厂踩了一下刹车，吉普车像是一只惊骇至极的鸭子滚下路面。吉普车翻了，但没能像只翻倒还又可以爬起来的鸭子。

小溪边，有滩石、几棵歪歪扭扭的树、天空有尾随月亮而出的繁星、很均速的风、张狂的虫鸣、硕大的蛛网、浓到有影子的土腥味、还有从石头缝里跳出来看热闹的小蛙。我好像被人围着飞速挥棍打了一顿，身体还在车上，一时有些发呆发懵。吉普车底朝天滚落在溪边的草和泥上，谢副厂摔坐到一道土坎上，章青翻滚到了草丛里。

第一个跑到我身边的是木头人，第一个跑到章青身边的是田妖精，他二人正是从迎面开来的那辆卡车上下来的。

章青的一只穿着白色皮凉鞋的腿伸在一棵小树上的枝杈上。

从土门机场方向朝吉普车冲过来的那辆卡车的司机是厂里有名的好吃货，别的人是正名和外号混用，他在别人嘴里的名字就是一个，好吃货。他顶替了远去青岛的周公双开车接送厂篮球队队员，晚饭后，他的车刚到机场大门，田妖精扛着猎枪和一只猎获的野兔来找他，上了他的车。后，田妖精不光要送野兔给他，还要借猎枪他用用，约好先到野外练习练习，交换条件只是他能像周公双一样让自己开开卡车。田妖精从吴家岗丘岗一直步行追踪一只野兔到土门机场附近并最终将其猎获的精神，使好吃货深受感动。木头人配合得很好，做主把老爸最为心爱的宝贝枪拿出给田妖精打猎，还把老爸专门配制的药酒拿来给好吃货享用。当田妖精开着卡车冲出土门机场大门朝省道开过来时，正是好吃货坐在副驾驶位对那好酒赞不绝口独自灌了又灌之时。田妖精所开的卡车迎面本只是谢副厂的吉普车，未料二辆观众接送车开得飞快，看到吉普车在前不禁起了驱鸭的乐趣而猛追而猛超，使得田妖精这位司机面对的是三辆车。

三辆大卡车相对而停，人们奔向坡下翻了个底朝天的吉普车。手电筒的灯光光柱横切乱穿，茅草全部被踩倒了。纺织女工尖利清脆的喊声震天，因为章青摔伤而且晕过去了。

副驾驶座上的好吃货惊醒了，说，麻烦，我喝醉了，是我把吉普车逼下坡的吗？他跑到谢副厂面前，连连认错道歉。

14、病房

　　厂医院，每个病房都有吊扇，风柔，每个病房都用日光灯，透亮。护送章青回厂医院急救的女工们都有仰脸让吊扇吹一下的动作，在白色的日光灯下她们肤色或娇嫩或粗糙，眼光则都很柔和。

　　田妈妈和田姐随人流来到医院，她们不知道车祸是个什么规模，一路上跌跌撞撞。还好，田家第二次尚未伤心欲绝就已欢天喜地，她们先看到过道上的我，我只用轻轻点头就报了平安。田妈妈冲过去拍打立在急救室门外的儿子，扯来扯去看一遍，松了一口气，笑笑然后臭骂，臭骂声中含有一种轻松亲密。田姐双眼扫了扫弟弟，紧锁的眉目不松开一点儿，听说章青经过包扎拍片后仍昏迷未醒，垂眉闭目，流下眼泪，闪亮的乌发松散披开摇动，如愁云缭绕。当她从眼缝里看到我小有擦伤，对她正轻轻微笑，似更增加了她的忧心，使她身体缩起如被雨淋，眉和目也扭来扭去。她的双手是一种闪动挣扎状，一种慢动作的闪动挣扎状，挣着挣着，一只手放到了我的肩上，轻抓了我一下，顿时，我感到浑身都疼。

　　忙乱中，我腿上的擦伤被涂了红药水，手臂上的擦伤被涂了紫药水。陶晚跑过来说，要包扎一下，晚桃跑过来说没什么大关系。唐老师跑过来问，"章青在哪里？他一抬手便有唐诗要出口一般，只见二胖朝他猛推出一只手，半空中堵住了他的嘴。唐老师嘴唇一直抖动着，只好暗吟了唐诗一首。慌乱中，田姐把我脸上也涂了些红药水，这样也好，这让我心里平静下来了。

　　田妖精不知什么时候站到了我身边，对我耳语发誓，说只要章青平安无事，自己就此先回武昌，一生只钻研历史地理知识，再也不去缠她。我耳语说，章青已经平安无事了，他点头点头，不知道点的什么头。他点头的动作很大，头一下把凑过来的木头人的脑袋砸到了，木头人连连说不疼不疼。

急冲冲地，巫婆和彭主任一前一后从医院大门口跑过来，急吼吼地问章青怎么样了，二人的眼光朝田妖精刺去，再刺去，然后二人奔向谢副厂。谢副厂端坐在一间病房的中心，怎么看也像是被捆在椅子上，除了眼睛，浑身上下一动不动。他的眼睛左动一下右动一下然后是上下动，看来是想了很多个的问题吧。他的一只手缠着白纱布，额头上贴着膏药。他独对我苦笑，独对我说，手生手生，竟然把车开翻了。我说，当时好像对面那辆卡车还很远，你为什么要猛打方向盘？他说，说不上来为什么，当时就是有点慌神，有点心烦，人歪车歪，有点像是跑呀跑的时候把拖鞋跑丢了。他苦笑一下说，就像是人摔倒，车像鞋一样摔飞了。

伤心的章妈妈来了，伤心中的她身形娇小，像是个章姐姐，她没有急着往急救室里冲，而是一再回头张望，手扶着墙轻轻喘息，等章妹妹跟上。女工们护士们则自动给她让出一条道，还有女工伸手把她往前扶。

平静的章妹妹流水一般走来了，她无视众人紧盯过来的眼光，自顾自说姐姐绝不会有事，她一说出这话，我马上跟到她的身后，很是拥护她。我主动告诉章妈妈说，主要因为篮球冠亚军争夺赛，章青才误了火车转而去土门机场。这个理由简洁明了，章妹妹非常赞成，小手握着在空中摇了几下。章妈妈手指在胸前点点晃晃，似也认可我的说法。

章妈妈和章妹妹还没进急救室，章青就被众女工心灵手巧地抬送出来到了病房休息。医生说章青并无什么大问题，头部受了伤，可能锁骨有骨折，待明天复查。章青已经苏醒，但眼神茫然，谁也认不出，躺在白色担架上经过妈妈妹妹身边时也如睁眼梦游，我注意到她微微偏头对被挤到靠墙站的田妖精投去了一个眼光，一如以前在人群中偷瞄他的那种。

在病房里，章妈妈的呼唤也没能让女儿认出自己，章妹妹的摇手耳语也没让姐姐笑一下听一下。在医生的安慰下，章妈妈问章妹妹怎么办？章妹妹吃惊地环顾四周，一副也认不出自己身在何地所见何人的样子，她轻微颤抖着，头上秀发在吊扇下翻滚。她忽然想明白了似的，走到门边对我说，衣民哥，要不你进来看看我姐，好吗。我说，我和田妖精来吧。

彷佛一个球传到了田妖精手上，他的双手在胸前有力地抓紧，他还左右小幅度猛晃身子，似要带球过人。女工们轻声唤田妖精靠前，并侧身相让。章青头上斜包着纱布，看到田妖精，眼光一下聚拢。护士便问，"认得你的同学吗？章青没有点头也没有摇头，但用很清脆的低声对田妖精说，你给我点水喝。护士奇怪，章青便说，喜欢叫他倒水。护士欢笑，递一杯水给田妖精。田妖精递水杯到章青唇边，她低头让水杯里的水轻轻碰了一下嘴唇，然后微摇头，说可以了。众人安静屏息，此刻，章青的武昌话非常好听。女工们说，哎呀，武昌话说得太标准了，太好听了，她是真正的武昌姑娘伢。章妈妈松了一口气，差点歪倒在田妈妈怀里，章妹妹也靠到了田姐身上。接下来，章青竟又叫田妖精一声哥哥，这是从未有过的叫法，语音柔弱清亮，是我听过的最精美的一句武昌话。田妖精脸上浮出大面积的微笑，但眼泪咕咚咕咚滚了出来，章青轻轻地闭上了双眼。恰此时，金玉老师穿一件缀紫花的连衣裙来了，她虽只是站在过道上，却使章青的病房里有了《红楼梦》布景似的，空气里有了一种古代的情韵。

巫婆悄悄地对我耳语说，以前，张颖对她的飞行员男朋友就是叫哥哥，就是这样叫的，其音色也是这样的。说着，巫婆扭头朝彭主任看，她心里在肯定学着章青在叫她的彭哥哥。唐老师隔着五六个人头不断对我丢眼色，我知道那都是好意欣慰之意和他的诗意。唐老师丢眼色丢得猛了一点，在过道上差点摔了一跤，陶晚一把扶住他，远远地笑着对我说，没有刹车也没有什么刹车啊。章青同病房的一位大妈，把床上收拾了一下后，说身体好很多了，回家睡觉，明天也不来了，让章青姑娘单独好好休息吧。唐老师大为赞赏，硬要扶着这位大妈走回家去。

章青对田妖精微笑，脸微微前探，鼻翼微收，似在轻嗅田妖精身上的味道。田妖精侧身放下水杯时，偏过脑袋对着她，她很仔细地看他的后耳，露出一个微笑。护士又问，"他是你的同学，你认出来了吗？章青没有点头也没有摇头，仍用很清脆的低声对田妖精说，你再给我点水喝。一当护士给章青说什么，她都开口找田妖精要水喝，田妖精满脸的懊恼沮丧慢慢消退，光彩闪现。田妖精动作越来越自然，一只手递水杯时，另一只手虚扶在章青的脑后。章青喝水由每次只是唇碰水杯到轻吸一二口，她的眼神渐次变化，笑意中添加有羞涩爱恋，直看得章妈妈章妹妹喜忧交加，直看得巫婆作忿忿不平状，直看得众女工低声哄笑，说田妖精真是灵光。这场景证明了厂里田妖精和章青交朋友的传言，陶晚握拳揩了揩下巴，对我点点头，对众人点点头，明着赞赏赞赏。

没有一个人向我打听车祸前到底发生了什么，彷佛所有人都认可我对章妈妈的说法。章青前往机场去阻止持猎枪的田妖精的心事成了水下的泥鳅，成了一个若有若无的秘密，田妖精撞车的计划也成了水下的泥鳅，溜不见了。

第二天清晨，天微微亮，我和田妖精快速走过香樟树路，大口呼吸厂区传来的满含浆整布匹味道的空气，用手拨开开水房喷出的浓浓的水蒸气，跳过横卧路中的一条大狗，踢飞医院门前地面上的小瓶子和小石子，第一批跨进医院。然后，我们站在病房外的过道上，开始小声讲事。我们专门讲那头流串逃亡在烂泥湖的驴子，讲它，几天来背上一直站着一只麻雀，那麻雀后来还喜欢卧着在它的背上，当驴子走动和奔跑时，麻雀会张开翅臂扑动保持平衡。讲着讲着，从烂泥湖边传来了那驴子的拉风箱拉出来一般的嘶鸣声。我们反复讲驴子，其中加进一些评论，如论驴子的报复心，论驴子的忧郁，论驴子的语言能力，论驴子的观察能力和观赏能力，当讲到驴子的野性主要表现就是逃跑和不断逃跑时，把章青病房里的值班护士给逗笑了，她头探进门来说，你们是不是天天围着驴子转呀。我们说，不是呀，是有一头驴子天天围着我们转。

我们讲着讲着，护士对我们做了一个招进的手势。于是，田妖精像一只驴子那般有些笨拙地走进章青的病房，本来，是我更靠近门边，但护士专让田妖精先迈进门里。章青像一只小鸟躺在白色的床单下，窗外鸟声啾啾，细如棉丝，驴子的嘶鸣声渐弱渐远，也细如棉丝。田妖精只是往床边一站，章青就轻轻晃了一下脑袋，接着睁开双眼，想必，她已经听到了驴子的故事，听到了驴子的嘶鸣。她认呀认，一下认出了田妖精，连忙问，"你怎么来了呀。护士问她，认出你的同学了吗？章青轻笑，说，认出来了。护士问，"昨天晚上，你没有认出他。章青说，昨天晚上只觉得他好熟悉，是认识的一个人，名字没对上号，知道是个哥哥。护士说，你昨天摔伤了，连妈妈妹妹都没认出来。章青问自己在哪摔伤，为什么去机场，和谁一起去的机场，妈妈在哪，妹妹在哪。于是我上前说，我陪你去的，是看球赛。她朝田妖精一笑，说，想不起来。我说，你想不起来我是谁吗。她说，是。我轻声说，是不是因为我脸上擦了红药水，不像衣民了。对衣民，她没反应，我反复说球赛，她也摇头。我不无一些焦燥和失望地对田妖精说，你要好好照顾她，你要超过她妈妈那种好好照顾她。

于是，护士跑到过道里大声喊道，章青认出田妖精了。

晚桃，药房值夜班，早上提前换班来陪章青，晚桃的脸上有一抹淡红，细看正是朝霞红，章青脸上苍白，细看也有一丝朝霞红。晚桃握住章青的手，章青许是通过手上的温热认出了好姐姐，溜溜地轻唤一声晚桃姐。晚桃和田妖精二人讲起昨夜的球赛，说话声音很轻动作很大，弄得病房里有二头驴子在扬头午蹄似的，弄得章青嘻嘻地笑出声来。晚桃不时把话头让给田妖精，让田妖精与注意力略为闪烁的章青多说说再多说说，每当章青对田妖精微笑，晚桃都要轻轻拍手鼓掌。

章妈妈提着一个圆筒形的铝饭盒带着鸡汤来了，章妹妹一只手轻托着饭盒，形似二人抬着鸡汤。章青仔细看着妈妈，不觉开唇一笑。章妈妈说，我是妈妈。我是好妈妈吧。章青说，是好妈妈，幸好你是我妈妈。好妈妈马上笑出了声，然后拉过章妹妹，说，这是二毛。

我在一旁心想，看起来这妈妈是大毛，章青是二毛，章妹妹是三毛。

章青忽说，那我们家三毛呢？她双手撑一下床，想坐直一些，并朝妈妈身后看。

章妈妈一听这话，忙轻搂住大女儿，说，我们三个就好，三个就好。

我和田妖精互看了看，心领神会，猜得出章青所说的三毛一定是个早早流产而未足月出生的小妹妹。我家和田家都有这个只有家庭内部成员才知道的未能要到的小生命，这小生命每到某个特定的场合就会出现在空中，光影般流过。

这会章青满心怀想那个应有未有的小生命，她用眼光搜寻她家本来会有的三毛，她轻轻抬起手。章妈妈伤心暖心含泪微笑，轻轻按下章青的手。

章青转头对田妖精溜溜地叫了一声哥哥。

章妈妈又惊又喜，转问章青，认出衣民了没有？章青摇头，答非所问地说，这里有衣民吗？

章妹妹推出我说，这是衣民，衣民伯伯，衣民哥哥。

我想，章青可能还卡在对她们家三妹的回想中，说，那你晚一点认出我吧。她满脸是笑，对我说，好吧，我晚一点再认出你。她的笑容正是初中一二级时的那种傻笑，声音则是现阶段的十七岁女孩的最美的武昌话音。

她忽然又调皮地对我说，要不，我最晚才认出你。衣民，好吗？

我说好，用手盖住脸上涂了红药水的地方。

巫婆来到章青的病床前，猛一下也被认不出来，很痛苦。巫婆问我和田妖精，我的变化很大吗？一看，巫婆变化太大了，已经是个小少妇了，再仔细看看，也没什么大变化，只是她和彭主任的事公开了而已。田妖精对章青说，她是巫婆，是你同桌，和你一起跳绳的队员。章青对巫婆傻傻地笑，当田妖精说，她是那个要嫁给彭主任的巫婆，章青这才哈哈笑了，伸出手来拉住巫婆的衣服。巫婆傻呼呼地说，我和彭主任结婚的时候，你一定要从武昌过来参加我们的婚礼，田妖精和衣民也要来啊。接着，她宣布说，衣民，你现在天天给章青家打开水，天天给田妖精家打开水，别的事都不准做，反正你也只有小伤。

田妖精刚想开口说由他去打开水，马上被章青的眼光制止，被章妈妈章妹妹的手势拦下，巫婆马上移身挡住他。

田妖精送我到过道时笑对说巫婆：你又不死。

我学着章青连连说：不算什么，不算什么。

张颖的前男友，土门机场那位飞行员上午坐公共汽车来到吴家岗，他不是很高大，但身形很挺拔，穿白衬衣，背着一个大号的军书包。他朝棉纺厂生活区走来，自有传信的女工击鼓传花一样把消息前送。消息首先到达香樟树路，木头人拎着开水瓶偏着身子猛跑，他的开水瓶与我的开水瓶差点在路上相碰撞，他的耳朵与我的耳朵像二只手掌拍到了一起，旁人看到，我俩头耳相碰撞的一瞬间，四只手上的开水瓶扬举擦边却不碰粹，表演杂技似的。我俩看上去相撞猛烈，实则相当于耳语动作，木头人身体控制得很好，猛地站定侧身让过我。他高声说，我要是真撞上你，你就散架了。

当飞行员的身影尖尖冒出在吴家岗公共汽车站与厂生活区之间的土渣路上时，香樟树路上的人已经全部做好观看的准备，有老婆婆拉着小孩子的手排队一般等着，边走边喝饭盒中稀饭的青工停下脚步，以花蝴蝶为首的一小群下了夜班后还在溜达的女工站在香樟树路的正中间张望。说来，去厂医院可以走过香樟树路再拐一下到达，也可以直接从土渣路拐一条小道到达，所以，以花蝴蝶为首的一小群女工往小路前迎去。但很快，前送而来的消息是飞行员已经走上香樟树路，于是花蝴蝶们又扑了回来，其中一个女工跑去医院传信。

飞行员最主要的特点就是双眼明亮，传说他的视力达2.0以上。一年多后再次见到他，我特别注意看他的双眼，特别是要从侧面看他的双眼。我侧退侧移着身子看，发现即便是他那种最明亮的眼睛里也布有血丝。我不觉踩空，眼看就要摔倒，他出手托住我，露出亲切一笑。我是暗中和他比较一下我偶尔会有的超远视力。

我说，我知道你是来看章青的，我带你去医院。结果唐老师跑来要带飞行员去医院，彭主任跑来和飞行员握手然后一直握着手要带他去医院，田妈妈跑来要带飞行员去医院，乒乓国手的老母亲隔着很远也说要带他去医院。厂长适时路过，听说这就是那位飞行员，擦擦眼睛，一把夺过带路权，或者说是彭主任一把让出带路权。飞行员脸浮微笑，给唐老师行过军礼，给彭主任、田妈妈、乒乓国手老母亲和厂长行过军礼，还朝空中多行了几次军礼，我想，也不算多行了军礼，那是行给张颖的。一路上，一群人轰轰乱乱像是个游行刚结束后的队伍。厂长对飞行员说了一句知心话，我们一直都把你当棉纺厂的女婿。听了厂长的这句话，飞行员深深地呼吸了一次，深吸吸得风声呼呼，呼气时长长久久，吹翻了他头顶上滑行的蝴蝶。这个深呼吸是那么的独特，也算对得起张颖。厂长特地在医院前院里的玻璃框宣传栏前停一下，宣传栏里还张贴着有张颖作为幼儿园代表与护士医生们的国庆节联欢合照。但厂长时间掌握得非常好，身晃手摆，让飞行员看到张颖后，马上一个请的手势，把飞行员送进医院的大门。

飞行员与章青正面相对时，先怔怔发呆，然后微微一笑，低头一下。他说自己在市里参加一个学习班，听说张颖的好妹妹到机场找过自己好几次，听说好妹妹摔伤了，特地请假过来看看。他从那大号军书包里，拿出送章青的苹果和一本厚重的好像内装有一把手枪的新笔记本。

章青认出飞行员，兴奋，手指伸直，她急忙问，"张颖姐也来了吗？

飞行员沉沉地急促地发出啊的一声，眼睛红了。

章妈妈连忙对章青做了一个大大的否认的手势。

章青收住笑脸，接着面容大变，呼吸急促，泪水轻涌。

飞行员对章妈妈说，也许我不应该来的。

章妈妈说，也好也好，她好像全部都想起来了，她这是恢复了啊。她是摔伤摔到了头部，有一点轻微脑震荡，医院正要安排车送市里再检查。

飞行员特地站起给章妈妈行军礼，是一个特别有力的空军军官的军礼，他说请章妈妈一定要好好照护好章青，说自己也是有女儿的人了，女儿需要好好照护啊。飞行员都有女儿了，在场的人一下都怔了一下，接后欢喜，说不出来的欢喜，一种异样的欢喜，一种带有伤感和故事性的欢喜。

飞行员离去时，我和田妖精送他。我们心里念念有词，希望他坐由我们题有《春望》那首诗的公共汽车回市里。结果，碰上的是《无题》公共汽车，无题也好，任一首唐诗都好，都能表达伤感。路上，飞行员特地告诉我们，说正是他的妻子让他来看看章青的，他还给我们留下通讯地址，让我们回武昌后有空或有好消息时给他写信。当他从身旁棉纺厂人高声低声的谈论中，听出田妖精和章青在谈恋爱时，一股欣赏之情油然而生，站住，挺身，扶一扶头，似临上战机。当他听到章青昏迷后醒来只喜欢田妖精并最先认识田妖精这么个情节时，不禁击掌叫好，叫完一个好，他又马上暗然神伤，双手放在书包上不动了。当嘈杂的人群中冒出一句谁和谁是天生的一对时，飞行员彷佛被鸟啄了一下，身子一让。他说，我会经常飞到吴家岗上空来的，也会转场到到武昌上空训练。

我们从公共汽车司机那打听到下一辆车会是我们用粉笔在车箱里写有《春望》的那辆，听说那是一首专送张颖的唐诗，飞行员马上同意等下一辆车，他说，我记得《春望》，就坐有《春望》的车吧。

在等待中，我们听到了身边玻璃厂女工讲出的零散的玻璃厂版章田恋爱故事，其故事开头是妈妈打压，故事结尾是私奔。路边卖西瓜男人讲出的路边版章田恋爱故事是二个中学生在丘岗的树林怀孕了，故事结尾是逃亡。讲故事的人是那么随意快意加工传说中的田妖精和章青，切西瓜一样。木头人跑来对我们说，他刚刚在吴家岗的粮店里听到店员们说，章青都已经回到了武昌，结果田妖精施法加上巫婆设局，让她吃了从三峡大山里采来的醉心花，硬是鬼迷心窍，坐整夜的火车来会田妖精。木头人说，卖米的店员每天都会讲讲吴家岗的故事，基本上，店员听到一点儿风声，就会加工成流水，所谓生米煮成熟饭。木头人十分有把握地说，看吧，明天肯定有张颖和飞行员的新故事讲出来。他还说，当然，主要是我会去听，我去听就是向他们采购。看上去，木头人是在模仿假右派的那种采购员特有的神情和手势，他模仿到了采购权。

有一小群女工专门从香樟树路走来公共汽车站看飞行员，她们走近了公共汽车站，却又装着只买西瓜买香蕉，大声挑选，大声还价。当飞行员乘车离去，她们转瞅田妖精，小声议论。田妖精抱臂站在公共汽车站前，挺拔，长久深思，仿佛站在一个大型会场中凝神聆听。

吴家岗公共汽车站四周已经悄然变出三四个建筑工地。一个正在开挖地基的工地上，有一群福建来的挖土方民工，其中一个精壮的大叔，形似硕大乐哈的蚂蚁，号称按方计算工价挖土方已积攒了上万元，是吴家岗收入最高的人，是米店店员不断讲出的故事里最受欢迎的主角。而这个福建大叔，竟又是田妖精故事迷，听人说田妖精正在公共汽车站，他跳出土沟看，有滋有味地用福建普通话说，好精神的男孩子。

跳绳队全体女生齐聚在章青病房。窗外，花蝴蝶哼唱邓丽君的歌《初恋的地方》，天空零星飘下落叶，地下有蚯蚓伸出半截身子张望，金色的甲虫飞来飞去，专事拐弯抹角撞破蜘蛛的新网。远处，田野上薄雾要散未散。有女生埋怨，如果不是车祸，都不知道章青和田妖精谈朋友了。说这话的女生怕章妈妈责怪，打住话头，吐出红舌头。章妈妈说，没有关系，没有关系，章青高兴就好。章青呵呵呵地摇头一笑，一点也不害羞了。

　　巫婆发现，章青摇头一笑，完全是一种新笑法。她惊呼：这次她是真的是被一个真的妖精捉走了，我也好想被捉走呀。众女生说，看你个样子，像个鬼样的，已经有人把你捉走了。

　　巫婆去窗外独自徘徊，空手抓金甲虫，朝蚯蚓吹气，用肩膀接空中落叶，往哼歌的花蝴蝶身边倒过去，做出一幅被妖精捉走了样子。

　　章青的思维有些跳跃，忽然问田妖精，哥，请你暗查的事查到了吗？

　　田妖精一拍手，说，哎呀，你能想起让我查找究竟是谁偷偷到人事科长家下毒的事，说明你已经好很多了。

　　章青笑说，我又没有变成一个苕。

　　田妖精说，我一直在偷偷地打听，估计就是陶晚那帮朋友中的一个。

　　章青说，你是猜测，还是真打听到了什么？

　　田妖精说，半猜测半听到。我已经想好了，用酒灌醉其中一二个人就可以了。

　　田妖精趁机开口要对自己驾车一事做个解释，车字还没出口，章青就扭头他顾，手也换个地方放下，他只好收回话头不提。

说话间，停电了，吊扇不转动了。众女生怕增加房间里的温度而一一与章青握别。病房只留下我和田妖精陪章青，专由田妖精给章青摇纸扇，专由我准备倒开水。他俩，隔着一米，远距离亲嘴似的对望着。

我则细细品味出天地间三种香：病房内橘子剥开后混合着苹果削皮后的甜香，刺激味觉，窗外较远处飘过来的栀子花香，刺激嗅觉，章青耳后肩窝漂出的香味，刺激听觉。三种香中章青的体香，让我好似一下拥有了木头人的好耳朵，我能听到厂食堂里剁切白菜的声音，能听到丘岗上的松涛轻吼，能听到临江溪流水冲涮岩石的呼咙声，能听到田姐在香樟树路上的哼唱声，能听到土门机场飞机起飞的轰鸣，能听到吴家岗公共汽车站传来的急刹车的声音。

这是我一生中鼻子最舒服的时刻。

这三种香只在停电后保留了很小一会儿。

下午，田妈妈来看从市里检查后回到病房的章青，听说章青身上主要是肌肉挫伤而无骨折时，松了一口气，说是祖上积德。刚松完这口气，她就对田妖精说，外公的死与当年的斗争是另一回事，祖上贩鸦片起家得报应才是真的。一个靠贩鸦片起家的人家，后人难以平顺。这话，田妖精幽幽地听着，章青幽幽听着，巫婆幽幽听着，我幽幽听着。

病房平静，人与物都嵌在一整块巨大的玻璃里面一般平静。

田妖精转移话题，说等章青再好一些，自己想要去青岛，看看吴起住过的地方，也看看大海。

章青想听兰波的诗《感觉》，但我和田妖精都不能完整背出。

章青想了想，自己轻声背诵：

在蔚蓝的夏晚，我将走上幽径，

麦芒轻轻刺痒，彷佛在做梦，

脚底感觉到清冷。

让晚风沐浴着我裸露的头。

我什么也不说，什么也不想：

无限的爱却从我的心灵深处涌出，

我越走越远，像吉卜赛人一样，

漫游自然，如有女伴同游般幸福。

田妈妈热烈鼓掌。章青脸上浮出大面积的微笑。

章妈妈进来，听说章青能背诗，赞许，大松了一口气，对女儿点头笑，笑得有点近似章青的傻笑。母女二人似姐妹相坐，妈妈和女儿互握手，都说好痒好痒。章青却和田妖精互看，二人眼光也似都好痒好痒。

偏午的阳光通过窗外别处的窗玻璃反射到章青病床的墙上，光影下章青脸上如有涂彩，有一瞬间，她的样貌和我回忆中张颖某次迎着朝阳走在香樟树路上的样貌一模一样。她说完话后红唇如微收的鲜花，笑容如朝霞。

1979年的《感觉》，是1979年的感觉。

我和章青在病房独处时，她对我说，你一定要终生去喜欢一个诗人。

我以为她要说的这个诗人是法国诗人兰波。

却原来她刚从一本杂志上读到了唐朝诗人贾岛的一首名叫《剑客》的诗。诗曰：十年磨一剑，霜刃未曾试。今日把示君，谁有不平事。

她说，你一定要喜欢这个清苦而又锐利的唐朝诗人。

晚饭后，田妈妈田爸爸和谢副厂夫妻来了，这很不寻常，谢妈妈几乎从不陪谢副厂出门见人，只陪他去野地里挖地米菜。

京剧《沙家浜》第四场《斗智》一场戏，我反反复复从小看到大，听到大，一直不解戏中人为什么要把自己所想唱出来，让自己敌对的一方听见。大人曾有解释，说这是戏剧表现方式，但我就是转不过这个弯，无法接受胡传魁明明听到阿庆嫂说他是一个草包而满脸是笑。这次在章青的病房我听明白了，唱者就是要把自己所想告诉旁边的人。这次，剧中胡传魁是田爸爸，田妈妈是阿庆嫂，谢副厂是刁德一。原戏中，情节是刁德一与阿庆嫂的攻防，此时病房戏中情节是田妈妈与谢副厂的对唱。对唱中，田妈妈说谢副厂啊，你到底是哪年在武昌工作的？谢副厂说自己是大跃进那年到的武昌。田妈妈说，你到底是武昌附近哪个乡的，听你口音和我是一个地方的，那个地方是不是有一座竹山。谢副厂说，我那个地方百里大平原，一眼看不到边。田爸爸接着说，先前还为你是她的乡亲，看来对不上号呀。田妈妈说自己乡下有很多谢姓。谢副厂把自祖上祠堂名号一说，田爸爸马上说，那你不是她那个地方的人，你们只是同一个县。田妈妈说，哎哟，攀亲戚攀不上啊。

这次唱戏除了三个演员，只一个谢妈妈做观众。但真正的观众是田妖精，真正的台词只有一句，即谢副厂并不是田妈妈所在乡下谢姓中的一个，并不是出手打死田妖精外公的人之一，以前是认错了。真正听懂的似乎只有我，田妖精耳朵在现场，但他现在五官中只有看着章青的眼睛在正常发挥著作用。

戏一唱完，田妈妈赶快说让章青早点休息，早点休息，四个演员互相谦让着离去。

章青原来名义上的男友黄家诚来了，探头进病房看看，无人理他，无趣，又转身吹着口哨走了。

　　唐老师一家人来了，粗细高低，大人孩子排了五个。他一家人今天去了一趟市里，去时坐《黄鹤楼》公共汽车，回时坐《无题》公共汽车，孩子们又玩一玩刹车的惯性。章青很开心，掰着指头数那五辆车。唐老师趁机讲说唐诗。章青说自己还是最欣赏贾岛的刻苦和修练。田妖精趁机又说梦见了漫游途中的贾岛。病房顿时变为当年的课堂，唐老师和田妖精互相模仿，攀比手指的高度。

　　章青说，衣民，就是你了，你最喜欢贾岛去吧。

　　唐老师感概说，你们把唐诗忘了的时候，唐诗没有忘掉你们。

　　我说，你们把衣民忘了的时候，衣民没有忘掉你们。

　　唐老师说，你们把老师忘了的时候，老师不会忘掉你们。

　　问坝来了，他说，你们把问题忘了的时候，问题不会忘掉你们。

　　问坝配戴了一副眼镜，一再强调这个问题那个问题。田妖精说，好了，你是不是想把你的外号问坝改为问题哟。

15、陶晚和晚桃

　　谢副厂的吉普车翻下路边沟的第三天早上，市人民医院的脑神经科医生，一位未婚的四十一岁的大胡子男人从市里赶来，以假右派私人朋友的身分与棉纺厂医生给章青会诊。他胡子浓密，头顶却是秃的。他身子很稳重，手势非常有力，右手总是向上弹举，手掌下放有一个弹簧似的。他一进到医院大门，就开口问章青在哪，开始众人不想理他，他顺手把挂在墙上的一件白大褂穿上身后，显得格外的德高望重，众人又都围着他转。这次，他和以前在假右派的婚礼上一付沉默寡言的形象大为不同，流利的普通话话音清脆响亮，言谈中不时冒出英国医生如何，苏联医生如何，古代医生如何。与其说他是来会诊的，不如说他是来寻宝的，因为，他刚一肯定完章青会恢复得比常人想象得要快很多，马上就大赞章青的数理化，马上谈起了高考，马上说起了自己的同学在某所大学任教，是学术尖子。他口中的学术尖子正是一个女性，一个高中时和章青一样为了去看同学而出了车祸的姑娘，一个现在仍很热爱唐诗的不顾窗外翻天动地只顾钻研学问的年轻妈妈。总之，他的老同学是一个完美的女人，感觉章青也一样会很优秀的啊。

　　大胡子的判断是，章青与其说是摔伤了，不如说是被吓到了，昏迷和短暂失忆是高度紧张所至，还又有可能是她自己对自己的暗示起了作用，等等吧。

　　在过道上，大胡子对章妈妈细说，你可以让她忧伤，不可以让她太忧伤，你可以让她高兴，不可以让她太高兴。当然，我可以断定，她的大脑并未受到损伤。章妈妈说，她是不是有意无意表现得迷迷糊糊，她是不是有一点怕我责怪她呢。大胡子的右手掌弹跳得很高，否认，他说，越是聪明的女孩子越是单纯，她没有这个心机，你做妈妈的最了解啊。章妈妈笑眯眯地连连责怪自己想歪了，她小跑到病房去看一眼好女儿章青，又跑来与好医生大胡子继续讲。讲着讲着，章妈妈把大胡子带到了香樟树路上，远指长江和丘岗，近指路上小猫和空中蝴蝶，一一介绍章青所爱。

财务科长坐夜班火车从武昌回来，在吴家岗与棉纺厂之间的土渣路上摇晃前行，远远看见章妈妈，远远地开始捶胸顿足。她追上和大胡子走向木材场的章妈妈，从后面搂住好友，先来了一顿伤心。章妈妈热烈地安慰她说，没事没事，我还要谢谢你呢，你看，她也没有摔伤什么，而我现在更喜欢我的女儿了啊，我们一点点争吵也没有了。自捶的财务科长，转而捶打章妈妈，转而在大胡子身上发现了乐趣，说，哎哟，你碰到我了，再也不可能单身下去了。她随口一串数字人名。大胡子一一否定，说自己要专心研究章青的爱好，规划一下章青的康复。财务科长用午台上那种表示我们的生活多美好的手心朝上平摆的招式对大胡子展示整个香樟树路，说，你看，我们厂里有多少好姑娘啊。

说来说去，大胡子眼神却被路边走来走去的最骚最美的花蝴蝶给吸住了，他说自己上次来参加假右派的婚礼时见过这姑娘，当时，她还问自己是从哪来的呢，只是自己刚想回答，她就被别人拉走了。

财务科长马上变成拦阻的一方，说，不行不行，你听我介绍嘛。大胡子顿时变专心致志为心事重重。财务科长为大胡子一一排除心理阻碍，说出身不好早已不是问题，年龄稍大却有些姑娘更是喜欢，就算二婚也不是问题，关健是你有个好专业。大胡子右手掌弹跳起来，说，这倒是，我有时候真的觉得自己早已经结过婚又离过一次婚了。这话这手势让财务科长安静下来，说，哎呀，你这是最难最难的呀。

大胡子在木材场碰到下班后四处转悠的老国，认出老国手上的草根，二人大谈起中药的美妙，相约着一起去江对面高山去挖药。大胡子对乐呵呵尾随自己的木头人说，嗨，我上次来棉纺厂，你就从车站跟着我走，这次，你又在厂里跟着我。尾随者木头人笑而不言。财务科长说，他也想你成为我们棉纺厂的女婿呀。章妈妈说，看来，我也要帮着介绍介绍对象了。大胡子手掌弹跳，说，那好吧，反正我多来就是了。

大胡子医生上午来了，中午回去，晚上又来了，深夜回去，隔天又来。我和田妖精找他一谈，哈哈，加上前次来吴家岗参加假右派的婚礼，2路线的五辆公共汽车他都坐过了，读到了车上的五唐首诗。交谈中，他的右手掌不断弹跳起，纠正题写在车上的唐诗里的错字，补齐其句子，完整其诗名和作者。我和田妖精说，那我们连夜去车场把你刚才所说的地方补改吧。大胡子笑得胡子发抖，说，不必去改动，唐诗，你粗一点对待它更好。每个人都有自己的唐诗，不必强求一字不差，有那个意思就可以了。

田妖精的心事是怕章青的智力受影响。就此，大胡子用了一个比喻，说一块玻璃脏了和一张纸脏了，那玻璃是可以恢复明亮的，而纸能不能恢复干净就不好说了，人的智力正如同玻璃一样。大胡子从章青那里听说了田外公之死，就此，他说，那是历史问题，不是个人问题。他又从田妖精那里听说了章爸爸的故事，就此，他的右手掌弹起，说章妈妈太不容易了。

在我们听来，最能表现大胡子专业性的就是，他说章青著名的傻笑，细看和章妈妈的微笑几乎一模一样。他说，人类的遗传中，表情的传承非常显著，笑容是显性遗传。田妖精最大的历史地理上的发现是，这位大胡子身上要么有匈奴血统，要么有东欧血统。大胡子说，是的，历史和梦境相似的地方就是，都存在于脑海里，所以，你们应该知道，这个脑海有多么的大。

天气稍微凉爽了几天，假右派夫妇在香樟树路上不见了踪影，在吴家岗公共汽车站附近不见了踪影，他家窗口也不见了灯光，所谓早早熄灯入温柔乡。厂里人们看他夫妻俩天一黑就进房不出来了，笑称为归隐。这事甚至引起了小范围的围观，人们在他家楼下停脚。老国的评论是：关门即是深山。人们相互用手指点他家窗户，咳嗽几下，然后是啧啧赞赏。这天晚上，假右派与老婆惊觉不妥，门哗地一下打开，二人各拿一把竹扇摇着出门，转到医院来看章青。路上，形似尾随他们的人们的议论中有一句，假右派被搞空了，说他走路是晃着往前。假右派老婆隔空的回应中有一句，他打得死老虎。木头人听到路上有人对假右派说：要注意身体哟。

假右派在医院对田妈妈宣布，又定好了二家人的船票，还有四五家的船票也快要定下来了，订票难度问题在于，要和售票处的人商量这个问题，把先前他们自己预留的关系票加以调剂，这是个调剂的问题。没有正在上学的小孩的家庭，安排到九月后吧。订票问题主要是家具问题，运费报销问题。他说，能不能最后把田妖精家和农民伯伯家还有章青家安排在同一条船上，这个问题，我来协调，我来协调这个问题。

我们几家人的问题，是个故事会的问题呀，大家在吴家岗共同住了五六七八年，回武昌路上，一起问题问题嘛，讲讲开心啊。假右派说，天塌下来也要先把这几个一起玩得好的学生的家里的票的问题解决好。当然，我也许最后直接包舱运大家的家具，一次性解决问题。他说这事用了那么多问题二字，打不完的嗝一样。在我听来，他主要是突出了他的采购权。

假右派和大胡子本是一面之交，但考虑到医生特别是较为稀少的神经科医生是某种掌生杀大权的人，是外交关系链条上关键时候十分关键的人，他便与之混得很熟，熟到知道大胡子年轻时曾经的理想是当居里，以协助未来夫人的事业，去达到科学的顶峰。他和大胡子见面握手时互夸精神好，分手道别握手时互夸手上的力量大。大胡子乘最后一班公共汽车回市里，他走向通往吴家岗的土渣路，背影一弹一弹的。

在章青病房，假右派忽然心生妙计，说可以把卫校的那位明星妹妹许老师介绍给大胡子做夫人，虽然这位许老师不可能在核物理上有所建树，将来也不能会成为一个名演员，但人的命运有时很难说，说不定她会当官呢。厂里一直有人在传北京电影制片厂要来吴家岗拍片，都传了二三年了。他说，许老师已经是个老姑娘了。

假右派对章青说，可以把这个问题交给你解决吗？听说你和许老师也是亲如姐妹呢。章青乐哈哈地笑，转而摇头扁嘴，说原乒乓国手在等待许老师呢。假右派说，不看好原来打乒乓球的人，或许许老师可以协助做丈夫的成为一个国医级的人物。他说，这样吧，我去找我们的黄高干领导去做工作吧。大家奇怪，黄高干领导与许师并不熟悉呀。他说，这你们就不知道了，许老师正想通过黄高干领导的关系调到市里去工作呢。

巫婆在一旁干著急，说许老师的理想是做燕妮，要帮一个像马克思那样的伟大人物，她愿作出牺牲。原来，她和章青初二那年与许老师有过几个长谈之夜。听到这里，我想起了大胡子刚说的那句话，你们应该知道，这个脑海有多么的大。

说来好玩的是，田妈妈和几位医生护士，对许老师的事并不多追问，"倒是对假右派和黄高干的关系产生了很大的兴趣。假右派看来也不是真的关心许老师，是借她亮一下自己的骚。

　　或许是因为很快大家会在一条船上同回武昌，又因为他看出听出章青车祸中隐隐若若有田妖精故事，假右派对我和田妖精多了点哥们情份，不再把我们当小孩子看。当着章青的面，他对我们说，你们以后有什么事，都可以直接找我。

　　在我看来，他这又是强调了他的采购权。

　　我和田妖精送他出医院一直送到香樟树路，路上，恰好看见唐老师与老国走向江边。夜空明月，江面长风。香樟树叶哗哗啦啦，把路灯光弄得粉碎缤纷。田妖精想起往事，趁机问起假右派那个所谓的一生中的二次初恋的问题，问起那个诗初恋的问题。假右派先是笑而不答，然后讲了一个可以说是只他一个人在其中的吴家岗小范围流传的故事。话说当年，他在武昌刚参加工作时，同单位有一个痴迷唐诗的曾当过数学老师的女同事，是一个寡妇。女同事说自己做女孩子时对唐诗非常着迷，后来被自己最着迷的一首唐诗喜欢过，是李商隐的一首无题，就是那种无形的相随相伴，人诗交融，合为一体，更多的时候是俩相并坐俩相同行，可以对话可以交流。她患病去世后的葬礼上，这个故事被问起，她的密友证实有这说法。这是一个当年只二三个人在其中的很小范围的说法。女同事说，读你喜欢的诗，直到它喜欢你。你会发现一首好诗得天地精气会成为一个生灵，你会发现它也喜欢上了你，你也会心里砰砰直跳。

　　他讲的时候，也算认真也算调皮，很注意自己的新婚老婆的表情，很享受新婚老婆的赞许。看上去，假右派分明也有对故事的加工，他分明也就是个在香樟树路上卖西瓜的，挥手剁切着往事。

假右派说，你们不问，〞这事哪还被提起。我可能是曾经在什么地方讲过这事，传来传去，传到你们耳朵里，没忘，没丢，呵，我代我那女同事在吴家岗谢谢你们了。你们可以去对唐老师讲讲，我应该没有对他细讲过。

我们在香樟树路边分手时，假右派还补一句说，我那年老的女同事曾说人生空虚而唐诗实实在在。

分手后，假右派又追上我们说，一只狐或一棵树得天地精气可以修炼成人，一首好诗又有什么不能做到呢？

木头人月下追风，追到章青病房，说看见田妖精和衣民刚才与假右派在路上有点鬼鬼祟祟。我们说，是有些鬼鬼祟祟，是讲鬼。武昌话里的鬼字，含量丰富，是可以代表武昌城的一个字。

田妖精说，啊，真是碰到鬼了。

如烟往事里，有一个人说，读你喜欢的诗，直到它喜欢你，直到它变为一个生灵，你也会心里砰砰直跳。

这说法听来有点像是源自《聊斋》里的一个轻松欢娱的故事。

章青听了这段往事和说法，很是喜欢，手放胸前，很认真地语音溜溜地背诵了几遍兰波的诗《感觉》。

医生们说章青可以出医院短暂地散散步，她便选择去烂泥湖边走走。上午十点，香樟树路上行人最稀少的时候，巫婆轻扶着章青，田妖精隔五公分距离空扶着她，我掉一米距离跟着，一行人走过半条香樟树路拐去烂泥湖。一路上鸡鸣狗跳，云飞风翻，章青的头发飘在头顶上方，喜笑颜开。在泥腥味浓重的烂泥湖边，田妖精寻声跑去找那头逃亡在此的驴子，一头扎进茅草丛中。接着我也去追驴子，追着追着，迎面飞来一只硕大笨拙的蝴蝶，蝴蝶后面跟着追它的心花怒放的巫婆。当田妖精跑回时，章青娇嗔地说，你不要跑太远太远，让我一个人站在这里，你浪费的是我们俩的时间。等我跑近，她说，农民也不要跑太远太远，你不要浪费我们三个人的时间。等巫婆跑回来，田妖精大声对巫婆吼叫，你不要跑太远太远，你浪费的是我们四个人的时间。章青连连对田妖精说，你又不死，你又不死。等那头驴子自动走近我们时，巫婆一把抓住它的耳朵说，你好烦人哟，死到哪里去了，浪费我们五个人的时间。

章青笑眯眯地对巫婆说，看你开心的样子，心都不在肝上了。

驴子眼光沉静，那沉静里有无边无际的忧郁。它坐卧了一会儿，又以一种近乎挣扎的动作站了起来，步姿凌乱转个小圈，然后顿顿后脚，一溜烟钻入茅丛而去。章青说，它有心事。田妖精说，它感觉到有人在打它的主意，想把它抓去拉车或杀了吃肉。这时，一直此起彼伏的蛤蟆的轰鸣声忽地全停下来，彷佛全都在盯着驴子细看。

章青对巫婆十分柔情地说，一天要是不看见你，就觉得白过了一天。

巫婆看一眼田妖精，并不反驳章青的话。

一片空草地上，有一条细绳和一个竹框，是很早以前田妖精设笼捕鸟后丢弃的。不知为什么，章青用一种很痴心的样子看着田妖精。田妖精很温和地对章青说，这是我小学五年级玩过的啊。

我心想，所谓初恋，所谓男女，也就是一种设笼捕鸟吧。

从章青入院就开始陪护她的那位女护士，扎着一朵带二根彩带的头花，似戴着一只小风筝，戴上护士帽后，那二根彩带总要露一点边边出来。这位女护士喜欢章青，说她纯情温柔，天真烂漫，她时时会停步在病房仔细打量自己的病人，时时会整理这位小妹妹的头发。女护士发现章青一会儿和朝鲜电影《鲜花盛开的村庄》里主演的那个少女相像，一会儿和《铁道卫士》里的那个漂亮的女特务有点一样，一会儿又笑得有些像苏联电影里的姑娘。女护士听多了我们和章青的对话，问遍了我们同学间的种种乐事，又找晚桃细细打听了有关田妖精的传言，她发现，或者说，她和晚桃共同发现，章青等于是初恋了二次。女护士非常喜欢自己对章青的喜欢，也更喜欢自己发现了章青有二次初恋。她因自己的发现而不停响起的惊笑声从病房传到过道传到全医院传到香樟树路传到全厂，使田妖精心情愉快，眼神充实，肌肉倍增。

这本是一个小范围的说法，却一下又引来一阵阵观看章青的女工，她们从香樟树路一路上议论著走来，发现章青早已经头脑清醒，大部分时间手捧书本复习功课，个个难掩一点点失望，甚至有的怀疑章青是不是真的摔伤过。特别是女青工花蝴蝶，她近距离背对着以私人朋友名义来看章青的市医院的大胡子医生，说章青如果连续有那么三五天谁都认不出而只对田妖精好只认田妖精，那才是奇迹，而奇迹并没有。她说，吴家岗真是要命，这么多人活在这里和棉花堆在这里有什么二样。花蝴蝶的说法很尖锐，泼妇骂于一样凶狠，令在场的大胡子沉思。这次，花蝴蝶言语出众，却一眼也不看大胡子一下。大胡子抽空对我和田妖精说，她这是自责是自我遣责。

晚桃少不了劝说女工们不要来打扰章青，不要在自己心里打扰章青。晚桃说，哪怕是你们在车间里瞎讲瞎想章青，都是一种打扰。女工们反驳，瞎想怎么能打扰到别人呢？

晚桃对我和田妖精说，在我心里，章青就是我的亲妹妹，一个她现在是躺在病床上，另一个她在我心里玩着呢。你们看，别人瞎想她，不就是打扰她吗？晚桃进一步说，把别人瞎想，和打电话来瞎找着说东说西是一样的啊。她把吵吵嚷嚷的女工一一送出医院，回到药房独自沉思，然后过来对章青说，不知怎么回事，我一下觉得你就是我的亲妹妹了。她说，她们吵吵吵的，倒让我真的发现你和田妖精特别的神奇，你特别的神奇。

章青听了，用力地点头，用力地看田妖精。

田爸爸与头戴风筝式头花的女护士谈得很热烈，他对这个二次初恋的说法十分赞赏，对女护士竖大拇指，竖二个大拇指。他觉得女护士的说法颇有新意，颇有深意，他啧啧啧啧，身子有力摇晃，恨不能再多竖一个大拇指出来。交谈中，田爸爸得知女护士已芳龄三十尚未婚嫁，马上列举自己那个知识分子成堆的单位的三十岁以上的单身男人，他的列举很有些虚假，一个手指头也没有落实到一个人名，只是空摇空数。女护士先行摇头说，免了吧。田爸爸对这个敏感多思的女护士很是关心，频繁来找田妖精，每次来总是先探头探脑看那女护士在哪。田妖精对我说，你看，我爸爸真的是很猥琐啊，所以，我觉得我何神奇之有啊。

卷发骑自行车来了，在药房窗口对晚桃说，我理解你哥哥的想法，不打赢他，是不能做他的妹夫的，今天我就是来找他决斗的，我都准备好了。晚桃问他都做了些什么准备，卷发说，我骑自行车来，就是准备，肯定打赢，然后骑回市内。

他很亲切地对我和田妖精做了一个请的手势，说，你们二个带我去找陶晚吧。这正是生活中随时会响起的炸雷声，先前也风起云涌，但炸雷声响并未突然响起。

晚桃说，不行，你不要打扰章青。卷发惊讶地说，我去找陶晚怎么会打扰到病房里读书的姑娘呢。晚桃说，你一脸凶相就是打扰。卷发运动脸上的肌肉，鼓腮眯眼，调整出一个圆溜溜的笑脸，说，好，那我今天只下战书吧，我只约好要来的时间。他骑着自行车离开医院，用非常夸张的动作骑着，一左一右慢行，吃力爬骑山路一般。

晚桃对我和田妖精说，你们不知道，一个亲妹妹，那是多么美好的感觉呀，你们男伢怎么会懂。

病房里晚桃和章青低头相靠，交谈亲密，我和田妖精退一步再退一步直到退到过道上，我们准备到香樟树路上去小溜一下，但又舍不得她俩柔软如是飘絮一样的话音。田妖精对我低语，以后要把章青当个妹妹看，自己就做个陶晚吧，章青就是他的晚桃。田妖精刚有这个想法，接下来听到晚桃所讲的话却让他和我都目瞪口呆。

章青好像低声对晚桃讲了那个暴风雨省道之夜，好像讲了和田妖精同被夹在竹竿间的情景，只听得晚桃猛地对着章青大叫一声：啊，你太好玩了。

接下来晚桃和章青悄悄耳语，圆润的语音却在病房里嗡嗡作响。晚桃说出的事情却是一连串炸雷声中最响亮的一个，原来她与陶晚并不是亲兄妹。她的家事把我和田妖精从过道上一步步又拉回病房，即使我们站到了章青的病床边上，头都快凑到了她俩之间，晚桃也没有停下与章青的密语。这是不告诉章青不行的家事，不然，晚桃不知道在吴家岗还可以告诉谁。晚桃说，爸妈生下陶晚后，身体原因不能再生育，便领养了晚桃。晚桃不知道亲生父母在哪，就是爸妈也不知道在哪。爸妈他们同在一个部队的探矿队工作，开始还常住武昌和南京，后全国各地跑动，三五年才回一次武昌。当她与哥哥同时下放做了知青后，一个春节回武昌时她从一位亲戚那里无意中知道了二人不是亲兄妹，又好像是爸妈有意让那位亲戚透漏实情以使兄妹关系能转变为夫妻关系。

晚桃说，晚了，但也不是晚了。她说，我们这种情况，二人长大了是可以做夫妻的。我和陶晚兄妹关系特别近特别好，从小就一起在区少年宫学跳舞唱歌。我曾经隐隐若若听爸妈暗示过，也曾经朦朦胧胧地有过这个幻想。当知道我们真的不是亲兄妹时，一下子我都发狂了。因为当时陶晚已经谈过二个女朋友，二个女朋友还为他一天到晚吵吵闹闹，其中一个打胎，差点闹出大事。陶晚其实也曾经和我一样有同样的想法，但他那个时候已经不能放下了，对自己的浪荡，他不能放下。本来蛮好的兄妹情，一下变得乱七八糟。对他的浪荡，我也不能放下。我们俩都在想，我们已经是不一样的了。后来，我们一起来了棉纺厂。我也想和他一样浪荡，浪荡到最后，变得和他一样，浪荡货配浪荡货吧。但我是假浪荡，我没有办法真的浪荡。后来，我们都终于明白我们二人相互也不是合适的人，又表面上恢复到了以前我们还以为是一对亲兄妹时的那种亲密关系，实际上也已经恢复不了了。

她说，让你们知道，我心里舒服一些，但你们知道这些事又不让吴家岗其他人知道，我心里更舒服。她说你们，但一直没有看我和田妖精一眼。

她说，有时我也在想，如果我的事吴家岗一个人都不知道，那我就像是个纸人在吴家岗，又像是个影子躲藏在吴家岗。

啊，漂浮在世上的孩子。啊，漂浮在世上的双亲。

章青想听陶晚的弹唱。我和田妖精走过香樟树路，去单身宿舍楼陶晚房间找到他，背上他的吉它，一左一右挤着他走到医院来。章青和田妖精有二次初恋的这么个说法这么个传言，在路旁女工的嘴里哗哗啦啦，像是香樟树的落叶在陶晚的身旁飘落，他注意到了落叶。他对我们说，十七岁应该追求美，十八岁可以追求性，十九岁再去追现实。他说，但我一直错，十七岁追求性，十八岁追求美，十九岁后追求流浪，我现在不就是原地流浪着吗？流浪是最不现实的。

他现在是一个透明体，我们深情地看着他，口闭得紧紧的。

在香樟树路边，卷发骑站在自行车上，盯着陶晚，问一句，可以和你约一下了吧。过几天，不定什么时候，碰到就开始打，怎样？

陶晚说，好啊。

上海老女人原在自己家中灯下看书，闻陶晚一声远呼而动而来。陶晚在医院章青病房里吉它独奏《行不通的路》《卖花生》，然后弹唱《可爱的家》、《纺织姑娘》和《三套马车》，接着我和田妖精分别哼唱《星期一阳光明朗》和《马车夫》，接后陶晚再弹唱《划船曲》、《照镜子》、《友谊地久天长》。可以说他心事重重，演奏弹唱十分沉重，也可以说他十分动情，最沉醉地倾听着自己的演奏弹唱。这次，他最喜欢的《鸽子》这首压台曲，冲出病房的玻璃窗，在吴家岗的夜空里蜿蜒流淌，随风消散。这首歌歌词内容和此时此刻的吴家岗二个漂荡的兄妹之情太过接近，陶晚忽然意识到这一点，歌唱到后半段，改哼唱。含糊中歌声更美，章青也跟着轻声哼唱，歌声荡漾，病房也荡漾，晚桃和她所在的药房也荡漾。

《鸽子》歌声再次响起，歌曲节奏耸动，似把人扯来扯去。一个原地流浪的歌手激浪中一般摇晃着身子，窗外，是流浪而来的哈瓦那城市全貌一般的一阵阵白云。在吴家岗干净深远的夜空里，白云哈瓦那城飘然而至又飘然而去。曲毕，陶晚低头不语，手指随意轻拨琴弦，与唐诗《琵琶行》中对琵琶琴声大珠小珠落玉盘的描述不同的是，吉它声是：珠圆玉润流水中，如丝如缕穿墙去。

这是我一生中耳朵最舒服的时候。

陶晚离去时，我们看到骑在自行车上的卷发，沿香樟树路朝市区方向脱兔一般奔去。唐老师和老国二人刚从江边散步回走到香樟树路上，那一刻，我觉得路灯下身影薄弱的他俩十分的凄苦悲凉。

病房中，章青凝视着田妖精，轻声说，真好，我是真的有二次的第一次喜欢你。而且我也更喜欢我妈妈了，她是心里管我很严，实际并不管我，只爱我。

田妖精怔怔地靠墙而立，长久不动，脸上的微笑如是水波在轻轻跳荡。

16、田姐

　　1979年夏，大胡子在假右派家里翻出一本《唐诗三百首》，拿到章青的病房里翻读，后又尊重其事地还回假右派家去。

　　一天，当他走到木材场，听到了古家三兄弟中的老二仰天背诵唐诗，感觉那孩子是在空中翻读唐诗。他兴致勃勃地和远远站在树下看学生背诵唐诗的唐老师交谈起来。这是二个命中注定要热爱唐诗一辈子的人的第一次单独交谈，一谈唐诗，大胡子又恨不能赶快溜走，因为唐老师太过热情地对他灌唐诗，让他有些不适应。他喜欢在厂图书室随手拿一本《唐诗三百首》，翻读一二首后就放下，喜欢念到一二句精彩的句子后就在香樟树路上反复走来走去闲逛。

　　唐诗《忆江上吴处士》，《唐诗三百首》里没有，但大胡子以前也读过，田妖精和衣民背诵给他听，他略一摇晃，想起来了，也马上能背下这首贾岛的诗。

　　他重点读唐诗《忆江上吴处士》及《黄鹤楼》、《枫桥夜泊》，他说自己已有足够的人生经历来品味之。

　　他说，重读唐诗，就是重回初中时光。

　　木头人重点观察大胡子，把他旁听到的大胡子的涉及唐诗的话语告诉我和田妖精，引起我们的嘲弄式的关注，哈哈哈，好一个唐老师的翻版。

　　在世上晃荡了这么多年后，晃到了四十多岁，重读唐诗，大胡子觉得《忆江上吴处士》确是一首合配吴家岗的唐诗，合配自己的唐诗。其中秋风生渭水，落叶满长安二句像锥子锥在他的心上。所以，当他再次和唐老师在香樟树路碰面时，他主动拉着唐老师，谈起吴家岗公共汽车下坡时著名的急刹车，说自己享受到了好几次半摔不摔的乐趣。唐老师大笑，说没有真正摔翻一次二次，哪算到过吴家岗呢。二个命中要热爱唐诗一辈子的人第二次交谈十分开心，应该是都摸到了对方的习性，唐老师不再瞎灌唐诗，改以猛夸自己的学生田妖精和衣民，然后自然把话题引到贾岛身上。大胡子说，能对贾岛诗《忆江上吴处士》有长久的喜爱，是很难得很奇特的事，然后自然夸一下田妖精和章青。二人虽然是站在香樟树路上谈着，仰头面对的则是长江对岸青黑的高山，嘴里先说的是唐诗，接着真正要谈的是：结伴去对面鄂西高山的采药之行，及那鄂西高山里有黄金宝藏的传说是否是真？

大胡子与假右派在香樟树路上并肩走动时，则一路热谈，一定要议论国家大事，话题里最起码也有一个二个副总理，二人之间好像总有一种无形的波浪翻腾着，弄得人形很激荡。路上越是人多的时候，他俩越是要大声说话，越是要口沫横飞，越是要飞一句二句唐诗的名句出来。看上去，大胡子非常合配唐老师了。

田妖精走香樟树路上，众人的评价是，他变傻了，梦游似的走来走去，脸上一直有笑，对谁都是一张笑脸。似乎，他是被章青收了的一个小妖，收后恢复了原形，成了一个敦厚的少年。他像个小虫子在路上飞飞停停，停下来时头部总是停在一簇香樟树叶边。有次，夕阳慢慢落山，他跳高一些看，再跳高一些看，盯着夕阳的边边不放。女工远观，女同学远观，说他，好苕的样子啊。

木头人的观察是老国的二女儿最为欣赏田妖精的苕样，是那种偷看而暗笑。

田妖精去理发室，说随便理吧，理发员赞叹说，你可不是随便的一个人啊。

田妖精去开水房打开水，看管开水房的老师傅都说，看来章青好得差不多了，不需要你整天陪在她旁边了。他很开心地说，是呀，章青好得差不不多了。

田妖精热情如火，对走在香樟树路上的花蝴蝶说，哎呀，大胡子走在路上的时候，你不来路上走，他刚回市里，你就走出来。花蝴蝶焦急地问，＂他说了什么？田妖精说，他倒是没说什么，有人对他说了你很多哟。花蝴蝶追问是谁说了很多。田妖精告诉她，是章妈妈对大胡子说你穿衣打扮是厂里最新鲜的。花蝴蝶说，还是女人最会看女人，也不对，女人看女人也是最看不准的。而当大胡子来到医院，田妖精就对他说，哎呀，花蝴蝶来医院，你不来，她刚上班去了，你来了。大胡子惊喜，焦急地问，＂她说了什么？田妖精说，她倒是没说什么，有人对她说了你很多哟。大胡子追问是谁说了很多。田妖精告诉他，是财务科长对花蝴蝶说你来棉纺厂变得很活跃了。大胡子大口呼吸着空气，说，女人看男人是最不准的。

大胡子以私人朋友的名义和厂院医生为章青会诊，认为章青可以出院回家静养了。他改来吴家岗探望章青为探望章青喜欢的那头逃亡中的驴子。在烂泥湖和驴子的会面中，他的嘶吼模仿得非常像，人驴齐鸣时，让人以为茅草丛中有二头逃亡中的驴子。他从吴家岗公共汽车站下车后，改大步走过土渣路来香樟树路为大步穿过在烂泥湖来香樟树路。他在香樟树路上反反复复的走动中，无意中碰到的总是章妈妈而不是花蝴蝶，二人交谈的内容早已经越出章青病情的范围。他热情如火，爱对章妈妈说：我觉得很有些改变的是田妖精，小伙子现在一下长大了很多，我刚刚还碰到他，边打开水边看书。章妈妈会问：他看的什么书？他爱对田妖精说：章妈妈才是你们棉纺厂最引人注目的女人，真正的漂亮是端庄秀丽，是做妈妈的那种细心和温柔。我刚刚才碰到她，她还问你喜欢看什么书呢？田妖精问：她还说了些什么？大胡子说：她说任何不能公开进行的追求都是不必追求的。这句话，田妖精半懂不懂。大胡子又说：她说任何不能公开进行的报复都不是可追求的。后面的话，田妖精算懂了，脸上浮出水波般轻轻荡开的微笑，但不置可否。

那头逃亡中的驴子可能也喜欢上了喜欢它的大胡子，可能也通过那把大胡子区分出了他是人和驴马之间的另一种动物。当我们陪大胡子走近烂泥湖，驴子先有嘶鸣，而后小跑而来。当我们陪大胡子走上丘岗，驴子尾随爬坡，当我们爬上一个坡度几乎垂直的小高坡时，爬不上去的驴子会久久站立相望，而后返回。大胡子有足够的兴趣听章青的故事，我们有足够的兴趣讲章青。我们反反复复地陪大胡子爬丘岗，一路上打断无数在阳光下闪闪发亮的珠丝，一天来好几次，每次都一同走到丘岗那大片的松树林边。这里视野开阔，是丘岗最高的地方，可观赏长江缓缓从鄂西高山流出，一淌而去。我们喜欢对他说，章青觉得你祖上可能来自伊朗。他喜欢对我们说，章青的口头禅是，人不相爱，江山不美。我们问，"这是真的吗？他说，是的，她总是这样对我说。而我们并没有听章青亲口讲过一次。章青对他说这话而不对我们说这话，我们这不是输给一个远来的会念经的和尚了吗。他哈哈大笑，笑声引起丘岗下那头驴子的共鸣，其嘶鸣声像是子弹朝丘岗上一阵阵射来。大胡子笑眯眯地说，其实，这是我和章青共同的口头禅，我和她聊天聊出来的，我说出，她欣赏，后来是她说出，我欣赏。可他每次和章青在一起聊天，我们几乎都在场啊，好像并没有听到这一句啊。

他说，是心声，心声。

大胡子看我们似懂非懂，强调一句说：章青真正漂亮的时候在她四十岁时。

章青出院回家的那个下午，风声呼呼，她带着头上的纱布、如琴的身形、银铃般的笑声、沉郁和欢欣混揉在一起的眼神走出病房，在医院的宣传栏前，她看了一下照片上的张颖，略一停步，手臂不动，轻抬手掌对张颖摇摇。回家的路上，不断有人对她微笑，不断有人把她的二次初恋说出声来。不止一次，我听到有人为此争论，不相信她的二次初恋的人被笑话被说成是一头猪，相信她的二次初恋的人也被笑话被说成是一头猪。章青经过厂食堂大门口时，人群中的田爸爸和章妈妈相视一笑，并特地走到一起谈论谈论田姐。田妖精和章青相视一笑，也靠近一些走，一起谈论谈论田姐。

我觉得大胡子说错了，章青最美的时候就是眼前。

那天，大胡子在医院和棉纺厂医生谈一个专业问题谈得十分认真细致，当他走到香樟树路上时，早已不见了送章青回家的人群的影子。但他碰到了花蝴蝶，人一怔，顿时变得心事重重。二人很隐蔽地眉来眼去，却互不主动找话说，却又偏偏要在互相十分靠近时找别人说话，让对方把自己的话听得清清楚楚。花蝴蝶临时拉住一位大姐说，有时间吗？我想到你家跟你学一下你给妹妹织的那件毛线衣的针法。大姐说，是差不多要开始织毛衣了，都立秋了。大胡子拉住身边晃动的木头人，说，真有醉心花吗？你什么时候带我去找找吧。木头人说，当然有啊，找来吃进肚子了才是有啊。等花蝴蝶猛转身想对大胡子搭话时，大胡子又已经像一头逃亡中的驴子那样郁郁寡欢地朝吴家岗公共汽车站快步走去了，弄得花蝴蝶抬起的一只腿悬在路面上，僵在路面上。

那天，我和田妖精送章青回家后，没有目的，随风走吧，走到了吴家岗公共汽车站。大胡子正转悠着，再一看，是财务科长拉着他转悠着，按木头人的说法，是大胡子等到了财务科长。财务科长热烈地对大胡子说，你这个事难度很大呀，要么是找一个像章青妈妈那样的中年好女人，要么是找一个像花蝴蝶那样的漂亮但名声不太好的年轻姑娘，很难呀。你想想，章青妈妈有男人，又还是百里挑一的好男人，你没有机会。那花蝴蝶，你们要是在一起，你会烦死的，她爱打扮会甩媚眼会找一大堆男人混，你玩不起。话说到这里，大胡子恰又看到我和田妖精站在身后，恰好《无题》那辆车到站，他赶紧与财务科长摆手分开，逃跳到车上去。车开远了后，花蝴蝶闪现在从棉纺厂来吴家岗公共汽车站的那条土渣路上，朝车站摇摇摆摆而来，田妖精迎上去，对她晃晃脑袋。二人相视大笑，花蝴蝶夸张地对田妖精说：你有章青，就什么都有了。我有谁都等于什么都没有啊。

章青出院回家那天，田姐要乘夜班火车回武昌，田妖精约我晚上一起送姐姐。

田姐，卫校学生，退学，准备回武昌考电大或顶职。她和数学老师被传在丘岗有过十次夜，算是棉纺厂传说中的最高次数。据说，有过十次夜，男人就不再是原来的男人了，或该结婚了，或该分手了。这个传说本没人当真，却在田姐一家即将回武昌前轰地传得很响亮，所以，田妈妈让她先回武昌再说吧。我们听木头人说，这传言主要是从数学老师的一个朋友那里传开的。那位朋友光头戴深度眼镜，身躯干扁，是一个很不充分的男人，正是这个很不充分的男人充分地摆弄着吴家岗的不知真假的十次夜传言。

那天晚饭前后，我被吸铁石吸住一样，在家里在开水房在香樟树路上在灯光球场边，都感到自己很用力地惦记着要送田姐去火车站这件事，觉得自己身子总是偏向田家的方向。在我心中，田姐也是一个被唐诗宠爱着的姑娘，是《丽人行》之外的另一个美人，我自认为，唐朝诗人很多诗整首或表达悲愁或表达嘲讽，很多单句特别是很多描写女性的单句则充满了深情。我早已经为她准备好一句：云鬓罢梳还对镜，罗衣欲换更添香。她骚过就骚过了吧，她如果不是那么骚，那她就不是那么充分的一个姑娘了。我记得小时候，田妖精曾是姐姐的跟屁虫，我也曾是田姐的跟屁虫。以前是跑前跑后地跟着她，现在我是在心里跟着她。

在田家，临出发前，田姐递给田妖精一把小小的指甲剪，说，我忘了把这个送给章青了，你去帮我送给她。田妖精听了，不问也无什么表情，拿过指甲剪就走了。田姐塞给我一个布包，说，好了，我们可以走了。原来她想好就一个人去火车站，谁都不要来送自己，有农民就行了。她说，你送我吧，因为你小时候送过我一次。我还真想不起小时候哪次我送她到哪里。我和她走过香樟树路、土渣路，吴家岗公共汽车站，一路上她前我后，田妖精并没有跟上来。

到了火车站前的坡下，她先朝卫校那群白墙里的白房子看了看，后回望棉纺厂厂区和生活区，再朝市区方向眺望。她选在爬上坡爬得气喘嘘嘘时对我说她在吴家岗很失败，我听了大吃一惊，我想，骚是一种失败吗？她说，都是玩玩，并没有人泼出命来追你，也没有人值得自己泼出命去追。原来这样，我很心疼。她说，不过，章青妈妈说了，命是不可强求的，美也是不可强求的。我问，"章青妈妈什么时候说的。她说，前二天吧，我们谈了好长时间，我比章青大，章青妈妈觉得与我是一谈就通一谈就懂。其实，我觉得章青比我聪明灵光，不谈就通不谈就懂。

我觉得章妈妈的话很重要，但一时没弄懂田姐为什么要专对我讲，为什么要支开田妖精专要我送她。我傻了，看上去比傻了更傻。她大笑起来，说我像个大苕。她说，好了，只当是我自言自语吧，我不想说给别人听，但如果没有一个人听着，我又不像是在自言自语，一定要有一个人听着才叫自言自语。

火车站边树林里，曾经是田姐和数学老师的约会地点。现在，正有别的一对对情侣在里面狂吻。这地方，只要有一对人走进去，肯定就会发生那个事情。田姐笑对我说，你跟踪过我。我刚想否认，她又说，很讨嫌木头人跟踪，他有时候都站到你的鼻子底下了，最讨嫌的是，他站在你的鼻子底下了他还以为你没有发现到他。我心里愧疚极了，我觉得是我曾经站在她的鼻子底下了，还以为她没有发现到我。

爬着坡，她说，你像个鬼一样的。她这么说，眼睛并不看我，但我知道我在她的余光中。那一刻，吴家岗路灯亮起，卫校白房子里也闪起假期里微弱的灯光，透露出一些儿轻微的神秘感。凉热间杂的大风吹来，坡上路边的一棵小松树被吹弯而又不屈，它虽是孤零零的独自生长在此，却在风中发出很大的呼声。正是在这棵小松树下，走在我前面的田姐脚下一滑身子歪到树上，我的右手当时正扶在那棵温柔的小树上，我的小指背正好垫在她的屁股沟里，她的整个背部全部压在我的手臂上，那温暖的肉香经她的花裙传到了我的身体里，进而弥漫到了整个小松树的枝叶间，小松树呼声更响亮了。

田姐脸上有歉意有快意，又似是表示了一点心意。她看了我一眼，眼光如是舌尖一般掠过我的面前，然后，她脱兔一样跑开，冲进火车站站台。

她进站后，我发现我的右手臂一直保持着刚才被她的身子压在小松树身上的形状，她所乘坐的那列夜行武昌的火车开动后很久，我的右手臂仍还保持着那个形状，即手臂略为弯曲，手背朝前，小手指背突出一点儿。我呆呆地看着夜空下的吴家岗，回味她的眼神，回味其眼中甜蜜而哀愁的游光。

那天，我有了一生中最厉害的勃起，是一生中最粗大最坚硬之时，我硬得快要飞起来了，这明明白白是为田姐而硬。火车未开动前，我暗自期待她蓦地从出站口走回来，像一个鬼那样，但没有。往坡下冲跑时，我脚下如有风火轮。我不觉得自己像一个战士钢枪在身，我更像一个逃犯那般惊慌失措，我像一个贼那样弯着腰走，像一个受伤的猫钻到烂泥湖的小路上游荡。我与那头逃亡中的驴子互追互撞，吓得散步的男女青工尖叫，其中一个更是被挤下烂泥湖中，溅起泥水和最浓的腥味。我耳边不停掠过茅草的长叶，我脚下不断踢飞小石子和飞虫，小石子落入水中，飞虫半空中振翅飞旋。我急步走着，直到我把自己藏进一丛最大的茅草丛中。在这里，我彷佛是在静静地在偷听偷看着自己，已站到了自己的鼻子尖下。我看着我身体表面的激烈的冲动与奔突，我相信，其激烈程度远远超过中国的政治运动。

我的低吼加入进烂泥湖中的成千上万只蛤蟆的轰鸣中。

然后，我想，我这个人也够乱的。

田妖精给章青送指甲剪，只坐了一会儿就离开了，随后他独自溜到了江边，当他看到开往武昌的夜班火车吼叫开动，晃着大灯向东冲去时，他便朝吴家岗公共汽车站走来，本以为可以和我迎面相逢，却发现我神秘失踪，他气得只好先回家看书，被田妈妈一顿猛赞。待我深夜从烂泥湖回来在他窗下一吼，他几乎是翻窗下楼。他对我说，今天我们一起看一下子夜蓝吧。

章青住病房时，曾对我们讲她对吴家岗天空颜色的观察，她说，主要分三个时段，即子夜蓝、傍晚青、清晨甜白菜般的青绿。

她说，这三种颜色看得清清楚楚，才算是看到了吴家岗，吴家岗的本质是纯粹的彩色，这才是真正的吴家岗，才是真正要记住的吴家岗。刚才，在章青家里，章青用田姐的指甲剪剪指甲，当着章妈妈的面夸田妖精的眼睛黑得有如子夜蓝，章妹妹纠正说，田妖精的眼睛是非常亮非常亮，章青说是黑亮黑亮。她说她所看到吴家岗最纯的子夜蓝是在一个深秋的全厂停电的子夜，那是永远都不会忘掉的色彩，是初中一年级那一年的一个夜晚。

我真是服了田妖精，他有章青。

我模仿章青的语调对他轻溜溜地说：你像个鬼一样的。

夜深了，丘岗上下仍还人影幢幢，其中有巫婆和彭主任一对儿，另有彭主任的妻子独自走在丘岗坡下的溪边小路上。整个吴家岗棉纺厂灯光游移，杂声起伏，在天穹的笼罩下像沉睡的小猫轻轻呼吸着，带一点少年日记中轻灵和简洁的味道，带一点梦幻的气氛。我和田妖精坐在丘岗最高处，即那片阔大的松树林的边上，等待子时来临。田妖精说，大胡子近几天来棉纺厂，总结出来人间最美好的事就是合适的年龄合适的场景合适的人做着合适的事，啊，四要素。他说，大胡子说了，人不风流枉少年。田妖精借大胡子这个一大把年纪的少年郎大发感概，然后不忘自己所做过的承诺，说，中国的历史和地理，太迷人了，我要为之付出一生。

香樟树路上涌现出下了中班的女工们，子夜开始了。

天底下确是章青所说的有特别沉静之美的吴家岗。我们细看，吴家岗上空的子夜蓝确是最奇妙的一种黑，或者说是最奇妙的一种蓝，浓稠暗涌，是唐诗的源泉，天下确是唐诗的天下。

面对几乎可以把你吸上去的夜空，面对似正在悄悄把你往上吸去的夜空，我想，我将来可以是戏剧家，看透人生，写写人生终点。我也可以是一个诗人，天马行空，不屑名利。我也可以去做一个士兵，炮火连天，浴血奋战。我也可以平凡清淡或者辛劳落泊地行走世上，度过我的模糊人生。我也可以是一个商人，追金逐利，诚信示人，起落浮沉。

与天空的子夜蓝相比，人类是那么的渺小，却又有着同样的深远。

良久，我和田妖精对看了一眼，我想说，野合是天下最好的事。但没能说出口来，他眼光闪闪闪，想是也没能把这句话说出口。

17、深爱欢迎的情侣

　　大胡子把来吴家岗访谈章青改成了来吴家岗阅读唐诗，把吴家岗变成了他专读唐诗的地方。那怕只是忘了韦应物的某一句诗，他也要专程来一趟，专门走进厂图书室一坐，翻《唐诗三百首》，捏着自己的大胡子长久不放。从图书室大门往外望去，香樟树路上的人流和随风飘落的树叶，配以远远的江对面的青青高山，配以众多纺织女工不时发出的尖叫声，配以假右派轻松得意的脸庞，配以田妖精大步流星般的眼神，配以挥洒金粉般的正午的太阳或夕阳，配以苍茫天空下的雁阵，配以厂食堂浓烈的粉蒸肉的香味，很有一些远古时代的味儿。大胡子会不由得连连拍桌打椅，欢喜地溜溜地演奏一首杜甫的诗。

　　大胡子说，阅读是我的奋斗，思索即我的经历。

　　有那么一段时间，厂图书室成了大胡子专门演奏唐诗的地方，他喜欢专门在此来一个门泊东吴万里船，窗含西岭千秋雪。而我和唐老师另有观赏，喜欢远在开水房那边对着图书室里的大胡子来一个孤灯不明思欲绝卷帷望月空长叹。花蝴蝶路过图书室时，喜欢轻轻朝他甩媚眼，甩得有形，好像是归还一个原先收下的花手巾或小纪念章之类的玩意儿。大胡子喜欢斯人独憔悴，风吹雨打不在意，流言蜚语只等闲。木头人喜欢冲过去，对他说，看呐，花蝴蝶来了。

　　那段时间，有个星期天，公共汽车送了一整车又一整车的人来棉纺厂访友，他们个个张口唐诗，闭口宋词，涛涛不绝。好像其中一个吴姓老者恰是《忆江上吴处士》中的吴处士本人，至少也是吴处士的后人。大胡子站在图书室门口，抱臂昂首，呼吸深长。他对我和田妖精说，在中国，如果你少年时曾心怀诗人之梦，回首人生必有羞愧之情，问题是很多人都在年轻时都曾心怀诗人之梦。当然，当然，他说，我年轻就曾心怀诗人之梦。

他说，诗人就是那个最该羞愧的人。

1979年8月中旬开始的一天，正是一个星期天，一队贩猪人赶着猪群来到吴家岗棉纺厂，经过厂图书室门口，刚好碰到踱步出来的大胡子，以为他是厂里的一个领导，问他在哪个地方杀猪卖肉比较好。猪肉票传说就快取消了，厂食堂每餐都有肉菜供应，各车间各科室也不时直接给职工分肉。现在，连猪群都直接跑来了，连猪都对大胡子拱了又拱，呵呵嘶嘶地叫着，狠狠地说，你想杀就杀吧。大胡子十分犹豫，不是觉得自己没有决定权，而是觉得那群猪大大小小，应该养肥些再杀。远远看去，大胡子忧伤徘徊，想把几只离他最近的猪藏进图书室。木头人冲过去对贩猪人自作主张地说，走吧，去木材场。

木材场的巨大木头间的平地上，支起了烧开水的铁锅，杀后刮毛被一半一半剖开的猪摊放在大木头上。厂广播不断播放台湾校园歌曲，香港流行歌曲，偶尔会播出一段较为激烈的音乐，初高中男生会朝天空指指点点，指出说这是美国的摇摆午音乐。杀猪佬不断举起的杀猪刀，正像是江边扬起的船帆。杀猪佬们欢声笑语，乘风破浪。木材场边的树丛随风起午，有人趁此热闹场景大讲吴家岗近期故事，其中田妖精和章青是主角，二人的名字夹在猪肉的叫卖声中不断出现。有从外厂来的年轻夫妇向人打听谁是田妖精和章青，被打听的人帮着东张西望一番。

向工说，人生苦短，人都喜欢听恋爱的故事。

他的老婆巧巧拎着菜篮子大显身手，挑选好肉，买了又买，杀猪佬喜欢她喜欢得不得了。身在向工怀里的孩子好奇地张望着扭动着，差点脱开爸爸的怀抱又一次二次差点脱开怀抱，向工手牵着的孩子差点溜不见了又差点溜不见了。

向工说，文革总算是正式结束了，总算刹住了车，就像吴家岗公共汽车冲下坡刹住，一下摔翻的人都气得要死又都哈哈大笑。他说，笑得最欢的当然是我们棉纺厂十六七岁的少男少女啊。

厂长路过临时杀猪场，偏要在一头待宰的愤怒的猪身边对着一帮男工人说，现在不是一个仙女下凡了，是七个仙女都下凡了啊。

放眼望去，八月入秋的天空碧蓝如洗，确有仙女已经下凡了一般。

三艘挖泥船停泊在棉纺厂江边，田妖精在那里大显身手，高台跳水的入水动作虽然都是一个燕式，但又可细分出是雄鹰展翅般还是飞蛇腾空般，而且是——在三艘挖泥船上展示。田妖精跳水的英姿在遥遥远观的章青的眼里又类同战机冲天。我喜欢站在长江流水的边上，左看挖泥船上的田妖精，右看堤岸上的章青，心中确有一种与仙女同在的隐若的喜悦。而天空上可以说是如约而来的喷气式飞机不正是现代版的妖精或者仙女吗？

木材场上贩猪人还未收场，一队乡村戏班开来了。这戏班本是为招揽吴家岗附近农民观众而来，今夜偏要试着在棉纺厂的地盘上抖弄一回，锣鼓声先来一阵猛轰，吓得死猪都要跳起来。比乡村戏班更热闹的是香樟树路上路过的一队野营的军人，他们走向临时杀猪场，过而不入，一路朝江边杀去，就在与挖泥船相对的岸边扎营，引得棉纺厂女工蜜蜂一般围拢盘旋。士兵们的眼光平直呆板，偶有热烈的回看，当军官的则很严肃，眼光如刺刀。比野营军人更招惹人的是厂里一个年轻的跛脚青工与和他秘恋着的女友之家人在香樟树路上的一场对决。那是棉纺厂里的一个惊人的故事，一场不为家人看好的恋爱。女孩子铁了心要嫁，和家人从家里吵闹到了香樟树路上。原本老实巴交的父母变得凶悍，原本身弱身残的男青工变得理直气壮，女孩子本就漂亮坚定，愤急之中更显凶美。空气如胶，鸡鸭禁声，站满香樟树路的厂人沉默但激动。女孩子高喊，我为什么不可以嫁他。男青工高喊，住手，打人是犯法的。出人意料的是，章妈妈站出来把女孩子的父母劝回了家。女孩子失声痛哭，乒乓国手的老妈妈走上前去陪女孩子一起掉眼泪，围观的人们叹息着叹息着像天空落下的一口大大的叹息散去。接着大群的鸟飞来香樟树路上空，盘旋一阵后隐去丘岗，来去意味深长。那天，三辆卡车运来了从火车站接回的棉纺厂从山区新招来的女工，她们土气欢喜羞涩，排队走向食堂。晚饭后，玻璃厂女工结伴而来，一个个欢跳打闹，实在不知道她们今天为什么那样开心。

假右派逮住在香樟树路上慢慢走着的我说，已经订了包舱，船期离现在不到二星期了。我喜欢点头，心里想到向工说过的一句话，时间本身就是美。

晚饭后，张颖双亲从吴家岗公共汽车站沿着土渣路走到香樟树路上，再来看看苦命女儿曾生活过的地方。夫妻二人带着一个眉目清秀的半大男孩，有人一问，＂果然是去年来过厂里的张颖的弟弟，十三四岁，一年长了一个头高，正是时间本身就是美的明证。他们三人走近厂食堂，细看门窗上不知谁谁写下的一些并无完全整意思的断句，又走到厂医院门前宣传栏看张颖的照片，神态慎谨，只有小男孩咧嘴一笑。他们回走到厂食堂门前时，看到了章青。经热心的女青工介绍，张颖父母先开口叫了一声毛毛。转眼间，原跳绳队的女生都陪了过来，一起坐在厂食堂门口的条椅上与之交谈。大家谈起武昌解放路的生香餐馆的油饼，张颖父母说，在呀。那红旗照相馆呢，在呀。那阅马场的铜人像呢，当然还在还在。蛇山呢，当然在啊。解放路副食品商店，高大的玻璃门窗，都在呀。啊，张妈妈正是那副食品商店的店员，她讲起桃酥、蛋糕、琪马酥、麻花、京果，说知道你们喜欢，你们看，各样我都带来了一点，你们尝尝尝尝。大家谈说的是武昌美食，但正所谓武昌美食才上舌头张颖往事却上心头，忍不住眼泪的章青和巫婆跑去买些新上市的桔子送给张颖父母，接下来一番推让推出一阵阵笑声来，最后由张弟弟接过章姐姐给的礼物，搂着一只小猫一样搂在怀里。张颖的弟弟，小名叫贱货，武昌的贱货，好养，粗糙亲切的名字，他特地穿过香樟树路送一点武昌点心给远远陪看的我和田妖精。待了一会儿，他们要赶去乘晚班火车回武昌。他们谦和而又低沉、悄无声息地离去，坚拒相送。他们特别高兴的是给章青留下了地址，章青说回武昌后一定会去看他们。所以，他们三人走去吴家岗火车站的背影很是沉稳。

　　一群跳绳队女生目送张颖一家人离去时，厂车队司机周公双在厂食堂门前露脸了，脸红红的，头昂得高高，大声说话。周公双是突然冒出来的，神秘，并不哀伤，不知道他是什么时候回到吴家岗的。他特地迎向我和田妖精，背对女生们，说吴起是去了新疆，相当于流浪，是诗人的狂放和流浪者的梦想驱使，是一次逃隐。我们大吃一惊，真假难分。吴爸爸适时也走到厂食堂门前，脸浮微笑，似在配合吴起的逃隐之说。顿时，厂食堂门前的这个故事传开，像一阵狂风沿香樟树路分送新鲜的落叶。在真假未分之时，在我和田妖精走过香樟树路去往江边之时，这吴家岗少年放弃高考而去流浪的传奇故事已惊动了不少青工。我们知道，流浪故事正是棉纺厂青年之向往，因为流浪正好暗合他们渴望去远方的心思。我和田妖精站在江堤上看天空云起云飞，发觉周公双的吴起逃隐之说是那么的虚假，又是那么的纯真，我俩你看看我我看看你，真不忍去细想，就让这个逃隐之说像云朵挂在天边吧。

吴家岗，一个热衷于听故事的郊区，整个七十年代末期，它沉迷其中。往来吴家岗公共汽车站的人在走动中，一个个嘴大耳狂，语不惊人誓不休，不闻秘密不回家。从林彪坠机到天安门四五运动到76年底政局改变到78年的改革，我和田妖精在这里渐听渐长，取乐其中沉忧其中。人们最津津乐道的政治故事即小道消息即传言从北京到市里，再从市里到吴家岗公共汽车站，再从吴家岗到香樟树路，再从香樟树路到各家各户，棉花纺成线，线织成了布，布做成了衣服，过程真的很清晰啊。传言是那么的繁杂，充满了人生的不堪和辉煌，光荣和虚幻尽在其中。从吴家岗到香樟树路，传言中夹杂进有唐诗的风韵和聊斋的奇幻。犹如吴家岗公共汽车下坡时的猛刹车，到79年夏天，政治消息之传言之车刹停在吴家岗，政治还在一刻不停地猛烈地继续着，但人们自身的故事开始涌现出来，人们如摔翻在地后起身拍打自己衣裤，开始下车，开始讲自己的故事，人们从政治传言之故事车上下来了。

有那么几天，田妖精和章青在吴家岗四处走动，去二十八中、玻璃厂、吴家岗集市、林业车队等，当然也深入到了棉纺厂车间，去听他俩自己的故事，我和巫婆作陪。章青的一生中的二次初恋的故事越传越神奇，越传越精致，也越传越远。

最为励志的故事是说章青和田妖精去年相恋，历经二次初恋后，双双考上名牌大学，棉纺厂敲锣打鼓欢送。这个故事把时间像拉面团一样拉长，听得我们四个人哈哈大笑。最多偏差的故事是说章青开车撞飞了一个调戏棉纺厂女工的流氓，自己也翻车摔晕，田妖精连夜开车送她回武昌的大医院救治，然后二人二次相初恋。在玻璃厂，故事是说从市里回吴家岗的公共汽车上，有人调戏章青，田妖精独战群混混，后带着章青从一辆公共汽车上跳到了另一辆公共汽车上，后来田妖精受伤昏迷，后来田妖精只认出了章青，二次初恋。在玻璃厂，说故事的神情骄傲的一个玻璃厂女工只模糊认识我而并不认识田妖精和章青，说着说着，她说你们都比不上田妖精长得神气，比不上章青长得妖，啊，你们差远了。她说，他们俩是我见过的最好玩的一对，最可爱的一对。我说，是最受欢迎的一对吧。她说是啊，是准备要请他们到我们玻璃厂来玩。比较接近真实的故事是说田妖精开车追寻回武昌路上的章青，差点把章青所坐的吉普车撞翻，吉普车司机水平太差，自己把车开翻，使得章青受伤昏迷，二次初恋。在吴家岗卖菜人的嘴里，故事是说章青在武昌受伤昏迷，田妖精专程开车回武昌接回章青，二次初恋。

　　每次听完故事后，从吴家岗走回到香樟树路前，田妖精都虚拉着章青的手，不是自嘲地说怎么没听到一次我们俩化蝴的故事呢？就是作遗憾状说，差一个同上战场打越南人的情节哟。

　　最为接近真实的故事说田妖精精灵古怪，特别厌恨棉纺厂人事科长，听说那人事科长要去机场看篮球比赛，就用酒灌醉厂车队卡车司机，换自己开车去撞，章青发现后十分担忧，改变回武昌的行程，却阴差阳错与人事科长坐上了同一辆去机场看球赛的吉普车，车翻了，二次初恋。这个故事我怀疑是从陶晚嘴巴里传开去的。最精致的故事是说章青入院醒来后，谁也认不出来，不吃不喝，见到田妖精后却浑身轻轻一抖，马上露出了欢笑，主动找田妖精说话，主动问东问西，临睡前还要护士叫田妖精明天一定要早早来，还说就想让田妖精做自己的男朋友，到第二天才发现田妖精就是自己的男朋友。这个故事的源头我想不是来自大胡子就是来自那个章青病房的护士。

章田故事成了吴家岗有露天电影以来最精彩的一场嘴巴上的露天电影。

有人张冠李戴，顺藤摸瓜，说张颖开车撞死那人事科长，自己也失去记忆，后来飞行员退伍来照顾她，一直没被认出，但她喜欢上退伍做了消防队长的原飞行员，后二人在吴家岗结婚了，是一生中的二次初恋，然后是幸福美满的结局。另有一个故事，说是飞行员怒而退伍，开车撞死那人事科长，自己也受伤失去记忆，他在张颖的照料下康复并再次喜欢上张颖，二次初恋。

章田故事与张颖故事串到了一起，特别是当棉纺厂广播里播放出梁祝交响乐时，在大型乐队的伴奏下，香樟树路悲喜交加。

木头人总结说，吴家岗讲梦游的故事最吸引人，但没有谁真正见过梦游的人，现在讲这个二次初恋，听的人都觉得好玩，但谁能说是真事呢。

田妖精和章青走在路上，和张颖当时与空军军官的走动一样深受欢迎。有次，田妖精带章青坐公共汽车去市里，然后坐车回吴家岗，车上被认出，有人塞了一大袋苹果，路人沿路分食，香味四溢。有次，当章青和田妖精走回香樟树路旁的三十九、四十、四十一栋时，有二家人全体出动山呼海啸对吵，言语粗俗激烈，对吵者一当看到章青和田妖精走近，顿作鸟兽散。

章青对田妖精讲：我才是真的妖精。

田妖精说：我让给你作妖精吧。

我说，吴家岗有点像《聊斋》中的一个故事的发生地了。

天空傍晚红云，春时撩拨而来，夏日轰隆燃烧，入秋娓娓动人。

有次傍晚，我们听别人讲过章青的一生中的二次初恋故事后，走到吴家岗公共汽车站，然后沿省道往机场方向走走，先是经过张颖和飞行员散步的地段，后，远远看见当时田妖精和章青同被竹竿卡住的那个小棚，章青不肯往前走了，然后脸红了，在傍晚夕阳的余光中，那份羞涩让她慌乱到站立不稳，如脚下陷入泥沼。在夕阳余光消散未散的一刻，天空出现了章青所说的吴家岗的傍晚青。

我说，细看，那种青确是章青的青啊。

章青说，细看是不是有非常平滑的感觉？

田妖精用脚后跟踏打着省道路面，摆出一付未来地质队员的模样，认定古荆楚大道正是从吴家岗这个地方开始的，它通向武昌，走向南昌，先穿过百余里的低丘陵地带，然后是一马平川。沿途：风光秀丽，物产丰富，人物狡猾，故事诡异，诗人拥挤，战争频繁，风狂雨大，流星缤纷。

晚上打开水的路上，章青红着脸，手巾半蒙面。我和田妖精远远跟随，尽情谈论古中国地理的奥妙。田妖精的话题从昆仑山一下跳跃到章青的身上，他凑到我的耳边说，章青前胸往下的肚皮上有一溜直直的细细的黑毛。

我说，好啊，你又偷偷看她。

他说，不是又看，是以前看的。你想想，不是每个人都会有那么一溜黑毛的，这就是古中国地理问题，是有来处的，可能她祖上掺有北方草原游牧民族的血统。

他又说，有过一次了。真想再有一次，宁愿再死一次换再有一次。真的，就是想起了一次，感觉都可以再去死一次啊。

我说，你不是说那天根本就没有看什么吗？

他说，那天夜里是根本就没有看到什么，但在病房里她衣角角松开的时候，那怕只有零点一秒的时间，我这个未来的地理爱好者还是发现了一些特别的地方啊。

章青打好开水回走,看到路边我和田妖精一脸着迷的样子,忽如脚下陷入泥沼一样站立不稳,她那份羞涩的美叫我也站立不稳。

第二天章青脸又红了一整天,章妈妈大吃一惊,怕她是有什么后遗症,特意约大胡子走江边,讨论脑神经。大胡子问,"她以前有过类似的情况吗?章妈妈说不久前也有过一次,当时以为是发烧。大胡子认真地说,或许她是在低烧。后来,大胡子特地找到我和田妖精问情况,田妖精很肯定地说,就是害羞引起的。大胡子听了十分满意,大声说:真好。

章青因为害羞而脸又红整天一事,陶晚和二胖大为赞美。青工们四人一间宿舍,但陶晚一伙人把三间宿舍轮换,常常变成一人间和六人间和五人间,单出一个一人间供谁谁约女朋友过夜。就在香樟树路上,二胖拦着田妖精,要为他轮换一次,要把三间宿舍变为一个空间和二个六人间。

田妖精大叫:滚开。

路上的人并不知道田妖精要让什么滚开,但全都被他那四肢疯狂爆开的样子逗得哈哈大笑,大笑到了滚动状。

二胖缠着田妖精说,也好,其实房间里一点意思也没有,想要就要去野外。

天空傍晚红云,春时撩拨而来,夏日轰隆燃烧,入秋娓娓动人。

傍晚,章妈妈带着章妹妹在木材场边远远陪章青走动,看她和田妖精在江边堤上汇合,看农民伯伯像个真正的农民从江边的菜地里冒出身影,一会儿递个长鞭一样的茅草梗给田妖精,一会儿递个南瓜花给章青。章妹妹跑过去,也要一朵南瓜花。章妹妹跑动,她像一根无形的橡皮长绳拉着章妈妈,章妈妈被扯着在章妹妹身后半跑半走。田妖精和我看到大胡子从香樟树路上走来,他也如同被一根无形的橡皮长绳拉着，在章妈妈身后半跑半走。章青独自走开，沿江堤边的椿树间轻步穿绕。椿树粗粝的树干间，章青的粉红裙子若隐若现。唐老师和老国走在江边下的泥滩上，迈步笔直，脚踩独木桥一般。今晚，唐老师和老国是厂里笑话中漫游故事中的唐诗人，章青是厂里漫画般的红楼梦红衣女儿，是章回小说《红楼梦》第一千多回中的一回。

章妹妹讲，章妈妈已经安排好章青回武昌读张颖曾经读过的三十三中。

我们走近章青时，她正对着无尽的江天发欢发愁，形似正在独自演奏唐诗《春江花月夜》。

章妹妹说，我姐正在想爸爸呢。

走动中，我们听到章妈妈对大胡子细说一位女同学的凄凉往事。有一忽儿，大胡子凝重地看着章妈妈，浓眉愈浓，抱臂垂首。

他说，这都是真的吗？

章妈妈轻扫他一眼，说：越是凄凉的故事越是真实的。

夕阳落尽，余光收敛。章妈妈带着章青和章妹妹三人缓步回家，吴家岗散发出唐诗中的一种凄凉和沉郁的味道。

吴爸爸走到江堤上，周公双尾随，一片深情。我看到，吴爸爸悄自坐下，周公双静静旁立，肃静。吴爸爸的独坐就是对唐诗的演奏。我想，二三十年代前后出生的人对唐诗的理解与我们的理解是完全不一样的，与章青的演奏是完全不一样的，看嘛，吴爸爸是盘脚而坐，沧桑而沉郁。

随后，从青岛回到棉纺厂的吴妈妈走来了，章妈妈迎上去。原来，吴爸爸和吴妈妈上午一同去过离吴家岗不远的当阳县玉泉寺，厂里专门派车。初二时我们全班春游去过玉泉寺，吴起在那里拍有游玩的照片。在吴家岗江堤这个僻静的地方，周公双一句也不提吴起浪迹新疆的话题，只是面对着我和田妖精说以后会把吴起写的诗抄给我们，会慢一点。他说话时眼睛直直地望着无边的往东流去的漫漫江水。

唐老师走过来和吴爸爸讲起了古代的一本叫做《诗人主客图》的书，唐老师是请教之姿，吴爸爸一再谦让，一再用手压回唐老师递烟的手，要唐老师接受自己递过去的香烟，烟的品牌自然是吴爸爸的好。老国在一旁微笑，一再微笑。

来棉纺厂夜游江堤的玻璃厂的一个男生特地在我们身边说周公双是个同性恋，他和吴起是一对儿，他的故事也是一生中的二次初恋，先初恋个女人后初恋个男人。田妖精肩撞过去，再撞，对方嚷嚷着，只得出手。田妖精出脚，仗着身高力猛，一脚把对方踢到堤下的种有蚕豆的地里，他踢得太猛，自己也摔堤下。对方一溜烟跑了，田妖精躺着不动，他长时间躺着不动，沮丧得不想爬起来。很快，他打架的消息传回家里，田妈妈跑来，生怕儿子受伤的她一路呼声响亮。路上有坑有大石头拦着，跑动中的田妈妈跳过坑跳过石头，跳得比田妖精还高。

天空傍晚红云，春时撩拨而来，夏日轰隆燃烧，入秋娓娓动人。

向工，一位共运史专家，评说：1977至1979年，吴家岗最美。它是天下最微不足道的地方，像个篓子装满了一群微不足道的人。人生本就微不足道，是政治是有些人偏要把人群分得高高低低。

他是傍晚江边一簇人群中的主谈者，但人群中的主角是倾听者章青。她刚一发问，"向工就飞快作答。章青还没有来得及发问，"他也飞快作答。

他总结自己：

十六七岁时：幸福是一定要写诗。

其后：麻烦一定是置身在诗意中。

四十岁后：痛苦一定是读到一首好诗。

章青问，＂那你现在读到了什么好诗吗？＂

向工一笑，与众巧巧合唱流行歌曲《时光一去永不回》。

时光已逝永不回，往事只能回味，忆童年时竹马青梅，两小
无猜日夜相随。春风又吹红了花蕾，你已经又添了新岁，你
要是变心，时光难倒回，我俩只好在梦中相依偎。

唱完，他说，你听，这就是最好的诗。

他还喜欢帮章青发问。

他说，我也在想办法把老婆巧巧和几个小巧巧全部带回武汉，
我们家一起回武汉符合政策。我在等一个消息，一个好消息。

他对章青发出最甜的微笑，说：中国也在等一个消息，在等一
个好消息。

人们来到吴家岗，可以说是从大城市分流而来，可以说是近于
流放。

可以说中国一直在流放中，可以说唐诗人一直在流放中。

向工说，唐宋之后，中国本应有资本主义革命，但没有出现，
为什么没有出现呢，外族入侵等，中国被流放了，中国人一直在流
放中啊。他说，我知道章青想问为什么西方有圣经，而中国没有。
这个问题太大了，我回答不了。我能回答的是中国人为什么会热爱
唐诗，那是因为中国很多人没有其他的心灵依靠，就在山山水水间
找到了安慰，而唐诗最精炼优美地表达了中国的山山水水。而恰恰

是这个安慰，更符合人类的天命，是吧。而恰恰是吴家岗，是1979年，这种安慰来得格外安慰人，是吧。或者说，唐诗真的给出了安慰？是吧。

这个是吧二字，鲜明如火。

巧巧和小巧巧们冲章青欢笑。

向工很知心地对章青说，每个中国人都有较沉重的历史负担，我们共同的历史负担就是文革。每个中国人也都有一定的文化积累，你的积累是红楼梦还是唐诗？是唐诗。好，具体的积累是哪位诗人呢？

章青开心地说：是兰波，法国诗人，虽然我只读了兰波一首诗《感觉》，但觉得那是读过他的一大本诗集后最喜欢的其中一首。这首诗越读越觉得是一首近现代唐诗。

向工大为赞叹，找到了知音，用手比出一个大馒头的厚度，说，我读了日本的起码有这么厚的《万叶集》，就记住一句，酒浊亦清香。我也觉得这句诗就是一句唐诗。

章青特意说：农民他的文化积累是贾岛。

田妖精很认真地说，我的文化积累是吴起。

大胡子凑过来，也很认真地说，中国的文化积累就是春秋。

18、婚礼

天空傍晚红云，春时撩拨而来，夏日轰隆燃烧，入秋娓娓动人。

卫校许老师是一个深居简出的女人，暑假里她回了一趟北方，算是平息了已流传一二年之久的有关北京电影制片厂要来吴家岗拍一部电影的传闻，传说中的那部电影已改为在青岛拍摄，香樟树路上的人们发出一阵叹息。许老师回来的那天傍晚，她穿过香樟树路一阵风似的去找章青，她可是从来没有走得那么快过。她穿过栋与栋之间的晒衣绳，穿过公鸡间的打斗，穿过摆卖西瓜的一辆辆推车，站到了章青家的楼下，用北方话甜蜜温柔地呼唤章青的小名毛毛，声音不大，穿透力极强，远在烂泥湖边的正在揪些嫩草喂那头孤独的驴子的章青听到了，隔一二栋楼的前乒乓国手听到了，前乒乓国手的老妈妈也听到了。

前乒乓国手也是一个深居简出的人，他和老妈妈所居住的那栋楼就是一座深山。这个傍晚，他下楼朝烂泥湖走去，老妈妈在楼梯边与他挥手道别。许老师第二次参加高考未能考取，消息人人都知道。人人都在想未考上大学的她和未能调回北京的他，是不是该走到一起了。烂泥湖边，风吹杨柳，鸣蛙推波，蜂摇花鸟，螺群移动。前乒乓国手和折返回走去找章青的许老师在烂泥湖边远远相逢，双双徘徊不前。章青生生地把许老师往前推，另一边，天降厂财务科长，她绣花一样扬起了她那双巧手。她一只手拎着前乒乓国手的衬衣袖边，一只手朝许老师像只被绳牵着的小鸟招摇飞扑，然后这财务科长小鸟啄住了许老师的衣领，然后她说，先握个手。就这样，一对深受棉纺厂欢迎的老情侣瞬间出现。烂泥湖犹如午台前的台阶，丘岗是午台。财务科长和章青领头带着许老师和前乒乓国手从烂泥湖走向丘岗，正式亮相。财务科长宣布马上办婚礼，不用再想着什么调到市里什么调回北京，你们就正式调在吴家岗了，就吊在这里，就在棉纺厂百年好合吧。她说，一切都是现成的，保证明天就把结婚证拿下来。二个新人急说太快太快了。财务科长说，你们可不是速成，你们是棉纺厂谈恋爱谈了最长时间的一对。

前乒乓国手的老妈妈最赞成财务科长的话，她从一口大大的箱子里拿出十分耀眼的锦绣绸缎，瞬间布置出一个喜气洋洋的新房。婚礼说办就办，不等许老师那明星哥哥前来祝贺，不等还差一个章没盖的结婚证，不等什么良辰吉日，不等出差在外的最佳的证婚人厂长同志回来，不等半路上突然肚子疼而无法赶回的去市里买糖果的小伙。

第二天傍晚，棉纺厂有史以来最简单的一桌婚宴酒席后，由谢副厂长主持的小型婚礼在前乒乓国手家里如期进行，婚房门前的红对联按电话中厂长交代的意思写出来挂上了，天空适时出现二架喷气式飞机的高空爬行，并行和交叉，暗合男女交配的意思，喜气得很。财务科长欢欢喜喜地对许老师说，女人出嫁是二次投胎，你投得非常好非常准，也不晚。

婚礼的第一个小高潮是章青的一句话，她惊喜地说，好美啊，许老师，我都认不出你来了。吴家岗一直在议论章青的二次初恋，其中最重要的也是最叫人津津乐道的情节是她昏迷后谁也认不出来了。众人起哄，让她也认不出前乒乓国手，她说真的也认不出来了。她脸上晕红，眼光闪烁，不敢看田妖精，众人偏要她也认不出田妖精来。她被推在婚房当中表演自己的故事，她扭扭捏捏了一小会，怕众人失望，马上进入角色，大大方方地朝田妖精甜笑，叫他一声哥，田妖精配合得很好，做出一个流泪的动作，把前乒乓国手的老妈妈喜欢得要死，笑得快闭过气去。众人问，"认识他吗，喜欢他吗。章青说不认识，喜欢。前乒乓国手的老妈妈高兴地拉着章青的手说，你要快点认出我来，我儿子说过，你要是早点培养，你也会打出冠军来的，他是从你跳绳的动作上看出来的。

婚礼的第二个小高潮是谢副厂长按厂长的喜好给新人表演节目，背诵唐诗《黄鹤楼》，但改动最后二句日暮乡关何处是，烟波江上使人愁为一对新人踏征程，百年好合无忧愁。

第三个小高潮是许老师忽然看不到章青，她脸上挂着一对大大的笑眼，柔声叫：毛毛，来。她四处叫，四处找毛毛，众人楼上楼下地帮她找毛毛，毛毛声此起彼伏。最后，许老师对着窗外大叫：毛毛，来。她的声音让整个香樟树路静止了下来，安静中只见章青和巫婆合抱着一个南瓜花篮走上楼来。

进洞房前的一刻，二个新人犹豫不前，毕竟无证不合法啊。众人闹啊闹，也算老天爷都不想太为难二个晚婚模范，结婚证出现了，这是一个坏家伙的好主意，有意延迟一下。好糖果也出现了，那个忽然闹肚子的小伙从吴家岗公共汽车站飞奔而来，拎着上好的各式软糖跑进婚房，换下盘中厂食堂门前小卖部买来的硬块糖。闹婚礼的人巧接一句花语：一对新人踏征程，软硬兼施乐悠悠。

一场婚礼恍如梦境。夜深了，天空子夜蓝渐趋呈现，我和田妖精走在香樟树路上，个头比很多青工还要高一些。我们感叹人来到世上并长大成人，如同漫长的囚禁后被释放一样。1979年，我们如是注定要被释放出来的囚犯。我和田妖精反复把玩这个我俩忽然从自己脑海里抓出来的囚犯比喻，意犹未尽，到处找假右派，到处找向工。我们最后只看到下了中班孤独前行的老国，他时而抬头看夜空中的云，时而低头看地上的落叶，就是看不见我们二个人，他像个游魂一样走过我们身边，像套在一个大被套中盲走。

田妖精猛然冒出一句，他是被唐诗囚禁了。

是的，老国，除了唐老师以外，他和其他人没有一丝丝主动的人际关系，他是个只通过唐诗和世界保持温暖联系的人。

在二个居住和工作相距不超过八百米远的男女经历近十年的漫长期待和犹豫后突然婚配的日子里，我和田妖精欣喜而又忧愁，我们讨论说，世上所有人终将被死亡所囚禁，也就是说，少年是人生的一次解禁，而死亡是人生的再次被禁。

那么，只有在再次被囚禁前尽欢吧。

卫校午蹈房，在许老师新婚前后的三二天里，原棉纺厂中学跳绳队的女生又来玩起了跳绳，编各种花式跳，非要弄花男生的眼睛不可。木头人拎着录音机带着一帮男生在卫校门前的空地放摇摆午曲，女生远听但并不凑拢来，反而跳绳跳得更欢。章青伤后不能跳快，专门慢慢跳，跳出了最慢最慢的动作，田妖精在一旁看得打起嗑睡，呵欠大得上嘴唇都快翻盖住双眼了。

夏天里忽然冒出的摇摆午在吴家岗路边时有上演，市里的男生背着巨大的录音机来，宝贝一样放地上，围圈疯跳一阵，示威，然后风一样冲上公共汽车，踩得车箱摇摇晃晃，把录音机音量调到最大，轰响着离去。所以，木头人的哥哥石头人特地从广州带了一台录音机回来给弟弟，让棉纺厂子弟不落下风。木头人想要模仿的可不是摇摆午，他要模仿章田恋，他要模仿的是和原跳绳班的名叫桂花的女同学谈个恋爱。说来也怪，桂花原来很是开放，常有媚眼对木头人放出，近来却变得很是冷酷，不单独和他说话，一群女生与木头人路上碰到时桂花偏要躲到别人后面，脸也不朝他的方向。

录音机上场后，桂花已经是很反感木头人了。木头人下功夫去市里学跳摇摆午，跳出自有风格的木头人式午步，女生经过时，其中桂花反而跑得更快。说来，跳绳队的十二个女生都是木头人的初恋啊，他一直喜欢吹说自己有过十二次初恋了，为了表明自己独喜欢桂花，他特地向女生们放风说自己初恋的次数是零，最多也就是有过十二分之一。可能正是桂花托某个女生放风说，木头人起码有过百次初恋了，这说法可能是指他那无数次的偷看别人风流场面的经历。桂花早就知道木头人的偷看的喜好，偏此时记恨。

其实，木头人越长越清秀了，在香樟树路上，有年轻的女工回头议论说，哟，这个男生变化大，一下长得好神气了啊。

有次，木头人在香樟树路上对我很知心地说，田妖精都被初恋了二次，那个叫木头人的和那个叫衣民的，二个人加在一起连一次初恋都还没有啊。他说，真是想死了啊，有时候也不是我想死了，是身上有那么个东西，强硬得要死，要死，是它想死了，小狗日的，它要逼疯我了。

忽然，一个傍晚，天边红云似火烧，木头人与张英相逢，然后有了江边夜。

张英，玻璃厂子弟学校的高一班女生，被很多男生初恋过，木头人成了第十个初恋她的男生。二人在木材场边上偶然相逢，恰好周边无人，张英说要单独听录音机放的音乐，二人便顺着江边菜地走很远去到江堤上坐。棉纺厂散步的人说，昨夜见二人在江边坐着，早晨起来跑步，看见二人还在昨夜的地方坐着。木头人上午特跑到我家，特地把我拉到木材场，告诉我，他和张英野合了。他说，她抱着我，下面顶着我，我受不了，一下就射了。第二次好一点，进去了。第三次才真正的舒服。到第四次，我才想起我喜欢的是我们跳绳队的女同学呀。完了完了，这还初恋跳绳队什么呀。

木头人说，我开始在以为，这个野合，我可以不停地射，去射到浑身只剩下腰壳壳，后来发现，没子弹了，浑身只剩下些死骨头死肉。

然后，木头人拉着我去找问坝。就在问坝家里，我们关起门来大谈一通女孩子的身体。木头人屏息描述说，那个地方那里好像有个子夜蓝般的蓝宝石。

木头人一脸心满意足的懊恼，人也什么都想通了似的，开窍了。他决定去广州找专做走私手表生意的哥哥石头人，最后拿点钱带着张英去北京学弹电吉它。他说，我要去北京看看那里的人都在想什么做什么。

这时，我才发现，张英的名字与张颖听起来很像，把人都气死了。

张英是一个风暴式人物，她整天谈男朋友，是有家不归型。木头人被她吹得晕头转向，当天就带她回家，把棉纺厂生活区小小地搅动了一下。木妈妈伤心，说别人都是和张英瞎玩，独独木儿子是真爱。木头人说，就算有一天她风狂而去，他也喜欢她。他觉得其他所有女人都不漂亮了。

木头人和张英野合后的第二个傍晚，就友情万丈，拉着张英，约章青巫婆及我和田妖精，六人共走丘岗。

当我们六个人走到一起时穿过烂泥湖时，张英就像游进水塘里的一条大花鱼，活蹦乱跳。她带出的话题就是嘻嘻哈哈嘻嘻哈哈，她提到某某某与某某的初夜有七次，另外的某某某与某某初夜也有六次，明明就是指木头人初夜少了几次，她的调笑之意木头人全不在意，拎着个大录音机一会儿放狂曲子，一会儿录下她的笑声。倒是巫婆示威似地说，次数算什么。这句话倒还真把张英的嘴堵住了一会儿。这些话题有点急刹车的味道，章青和田妖精一下楞住了，又一下愣住了，一下差点摔倒，一下又差点摔倒，一下章青的脸红了，一下田妖精的脸也红了。后，张英讨好般地悄悄对田妖精说，你到时候收不住的，肯定是七次夜。田妖精听到烦死了，悄悄对张英一个人说，你滚远一点啊，再胡扯我把你踢到水里去。

木头人和张英一爬上丘岗，就和树林草丛打成一片，走动和站立全程都亲嘴，亲嘴就亲嘴吧，张英偏要狂扑猛咬，弄得木头人像一根被啃的骨头，弄得他不住地喜滋滋地说，都被田妖精和衣民看走了。接后，他二人走进丘岗上那片深广的松树林里打滚去了。

田妖精在丘岗上步态轻灵，身姿动人，自有豪爽神秘，因为心情激动，他眼睛里蒙着一层晶晶的泪光似的，他每次招呼章青都是：毛毛，来。

丘岗上的茅草比烂泥湖边的茅草要干燥些，散发出一种好闻的草香，在初秋微凉的风中，那股草香可以确定为一个骚字，加上招摇的柔风，可以确定为二个字风骚，这风骚加上空中漂浮的唐诗碎片，再加上章青和巫婆的盈盈笑声，可以确定为吴家岗风情，这风情加上木头人和张英在那片松树林中的滚动，可以确定为和美二字。天空格外空透干爽，我的心情也格外平和。

在那个坡上原小棚的空地上，我们站住，轻晃，微微扭动。田妖精坐到空地上唯一的一块大石头上。巫婆说，你怎么能够一个人独坐呢？你以前可以一个人独坐，现在不行。我说，章青，你就坐到田妖精的腿上吧，他就是等着你的呀。章青说，好吧，我就坐在妖精变出的石头上吧。于是，田妖精说，毛毛，来。

章青刚坐了一小会，烂泥湖中那头孤独的驴子就发出一嘶叫，嘶鸣声轻轻飘上云天，直入傍晚天空的青色中。章青跳了起来，拉着巫婆朝丘岗下跑去，跑得很快，超过我冲下坡的速度。田妖精站起来，疑惑地说，哎呀，我的裤子怎么湿了。我看见田妖精身上长裤膝盖以上裤子那里湿了半个手掌大的地方，是章青坐湿的。我马上知道是怎么回事了。田妖精略一思想，也知道是怎么回事了。他摊浮起双手，像是要浮上天去，又像是要托住往下沉来的青青的天空。

香樟树路上，财务科长和玻璃厂宣传队的中年小号手，一个名声不太好的不太正经的男人走在一起，二人保持距离，但旁人一下都明白是怎么回事了。大胡子还在路上徘徊，花蝴蝶也在路上徘徊，二人怎么也没有走在一起，但旁人都明白是怎么回事。大胡子总是心事重重，花蝴蝶总是跳跳蹦蹦。这次，大胡子伸手拦住财务科长，在香樟树路的正中间谈起了出身问题，原来他爸爸是一个上过抗美援朝战场的军医。财务科长轻喊一声，原来你出身这么好啊。大胡子耸耸肩，又说爸爸因作风问题死在监狱里。财务科长又轻喊一声，这又算得了什么。巫婆不无一点忧郁地对刚从丘岗上冲下来的我和田妖精讲，我们班上的一个早早退学的女生怀孕了，时间算得很准，却还是避不开。

章青换了一件裙子来到香樟树路，一把搂住巫婆，往木材场走去。田妖精一把搂住我的脖子，尾随。我感到田妖精的心砰砰地剧烈跳动着，我说，不要激动。他说，我能不激动吗，我只能和她分手啊，我早就说过的，我要深钻中国历史和地理。我一下甩开田妖精，说不行。

田妖精说，我和章青妈妈深谈了一次。

我说，我和你一直在一起，没见你和章青妈妈在一起呀。

他说，心里谈的。其实，章青妈妈的一个眼神，或者一句话，声音比厂里的广播声音还要响，时间比厂里的广播时间还要长，我好像是一直在听着她说。她一点也没有强要我们分开的意思，我也没有完全弄懂她的意思，但我自己必须要有自己一个的意思。

在木材场一根最大的木头上，章青站一头，田妖精站一头，我和巫婆站下面。四周人影晃动，杂声起伏，打群架的猫呼啸而来呼啸而去。

田妖精走近章青，说，可能我要出一次远门。

章青觉得突然，脸色一变，问：去青岛吗？

田妖精说，不是。我是说我将来可能会流浪而去。这个，我以后或许会成为一个流浪汉。或者我会也有一份好工作，心却是一个流浪汉的心，我可能是什么也没有的一个流浪的人。

章青脸色硬了起来，说，不知道你说些什么，鬼也不会要你有什么东西。我，好不容易和你留在一起，好不容易才和你多留几天！

章青的双眼露出忧郁沉醉，她说，我最讨厌有人说章青你未来很美好，你未来个人会很有成就。什么欧洲美国，什么未来中国，1979最美，最好，全部的好都在1979。我讨厌任何形式的趋炎附势。

田妖精说，我没有趋炎附势。

章青说，你有，你提前有。担心自己将来潦倒不堪就是趋炎附势。

田妖精被章青的气势堵住了，身体前倾，像是往门里挤却挤不动那般僵着。

看来田妖精所谓和章青妈妈的深谈并没有什么新意，或者说谈得很浅，并没有谈出个所以然来，或者说根本就没有谈。

章青转而一笑，对田妖精说，你是不是想我和你也像木头人和张英那样呢？

田妖精假装没听明白。

章青笑说，我喜欢你，我也知道你的鬼心事。不过你休想。

　　田妖精惊喜地回头猛看我一下。

　　接下来，巫婆跳上大木头，田妖精跳下。

　　章青和巫婆搂挤在一起耳语，然后巫婆跳下，田妖精又跳上。

　　夜幕下的章青，发出一阵清幽幽的笑声。

　　巫婆跳上大木头，田妖精跳下。

　　田妖精悄悄对我说，怎么样都没有关系，我只是想什么时候和卷发比赛一次，要比他射得更远。

　　一天傍晚，大胡子在香樟树路上走动，步态轻徐，遇到唐老师，二人又谈起多次谈过的江对面的挖中草药之行，探深山黄金也提到了计划之中。玻璃厂的一个玻璃技师走到香樟树路上，在离大胡子二三米远的地方被花蝴蝶一把拦住。花蝴蝶说，你硬是把时间算得很准，总是十三四五天来棉纺厂找我一次。技师说，我每个月有二次空闲时间，平常都要加班。我上次来邀请你到我那里走走坐坐，这次你能不能给我一个明确的答复？花蝴蝶说，你是还住在你们厂那栋最高的白楼上的吧。技师说是。花蝴蝶说，那是吴家岗门坎最高的一栋楼，我们上不去。花蝴蝶这样说，是假定身边站着一个姐妹，她的手还在空中空搂了一下。技师说，高什么，以前那号称是专家楼，现在厂里情况比较糟，不值一提了。

　　唐老师正好认识这个技师，正好一时胸中起了诗意，他提议大家一起走走丘岗，让从长江三峡飘过来的秋风吹吹耳朵。花蝴蝶瞅了大胡子一下，大胡子朝技师做了一个请的手势。于是三男一女穿过烂泥湖，爬上丘岗。交谈中，一算，技师和花蝴蝶在吴家岗公共汽车上相见并在刹车时摔到一起，已经是在六年前的事了。六年来，技师已经攒下好大一笔存款，他不烟不酒，只把花蝴蝶列为女友。他每隔十天半月来一次棉纺厂，来十次也只能碰上花蝴蝶五次，和花蝴蝶的见面总是在香樟树路上，他从不像别的与她偶然相识的男人那样到丘岗上或烂泥湖边去找她去拦她。见面，如果花蝴蝶对技师很冷淡，她下一次必定很热情，反正总是冷热交替。正好上次见技师，花蝴蝶很冷淡，这次花蝴蝶周期性地对技师笑得很甜。技师正面看长着一个方方正正的玻璃额头，怪怪的，侧面看长着挺拔的鼻子，也有点男人味。他说，我起码快有一百次来找过你了。花蝴蝶说，也是，碰到了三五十次。技师说，碰到没那么多次。花蝴蝶想起有次技师发高烧，在棉纺厂食堂门口晕倒，醒来后冲花蝴蝶傻笑。技师说，那次我开始先没认出你来啊，但我就是觉得你好，和你们厂的田妖精的故事是一样的。花蝴蝶冲大胡子欢笑，手却拍了一下技师的肩。唐老师插不上嘴，空自在一旁低吟。大胡子兴趣浓厚，找话在一旁附合着技师，神态谦和。技师渐渐与大胡子站挤到很近，亲切轻松。技师坚定地说，男人挣钱养家，女人貌美如花就好，我也不要求你以前守身如玉，只要以后你一心一意过日子。

花蝴蝶朝技师甩一个凌厉的眼光，说，我差点就要答应你了。

技师说，差点什么？我将来一定会开个大大的店。不是玻璃店，是金店。

花蝴蝶说，我不差你的金子，我就差一个证婚人。

唐老师说，找财务科长吧。

花蝴蝶说，不要。

技师挤大胡子一下说，那就他吧。

几乎是同时，大胡子也挤一下技师说，我来做证婚人吧。

花蝴蝶说，可以。

她的眼睛实在是美，是一对金银打造出来的漂亮的毛毛眼，她四处甩的眼神是一对金银打造出来的勾子。当晚，这个玻璃王子与纺织公主的故事就被唐老师和大胡子在香樟树路上讲开了，不管故事真假，不管花蝴蝶过后会否变化，人们总的感觉是花蝴蝶该收心了。我和田妖精和木头人总的感觉是，晚风是那么的滑溜，花蝴蝶的一颗心怎么能收得住哟，好在玻璃王子是一个多么沉稳的男人啊。

19、决斗

　　傍晚，厂长路过灯光球场，对着因年龄大了将要退出篮球队的几个男人说，现在不是一个仙女下凡了，是七个仙女都下凡了。大家说，是不是又有七个仙女下凡了呢。他说，是啊，每天都有七个仙女下凡。他常出外开会，每天看报纸，深知天下变化。他喜欢站在厂食堂门前看天，喜欢风起云涌的初秋夜，他喜欢站在灯光球场边看江对面的青青高山，喜欢江风吹来的那股子泥腥味。

　　厂里忽然传开将新建房屋分配的消息，唐老师按条件可能落空，要等，烦了一天，更烦的是，厂里可能要调整他的老师职务，厂里开始强调专业，正式消息尚未传来，但已风起云涌。他在篮球场讲话，满口鸡巴，脏得死人，站他一旁的木头人讲话，也来一长串鸡巴鸡巴，二胖更是满口淫语大步走动，甩着二只手像甩着二根鸡巴似的从香樟树路走到灯光球场，又从灯光球场走到香樟树路。

　　章青陪我和田妖精前往陶晚的宿舍，路过灯光球场，路过脏话连篇的香樟树路。章青脸无笑容，轻步前行，到了青工宿舍楼前，她轻笑而去。田妖精把田爸爸攒下的二瓶西凤酒一瓶别在自己腰上，一瓶别在我的腰上，笑称是炸弹二枚。陶晚的宿舍里灯光因为用了二胖找来的大灯在整栋青工宿舍楼里最亮。二胖闻酒香而至，在我们身上一搜，欢喜到跳起来，说这是活在人间以来所见过的最有名的二瓶酒，也是整栋宿舍楼建好以来进楼来的最好的二瓶酒。陶晚格外庄重，找来晶亮的鸡蛋黄大小的玻璃酒杯，还让二胖去把上海老女人叫来伴酒。

这是一场分手酒，田妖精说，先为所有调回到武昌的人和将要调回到武昌的人与现在调回不了武昌将来也不能调回武昌的人干一杯。第二杯，再为会怀念吴家岗的人与一直会怀念武昌的人干一杯。第三杯，为我们都怀念的人干杯。上海老女人喜欢来事，提议为厌倦吴家岗的人与马上就要离开吴家岗的人干杯。接下来，陶晚和二胖为最早来到棉纺厂的那批青工、为棉纺厂最早那个被以流氓罪判刑实则有些冤屈的某某、为特地从武昌来看男朋友的武昌姑娘们、为陶晚一年前在市里的吉它丁头弹唱之夜之盛况、为晚桃第一次在市里组织的歌唱比赛中获奖、为陶晚的独午《梁祝》干杯、为流浪干杯。

　　陶晚特地强调：为原地流浪干杯。

　　我在陶晚这里借看过高尔基和马克吐温的书，我蓦地想到，他真的有些近似苏联和美国的流浪汉。

　　我只三杯酒就已经上头，陶晚和二胖说，你就停下。

　　田妖精喝到第四杯就说上头了。陶晚和二胖说，你也停下。

　　因为酒太好了，陶晚和二胖不免贪杯。

　　田妖精说，我们再为棉纺厂最苦的人张颖碰杯一下。

　　陶晚，没有午台，不显精彩，神情颓废，眼神松散，酒更添愁。

　　陶晚停下猛饮，在桌上用手支起头，却说真正最苦的人是老国，真正原地流浪的人也是老国。

　　田妖精本想诱使陶晚讲讲张颖的事，不料听到的却是老国的成人故事，也就是说，陶晚有意无意间用老国的故事换掉了张颖的故事。

　　陶晚说，老国的老婆，屁股大脸膛红，老国在床上照应她照应的好，夫妻间和气。夫妻间但凡不吵不闹都是因为床上照应的很好，你们什么时候见过老国和老婆吵架呢，没有吧。老国那样子，男人觉得他丑，女人的眼睛里他不丑。老国这个年纪最懂女人心，他那双眼睛最能看出女人的心思，女人也会觉得老国最能看出自己的心思。哈，问题来了。五十岁的老国，和一个二个三个四个五个五十岁左右的女人勾上了。老国心善，谁都知道老国是心善，不是浑身骚。五十岁的女人，家里男人基本不行了，床上根本就照应不到了，也懒得照应了。老国在老婆之外搞上的第一个五十岁左右的女人是一个在山坡坡下种菜的女农民。他们二人在菜地边上认识，种菜女人说好久都没有吃到肉了，老国就说让你做比吃肉还要香还要舒服的事。这是一个，第二个是吴家岗上那个总是扎个红头巾在头上的卖鸡蛋的女人。第三个是你们都想不到的，是玻璃厂的女总工，那个女人常在吴家岗路上转来转去，夏天一件格子花长裙，冬天一件毛呢大衣，你总是看得到她，因为她经常坐公共汽车去棉纺厂找人。老国和她在公共汽车上有次碰到了急刹车，一下摔倒到一起，从此开始神不知鬼不觉地往丘岗上那片松树林里跑。那个女总工很老很丑很冷漠很少话，但她和老国在树林里，像一个母老虎，又像是一个母豹子。和这个女总工在一起，老国像个皇帝被簇拥着，老国说她一个人就像是几个人一样把自己簇拥着照应，她的嘴是老虎嘴，吞得下整个老国，她的眼神那就是真正的虎视。每次相会，她每次都陷入昏迷般地高喊，老国，带我离开吴家岗，不要把我留在玻璃厂啊。你们想，老国苦不苦，他是个要善待一群母老虎和母豹子的男人，是天下最苦的啊。

陶晚扬手捏一下上海老女人的腰，说，我知道老国的苦，因为我就善待一个母老虎就已经尽了全力。老国告诉我，他一看到女人眼荒荒的样子心里就散了盘似地闹心，他不能不挺身而出。

陶晚说，我和老国有缘，在那片树林里进进出出时，我和他常常远远相逢。我和他真是有缘，偏偏就总是能碰到。他为了一首唐诗被批斗时，发言的人没完没了，是我在房顶上往二三米多远的树上一跳，解了他的围，他特别感谢我。田妖精你那次跟在我后面也往树上一跳，你和老国也有缘。所以，就在上个月，他和我无意中路上碰到一起，专门去烂泥湖边坐着一个一个女人的故事讲给我听。所以，这些故事不讲给田妖精你听讲给谁听呢，怕你回到武昌后，老国的故事就没有机会讲给你听了。

二胖插讲了谢副厂夫妻在丘岗上的野合。他说，我和谢副厂有缘，去那片松树林，我总是绕很远，好像是去江边，实际转个大圈，我总是在远远地碰到谢副厂夫妇。他家里很挤的，四个女儿，其中一个大的是你们的同班同学，家里不方便过夫妻生活。他们经常就以挖地米菜为由，跑到远远的地方，溜进那片松树林野合。有次，我走得靠他们很近，都看到了他们塞在菜篮子里的小棉垫。嗨，谢副厂也清楚我知道，有次我路过他家门口，他还特地让我进门吃一口地米菜饺子。很香啊很香啊。在他家一坐，嗨，谢副厂还对我来几句唐诗。

田妖精听了又揉鼻子又揉嘴。

我想，他对谢副厂的一丝仇恨被堵住了。

我头晕，心里加插一句：人间多少事，诗中只一行。

这才是人生最大的阴暗面。陶晚说，女人到了五十左右岁时无助，隐忍，你们想想厂里的那些吵架的老夫妻吧。所以，天下起码有一半人是痛苦的。

二胖说，想想那些男人根本就不在身边的女人吧。

陶晚醉了，或者讲累了，老国搞上的第四个和第五个女人省略了。

她们，松垮的肌肤，强劲的欲望，衰老的面容，绽放的春心。

迷迷糊糊中，我突然惊醒，突然忧愁起来，原来世上有这么一个听上去与政治完全无关的苦。我眼前很清晰地浮现出老国站在山坡上的形象，他侧影裹在夕阳里，风吹柔光如涕下，他苍老纯净，心无所思，生无所恋。黄山是那么的美，江对面鄂西高山是那么的美，丘岗是那么的美，老国的形象嵌其上其中，这就是人们所说的人生的美与残酷？这就是所谓中国的美与残酷？

醉中的陶晚对上海老女人下了个命令，让她扶自己一起去丘岗上走走，今晚，要好好地原地流浪。上海老女人嗔怪道，这么软的一个人能走到哪里。陶晚谑地起身，笑着伸手扶上海老女人走向丘岗去了。田妖精看着热情搂着上海老女人的陶晚迈步离去，不禁大失所望，伸手在自己手臂上狠掐了三下。

二胖自斟自饮，笑眯眯到忽然泪水涌满双眼。他说，唉，唉，女人如泥鳅，必须捉，不停地捉，不停，不断强烈要求。老女人小女人都一样。

看来，张颖故事中最为悬疑的人物不是陶晚，今夜的酒喝空了，空喝了，炸弹空自爆炸。不料，二胖拉我们坐下，非要陪他再干一杯。他说，来，为棉纺厂最苦的人张颖碰一下杯，她活着的时候是在原地流浪，死了还是在原地流浪着。啊，衣民。你去把窗户关好。妖精，你去把门关严。

二胖说，张颖最苦。最坏的人半死，最好的人却死了。他说，是我自作主张偷偷去下毒，她却自杀了。我本来想自己逃走，一逃走不就暴露了嘛，可是我都还没得及准备好逃走，她就自杀了。这事谁也不知道。我也没告诉过陶晚是我下的毒，但他应该也猜得出。陶晚说他自己是原地流浪，我现在和逃走了一样，是原地逃亡。田妖精，你有一次对我说，看《战争与和平》这本书要有胸怀，我当时就对你说，妖精啊，你会被进写书里的。还记得我说过这话吧，当时我还说，将来你会在枪毙人的布告上看到我。其实，我一来到吴家岗，我就开始了原地逃亡，我就知道我再也回不到武昌了，我们家没有一个人有正式工作，就我这个未毕业的初中生算是有文化的，我是不能可回到武昌生活了。我去偷毒下毒，不过是逃亡途中做的一件事而已。

二胖说，我没有醉，一个死人是不会醉的。来，为一个原地逃亡的人碰一下杯，原地逃亡的人本也不是一个坏人啊。

田妖精凶恨地说，讨厌！真讨厌！等于说是你把张颖逼死了。

门外有人敲门。

二胖凶恨地说，好吧，最好是来抓我的人。

他起身开门，进来的是卷发。

卷发把自行车一直骑进陶晚的宿舍，车前轮顶住陶晚的床。

二胖说，好吧，他一直在等你，你再不来，他恨不得去找你。

卷发哈哈笑，退车，退到香樟树路上。

二胖摇摇晃晃地走过烂泥湖，带卷发在丘岗坡下找到半睡半醒的时走时躺的陶晚。陶晚刚明白是怎么回事，卷发已经骑着哐哐嗵嗵响的自行车如浪起伏而来。后面，跟着醉熏熏的田妖精，跟着只想呕吐的衣民，跟着挤在一起走动的章青和巫婆，还跟着闻声而来的那头躲在烂泥湖的驴子。

卷发和陶晚的决斗显得有些笨和乱，一开始就像是二只驴子缠扭，一点也没有普西金决斗的那种场面美，也没有画报上所见的美国拳击赛那种一来一往的章法。笨重而又混乱的打斗中，卷发终于有爽利的下勾拳打出来了，接后，陶晚有个成功的抱摔，但被摔倒的卷发一个鲤鱼打挺弹跳站起。忽然，陶晚进入昏醉一样，失去了力量，摇着摇着，似要倒下，又似要扑打卷发，他在虚眩中做出非常慢的出拳动作。卷发抓紧当胸一击，陶晚应声倒地。陶晚变为在地上轻晃，卷发呼呼喘着粗气，直到他的喘息平止，陶晚也没有站起来。二胖说，算你胜。卷发骑上自行车时，二胖又说，你胜不胜都没有关系，打过了，做哥哥的就什么都认了，你敢决斗就是有真心。二胖说完，陶晚就平摊在地上不动了，彻底醉过去。卷发骑着自行车如浪起伏而去，后面跟着那头步子高高低低的驴子。

醉酒中，田妖精对章青说，你让我去弄明白的事情我弄明白了，肯定不是张颖下毒，这个没有悬疑了，具体是谁下毒的，我和衣民换时间会告诉你。刚才，我又在心里和你妈妈谈了谈。章青说，你有什么话直接和我说就好。田妖精说，不，我一直觉得你和你妈妈完全是一个人，或者说是一个人的二段年龄并在了一起。我喜欢和你在一起，喜欢和你妈妈说话。

在烂泥湖边长长的茅草丛边上，在一二只飞虫的穿绕里，田妖精脸上二只眼睛亮晶晶的。他说，我没有喝醉，我说，我们还是做回同学吧。

田妖精这是要来个刹车？此刻，我觉得他主要是听了老国的故事后想要刹车。

章青说，我们不是同学吗？都不知道你说的是些什么，你不要浪费我们四个人在一起的时间，好吗？好了，我妈妈从来不在我面前提起你，懂了啵。

晚桃，厂里人一直谈论着她命中注定的婚姻，她一直保持沉默。

卷发与陶晚决斗后的第二天下午，卷发来带走了她。

卷发坐一辆类似甲壳虫的伏尔加牌小车滑过香樟树路，直达女工宿舍楼大门，有司机先下车为他开车门。卷发埋头走进晚桃的房间，帮她一一拎出箱子和棉包。陶晚在路边等着。一段缠绵的爱情，就此滑过香樟树路，绝尘而去。路边人群中的唐老师对陶晚说，去哪也比不上在一个产生了唐诗的国家好。陶晚说，晚桃带的书中有《唐诗三百首》。唐老师说，那什么叫作原产地呢？

香樟树路沉静下来，吴家岗公共汽车站也沉静下来。

上海老女人，离陶晚远远地站在路边，眼睛微红。她每天都在为调回上海工作而奋斗，她每天都在为了不辜负陶晚这个美男子而努力调回上海，她的努力就是眼睛用力的张望，直到发红。有一段时间，香樟树路上曾有传言说，她或许会有一大笔遗产可继承，日后她要报答陶晚对自己和小女儿的照顾。她曾四处讲，陶晚是一个并不会写诗也不爱读诗但天生尊重诗歌和诗人的男子，他是个平凡型的叶赛宁，一头卷发，忧郁不堪，终日琴声如泣如诉。她要回不了上海，他就要娶她，她也有海外关系，等等。

带着晚桃的伏尔加小轿车离去五分钟后，香樟树路上的人群发出啾啾声，眼光朝上海老女人聚拢。恰这时，一个女工在理发室和理发员吵架，吵架变成了赛骂。原来理发员故意把女工的长发剪乱，女工受不了啦。理发室外的上海老女人也受不了了，她压力很大。她对陶晚说，我必须回上海，现在就动身，不能等。她说不能靠信件催促来解决自己问题，要面谈面催。她一刻也不想等了，那洋娃娃一样的小女孩必须回上海去，去和她的外婆相见，哪怕是挤住在世界上最小的亭子间里。他俩快速地离开香樟树路，一阵风去请假去整行李备去准备旅途食品，一阵风去把洋娃娃一样的女孩打扮得美仑美焕，一阵风就溜出了吴家岗，即不是去乘火车也不是去坐公共汽车，好像是随风而去了。人们说陶晚请假怎么可能顺利呢？但他非送上海老女人回上海不可，即使旷工也无所谓。

陶晚的顶头上司就在人群中，他当场表态，自己没有权利批陶晚长时间的事假，但可以特事特办，自己可以找厂长请求特批一下。陶晚会不会就此不回吴家岗了呢？人们说他的理想就是做一个丁头艺人。人们说，他一直就是以一个丁头艺人的生活方式待在棉纺厂，一直在吴家岗一带流浪。

人群中有人还记得上海老女人是那么的尊崇布哈林，人们说，她带着她的布哈林走了。

人群中的章青说：那，我来喜欢布哈林吧。巫婆跟着点头。

晚桃离开了，上海老女人也急要离开，我们也快要离开了。陶晚的心被带走了，他虽然和上海老女人离去了，但我不觉得他去了上海，他的心是被晚桃带走了。我的心碎了，我站香樟树路上，心想，1979年，你也太狠了。

日本民歌《红蜻蜓》中第三段：十五岁的小姐姐，嫁到远方，别了故乡久久不能回，音信也渺茫。我在路边哼唱着这首歌中的这一段词，表达了我实时开始的对将要经香港去澳洲的晚桃的怀念。我觉得，我也应该分一二句这首日本民歌中的歌词送给上海老女人，也送给我的琴师陶晚，一个原地流浪的男人。

晚桃离去的那个傍晚，大胡子从市里溜来，他在厂图书室十分沉静地坐着，假右派夫妇陪坐。穿长袖大花裙子的财务科长像只猫溜到大胡子的身边，收起猫尾一般把一只手放在脑后，肘支桌上。大胡子开始翻书，说起了歌德的理想人类。假右派嘻嘻哈哈，说起了普西金笔下的皇村。大胡子作为医生，很有见地，说，这世上除了自己的身体，其他的都是闪动着的。财务科长不无一点讽刺地说，你是说，除了唐诗，其他的都是假的。

大胡子对假右派说，你还能背几首唐诗，不多了吧。

假右派说，当然，不多几首。

大胡子说，铁打的唐诗，流水的少年。

我和田妖精坐在一旁静听。财务科长对我们说，你们今天倒是安静。

　　大胡子对假右派说，我十六七岁的时候想做一个诗人，二十岁后想成为一个戏剧家，后来却根本没做这个尝试，结果诗人和戏剧家都没有做成。现在，中国诗人倒还是有几个，戏剧家呢，无影无踪，一个都没有，好像一个都没有过，起码1979年没有。戏剧家应该是那种以自己的方式过着于头艺人式的生活，待在一个城市，却一直在整个国家漫游流浪的人。

　　他说，一个人如果年轻时曾怀有戏剧家之梦，回首人生必然会有荒谬之感。

　　假右派对他说，你不荒谬。

　　大胡子伤心地说，我荒谬。荒谬的是，我一直觉得自己的面目还不如十七八岁那年那般成熟清晰，干净利落。

　　财务科长说，你这真的是很难很难，比我想的还要难。你完完全全就是精神层面上的一个人，不是过日子的，你不是1979年的人。

　　她起身离去，步子笨重如一只鹅，回头朝大胡子看去的眼神色里有难言的失望。她是老一点点，离过婚，但也不太老，眼角还有羞涩，身姿也婀娜。我都能感到她的失望不是一个媒婆的失望。

　　我大胆猜测说财务科长其实是自己喜欢大胡子。

　　大胡子说，没有的。不过他话头一转，说自己真的是很失败的一个人。

　　他很认真地说，我在棉纺厂失败了。我在棉纺厂喜欢上了一个人，但喜欢没用。我的失败是，我的喜欢不成立。

　　田妖精问，"究竟是什么样的失败?

　　他说，说不出来的失败。

　　我记起有次江边众人围谈，唐老师出了个上联：小女子有红有白。老国对了个下联：老男人忽软忽硬。大胡子横批：漫漫人生。

我问，＂这个失败，原因是身体上是的吗？

也算是一个半老男人的大胡子听了哈哈大笑，说，是精神上的。

他扬头掀动胡子，摆出威武状。

他说，当然，我也交了一个好朋友，是陶晚。有一种好朋友一生只需要见一次二次就可以了，都不用再往来。

他说，或许你们到我这个年龄，不会有这种失败感，或许，那时你们的失败感更重啊。

假右派伴奏一般地说，或许或许。

大胡子说，越是凄凉的故事越是真实的啊。

失败的大胡子一直在图书室呆到很晚，沉浸在他凄凉的不为我们所知的故事里，直到夜深了，图书室要关门了，他才独自走过香樟树路而去。他在路边先点燃一只香烟吸起来，大口吐烟，吸完，踏上渣土路向吴家岗公共汽车站走去。我独自远远跟随着他。我不知当我们离开吴家岗后，他是否还会常来棉纺厂？他会否经常想起在吴家岗有过的散漫的交谈？公共汽车最后一班车已经走了，他要步行回市里吗？那要经过三四个小时的步行才能到达，要行经玻璃厂后很漫长的一段黑路，两旁是荒野地而无路灯。他的一生将要怎样？他的身影是那么的有力，但命运从来和身影的力度不是一回事。我站在吴家岗公共汽车站边，看着远去的他，心里说，去吧，黑暗在你眼中什么都不是，你不必羞愧，也不荒谬。

我大声对空气说，你还去不去对江面山上挖你的中药啊？

那一刻，他的朋友假右派，一个原本模模糊糊的人，在我心里变得十分鲜明，犹如是一个忽然认出的远亲，一个可以预交的朋友。

天顶正中，正是章青最爱的一片子夜蓝，于那深远的高处，我看到难以被别人察觉的细碎的星星，正奋力朝人类涌来，大地是那么的开阔，看来是可以接收一切的。

20、长江人钓月

　　星期天上午，章妈妈要离开吴家岗，去沙洋干校访友，完整的人生里总有一位必不可少的隔段时间要去探望的朋友。这消息在生活区栋与栋之间传来传去，巫婆知道了，田妖精知道了，我知道了，木头人知道了，连我们的同学问坝也知道了。这事在香樟树路上被人说起，说章妈妈的一位最好的女同学一直在沙洋干校劳改学习，一直未婚，临调回武昌的章妈妈要去看望她。

　　章青穿着她的白色凉皮鞋下楼来，准备要送妈妈到吴家岗公共汽车站边去等长途车。准备陪章青的巫婆站在彭主任家门前的长满金银花的篱笆旁，对田妖精说，这花开得也太漂亮了，漂亮得简直叫人恨不得钻进去。我在家里腋下本就夹着一本数学书，出门也夹着它，准备请教一下章青或只是让它作个样子，我和田妖精准备逛一下吴家岗去。我们四个人在香樟树路上碰到，便一起沿土渣路先朝吴家岗走去。我们还未走出多远，章妹妹追来告诉我们说，妈妈被叫去布机车间处理一个问题，可能要晚一些时间才来。

　　一阵一阵的大风掠过吴家岗公共汽车站。在粮店门口卖狗皮膏药的外地男子大声喊卖，手在空中抓风般地挥午着，卖甘蔗的妇女埋头削下的大甘蔗皮小甘蔗皮都被风吹散去，公共汽车站边简陋的象棋摊上，二对人在互杀，旁观者帮按着棋子，有张报纸在风中猛扑，一下把一个赶牛人的脸盖住，一下又去把一个赶猪的人的脸盖住。风中从市里开来的公共汽车飞快像是与风等速，车刹停时，风声四起。那辆车上有我和田妖精涂写的《春望》。巫婆说，你看你看，你们的车来了。

车上下来的一个玻璃厂的青工认出田妖精，又看到田妖精带着二个漂亮姑娘站在一起，便很有兴致地凑拢来。说话间，那个吴家岗上有名的福建挖沟大叔凑过来了，粮店那个最能胡吹乱侃的中年男人搬出条凳让我们过去坐坐。

他们齐齐打听晚桃的故事，说她怕是被一驾客机接走直飞太平洋去了，说她要把在棉纺厂最好的姐妹也带到国外嫁人，田妖精的女朋友怕是保不住了。

田妖精笑嘻嘻地说，你们为什么不想听我讲讲棉纺厂的人在江对面山上找到一个明朝年间留下的大金库的事情呢？

啊，黄金就是炸弹，众人的耳朵一下就被掀动了。

话说初秋的一天傍晚，棉纺厂很穷的工资很低的老国约唐老师一起到江对面夜爬威虎山。有人问，"啊，江对面的山有名字了？田妖精说，暂名。老国穷到什么地步呢，他是棉纺厂一直穿着补丁衣的男人，是一直抽烟留烟屁股再包起来抽的男人，是一直夜晚走路嘴里念读唐诗的人。诗人都是最穷的人，喜欢夜晚走路念读念读的人就更穷。这个老国，一直神秘兮兮地，手上有些破纸头破书，今年以来，经常有不知从哪冒出来的一些个收购黄金的人找他，香樟树路上与他互相点个头，然后一起躲到烂泥湖边去秘谈。同时呢，市里一个长着大胡子的体面男人常来找他谈谈中国古文化，高谈阔论。那位唐老师呢，典型的一个财迷，他倒是对江对面的一种叫做醉心花的中药起了心，想多挖些到手去贩卖。一天晚上，老国和唐老师坐最后一班渡船过江，各背着一个大包。他们到了山坡上的树林边，天色已经昏暗，那边山下的轴承厂的一个中年女人悄悄地来同他们会合。三个人继续往山上爬，经过半山坡上的一个山洞，一直爬到山顶的悬岩上。那个地方风景很好，风很大。

悬岩上看下面那个轴承厂的厂房顶面是青色的，防空伪装色，轴承厂也算是个三线工厂，有军工任务，所以，为了防飞机轰炸厂房顶作了伪装。这三人在悬岩上野餐，弄了点火出来，带着收音机，弄了点声音出来，吃空的铁皮罐头盒随手扔下悬岩，又弄了点声音出来。那个轴承厂有一个在市里小名气的民兵连，厂里人警惕性都很高。当轴承厂那个看上去最老实的中年女人溜出厂区去与老国会合时，就有人盯上她了。后来总共有三个人联机跟踪，其中一个近距离监视，一个中间传话，一个负责二次接话后汇报情况到民兵连连部。这个近距离监视的人是最厉害的角色，他不断传回情况，飞快地在上上下下，说夜爬威虎山的二个男人很有可能是国民党特务，第一，走路鬼鬼祟祟，第二，到了山顶就开始发电报，第三，扔下山坡的空罐头盒是美国货，洋文，不是特务是什么呢。民兵连长一开始也没有太重视，到了后半夜，近距离监视的人传回的消息是他们三人溜进树林不见了。再后来，那个中年女人独自返回，鬼鬼祟祟。厂里的民兵连长下命令，抓女人。审问时，女人一句真话都没有，先说老国和唐老师是专门来山上看风景吟诗的，这鬼都不相信，鬼会相信这个，小学生都不会相信。再审，这个老国有历史问题，民兵连长来劲了，加大审讯力度，把女人捆起来审。女人又说老国可能是来找醉心花的。这个醉心花，传说中只生长在三峡的悬岩上，还非要是一个真正喝醉了老汉才能找到。民兵连长大怒，不招，把她吊起来。女人吓得半死，听审问的人说老国是特务，带着有炸药上山，痛哭起来。审了半天，没问出什么有价值的线索，民兵连长亲自审问，"他一拍桌子把桌子拍垮了。女人这才想起，老国手上有本画着密密麻麻的路呀、箭头呀的笔记本，终于，女人想起来老国说过山上有黄金。民兵连长一听大喜，看来不仅可以抓到特务，还可以搜到特务藏在山上的黄金，这下事情大了，好玩。

民兵连长集合队伍，大家宣誓，保卫国家保卫人民，还有人火线申请入党。凌晨，队伍开上了山，包围了悬岩边的树林，在树林边，他们又听到了收音机的声音，一听就是特务在发电报。民兵连长很有经验，认为可能还有潜伏的特务正在赶来的路上，命令围而不歼。果然，天蒙蒙亮，第一班渡船上下来一个满脸长着胡子的体面家伙，这个家伙果然一路朝悬岩边鬼鬼祟祟走来，当大胡子进了树林，民兵连长还按兵不动。一直等到被包围的三个人摸进那个山洞时，民兵连长才高喊，同志们，冲啊。那冲锋号一响，队伍四面八方合围。唐老师最慌，跑得最快，最后从山的背后滑溜下山，滑了有个上千米吧，刚滑停，他看自己还活着，心里还有点自豪，刚自豪了一秒钟，就被守在那里的民兵给抓住了。

三个人被带到轴承厂审问，"老国理直气壮地说我们是来一起欣赏唐诗的。唐老师说可以打电话到棉纺厂证明。大胡子说，我主要是看看有没有中药可挖，顺便想挖点假山石。接后搜身，一搜就搜出了老国的笔记本，我的妈呀，上面记着这样的一些句子：

古诗人还在漫游途中。

中国一直在等一个消息。

唐诗如酒，少年长饮，中年深醉，晚年酒醒。

女人如梦，青春深藏，时有仰慕名山出世之心。

天下是唐诗的天下。

天下还是唐诗的天下。

民兵连长生气了，大骂老国长着一个旧脑袋旧脸，越看越像特务。

笔记本上还有：

唐诗经历过数次改朝换代、经历抗日和国内战争、经历过文革、含有了更多的人间温情、忠孝仁义，更慷慨激昂、沉郁深邃，更超然物外、甜美甘醇。

　　唐诗是中国人的底气，是先人千年前投送来的关怀，是宝贝。

还有：
　　古诗人在你心中游行和静坐，有时示爱、有时示威。
　　古诗人在中国大地游行和静坐，有时示爱、有时示威。
　　潦倒的人们，你们还有家国情怀吗？
　　民兵连长大怒，拍桌，拍了个空，自己差点摔倒，大喝二声，迂腐！捆起来！

　　故事讲到这里，田妖精空拍桌子的动作太猛，从凳子上摔下，众人大笑。
　　故事里的大胡子连忙说，不要，不要，你看他们星期六过江，我星期天过来，我们就是来找宝贝的。
　　审问的人在老国的笔记本又翻出一句：裸露的金矿。
　　民兵连长抓住老国的衣领喝问，＂快说出黄金藏哪里了。
　　老国听了也急了，拿过笔记本翻看。
　　他说，我说的是，唐诗是我们国家的裸露的金矿，大家随便开采。
　　民兵连长更生气了，命令把老国捆了。他的手下看了看他，又看看老国，有点迟疑。民兵连长说，你玩弄我们厂姓黄的妇女，捆。

老国说，她不过是对一个失意的人有些同情而已。

民兵连长说，你把我们厂最老实的女人变成同情你的不老实的女人了。

老国不想辩解了，说，那就赶快捆我吧。

故事讲完了，众说纷纭。有人责怪田妖精把一个本来蛮好听的黄金故事讲成了一个多情女子钟情失意男子的老套故事。

巫婆说一点也想不起来老国有这么个故事。

章青赞许地点头说，田妖精编故事的水平有提高，和以前在课堂上模仿唐老师讲话有异曲同工之妙。纷纷攘攘中，她背过身去，朝烂泥湖大片的茅草凝望，眼露喜色。

等章妹妹陪着章妈妈来到吴家岗时，黄金故事被众人翻问了个底朝天。等去往沙洋干校的长途车来到吴家岗公共汽车站旁停下时，章妈妈抬手看手表，说今天坐这班车去沙洋可能已经没办法再坐当天的返程车了，只能明天早上回来了。一想到章妈妈会离开一个夜晚，我下意识地看看田妖精，田妖精似也有所惊动，脸色收紧，耳朵收紧，不再理会听故事的人们的追问。章青脸上似有旁人不易察觉的微笑浮现，微风吹动她的头发，她风中的头发翻动得很是复杂，右左摇晃加上下滚卷。

有那么一会儿，空气悄悄地紧张了一下，树上落叶都不往我们的头上飘，偏要九十度拐弯飘开再落下。

妈妈在，就是一堵墙，妈妈远离之时，就是各种念头放纵之时吧。

章妈妈突然问章青想不想和自己一起去沙洋干校？

章青对妈妈甜笑，说当然想一起去，说完扭头看田妖精，田妖精也正在看她，他眼睛眯眯眯地恨不得放出些粘合剂把她给粘住。

章妈妈对巫婆说，那请你今晚上来我家陪妹妹吧，我带毛毛去。

那天傍晚，从木材场通向江边的路上常有的栀子花香忽然消失，我对闷闷不乐的田妖精说，哎呀，今天的空气不是很好，栀子花的香味都闻不到了。

　　田妖精说，不，我闻得到呀，不过很淡，好像都朝一个方向飘走了。

　　他边走边用鼻子收收收，收着收着，天边一队大雁出现，天边火烧云燃起，蝙蝠从中学教学楼的屋檐下滑出，厂生活区的燕子冲向田野，荷叶的香味从烂泥湖那边挤了过来，吊在路边树枝上的一枝南瓜秧上的花苞砰地一下涨开，一只金甲虫嗡嗡地绕我头顶盘旋不去，它被一根绳头在田妖精手上的绳子系着了一样。他的脸上浮出微笑，跨上江堤后，随手拾起一片石头朝秋汛水满水面涨到堤下仅一米远的长江打个水漂，那石片旋了有几十个跳。

　　我们的唐老师和老国在江边讲古。老国已经听过从吴家岗传来香樟树路的自己在江对面被抓捕的故事。故事到了香樟树路上已经有些变形，说江对面轴承厂的那个中年女工就是一个真正的女特务，说笔记本上记满了唐诗，一涂显影剂，藏金图就显出来了，说当年的国民党军队在江对面深山里藏了一大批黄金，所谓战败者必然藏金于野，所以，多年潜藏的特务老国被公安机关正式逮捕了。即使老国就在香樟树路上走来走去，人们也都无视他故事外的存在，说他被捆了个五花大绑，说他老婆伤心痛哭，泪湿香樟树路。老国仔细打量田妖精，对自己二女儿的同学转眼间长得人高马大很是赞赏。老国深深地长喝了一口江风，对田妖精说，你的初衷是好的。唐老师则对自己滑下高山一说很是满意，既然能从高山上顺草坡下滑，那和长风破浪一样威风啊。能如此威风，能不能分到房子算得了什么？能不能继续做个中学老师算得了什么？

人们说，有人在厂食堂门口讲自己，和自己的名字出现在厂广播里是一样的。有人在吴家岗讲自己，和自己的名字出现在市电台是一样的，如果有人在北京天安门广场讲自己，那和中央电台广播自己是一样的啊。

老国指着满荡荡的江水，指着江面上漫卷的清风，指着飞杆钓鱼的人，指着天空燃遍的火烧云，来了一句贾岛的诗：长江人钓月，旷野火烧风。

唐老师随风附合，来了一首韩愈的诗：孟郊死葬北邙山，日月星辰顿觉闲。天恐文章中断绝，再生贾岛在人间。

老国侧影挺在天边红彤彤的火烧云前，风吹柔光如涕下，他苍老纯净，心无所思，生无所恋。

假右派走过来了，老国和唐老师双双笑迎，毕竟假右派姓贾，贾岛传人呀。

田妖精侧身半躺在江堤上，眼睛眯成杏仁形状，放在草丛中的手指逗弄着一只恍惚慵懒的硕大的青蚱蜢，伸进江水的脚趾撩拨着水波上的浮叶。

木材场边露天电影放映场，第一场电影和第二场电影之间，进场出场的人交换着，男女老少的呼唤声轰成一片，其中有巫婆呼唤章青的声音。这声音一下被田妖精捕捉住了，他从江堤坡下草地上翻跳起来，脚趾上的江水珠珠飞上我的脸。

原来章青和章妈妈当晚就从沙洋干校赶回来了，赶回来的原因只能是章青舍不得田妖精啊，只能是章青想有和田妖精的散步，只能是章青想在回武昌前和田妖精来一次她所说的那种野合。田妖精翻江倒海似地冲进放映场，刹停脚步，跟跑的我像身在他的车上一样，被他的急刹车给摔倒了。他张目四望，竟不可得，蓦听到身后一声嘻笑，章青说，你们像个鬼一样的。她的脸被银幕上的微微反光映照出一些金粉色和一些紫红色，她对着田妖精欢笑，也对着我欢笑。

章青一只手在脸边扇着风，把身上散发出的淡淡的汗香味扇进我的鼻子里，她应该是从吴家岗下了长途车后走了大段的快步。

田妖精傻问，"你回来了？

章青笑而不答。

巫婆说，哎呀，好热，好想跳进江里去。

想必章青找到巫婆后，又一起快步来找我们。

田妖精说，我们去看驴子现在在烂泥湖哪个位置上吧。

巫婆忽地惊跳起来，喜滋滋地朝一个地方盯着，原来彭主任来了，大忙人出现在露天电影场，不止巫婆一个人盯着他看，也不止巫婆一个人扭扭扭地迎上去。彭主任来找自己车间的副主任商量事情，二人低头相咬耳朵。彭主任只来得及匆匆朝巫婆挑眼一笑，就又往跑厂区跑去，刚跑一步，他看见田妖精和章青，停步，眼光如是雕刀一般朝二人细刻细描一番，琢磨和捉摸。此时，银幕上正是一段男欢女笑的场面，音乐声跳跳荡荡。后，巫婆跟着彭主任也朝厂区跑去。

放映场的正面是一大片坐在椅凳上看电影的人，两边和后面的人们挤站着观看，一群混杂着各厂子弟的男生女生围边移动着，互相逗撩，打情骂俏。1978年的露天电影场边尚还单调，1979年的露天电影场边已经成了少男女谈情说爱的场所，特别是1979年初秋的露天电影场边已经是骚动得不得了了。反而是年龄大一些的一群早早返校报到的卫校女生们正经认真地看电影，不容不理男青年的挑逗。

巫婆一跑开，正好有个一直很在意我的玻璃厂的女生拉了我一把，我也半真半假地窜进混杂着各厂男生女生的人群里。回头一看，田妖精和章青已经不见人影。那个拉我的玻璃厂女生似乎是因为我的加入而很快被一个男生特意约走到木材场旁边菜地的瓜架下去了。一个玻璃厂的男生推给我另一个玻璃厂的女生，说，你带她去玩玩吧，她好多天没人碰了，下面好大一包水呢。这女生够骚，走近一步等我挽她的手臂。我假装无所谓，心里则慌死了，手软脚软全身软。我想起我已触摸过的田姐的身体，心里自己对自己半真半假地强调这女生太丑，随后便之呼者也地晃开去。我在这群男生女生中晃着晃着，身板慢慢又硬实了一些，下面骚骚甜甜地硬了起来，人也很舒服了。

月亮飘出云海，丘岗上的星星爆炸着，一溜溜的清风在高空中穿梭，或快或飞快，像巨大透明的泥鳅。

那是棉纺厂一个几乎所有人都不在房间里的秋夜，丘岗上下，集体约会似的，人们游走着。江边堤上堤下，人们或站或坐，香樟树路上走满打开水的人，地下满是水滴的印痕。我独自一人，碰到了彭主任的已接受男人离婚再婚计划而满脸平静的老婆，碰到了并排走着手挨在一起而不牵着的乒乓球国手许老师夫妇，碰到了和一群老婆的乡下亲戚缓慢移动着的假右派夫妇。我看到了老国老婆及三个女儿和唐老师老婆及三个孩子合伙路边买甘蔗吃，他们一群人又咬又啃，渣子下得很慢。我碰到了花蝴蝶和她的新确定的玻璃厂技师男友沿香樟树路大啃西瓜，碰到了陶晚送上海老女人去上海后落单的二胖，他的孤单是那么的显眼，路上人们纷纷扭头朝他望着，他偏要站在一杆路灯下，沉默不语。财务科长的独行也是那么的显眼，她那和她一起露面过的玻璃厂中年小号手不见踪影，她偏偏要站在和二胖相邻的一杆路灯下东张西望。我的妹妹和巫婆的妹妹勾肩搭背走来走去，巫婆的妹妹碰到我，笑得开花了一样，腮帮子都要笑脱了。古家三兄弟并排走，脸上都有一副三兄弟中必有一人上清华的自信。而在楼栋之间的小路上，一时尽是跳橡皮筋的八九十岁的小姑娘们，她们疯跳欢语，眼神精美，蓦然从我心底把我那些将要搬家回武昌去的优越感或者说幸福感抹去了。

我碰到了周公双和吴爸爸，他们二人从江边走向丘岗坡下，又从丘岗坡下走到灯光球场，最后在香樟树路上走不动了，与之交谈的人围成了圈，话题内容是厂里改善职工生活的建楼计划。吴爸爸，一个一直热爱诗歌的人，脸上满是羞愧之情，一再说厂里效益一直很好，早就应该花钱建新楼给大家了。

我看着丘岗上空轻微跳动着的一颗星星，我想我是碰到了吴起。吴起，他被时间枪毙，或者说是被时间囚禁终生，被1979年囚禁了，被一颗星星囚禁了。我独自漫步，我宁愿吴起被终生流放、监禁在新疆，或者哪怕是在青岛度过沉沦落泊的一生。吴起，我想要你的回信，我和你一起过最穷困潦倒的如是贾岛所过的一生，我们也不需要身后名声。或者，我们就过印度电影《流浪者》中主角拉兹的一生，但并不需要美女的垂青和出人头地的一天。我发现，这会，田妖精和章青越是快乐，我就越是忍不住要在心里把自己将来的日子描述得悲惨一些。我觉得，我也弄不明白吴起的死亡究竟是怎么回事。我想，我是不是像章青所说的那样其实是个趋炎附势的人呢？

我碰到高我们一个年级的玩过最多女朋友的张戴维带着一个新女朋友，和张英木头人在路上一同徘徊，问坝加入了他们的队伍，但问坝强调自己是因为复习功课太累才出来走走。

今夜棉纺厂多情而凌乱，使人惆怅。

香樟树路上忽出现一种突如其来的凌乱，有西红柿在地上被踩烂，有已煮熟的剥了壳的鸡蛋地上被踢滚，有开水瓶爆碎的声音响起，人群中有伤心的叹息，有人的自言自语中全是脏话。接着，全吴家岗停电了，香樟树路上哄声四起，然后人撞翻人，树撞翻人，露天电影场那边人影如浪。紧接着电又来了，人们又怨声四起，骂骂咧咧。

我走到吴家岗公共汽车站，碰见一个陌生的老头在路灯下对一个陌生的年轻人讲苦命美人张颖的故事，他吐字清晰，近旁烂泥湖里的蛤蟆声轰响着为之伴奏。老头讲着讲着，年轻人听出重复的情节，便伸伸腰，走开了。没有人听了，老头仍讲得起劲，声音巨大，反过来给蛤蟆们伴奏。我赶快走过去接着听。老头讲着讲着，语音渐苍凉些，最后剧烈咳嗽，喉咙里发出溥玻璃破碎般的声音。

夜色里，我看见章妈妈带着章青和章妹妹走到省道边上，在修直的道边树下，她们三人的身影不动了，她们站在一起看张颖与飞行员曾长久散步过的省道，夜景里的省道幽深静美，远远有车开过来，车上车灯如豆。

我马上跑动起来去找田妖精，像一只布机车间的梭子飞快穿梭而去。

田妖精和章青离开露天电影放映场后直接去了烂泥湖边，二人或一前一后，或挤挤挨挨，手一直碰着手走着，说好是要找驴子的，也真一直在找那头驴子，心里却一直没有想找到驴子。烂泥湖相对人少，湖中间地带人更少，有大堆丛丛迭迭发出干燥草香的茅草，他们正要往一排排房子一样的茅草丛中走去时，碰到了一个青工，一个对动物有心的人，说那头驴子恰恰就是今天，被原主人牵走了。一丝犹豫中，田妖精和章青随那青工走出烂泥湖，刚走在湖边，碰见章妈妈和章妹妹在丘岗下散步，章妹妹一声呼唤，章青快步跟过去，手在身后快快地朝田妖精挥动，就此结束了田妖精在那次省道暴风雨之夜后的和章青的第二次真正意义上的单独相处。

我在烂泥湖中最密集的茅草丛中找到了独坐在一块石头上的田妖精，这正是我送田姐回武昌后的那天晚上独自呆过的地方。我的眼光如是雕刀一样在他的脸上细描细刻，琢磨和捉摸他，他的眼光也如是雕刀一样在我脸上细描细刻，琢磨和捉摸我。

他对我说，只碰了碰手，但很知足了。

但他坐不安宁，彷佛座下的石头是他自己作为一个妖精变出的。

我骗他说，水边一只大乌龟想爬上岸，他起身要去捉却又收步坐下，但我已一眼扫见了他跨下那架得很高的宝贝，他站起身时用手扶住身上所佩宝剑之柄一样扶着他的宝贝。

几阵清风徐缓饱满，拥抱着而来，其味道多种多样，其中有我们熟知的栀子花香，有水中鲤鱼身上略带点甜的腥味，有柳树折枝时的树汁味，有手扶拖拉机发动时喷出的柴油味，有干猪粪味，有茅草被连根拨起时的草泥均混的味道，有长江江面上的水花那凉凉酸酸的味道，有太阳下黄色岩石发出的干灰味儿，有铁块的深远细微的辛辣味道，有女生后颈散发出的淡淡的肥皂味，有月光那种爽利清脆的味道，有一股使劲嗅可以嗅出的苹果和桔子的混合味。

我很知心地对田妖精说，狠狠地硬过一次后，会好很多。

他硬得就快飞上天了，用力坐着，手一直扶在宝贝上。

我躲开去。我也静静地沸腾着，整个烂泥湖也静静地沸腾着，天空也静静地沸腾着。

硬，是那种骚骚甜甜的硬，骚骚的硬，甜甜的硬，黄金般的硬。

21、客船

　　假右派将调回武昌某个事业机关的消息一直和黄家诚爸爸将返回省城重任厅官的传言交织在一起，或者说是他一直把二件事交织在一起。他在田家讲他自己调回武昌的曲折过程时，不断加讲黄爸爸更为曲折的回调过程，他那在空中快速平滑摆弄的手，很像布机车间的棱子。黄爸爸年轻时风流倜傥，琴棋书画，诗酒文章，出身恶霸地主，幸而曾是大学里的地下党，不幸的是又在反右时落错，文革时被按上特务嫌疑，个人问题错踪复杂，直到现在才落清。他如今官复旧职，传说马上就会有较大上升，春风得意马蹄疾。香樟树路上忽又传出他曾经的顶头上司在北京获委重任的已上了报纸的消息，传出他放弃乘船回武昌的计划，改乘船搬家为自己乘飞机带家属去北京，家具由厂里派专车送武昌。消息一出来，黄家人马上就从吴家岗消失了。几年来，黄高干爸爸将官复原职或高升调回武昌一事，使他一家人的面容从欣喜到不安到烦躁到最后的高傲，堪称反反复复播放的一段露天电影，尾声则好像气球爆炸一样忽然成空，假右派连一个欢送握手的机会都没有捞到。虽然假右派和黄家人早就互留了武昌的联系电话和地址，但黄高干同志一闪而去，让假右派很没面子，厂食堂门前有人笑话假右派说，他老兄应该早点包架飞机就好了。

　　由此，走在香樟树路上的假右派，手垂得很低，二件事交织不到一起了，那本该在空中棱子般飞动的双手飞不起来，更令他郁闷的是，武昌来消息说接收他的机关原拟定会给他的副科长职位看来并不确定，或有人捷足先登。走路回家的假右派，门前停步忧思，满脸阴云。老婆开门后，他大声咳嗽一下，大声说，今年是个秋老虎天气，还是坐船回武昌凉快啊。他一天回家几次，老是恍惚地重复说这个秋老虎，老婆十分温柔，轻轻开门关门，不让门发出一点点声音。

这样，包舱运家具的规模调小了些。章妈妈说还要再调小才行，因为她虽然已办好调令等手续，但厂里还有个重大的技术攻关需要她，她最少得推迟二个月回武昌，她已经向厂长立下军令状。她答应章青的要求，愿意让大女儿乘计划中的客船先回，先搬一半家具吧。

假右派要求田家全体乘坐客船，田妈妈抱歉，说田姐早已先走一步，本来她本人也想先回，是放不下儿子田妖精啊，才跟着他乘船。

假右派呵呵呵，说，你家儿子热闹，一人顶二人，田爸爸也是热闹人，也是一人顶二人。那船票又调少一张吧。

我家由我和妈妈随船。妈妈不喜欢露面，厂里开大会开小会看不到她，假右派来我家也看不到她。假右派说，衣民，你是大人了，船上有酒喝的啊。

田妖精细细一想，订好的回武昌的长江二十三号轮，白白方方的，正是他们家搬家来宜昌时乘坐的那一艘。当年他们全家从船码头到达吴家岗时，大风横扫，如有妖怪降临。巫婆家到达吴家岗之夜，月明如镜，恍若巫境，算来，巫婆家留在吴家岗也是定数。章青记不住当时是乘坐哪一艘船来，只记得是一天深夜到达，江流磅礴，大雨如注。我家当年乘船从武昌搬家来时，大雪纷飞之夜，我昏昏沉沉，发烧。当年，假右派一个人独自拎个包，扛个箱子从沙洋干校乘坐长途班车到吴家岗下车，高一脚低一脚走烂泥路走到棉纺厂食堂门口，当时谁也不认识他，但一大堆人抢着帮他扛箱子。

　　说来说去，准备来准备去的搬家开始了。从楼上到楼下，从地上到车上，从车上到地上，从地上到船上，过程中或可通过各家的东西判断出一个家庭的基本情况。田家的花花绿绿的衣服最多，章家搬一半家具，基本是专业书，特别是章爸爸的化工方面的专业书，假右派家引人侧目的是一整套新家具和清一色的大红棉被。假右派婚前请木匠在自家楼下的空地开锯来自鄂西老山区的原木，然后按最新款式打造床柜桌椅，最特别的是做了一个专门的梳妆台，样式精巧，全厂唯一，人人都因此而评说，生活是真的开始改变了，又有资产阶级了。梳妆台上的玻璃镜是竖鸭蛋形，每天照着假右派老婆那漂亮动人的鸭蛋形的脸。在地上到船上的搬运中，梳妆台的玻璃镜被挤破挤碎，兆头不好。假右派呵呵呵安慰老婆说，这算什么，回武昌后，有人说好要送我一件红木的梳妆台，抽屉锁是全铜的，是古董家具，很值钱的啊。

　　1979年夏秋，搬家是一件全国性的大事，每天都可看见有搬家的卡车满载桌椅床柜锅碗盆勺纸头布片画框衣架废铜烂铁穿过吴家岗，或是从市区朝东边远方的城市开去，或是从省道朝市里开去，或是从棉纺厂开出，或是开进棉纺厂。大概划分一下，七五年前是不断有人从外地搬家来吴家岗，然后是七七年开始有人搬家回原所在地。

　　一次搬家类似一次婚礼，一次婚礼类似一次搬家，除了春节，把人能聚在一起的正是搬家和婚礼。大家热热闹闹一起动手搬家，然后吃顿饭或不吃饭只吃棒冰，回忆往事祝福将来，讲个故事或笑话，搬走的人把一些旧东西送出，帮着搬家的人送一些纪念性的纸笔类的小礼。唐老师专门给一个评价说，想想，搬家的意义不差过婚礼，你看，唐诗里最主的内容不就是送别吗。他看到他的三个学生家的书柜里要么没有唐诗，要么是很破旧的小本本，非常遗憾，他一家送一本新版的《唐诗三百首》。他全程跟进搬家，主要就是帮拿着他送的三本唐诗。

　　木头人家是从广西过来的，太偏远，老家不比湖北好，所以不存在搬回的问题了。他格外乐意帮同学搬家，他是个家懒外勤的男生，他妈妈说他在家不沾抹布和扫帚，不洗衣晒衣不移动哪怕一盒清凉油。他给我们的送别礼就是他已经长出来的满身的力气，他搬了我家搬田家，搬田家搬章家，最后，他大发神威，独扛假右派家的双门衣柜上船，中途不作休息停顿，一口气扛进客船的底舱。他喜欢客船的底舱，专门从货舱一侧跑到同层的散客舱找地方睡一下。他睡意深浓，船开时留在了船上，后幸好抽了一支假右派递给的好烟才清醒。夕阳西落时分，客船启航约四十多分钟后行经吴家岗江段，木头人从三层甲板上一个燕式起跳跳入长江。船员惊动了，特别有二个船员恨得牙痒痒，一老胖一少瘦，甲板上咚咚地重步走，把二层甲板唯一能通往三层甲板的左侧楼梯道的门锁上，对着江中畅游的木头人破口大骂，说要把他抓回船上吊起来。在二层甲板上的热情万丈的田妖精也想跳水，幸好田爸爸田妈妈把他拉住了。田妈妈说，还好，还好，章青站在这里，你不能胡闹啊。

　　田爸爸嘲讽田妖精说，二个夜晚一个白天的航程，不要说照章妈妈说的那样你照护好章青，你能照护好自己就烧高香了。

　　二个夜晚一个白天，这美妙的时间叫田妖精一上船就开始有些发愣，走动时动作机械化，眼光片断化，口语简化，当然，他的这三变化只有我看得清楚。从最后确定船期，这二个夜晚一个白天的航程，只要被提起，田妖精都要发愣，只要田妖精发愣，我都要发笑。这是他和章青在一起而章妈妈不在的时候，一上船我就专门在章青面前对田妖精发笑。

站在二层甲板上的章青身着长裙，迎风微笑。起码有二三个也身着长裙的女船客有意无意地走到她身边要和她比一下美，当然都是还未走近就走开了那种。

木头人跳江后，那一老胖一少瘦的二个船员或远或近地盯着田妖精，准备随时过来抓住他骂一顿。越是有人想要来抓，田妖精越是来劲，他一会儿做个跳水前的伸腰动作，一会儿来个目测入水距离的表情，一会儿把脚上凉鞋脱下，把一老一少二个船员弄得又凶又喜，挤站到了他的身边，手都悬在船栏上了，轻轻颤抖着准备抓。

这二个船员高声说：呵，这一船人好像全是些臭知识分子，这一船人很骚呀，特别是在宜昌上船的人很骚呀！

吴家岗岸边，张英在等她的木头人游回。唐老师一家粗细高矮的人儿在微笑，人形轻晃即微笑也。向工带着他的巧巧队伍在招手。老国夫妻二人在江边走动，和着厂里广播的音乐踏歌而行。巫婆有情有义，站在江边南瓜地里最大的几枝南瓜花边向我们招手，巫妹妹在她身边跳动不已，留下陪妈妈的章妹妹和巫婆及巫妹妹一起挥手，三只手摆动得很是整齐。前乒乓国手和许老师衣服干净鲜亮，站在江堤上的椿树下。大胡子的身影忽然跃现江堤，边眺望边与人攀谈。假右派离厂前一天在棉纺厂食堂摆了几桌酒请客，大胡子是座上客，与章妈妈邻座，神情清爽。搬家当天，假右派又在市里摆了一桌中午酒请客，在市里摆的那桌酒席上也有请大胡子，大胡子喝了个烂醉，醉中说，忘不了吴家岗，忘不了了。

甲板上，假右派对老婆说，我已经请人今年无论如何要帮大胡子搞到个老婆，他说无论如何要在武昌给我介绍个局级领导认识好以后帮帮我。哎哟，他这个老婆很难搞到呀，他这个好心也只是个好心啊。

由于秋讯，江水高，临江溪入江洞口几乎被淹平，没有落差，没有流水砸入长江的美，只有清流一股，这清流一股向客船摇摇摆摆，触摸而来。由于秋讯水大，客船并未在江中心顺流下行，而是偏近北岸，近到船身可以沾到临江溪冲出的清流。沿江堤生长的椿树，粗粝歪斜，纯纯的一幅木刻画画面。椿树上有鸟飞出，冲来要攻击客船般伸出长啄。大胡子的身影又跃现在椿树下，独自一人踏步水边，假右派对老婆说，可能我们把吴家岗忘了，他还忘不了吴家岗。

章青唇线柔美，耳轮秀丽，她的长裙，被风时而吹乱时而又吹平整，她的裙袖较长，她的双手像一对小白兔在空中朝吴家岗翻滚。

田妖精赞叹：吴家岗，你是一个日子过得很舒服的地方啊，有武昌人说话，有人读唐诗，有人心里时时念着你，你过得也很舒服呀。

我大喊一声：木头人，再见。我看见他听到了，在离岸边三米处停止游动，脚落淤泥，露出双肩，点点头，再回头挥手。

岸上一位三十多岁的女车间副主任走动着，她已经确定要调回南京，单身在吴家岗的她身体不是太好。她忽然跑动起来朝客船招手，田妈妈看田爸爸一眼，再看一眼，看田爸爸也抬手回礼，她就大声说，要是我们不调回武昌，我的家庭就不保了。田妖精皱眉，吞一口苦药般。

丘岗上那二棵银杏树尚无一点点黄色，但仍可一眼看到它俩，那大片的松树林像卷发压在丘岗上，夕阳打光，丘岗上的茅草坡透出干草特有的美色。我不住地想，为什么我觉得吴家岗的丘岗那么美，为什么呢？全是因为棉纺厂建厂以来有很多人很多人夜幕下或光天化日里曾在那里野合，全是因为有很多人很多人心里一直期待着夜幕下或光天化日里在那里野合。

我看到，吴家岗移动着，各色景物群羊慢行离去一般。我心里沸腾着，能感到客船的螺旋桨在江水下面有力地转动着。我紧紧抓住栏杆，手上青筋暴起，似也要制止自己跳水入江。

田妖精说，吴家岗完全独立于武昌城和宜昌城，从地理上来说，它像是武昌的一个区，从历史上来说，武昌倒像是它的一个区，因为远古时，它肯定比武昌更早有人烟。

这艘从重庆开来的客船离开码头好一会儿后，船客们游走在甲板上，开始互相询问一下对方来去何方。

我和田妖精作答时一概说，我们回武昌省。

章青迎风，让风细吹她的眼睫毛，她舒服得一声不吭。

一位重庆钢厂的高中生今年考上了上海交大，全家人欢乐同行，我们近傍一听，听出其爸爸还是一位调任南京的高官，所谓双喜临门。一群钢厂人中也有搬家回南京的，好像也有专程陪行的。这群人以此父子二人为中心围圈慢慢在甲板上移动或站定，他们倾听着父子的对话并偶尔插话以垫衬话题使之如行云流水。原来他们也是早早订船邀约同行，令人羡慕的是他们的中心人物没有更改行程，他们的中心人物爱唐诗爱到必须千里江陵一日还。这群人时而走过我们身边，时而我们穿过这群人中间。假右派与他们交谈，得知其中心人物与棉纺厂的黄高干黄爸爸互知大名还有过交往，再一聊，原本黄高干所订的头等舱正好与之相邻。假右派很有分寸，并不攀随，但暗自叹息。这群下放重庆钢厂已经十年的南京人竟然由八家人和陪行人员组成，远胜吴家岗棉纺厂一群人。当船行至四野一马平川的地段时，晚霞烧到最红最后一点点，江风飘的最为温凉亲切，他们全体都从客舱里游走上了甲板。那父子二人腰板挺得格外直，手指朝岸边轻轻一点必定是整整齐齐地一阵脑袋随之转动。

陪行中一人高声说，中国人没有唐诗，没有办法行船走路。

父子二人皆以为然，摇头晃脑。

这群人中站在外围的二个高一男生发现了章青，她正在风中梳理她的眼睫毛，沉浸在自己的微笑里。二个高一男生向我和田妖精善意打听刚上船的章青是哪里人，一再声明感觉这个女生就是那种学习最好又最开朗大方的女生。他们说，湖北姑娘和四川妹真的是二个人种哟。

客船随长江千回百转，漫漫水天宽阔辽远。

二个高一男生很热心地说，上海电影制片厂的人到过他们钢厂，长春电影制片厂的人也到过，来拍电影的所谓有名的女演员，近看普通得很，比不上重庆妹和湖北姑娘。一阵从荆州平原吹来的大风漫天而来，他们吼着说，电影里的女演员比不上我们船上的姑娘。

一阵大风中的章青头发疯飞，裙子疯飞，眼光欢而沉静。她缓慢移动着，大风以客船为目标吹着，其中一股风以她为目标吹着。

在二层甲板船尾空旷处，那父子二人对荆楚文化热情评点，又喜论天下大事，又特别强调民族和解，重点讲楚国的地理分界。假右派拉上我和田妖精近听，说这个领导修养很高。田妖精喜欢地理话题，他不时问上一二句话，使话题更加流畅使自己听得更加舒服。谈着谈着，二父子把田妖精当成了一个主要听众，后又直接把话题简化到自问自答，涛涛不绝地讲了下去。那父亲说，为什么清朝被推翻时没有发生大流血？为什么我们现在对满族人没有什么仇恨？汉人积下的仇恨还少吗？因为汉人辛亥革命彻底打败了满人，且又算是进步的革命，可以不流血。那为什么中国人特别恨日本人？没别的，还没真正地打败过它，彻底打败日本后就不会恨它了。你看我们恨越南人吗？谈不上太恨吧。这是人性啊。

正如假右派曾说过的一样，领导一般讲完重点就要退场了，其后二父子中做父亲的先回他的头等舱去了。

客船随弯曲的长江转向，江面和夜空一时风停浪微。

离得较远的章青远观那父子二人的高论，她看田妖精时，嘴角会动了一下。

一个胖美的重庆妈妈发欢，风中颤抖，像一个锦绣的大水袋摇晃着在甲板上跑跳蹲躲，灿烂欢笑，和自己二个半大的儿子玩抓猫猫。这胖美的重庆妈妈先是专门紧围章青打转转，后是紧围着假右派老婆打转转，三个女人不时互相细打量一下对方的花衣服，眼风溜溜。田爸爸远远地看着重庆妈妈，眼风溜溜，不一会儿，他与胖美的重庆妈妈扶船栏交谈起来。经田爸爸的介绍，重庆妈妈一一看向自己的儿子和吴家岗来的少男女们，高声赞叹说，文革动乱了这么多年，以前又战争了这么多年，现在看到这么多壮实柔美的男生女生，眼神都很清纯，我说，人类真是太了不起了。田爸爸巧妙接过话题，说你看上去也很欢心，不曾有过什么大烦恼吧。重庆妈妈说，怎么可能没有烦恼哟，说九死一生都不多哟。田爸爸说，你不过三十多点岁嘛。重庆妈妈说，唡个哟，四十多了。二人谈了很长时间才分开。后，我和田妖精听见胖美的重庆妈妈对自己的儿子介绍说，哈，他说他是武昌人，他笑话说他们武昌人都是手没力，腿没力，就是嘴巴有力。二个半大的儿子听了扭眉挤眼，哈哈大笑，我们也笑。田妈妈恰好走过来看到此刻情景，不笑，论武昌人的嘴有力是她天天对田爸爸说的话，她非常敏锐地感到了空中的一丝暖昧，拧眉搜找。

我妈妈平常不爱人前露面，厂里人都说她是晕人。她原说晕车不晕船，但上船就晕船了，田妈妈说她还是晕人啊。

假右派老婆，是船上二十五岁左右年龄段中最漂亮的女人，她对陌生的船客介绍说自己是乘凉爽日期专门坐江船度婚假的。假右派对老婆的这一说法很是意外，先是频频点头后是大加配合，说重庆武汉南京上海是四大火炉城市，吴家岗棉纺厂也是一大火炉厂。在船上，假右派老婆喜欢一块布料似地喜欢脚下光滑平硬的铁甲板，她在上面不是走动，而是不住地用脚抚摸。不时有重庆男停步看她，快步追她，左右步缠她。她为了显真情，时时与假右派手把手，还互伸手腰间搂一下。但就即便如此，只要她的走动脱单一小会儿，她就和棉纺厂香樟树路上的花蝴蝶一样招蜂引蝶，引来贼溜溜的眼光。那二个一老胖一少瘦船员中的少瘦者，因被她的一个温和的眼色勾起了心意，隔不一会儿就要跑来看她。田妖精有意和假右派老婆挤站着耳语，还朝那少瘦船员丢一个嘲讽的眼色，害少瘦船员急死了，急得快步溜开，脚下如有滑轮。我和田妖精笑翻，笑翻的我们使这少瘦船员猛停步，回头吐痰一样朝我们甩来凶狠的眼光。

假右派老婆，在船上喜欢和章青手把手，说厂里人曾经说自己和张颖有些相像，可自己都没见过张颖。她说，你看呢，你看呢。章青说，哎呀，头发很像，眼角很像。假右派老婆喜欢得不得了，说，还有呢，还有呢。章青说，啊，这个鼻子也像，鼻子也像。接下来，假右派老婆和章青手挽手，又说厂里人曾经说自己和晚桃也有些像。她说，你看呢，你看呢。章青说，真的呢，嘴唇很像，脸也像。假右派老婆身子都变软和了，说，还有呢，还有呢。章青说，耳朵也像，耳朵也像。接下来，假右派老婆无限温情地说，我们俩也很像，厂里人都说我们俩的眼睛长得很像很像。假右派背着双手在甲板上踱步，目光远大空洞，经过老婆身边时，反复侧身对章青客气地笑，说以后到武昌我们的家里来做客。老婆反复回过头对他用武昌话说，你又不死。她甚至能够很精巧地用武昌话说，你死远一点。

夜色里，一群江鸥随船飞行，其中一只灰鸥反复在章青头发上空贴近掠过。田妖精和章青同时在这只灰鸥第一次掠过章青头发上空时就注意到了它。开始几次，它目光远大空洞，并不朝章青看，后来，每次掠近时它都有扭头扫看章青的动作，当章青朝它掌心向上伸出手时，它笑而慢飞，似调皮似开心地在空中波动起伏。当它数次掠过都见到章青掌心向上伸出的手后，它飞得很近很近了。二个重庆高一男生跑来对田妖精说，可以找面包喂它。田妖精坚决反对，但看二个重庆娃儿诚恳，就转告章青。章青坚决反对，她说，我和它说过了，不用。我听到它反对了。我和它都只喜欢说话玩。

是的，棉纺厂学校的树林里的小鹦鹉，没找章青要吃的，就是约章青玩儿。吴家岗逃隐在烂泥湖的驴子没找章青要吃的，就是约章青玩儿。这只灰鸥也是来找章青玩儿的。包括这艘客船，似也是一艘流浪途中的客船，没找章青要求什么，也只是来找章青玩儿的。可以说，小鹦鹉是章青找到的，驴子是章青找到的，灰鸥是章青找到的，客船也是章青找到的。

章青说，有一种说不出来的熟悉感，好像自己一直生活在这船上，一直在漂流中。好像和这只灰鸥也是认识好多年了一样。

夜深了，船在浩渺的长江上航行，人在天地间的苍茫中站着。

风把章青的衣服吹得紧贴在身，我发现她的二个乳房一样大了。按二胖教给我的人生知识，我问田妖精是不是又摸了她。田妖精说，梦里又摸过，奇怪的是摸的好像不是她。他说，你为什么忽然问我这个呢？

客船是浓缩了的吴家岗，客船上的我和田妖精是浓缩了的二个巨人，一时格外亲密，挤站在一起，嘴巴都快连着嘴巴了。他说，我总觉得你比我还要更仔细地每天看着她。接后，田妖精以从田姐那里了解到的衣着常识，认为章青应该是已经换穿上了一种厚胸罩而使二个乳房看上去一样大了。他恍然大悟，深深地陷入喜悦和忧郁中。他说，我竟然没有摸全，我太可笑了。他的手在空中颤抖。

于是，二个来自吴家岗的男生像二只江鸥在客船的甲板上和楼梯上穿飞。

穿飞的过程中，我和田妖精告诉章青，在吴家岗给棉纺厂人事科长下毒的人就是二胖。章青听了，掌心朝上地伸出双手，然后把脸埋进手里。

我和田妖精飞跑中分开了，我浑身是劲，又身轻如鸥，时时要抓一下栏杆和门框，以使自己不要飞出客船。客船是我的丘岗，是我们吴家岗的丘岗，我和田妖精都还没有跑够丘岗呢。我跑呀跑呀，我一直快跑到了吴起那首小诗中所说的白云之上。

我在二三层甲板的楼梯道上掠近一对正在亲嘴的应该已经工作但又未婚的重庆青年男女，我一下愣住，急停转身喘气。那女的朗声说，好了，好了，我们好了，你可以过去了，过嘛，我们好了。他们嘴唇分开了，夹道欢迎一样笑盈盈地分得很开地让我通过。我凭脚步声追踪到田妖精，对他说，你去和章青亲嘴嘛。田妖精大笑，笑声响亮，客船一愣，似乎刹停了一下。当我们经过章青身边时，她问我们，有什么好笑的，讲给我听听。其时客船正经过一个不知名的小镇，岸上树林和灯光奋力外放。天上月亮降下强光，在无尽的江面拉出一大片银波。章青的背景正是那一大片银波，她好似身披银波，或者说她的裙子好似接着银波。我刹停在她身边，呼呼地喘着粗气，细细地看她，看到她的嘴唇如一朵含苞欲放的鲜花，花瓣柔嫩，色是西红柿的那种粉红与桃子红色之间的一种最鲜美最难以形容的颜色。我跑开去，尽力猛吸进掠过她唇边的江风，我觉得我快要变成人形风筝、快要飘起来了。

我在船尾追上田妖精说，中国太美了，世界上没有一个国家比得上。

田妖精对靠近船头位置的章青说，中国太美了，世界上没有一个国家比得上。

章青对跑过来的我说，是的，中国太美了，世界上没有一个国家比得上。

我又追上田妖精说，楚国太美了，春秋时没有一个国家比得上。

田妖精又去对章青说，楚国太美了，春秋时没有一个国家比得上。

章青又对我说，是的，楚国太美了，春秋时没有一个国家比得上。

我和田妖精穿飞得越来越轻，章青脸上露出的微笑越来越清甜。

零散游走在甲板上的船客听到了我们说的话，有那么一二个深表赞成，其中一个老先生拉住田妖精和我，拍一张照片，闪光灯闪亮了江面。

近凌晨时分，江上一队帆船举着大刀般——如同梦中浮出，又如同梦中——浮远。有一段岸边，泊集了漫如集市般的一长溜落帆的帆船。有人说，快要靠近沙市了，也就是李白诗中所说的江陵快到了，客船快要停靠码头上下船客了。被田妈妈劝进客舱的章青又游走上甲板，她抬手挡着含雾含月光的江风，挡了一阵，放手，看见那只与她已经混熟的江鸥飞近，伸手。

我和田妖精与一群重庆男人男生加上二个重庆女生坐在船尾二层甲板上胡吹乱侃，看到章青迎风游走过来，江风忽大得好像非要把她的长裙给吹到岸边平原上去才行。我和田妖精互看一眼，空中如有玻璃珠子相撞，不约而同地想要起身去帮她，但又只能按下身子，坐着不动。还好，她一侧身游走开去，风又转而变疯狂为轻缠，尽显她腰身纤美。奇特的是，重庆女生模样娇小甜蜜，男生却对之凶眉怒眼，呼来喝去，十分的看不上眼。

客船鸣笛调头，准备船头迎上水靠泊。沙市城低矮平阔，客船码头边有一溜树林。此时天空正中正好是一片宁静的子夜蓝。

客船催情，树林催情，子夜蓝催情。

我狠狠踢了田妖精一脚，他捶打了自己一下。那二个向我们打听过章青的重庆高一男生，看出点门道，自以为看出了点门道，朝田妖精轻轻点头鼓励。

田妖精猫手猫脚地走去找章青，喜色和夜色中，灯光把他走动的动作投影在甲板上，影子夸张薄大，他回头冲我一笑，那影子田妖精马嘴大张。

我给重庆男人男生讲故事的动作也很夸张，听众席地而坐，我半蹲，手浮半空，一根指头半弯，描述我们的唐老师的物理课和化学课，描述田妖精小学时捉弄老师的场景，描述同学们集体冲下干涸的烂泥湖捉鱼的乐事。他们听故事听着听着动作也很夸张了，拍手鼓掌，特别是那向我们打听过章青的那二个高一男生拍着甲板大笑，脚也要拍打甲板。

我准备把老国与黄金的故事加长，讲成一个小《沙家浜》，我刚讲了个开头，听众的热情刚调起来，灯光就把田妖精的影子投到了我的脸上，接着灯光把章青的影子也投到了我的手上。我看着手上章青凌乱而光顺的头发的影子，使劲地张大手掌，捧起她的头发影。

原来田妖精和章青二个人走下船又走回船上了，是章青非要约我一同前往那片树林。结果一大伙重庆男人男生女生和我们都挤下船去逛，一伙人由田妖精和章青打头阵，那负责解缆系缆的船员们都很烦，特别是那二个一老胖一少瘦船员，叉腰吐痰，还又低头耳语。我特意走得慢一点听船员们的低语，听出：他们没被整过不知道重庆船员的厉害、不掉下长江不知道长江水深、这一船船客骚货多、这一船船客小骚货特别骚，等等。

当我们走进那片草腥味浓重的树林，踏上湿滑泥软的小路，我的嘻嘻哈哈声特别大，我把田妖精一个劲地往章青身边挤，章青笑死了，对我说，你又不死。我准备先溜回船上，我准备把重庆男人男生女生们引往江堤后面的低洼草地上去。田妖精十分亲切地搂住我，说，哎呀，你又不死。林中现一方清净的湖水，湖对面有一栋小小的白墙黑瓦房。湖水与辽阔的秋汛中的长江一堤之隔，湖水与天上月亮一枝树梢之隔，那情景正是野旷天低树江清月照人。章青细细地看树枝树叶，手抚飞动的萤火虫和被惊醒而爬起的蚱蜢，黑暗中，她抬起乌溜溜的双眼，看向天空，又轻轻低头，似有心事似有娇羞。我刚想请章青再一次坐在田妖精变成的石头上时，客船就鸣笛催人。我们笑语掀天地跑出树林，跑动中，章青的手指尖飘动在我的手边，显得很长很长，叫我不禁停步低头细看她的手指。

跑动中，那伙重庆男人男生女生分列我们二边，大家十分开心。迎接我们的船也十分开心，特别是那二个一老胖一少瘦船员一改恶声恶气，对走在最前面的田妖精和章青格外的友好，说，哎哟，你二个春青年少，看着多舒服哟。二船员对我也说，你看着也多舒服哟，对重庆男人男生女生也说，你们看着多舒服哟。

重庆男人中有人与之较熟，对少瘦者说，你不是早就说要调到岸上局里去的吗？老胖者代答，快了快了。那个重庆男人对老胖者说，我见过你家伯伯，看着多舒服的一个人，你也看着多舒服哟。

我看着少瘦者不太舒服，他长得真的很像一个只有四条腿的螃蟹。

章青在脚就要跨上客船的一瞬间，停步回看那片树林，学着四川话说，看着多舒服哟。

有一会儿，空中静得出奇，走上二层甲板的我们听到那二个一老胖一少瘦的船员的对话。一个说，这一船人真的是特别骚呀。另一个说，可以嘛，我们可以抓骚嘛。

22、往事

　　清晨，我碰见早早出舱走上二层甲板的田妈妈，她喜色很重，头低到很低，几乎是压在扶栏上。她一只手抓住我的胳臂，问自己的儿子是不是真和章青这么好的一个姑娘在交朋友。她说，棉纺厂里人说东说西，我一概不信，吴家岗就等于是一个乱棉花什么都乱飞乱弹的地方。我说，田妖精是想，但是这个事情不是想就能成真的。我没有故弄玄虚，但我的手指在空中绕绕绕，绕得田妈妈发晕。她说，姑娘睡在我的上铺，她睡着的样子比醒着的样子还要好看。田妈妈这样一说，轮到我发晕。田妈妈又说，姑娘脸色真是好啊，睡相好看的姑娘就是真好看的姑娘，是命好的姑娘。

　　田妈妈第一关心儿子，第二关心田爸爸。她问我，我家老鬼起床没有？你们在一个客舱里，早上有没有人去找他呀？他说的好听，让我代表田家照护好章青，自己把自己分到和你们一个舱，哼哼，他总是有想法。

　　我和田妖精在船栏边分别对章青说的第一句话都是：昨天夜里，以为会睡不着，上床却忽然就睡意涌来，石头沉到江里一般哟，死猪一样睡去了。

　　章青说，我也是我也是。

　　清晨，天空水面变幻出嫩玉米黄般的色彩，二客船相遇时的鸣声在这嫩黄色里散开，化为无数细小的声音，化为晶晶亮的小黄珠粒。我们听到的是粉状的鸣声，看到的是细碎的嫩黄色。

　　章青惊呼，你们看。顺着她的手指，我们看到漫天的嫩黄色在一处先行转化为纯净的粉红色，然后粉红色扩大，接着又感到是漫天柔和的浅酱色，过一小会，整个水天再又变回到了嫩玉米粒般的淡黄色，或者说，是我们又辨到了嫩玉米粒般的淡黄色。漫漫淡黄色的变幻中那只灰鸥飘飞出来，贴近掠过客船，再贴近掠过章青的面前。

　　章青的唇色还是昨天我看到的西红柿的那种粉红与桃子红色之间的一种最鲜美最难以形容的颜色。我想，我分辨出了这种奇妙的颜色后，我再不会忘掉，她也再不会改变吧。田妖精关注的是她的眼睛，我关注的是她的嘴唇，近期，我不会告诉田妖精我的关注，我要独自关注很长一段时间再说。我面对茫茫的水天，追忆她从小学五年级以来的唇色，她那些微笑中的嘴唇的颜色斑斓排列在我脑海里，依次深浅，直到现在这最鲜美之色。

　　迎着风，我有眼泪不觉涌悬眼框，田妖精猛拍我一下，问，＂你在做什么？

　　然后，太阳如那只灰鸥般从漫天的淡黄色中飘现出来。

　　餐厅里，田妈妈坐得很稳，并不对坐在自己身边的章青流露出那种未来婆母般的喜爱，但她又坐得很不稳，一再流露出对明明自己身边有座位而偏要到处找座位的田爸爸的防范，眼光不时在重庆胖美妈妈和田爸爸二人身上甩来甩去，甩到她自己快要摔倒了。

　　重庆胖美妈妈倒是一点儿也没有注意到田妈妈，她主动邀了田爸爸一下，叫他坐近一点。田爸爸欠欠身而已，独自找了一个位置坐下。重庆胖美妈妈有话要说，她是个离了婚的女人，她在她那一桌人中是个主讲者。她那一桌的女人们都有骂男人之共同话题。开骂，一下就烘托出胖美妈妈的美，没有人挑逗她开讲，她也要开讲自己的故事。她的家变情节一波三折，最后结局干净利落，其二个半大的儿子归她所有，够了。她一只手按着桌子一只手扬在空中，大声说平生最恨男人花心烂肠，天塌下来不怕，就怕没有真心男人。没有真心男人，天下不搞运动也是搞运动，天下没有战争也是天下有战争。

田妈妈听了这话很是赞赏，小声自言自语地说，我的家庭差点就不保了。

我们和那伙重庆男人男生女生的聊天接续进行，昨夜的夸张不变，变的是手可以拍桌子，筷子可以作惊堂木。1979年，天下人聊天的内容少不了邓小平，四川人和湖北人的聊天内容更少不了邓小平。我们在客船上的第一个早餐时间里，话题一时被邓小平紧紧扣住了。重庆男人讲的是邓小平的战争史，重庆男生讲的是邓小平的恋爱史，重庆女生讲的是邓小平女儿的故事。章青对邓小平的故事一概不那么感兴趣，她吃过馒头就到甲板上看长江去了。她是对的，长江是一切生活的来源。正如重庆钢厂的那对父子中做父亲的早餐时在餐厅里的高论所说，1979年在清算历史，而真正能清算历史的是长江，是长江滔滔不尽的天上水。父子二人中的儿子说的更为夸张，他说，长江不需要去清算什么历史，只有长江才能称为历史。

餐厅的一角是船员桌，一伙人边吃早餐边对那老胖者少瘦者二位船员同拍马屁。听起来，老胖者有在港务局做领导的亲戚，将来不愁找不到漂亮女娃做老婆，不愁得不到培养，关键问题是，他的亲戚可能将来会做到重庆市里的领导。听到这里，我特别多看几眼老胖者，对他仍是单身十分奇怪，当然，可能是刚死了老婆。桌上有人还对少瘦者苦口婆心地劝说，说今后要多学好，争取去读个书，弄个文凭，前途无量。少瘦者右看左看身边的人，只是一个劲地嘻嘻哈哈。我在一旁细听，听出原来有关系的是老胖者，老胖者不可能再求什么上进，但他和少瘦者关系铁得不得了。他们或察觉到我在偷听，其中一个人意有所指地说，不要以为你们买了船票，你们是大爷，你们花钱坐船，命是托在船大爷手上的。他们似有意地讲一些船上的故事，如船客某某和船员作对，不招喜欢，最后被一顿好耍，差点被逼跳长江。他们抽烟得很凶，弄得餐厅烟雾腾腾。

重庆男生的话题中谈到了邓小平最漂亮的在武汉去世的老婆。正好邓小平那去世的前夫人有个亲戚在吴家岗棉纺厂，天下真是说大不大呀。一当邓小平和武汉及吴家岗联系上，二个重庆高一男生就又悄自向我和田妖精了解章青的情况，眼光如雕刀一样细描细刻着我们。

餐厅里，田妖精一时少年豪气，吟诗一句：不畏将来贫穷，但惧今后猥琐。

二个夜晚一个白天的航程里，这个白天是1979年非常特别的一个白天。武汉长江大桥桥头石碑刻有建桥记，其中楚天凝碧，艳阳似锦真是精准。随船翻飞的江鸥羽毛闪亮，眼色含碧，其中那只掠近章青飘飞的灰色江鸥脚爪上的指甲上时时晃出金光。

有那么一阵儿，我发现自己不论是站在餐厅的门边，还是站在船栏边，整条右手臂都摆出了被田姐整个背部压在吴家岗火车站前小树树身上时的那个形状，即手臂略为弯曲，手背朝前，小手指背突出一点儿。

一个三十岁不到的女人站在二层甲板船头部位，不顾一切地不断地高歌，从早餐后一直唱到中餐，中午略休息了一会，她又来唱呀唱直到晚餐。她唱得也可以说不错，但一直高歌，然后饱餐，让船客们对她与长江波浪的对喊产生了极大的反感，众人全部的评价都是，她真是吃得太饱了。

一个瘦小的英国青年男子畅谈他的人生，强调工作是第一位的，他在船头对中国人强调，在船尾对中国人强调，上午强调下午也强调。重庆人听了赞赏不已，湖北人听了赞赏不已，全船人听了都赞赏不已。

二个向我们打听过章青的重庆高一男生谈他们所看到的拍电影的场景，强调说那些个著名女演员根本就不是很漂亮，和湖北姑娘没法比，和重庆姑娘没法比，那些个男演员，和湖北哥们没法比，和重庆哥们没法比。

一对中年老大学生夫妻，讨论古人纵情山水与纵情美女的区别，似特别简妙，即跳下长江漂流和凭栏观赏长江之区别。

重庆二家人为了往日烦心事上午爆发争吵，从客舱里吵到甲板上，从二层甲板吵到一层甲板，二家人全体出动，山呼海啸地对吵，和吴家岗棉纺厂武昌人的赛骂一模一样，只是口音习语换了。其中，那重庆胖美妈妈是劝架者。下午，二家人又吵起来，又是舱里到舱外，二层甲板到通往三层甲板的楼梯道，见楼梯门未锁，就吵上三层甲板，又是重庆胖美妈妈劝架。每次这二家人吵架被劝和后，他们所在的客舱里必定响起悠扬的二胡琴声，如诉如泣，做赛骂的尾声。二家人的儿女，吵架时帮着大人，吵过后若无其事地一起走动，和我们一起玩。他们对家中爸妈的评价是：不吵就饿的慌。

二个向我们打听过章青的重庆高一男生，对与重庆话十分接近的武昌话兴起了极大的热情，他们对武昌话里独有的一些习惯用语喜欢得不得了。武昌人爱把女孩子间比美说成是赛妖，把吵架说成是赛骂，把拍马屁或献媚说成是又媚又烹，亲切的话语里多用鬼字。这几个用法，他们马上出手，全船都听得到他们的夹生武昌话。我和田妖精只学他们重庆的一句话：个锤子哟。

假右派的老婆，上午一件穿锈金边的粉红裙子出客舱，下午穿一件大花的拖地长裙出客舱，甲板上走动，花枝乱颤。那二个重庆高一男生迎上去，对她又媚又烹，说，你像个鬼一样。把她吓得直跳。他们还对她说，你又不死。这更是把她气个半死。

我和田妖精注意到，有一溜滚动的劲风，如一对欢闹的小猫，时时在甲板上滑过，滑滚的形态几乎不作任何改变，只是随着章青的走动和站位而改变路线和方位，我相信那是一团一直在客船上翻滚而未分散过的劲风。

船上到处是人们长谈的情景，我和田妖精一一贴近别人身后，生怕漏听了什么精彩的东西。

田爸爸在船上才从我嘴里确切知道了田妖精经历过一生中二次初恋的故事，顿时整个人有些神清气爽，看向儿子的眼光里充满了自豪。他对我说，我早就对你说过，做爸爸的会有二次初恋的感觉，只有做爸爸的才能感觉得到呀。

一个项姓军人，讲自己西北边防军经历，其中伏击某国军队的故事，凶残霸气，与之对讲的假右派讲自己在河南采购棉花时的酒席花语，听上去颇有些西楚霸王项羽与迂腐儒生某对戏的味道。二人聊了很久，我在一侧听了很久，那西楚霸王项羽讲起了家里女人和老人，迂腐儒生假右派讲起了文革武斗。后，不抽烟的项姓军人抽了假右派递过来的一只香烟，爱抽烟的假右派讲起自己如何焊装半导体收音机，讲得入迷，手上的香烟一直燃尽也未吸一口。

船上最有成熟女人味道的最漂亮的一个近三十岁的女人，戴着一顶无檐军帽，特有神秘感，她每隔约一个小时走出客舱，来甲板上让江风吹起她军帽下的长发，如果她看到章青正好在她的视线里，她就多站一会儿，如果章青正好不在她的视线里，她略走几步就退回客舱，决不多走。她彷佛是专门来给人们展示那顶无檐军帽的。

太阳光很强硬的时候，章青在甲板上背靠客舱的窗边站。这样一来，甲板上走动的船客是不断地走在她的面前，但走动的人们在她眼里是透明的。她是那么如痴如醉地看着长江，呆呆的如画贴在那儿。好几次，我走近她，问她是不是对医生大胡子说过人不相爱江山不美这句话。章青总是笑而不答，只回我以一串低低碎碎的银铃般的笑声，我的问话犹如单击开关，一按她那银铃般的低低碎碎的笑声就沿甲板滑了开去。田妖精好几次走近她，开玩笑地问她是在演奏一首唐诗还是在演奏一首近现代新唐诗？章青总是笑回一句，你像个鬼一样的。

一个中年男人，听到章青对田妖精说你像个鬼一样的，话音清脆而温柔，他真受不了，活像猫闻到腥味，扭头伸鼻子，却又找个空。他在附近悄自等着，游走了很长时间，看能不能再听到一句：你又不死。但章青并没有说出这一句。中年男人终于走近我，与我扯谈起来。原来他是在武汉长大的，此次从新疆出差重庆再上海，他说，蓦地听到这么清纯的武昌话，身上的骨头都哗地抖动起来了似的。

我告诉章青有个老武昌人想听你说你又不死，她说好。

从登上客船起，章青好像就躲到自己的眼睛后面去了，她是在她那双明亮的眼睛后面看长江，看长江上漂浮的浪花和帆船。秋讯中的长江水浩渺满天，好像两岸也是漂浮着的，平原也是漂浮着的，日月星辰也是漂浮着的。在如此明显又若有若无的漂浮中，章青好像也是独自漂浮着。她有时脸色苍白，彷佛沉浸到一段家庭的悲伤往事里，有时又脸红了，似被自己的一段幻想弄得羞臊。有时她双手抱怀，似在远离妈妈时自然而然地提醒自己沉稳一点。有时她摊开双手整理风中飘扬的头发，透出一股子决绝的劲头。有时她仰脸迎风，嘴唇微动，似真在独自演奏着一首唐诗。

田妈妈说，姑娘就是比男儿懂事快，章青一上船，人就和在吴家岗时不一样了。看，她还不光是懂事了，她是比她妈妈还要有心、还要有头脑的一个人啊。

田妖精对妈妈的话耸肩一笑，摆手否决。

田妖精一登上客船，眼睛里就亮晶晶地放光，我笑话他眼睛亮得把自己的牙齿都照得更白了。他纠正我的话说，眼睛亮是因为身上装了电池，牙齿也接上了电啊。当下午二三点钟的太阳把甲板晒得滚烫时，他脱下凉鞋，赤脚走甲板，上下前后跑窜，如是踩火。第一次赤脚路过章青时，他说，我身上装了一节电池。接后路过又说，我身上又装了一节电池。

章青说，你又不死。

章青又大声说，你又不死。

田妖精赤脚在甲板上踏出啪啪啪啪的响声。章青说，你慢些走。

田妖精说，慢慢走就没有啪啪啪啪的响声了。

章青说，我也要赤脚走。

田妖精帮她拎着白色的皮凉鞋。

章青说，啊，从来没有这样舒服过呢。

田妖精听了，便死愣愣地看着她。

她伸出手扶了一下田妖精，脸红了。

她说，好烫。

她薄薄亮亮的脚趾甲修剪得很整齐。

她选择沿着阳光直晒的甲板和荫影中的甲板之间的那条光影线

走，那刚好是凉热适中的位置。

一老胖一少瘦二个船员看着田妖精和章青，调戏说，好骚好舒服哟。

重庆高一男生和女生也来跟着赤脚走。

一老胖一少瘦二个船员相视一笑，说，好骚好舒服哟。

那位一直高歌的女人停声，看了看章青，接着换唱《花儿为什么这样红》这首电影插曲，章青赤脚一直走到傍晚时分，高歌的女人就一直唱着《花儿为什么这样红》到傍晚。那位戴无檐军帽的女军人编剧也跟着赤脚的章青在甲板走来走去，那位英国青年为章青让道时用力点头并用中文问好，那只熟悉了章青的灰鸥从天边飞来差点一头撞进餐厅的窗户，那对妙论山水美女的中年大学生夫妻每次看到章青赤脚走过自己身边时都要夫妻对笑。客船高兴了，特别是当章青快跑起来，她的赤脚在偏午时分热烫程度大为减弱的甲板上发出啪啪啪啪的响声时，甲板上的人们全都迎看着和目送着，眼里溢出一片欢乐之情。

奔跑中的章青模样俏丽，眼光纯净。

她说，我心里砰砰直跳。

假右派老婆也赤脚走，假右派拎她的凉鞋。

假右派老婆对章青说，船上好几个女人都对她说了，她的眼睛非常漂亮。她说，假右派为什么要找自己做老婆呢，就是想以后孩子也有这样的一双眼睛。而且，假右派说过，她的眼睛不论是长在女人脸上还是长在男人脸上，都好看得不得了。

当天边风起云涌堆栈起城堡收揽西斜的太阳时，章青赤脚站在甲板上，背靠船栏，双腿斜撑着略略下坠的身子，双脚前伸，脚趾尖突出，阳光在她耳下和肩窝窝上闪烁，头发染着金光在闪烁。我和田妖精一左一右陪在她身边。

她说，我和张颖还有巫婆三个人在吴家岗公共汽车站过去一点点的地方，在省道的柏油路上赤脚走过一小段，但那是伤心的感觉。

她说，你们知道吗，我心里一直在背诵兰波的《感觉》，一遍又一遍，几乎背诵了一整天。当我赤脚走在甲板上，慢慢的，我觉得它是真的来了。兰波的这首诗过来了，它一直在很深的一个地方晃动着，然后它像那只灰色的江鸥一样，远远地移过来了，又像云影又像人形，它陪着我，跟着我，和我一起跑。我不断背诵它，读它，念叨它，它真的出现了，它喜欢我，好亲切，好亲密，好好。

她说，我心里砰砰直跳。

她说，是的，一棵树或一只狐狸都能修成人形，一首好诗又怎么不会变成一个生灵呢？

在蔚蓝的夏晚，我将走上幽径，
麦芒轻轻刺痒，彷佛在做梦，
脚底感觉到清冷。
让晚风沐浴着我裸露的头。
我什么也不说，什么也不想：
无限的爱却从我的心灵深处涌出，
我越走越远，像吉卜赛人一样，
漫游自然，如有女伴同游般幸福。

晚餐，田爸爸坐餐桌正位，为了显得对原本为黄高干预留的茅台酒的尊重，他和假右派握手握了长达三分钟之久。要不是慕名而至的重庆胖美妈妈过来赞颂茅台酒，田爸爸不会放下假右派的手。田妈妈引重庆胖美妈妈为知己，偏要让田爸爸挪个座位出来给她。

重庆胖美妈妈大喊不用不用，转身而去，从身后看，她裙下的二只小腿胖鼓雄浑，简直就是二发炮弹弹头。名酒还未下肚，田爸爸已经微醉沉重，整个人接电了一样，座下木凳顶不住他，吱吱吱吱声中砰然跨掉。

田爸爸未酒先醉，摇头晃脑地说，如果说我的前半生多是惊恐和落寞，感觉是独自一人翻山越岭，那1979年，今年，有了种喘息中的高兴，那种高兴就是在山路上滑落悬岩时忽然一脚踩实而知道自己保住了后半生的感觉。

假右派点头，深以为然，深吸一口长江的风。

邻桌正是重庆钢厂那伙人，那父子二人被众星拱月般拱着，以主客位的位置排法坐下。假右派和那父子中做父亲的正好隔位背靠背，一侧身便可交谈。山河之美，国运人心，诗人捉美抓骚，知识分子回看历史，这之类等等词语绵绵不绝。假右派敬过去的茅台酒一杯又一杯，对方回敬过来的茅台酒也是一杯一杯又一杯。假右派让老婆回客舱再取一瓶茅台来，喜得那位父亲让儿子快快也回舱去再取茅台酒过来同饮。在座诸位皆得以跟杯畅饮，其中田爸爸马上就酒力不支，被田妈妈扶回客舱去。旁观的重庆胖美妈妈说，武昌人，手没力，脚没力，嘴也没力哟。假右派特地要对众人夸大介绍说田爸爸是大型水利规划设计院的总工，说田妈妈是吴家岗棉纺厂的车间副主任，但原来是一位副教授，说章妈妈是国内顶级纺织专家，把我直接说成是一个银行的副行长，然后纠正说我叔叔是副行长。总之，我们这一桌和邻桌的船客都是国家栋梁。酒喝到后来，感觉那二位父子中的父亲手没力脚没力嘴也没力了，与假右派互相敬酒的速度大为放慢，话题也从国家大事转到个人经历上来了。最后，假右派与那位父亲握别，从桌边握送到餐厅门口，距离不远，时间足足用了有十分钟吧，互留永久通信地址等，要不是那位做父亲的有呕吐状而被儿子扶走，假右派与之的友情会胜过长江的滔滔流水了。

假右派乃是一个真正的嘴特别有力的武昌人，他重新坐下时，招呼我和田妖精说，我们接着来喝。他说，为什么我在棉纺厂可以做采购，为什么我是厂里做采购做得最好的，就是因为我能喝酒。我最喜欢别人都醉了而我还没醉，我最喜欢我都已经快喝醉了还可以和刚开始喝的人接着喝下去。来，刚才我和邻桌交谈交朋友，你们做观众，实际也没有怎么喝，现在来好好喝几杯，这可是我攒了好几年的好酒啊。我做过你们的老师，虽然只几天，那也是铁打的老师啊。今天是老师和学生喝酒。我很早以前说过一句话，除了唐诗，一切都是演戏。现在我要说，除了唐诗和茅台酒，一切都是演戏。是呀，我们有时候看上去是表面上追慕唐诗和茅台酒，实际目的是与人交往，是利益。但是，真正想来，我们追慕的只能是唐诗和茅台酒。

他说，章青，你一定要喝一小杯。就一小杯，好吗？老婆，一起喝。

神采飞扬的假右派老婆宠着痴痴愣愣的章青，一会儿坐章青左边，一会儿坐章青右边，一会儿又坐到章青后面，整个地把章青搂进怀里，她用脸贴在章青后颈，用双手从后面伸上去捧摸章青的脸。她说，章青，你有些低烧呢。她是热情万丈的大姐姐，章青是娇小玲珑的小妹妹。这当姐姐的非要拉着当妹妹的回自己的客舱去量一下体温，当妹妹的很乖很乖地跟着走。

茅台酒火一样热辣，是一种有生命的酒，是一种出了瓶口即有了生命的液体状的动物，它冲进我的体内，彷佛又呼啸而出到半空盘旋一阵后一下扎冲进我的体内。田妖精痴痴愣愣地举杯摇晃，说要先来首唐诗，唐诗还未出口，他已经脸红，已经摇晃，眼光已经沉醉，眼光已经变得沉着忧郁。我接着又喝一杯，再又一杯。田妖精站了起来，看向餐厅窗外长江的眼光变得空洞深远，接后又变得温柔多情。我喝就是他喝。当然，他喝就是我喝。他一喝，我感到酒劲就上来了，头旋旋飘飘，手慌慌张张，眼光温柔细长。

我想，连酒都可以是一种生灵，一首好诗当然也可以。

假右派很赞成田妖精先来一首唐诗助兴，等了半天不见田妖精吟诵，仍很有耐心地等，等了又等，便笑着把田妖精按下坐好，顾自来了一句：人生如浮沫，青山居中流。"我一点也想不起这是哪里的一句诗，问他诗句何处而来，是自己作的吗？他笑而不答，和我碰一下杯后说，唐诗即笑而不答。

田妖精举杯沉吟而不出，再举杯沉吟而不出。假右派看出点名堂，说，你是想做一首七律，还是想做一首七绝。田妖精作出如梦初醒状，说自己是在与一首唐诗交谈，等着被喜欢。假右派老师饶有兴趣地自干一杯，朝田妖精点点头。田妖精接着说自己不断读着自己最喜欢的唐诗，但实在感觉不到这首唐诗喜欢上了自己。假右派老师哈哈大笑，笑问是哪一首，并说，你可以笑而不答。

假右派老婆和章青手挽手婀娜多姿地走进餐厅，但做姐姐的不急于坐下，要游走到窗边站站，要和妹妹一起在船栏边指点一下江上帆船和渔灯，要指点一下江面上飘飘沉沉的江鸥。她说章青体温只高一点点，可能就是抿了一小杯酒的原因。

田妖精说，算了，我没有做到，我做不到，我是假的，我是模仿章青的。

假右派老师细问了章青被兰波的诗喜欢上了的感觉后，说，那她肯定是真的感觉到一首好诗是一个生灵。

假右派老师头扭到身后看窗外的章青，扭的幅度很大，远远超过了180度。

章青落座后，笑而不答。

她说，有过就还在啊。她说，我心里还是在砰砰直跳。

1979年的《感觉》，是1979年的感觉。

假右派老婆没有听明白是怎么回事，但看桌上气氛融洽，欢笑声低低碎碎不停不停地从她嘴边和裙领边滑溜出来。

1979年，客船餐厅之夜，假右派老师简短讲起了他1963年开始的一生中的第一段恋爱故事，也是婚前唯一的一段恋爱故事。讲的过程中，他是烟酒茶齐上，古诗往事天下事相交叉。

他二十多岁时，在武昌一个小小的税务分所上班，虽然毕业自财经类专科学校，却因为个人档案里有那么几句话，因为出身旧军人家庭，一直做着打扫清洁之类的杂活。他一直有偷偷活在人间的那种感觉，在整个武昌，他觉得自己只是个影子。特别是在武汉长江大桥武昌桥头堡下，站在钢铁桥梁下，觉得自己薄得如一张报纸。但那种薄，在桥下，薄得也让自己舒服。他特别喜欢大桥下站着，等轰轰隆隆的火车从头顶通过，等火车发出的风压和吼声。所以，他休息日里唯一的去处就是武汉长江大桥武昌桥头堡下的江边。在那里，他碰到一个清瘦的姑娘，大概有二年的时间里，碰见的次数约有七八上十次吧，她每次都是一个人走过。渐渐地，两人眉目传话，都想说点什么。有次，她在他的前面走着，一只花手绢从腰间落了下来，飘到地上。他慌得半死，伸出手而没敢拾起，直到她走不见了，他才回过头去把花手绢拾起。这只花手绢揣在他的口袋里揣了有一年多，再次、又再次在桥头堡下碰见她，他和她眼睛对望到持续超过五秒，他都不敢开口。到了第三年吧，有次，他在前面走，他把花手绢掉地上，他心里砰砰跳翻了天。他听到她叫了他一声，她拾起花手绢说，你的手巾掉了，还给你。那个被他洗过好几次的花手绢从她手里递给了他，他的心才从天上落回了他的身上。他说，你捡到了就给你吧。当时她眼光清幽幽地看着他，也没说不要也没说要，二人倒是统一一下这只花手绢到底是叫手巾还是叫手绢，最后统一了，叫手巾吧。原来她是一所中专学校的学生，毕业了，已分在武昌郊区一家小机械厂工作。她来自云梦县，家里半泥巴半砖头的房子前后连环串着有七八个水塘，小机械厂前后连着武昌的几个大湖，湖水连天，一眼望不到边。

她来无影去无踪，只和他在桥头堡下自然碰面，若有默契。

后来，二人可以坐在上桥的石阶上交谈了。她喜欢背诵唐诗，也不叫背诵，她是自然而然，呼吸之间即为吟诵。《无题》（相见时难别亦难），很美很坚定，最直白，她只在他的面前吟诵过一次。长诗《琵琶行》《长恨歌》，还有李杜的诗，她经常哗哗啦啦大声唱出来。《枫桥夜泊》，她是每次见面都要唱的。她是唱诗，因为她的声音特别好听。她自己都说，人是长得不太好看，但是自己的声音在武昌算是最好听的声音。她虽然从小长在云梦，但她有亲戚在武昌，天生的喜欢说武昌话，所以完全是一口纯亮的武昌话。

唐诗七绝《枫桥夜泊》，最委婉，夜里听寺庙里的钟声，想自己的一生。一个姑娘，十八九二十岁时，能把《枫桥夜泊》那种苦中释怀的情境，以自己的理解用轻唱的方式表达给他听，只能说某些个湖北姑娘、或者说荆楚女子有一种天生的哀愁和善良。他听着《枫桥夜泊》，他的心沉到很深很深的地方去了，心里特别地安稳安静。听她唱诗，他安心，就是安心。二人在一起最为安心的就是一起怀想唐诗中的武昌城，好像二人曾经生活在唐朝。

他是那么的赞赏她，却不敢想娶她，甚至也没有轻轻抱过她一下。

他也能背诵大量的唐诗，但有意无意间总是背贾岛的《忆江上吴处士》这首诗给她听，总是暗示自己可能会流落到很远的地方去。唐诗中的离别诗很多，他好像是随意拈了这一首并不算离别诗的唐诗，开始算是胡乱应对，随后，却把这首诗解释成自己心中最认可的最为悲怆最为伤感的古代作品。

他说，秋风生渭水落叶满长安，姑苏城外寒山寺夜半关钟声到客船，这二首诗确实可以看成是二个不同年代的诗人的同一呼应。当时，他心里总是想到自己有一天会被武昌城驱出，会被一阵风吹下落叶一样被吹出武昌城。她唱读这首《忆江上吴处士》，让他更真切地听出诗中的无比的悲怆和伤感。多年来，这二首诗一直被他仔细品味，越来越觉得其中的美和残酷。是的，《枫桥夜泊》和《忆江上吴处士》写尽了中国的美和残酷。永远不会有比《枫桥夜泊》那首诗更奇妙和温暖的诗句了，也永远没有比《忆江上吴处士》那首诗更深的悲怆。

他其实并不要深究唐诗诗句的意境，只要那温暖或又刺痛的感觉，只要感觉到世上有过唐朝诗人那种真正的人生、纯粹的人生就好了。

她说，人生空虚，而唐诗实实在在。如果不是心里有很多首唐诗，她都觉得自己不能算是真的走在武昌丁头。

她与他也约着在武昌蛇山上游走，甚至游走过一整天。蛇山上四季分明、花香虫味、枝枝叶叶，处处都给他和她舒适之感，特别是那春秋二季顺坡而下的长风，真的是洗眼的好风啊。

慢慢地，他有想法了，但他每当想要对她表明心迹时，自己在单位里就要被狠狠地折腾一下，不是与同事相处中受辱就是家中亲戚有谁又被逮进监狱了，弄得他总是不敢开口。

有一次，她把她最要好的女同学约来一起走蛇山。那个精怪的女同学走一半蛇山就先回去了，走前偷告诉她，说这个男人除了身体瘦一点外，其他都还好。她喃喃细语，说女同学说他的笑容蛮好看。他倒是想起先前她讲过些中专学校的生活琐事，其中提到这位最要好的女同学患有肝炎，吃中药久治未愈。当时，文革已经搞得很激烈了，他在单位陪斗在丁头挨打，时感头晕。那天游走到很晚，天都快黑了，他假装未解风情，对她连连闪过来的依偎连连躲让，连她空中甩过来的小手都不碰一下。在蛇山一棵山坡上的柳树下，他据实相告，在乡下镇上的的叔父又被追查出了重大历史问题，估计难逃更严厉的打击了。他说自己头晕得不得了。她说你真的挨过打吗？头被打到了吗？他随口说可能是传染到其他什么病吧。她大惊失色，问，"是肝炎吗？她又问会不会是自己的女同学刚刚传染了他，肝病是会头晕的啊。他不反对她的猜测，一再作出头晕状，她竟真的大哭起来，后悔带女同学来见他，说不定他身体差，一下就传染上了。她是那么的天真那么的傻那么的深情，他差点就说，你做我老婆算了。

　　他知道自己很虚假，一切都是私心。表面上，他是怕她嫁给自己受到长久拖累，实际上是她家的历史问题也吓得死人。再表面上，他瘦精精薄得像个影子，说不定哪天一大堆病找上身来，实际上她是那么的瘦弱，他怕她会有病怕她不能吃苦。

　　后，他曾悄自去过一次她云梦泽的老家，那是个近乎被废弃的村子，是一个血吸虫病感染区中的村子，他还未走进村里脚就发抖，不是害怕血吸虫，而是觉到了村子静寂中有聊斋故事的残酷和美，有唐诗中描写的残酷和美，他的发抖是带着兴奋的发抖。可以说，那个荒凉的村子的景象反而使他动了一丝情意，有了一丝责任感和爱，或者说找到了爱的理由。那是一个很平常的村子，外观和他自己老家的村子也没什么二样，但与她联系在一起，村子显得幽静深藏。他悄自去看看她老家，实际就是准备不顾一切和她在一起了。他在她家村子边还认真地狠心地打死了一条蛇，把蛇打死后，愈发觉得村子幽静深藏，心里也有了成家的勇气。

突然，他单位发生了一起偷窃案，案子被胡乱算到他身上，使他被送劳改，接着他又被胡乱送沙洋干校，再被胡乱塞到遥远的吴家岗棉纺厂，他心里那一丝儿情意和爱和勇气烟消云散。

因为缘份，她后来快快嫁了同厂的一个刑满释放的身世更复杂身体更瘦的工程师，是在世道最乱、那个人经济最窘迫的时候嫁的，虽非情深意长，但后来她很坚定地维持着家。她一直辗转传话，让他知道，她是能吃苦的。在文革中的武昌丁头二人也曾相逢，她问过他，说，我有什么苦不能吃呢？婚前，她还特地给他送过一只装乒乓球拍的布套。她还借出差之机来过一次吴家岗棉纺厂。她在吴家岗公共汽车站问路，抬头正好看到他。二人如兄妹一般走在棉纺厂香樟树路上。看到吴家岗有那么多的年轻女孩，她放心了，她催促他快点结婚。她的爱人受尽耻辱，文革后平反，在那小机械厂做出科技发明，获奖，参加了全国科技大会，一下成了武昌的故事人物。

说来，他年轻时是一个没有灵感的男人，读诗也是需要灵感的，到吴家岗后，他好像有了一点点灵感。他觉得，在动乱年代，如果没有一部分人在心中涌起灵感，这个民族就完蛋了。或者说，一个人一直都没有能够在心里唤起一点灵感，这个人就完蛋了。

什么叫真心，灵感就是真心。什么叫爱情，爱情就是灵感。

当然，所谓的灵感，所谓的真心，即兰波诗中的那句无限的爱。

他到了吴家岗棉纺厂后，吴爸爸，一个总工，把被深自理解的李杜诗歌像中药一样喂给他服用，把他安排进采购科，日常和他讨论唐诗，鼓励他去做一个搞关系的人，他这才狠了一点点。1976年是中国的分界线，在1976年以前，他慢慢觉得自己可以保护自己了，可以公开活着了。1976年后，他变化很大，一张嘴可以飞上天去吹嘘，满嘴跑火车也，嘴里的一根舌头自己挡都挡不住，自己抓都抓不回来。

他也曾一边捧读唐诗，一边自嘲自己是个专心事权贵的庸人，他曾特地与吴爸爸讨论这个问题。吴爸爸看得很清，认为唐宋之后，整个中国只是在事权贵，或被权贵迫事之。但唐诗所代表的感情与理性世界一刻也没有消失，天下其实就是唐诗的天下。

一个抓不住感情的人，是白活着，一个读不进唐诗的人，是白活着。

细想，他是用生命换来了对唐诗的欣赏，也因为有了对唐诗的欣赏，他又找回一些活在人间的快慰，找到了一些灵感。

哪怕是一个最平凡的人也需要靠灵感活着，或者说靠别人的灵感活着。

生命附在唐诗里，如小蟹找了个壳，小鸟找了棵树。

吴家岗棉纺厂张颖自杀夜，他联想起的是《枫桥夜泊》，非常贴切。《忆江上吴处士》的悲怆十分的雄浑，那是他那国内战争中死去的父亲的一生的写照，甚至也是整个四十年代国内战争中失败一方的写照。

在唐诗面前，世事沧桑，胜负别论。

假右派说，人生的美与残酷，即勤耕苦读，身世漂零。中国的美与残酷，即诗人沉吟，大盗窃国。他强调，我说的是中国的残酷与美，其中，真正的美是大盗窃国的美。有时，我想的是，来吧，把我们美好的中国窃走吧。有时，我想的是，来呀，把我们美好的中国窃回来吧。

假右派老师的恋爱往事，加上一杯茅台酒，把他的老婆灌得大醉。醉前，她和章青挤着叽叽咕咕一阵。她嘴巴快，对假右派说，章青说了，你现在有一种很特别的男人味。做姐姐的假右派老婆倒过来被做妹妹的章青贴心地扶回客舱，很乖很乖。剩下二只茅台酒空瓶，假右派交由我和田妖精处理，说可以保留可以扔掉。我们站在船栏边，久久舍不得扔。我们在船栏边听见很多酒瓶的落水声，是别人在扔，最后，我们轻轻扔掉了空瓶，心里有一种别样的不舍。

漫漫长江依偎着星空，客船依偎着长江，灌下大量茅台酒的假右派依偎着客船，他说，兰波诗里的那句无限的爱却从我的心灵深处涌出的确是太美了。

他说，在吴家岗，我三十多岁时，好像也曾有过唐诗如风一样吹进我的身体的舒服感，好像也曾有过章青今天的感觉，好像我也曾在夜空里摸到过《枫桥夜泊》和《忆江上吴处士》。我真的是有过的这种感觉，只是我没有抓住这种感觉，就像我也没有抓住我在武昌桥头堡下碰到过的好姑娘。

假右派面对茫茫夜长江，说，我曾经以为我那位非常醉心于唐诗的姑娘，会有我说的那种一生的二次初恋。但她没有，她没有感到过一首诗如一个生灵。她知道假妈妈的说法，她说自己可能是没有那个缘份啊。

他讲，一生中有二次初恋的这个说法，其实是来自他中年早逝的妈妈，妈妈最迷唐诗人李商隐的诗，青年守寡的她在年少时就预感到了自己的不幸。假妈妈年轻时是一个美丽深情的荆楚女子，是那种初恋即终生恋的女子，是一个刚烈的荆楚女子。假爸爸战死于

1948年国内战争，所以，假右派又说，《黄鹤楼》千古名诗，对自己来说，1948最为闪亮。

假妈妈说过，一只狐或一棵树得天地精气可以修炼成人，一首好诗又有什么不能做到呢？

假右派妈妈有过这一生中的二次初恋。

23、故事

长江二十三号轮夜晚进出岳阳城陵矶港。

假右派进出客舱，一直手拿着一只牙签，轻摇它，轻晃它，似在为另一个酒醉中只有他自己能看见的假右派挑牙缝。有时，他沉思般地久久站立不动，只让手中牙签在空中嘴巴那么高的位置细挑。我和田妖精陪章青游走甲板，或一溜直走三人行，或并排走三人行。我酒劲上来然后又略退去一点，浑身有飘散感，后酒劲又加重，觉得甲板如是山路，如是烂泥湖底的淤泥。田妖精说想飞一下，但他并没有张大双手，他张大的是他的双耳。章青说，一缕一缕的月光好像浸入到自己的身体里，然后轻轻抖动着。于是我和田妖精停步细看她的全身，我们一起问，"月光进到哪里了，气得她直跺脚。

妈妈不在，长江在，田妖精在，我也在，那首《感觉》在。但这个我似在似又不在，我似是一个只有田妖精和章青能看见的农民，另一个农民我似在客舱里呼呼沉睡于酒梦里，死猪一样横卧床上。章妈妈在吴家岗棉纺厂车间里加班，另一个只有章青和田妖精能看见的章妈妈昨晚似乎在船上，今晚也不在了。

客船游走在长江上，游走在甲板上的我手扶船栏，身体前探出船栏很大一部分，我侧脸看客船的游走，客船浮滑如冰块在冰块上。那二个一老胖一少瘦的船员经过我的身边，凶一句又甜一句，说找死吗又说当心哟，说船上还有好多好玩的地方呢。我也身体前探出船栏很大一部分地看着远方，觉得客船如是朝长江下游很深很深的水底滑去潜冲去。

田妖精和章青，你看我一眼我看你一眼，眼光互在对方的眼睛里进进出出。二个重庆高一男生走近，马上带着微笑避开。假右派走近，没人问他什么，但他摆出一幅笑而不答的样子。戴无檐军帽的漂亮女人走近，嘴角挂出神秘的笑意。那对被我撞见在一起亲嘴的情侣走近，特地要搂得紧紧地走，要示范一下似的。那对被前呼后拥着的重庆钢厂父子走近，特地停下交谈几句再走过。后，田妖精和章青游走开去，手拉着手。

一阵风来，似乎飘起了我，似乎高高地漂起了客船。

我涌起献身给戏剧艺术献身给天和地的念头，这念头似乎也不是我的，是千万人传送而来的，它就在甲板上，我是弯腰捡起。

当我灌下大杯大杯的白开水后，酒劲并没消退一点点。身上酒劲不消退，骚劲却又涌起来了。天地美和身上骚是人类原始之美和终极之欢。但我这个骚劲不是与田姐在一起时的那种特别硬特别硬的骚。我的下面是软的，是软软的骚，骚软骚软，骚骚甜甜的软，黄金般的软。

恍惚间，田妖精独自走到我的身边，絮语，我痴痴愣愣地对他说，如果章青是我的亲妹妹，我都赞成她有自己最亲密的时刻，而且是最赞成今夜有。

田妖精似懂非懂，我怀疑眼前的他是不是只是一个只有我能看见的他，真正的他不知游荡到哪去了。或者说我的语音含混不清，他根本听不明白，站在他面前的我可能真的是另一个我。

神魂颠倒中，田妖精对我说章青想今晚按她的想法野合，即牵手走走。他用全身比划了一个走走的动作，抬手迈腿，很飘很飘。

客船二层甲板至三层驾驶甲板之间，船体二侧各有一个楼梯道，右侧原来一直被死锁，左侧则时开时闭。我反复路过左则楼梯道，反复看见它的门是开的，有人上去一下马上下来，有人上去在看一眼就停步下来。我独自溜上去转了一圈，发现原本凌乱的三层甲板雨棚下有了一片较大的空地，空地上还立起了一个临时的约成人肩高的修理棚之类的小隔间，小隔间里正好有一张泡沫板，坐下正好可以观看船的正前方的江景。我想不明白这个修理小间有何用途，想它可能就是船员临时摆出以供休息的吧。三层甲板上没灯，有雨棚阻挡月光。我溜了一圈，发现右侧楼梯道的门也是开着的。在雨棚下，看不到驾驶舱的窗口，是一个好玩又很隐蔽的地方。我从右侧楼梯道下到二层甲板，我想我该找找田妖精和章青了。

夜已深沉，那位白天唱歌不知疲倦的女人夜里还倚在客船二层甲板尾部的船栏边哼唱南斯拉夫歌曲《深深的海洋》。

歌词：深深的海洋，你为何不平静，不平静就像我爱人那一颗动摇的心。年轻的海员，你真实地告诉我，可知道我的爱人，他如今在哪里。啊，别了欢乐，啊，别了青春，不忠实的少年抛弃我，叫我多么伤心。

我贪听，脚一直在滑动，但耳朵被歌声拎住了，一时无法挣脱。

后，我从底层散客舱到一二层客舱都找不到田妖精和章青，他俩被谁拎住耳朵了吗？他俩互相拎住耳朵了吗？起码，我是想离他俩离得近一点。客船就像是一座丘岗，是一座我那么熟悉的丘岗。我独自笑出了声，笑着自言自语说，我要找到你们还不容易吗，我是希望你们藏得好一点啊。

客船离开城陵矶港，这是到达武汉前的最后一站。

忽然，我感到一股诡异的宁静，客船正在转弯，四外远远近近的帆船举着大刀般像要浮冲过来似，四周没风，或船正在顺风中。这股诡异的宁静笼罩着船体，而客船最诡异而宁静的地方正是三层甲板雨棚那里。我猫步轻走，向客船左侧二层甲板通往三层甲板的楼梯道移动。一时，客船缓慢但幅度较大地晃动着。我猛然觉得客船就是一道悬崖，我的双脚巴在甲板上，隐忍着。接着，一阵狂风突至，或许是船体转到迎风的方向了。我没有掉下悬崖，但我觉得世上有人在某个地方掉下悬崖了。我听到客船右侧那边似有物体或人体落水的声音，我冲上三层甲板。

三层甲板的雨棚下亮着一盏落地探照灯，刺眼的光束正打在那小隔间的壁板上，二船员中老胖者熊状站立，扭头看着船的右侧，少瘦者一手叉腰，一手扶在小隔间隔板的顶部，似正想掀倒它，二人恍如吴家岗露天电影放映中胶片卡住时的人物，停止了动作。二个船员的动作停止，但小隔间里的人物动了起来，电影放映过程中，胶片卡住时会有这种一部分人物不动另一部分人物动的情况。

田妖精和章青从小隔间里的泡沫垫上站起来。章青戴着毛线帽，手扶在田妖精的肩上。田妖精拧着眉头，手顶住少瘦者手抓在隔板上的地方，然后放手，和章青从隔板后走出来。船员中的老胖者走到船的右侧扶栏，朝下面的江水看去。少瘦者收回抓在隔板上的手，看着老胖者。这时，另一个船员从二层甲板跑上来，说，有个人跳下去了，是不是要赶快通知船长。老胖者愣了一会说，驾驶舱里的人都没看见有人落水，我们怎么会看见有人落水呢？

田妖精冲着三个船员说，你们突然打开灯是什么意思嘛？

三个船员都很温和地说，要搞维修。

他们三个头凑到一起去低语。

我们三个也头凑到一起低语。

田妖精和我大约弄明白了，看来是船员搞了一个设笼捕鸟的局。常关闭的三层甲板的门打开着，不必要的小隔间被设立并空置着，突然探照灯打开，接着有人快步走过来想要掀翻小隔间，一个局啊。

三个船员态度很好，轻笑轻点头。

田妖精说自己和章青刚才在这小隔间里讲到洞庭湖小君山古代传说时，章青感觉有点儿冷，于是他轻轻飞跑到妈妈身边，从妈妈手里接过妈妈的毛线帽，又轻轻地飞跑回来，接着讲远古中国。田妖精叙说凌乱，章青给他整理衣领，恰此时小隔间外面的探照灯光猛地打亮，还真把人吓了一大跳。

章青温软地贴紧了田妖精。

啊，田妖精紧紧闭上嘴，回想了一下，说，是好像有一个人跳船的声音。他说探照灯打亮时，他心里只想着别让章青心里不高兴，恨不得化身为一个坦克，不是很注意那落水声。

但是，他说，我跳了起码一千次高台跳水，听了起码三千次别人高台跳水或者落水的声音，我听得出是有一个人跳下长江或者是掉下长江的声音。田妖精又想起听到过一阵压低嗓子的吵闹声，章青回想起那声音有点像是假右派老师说话的声音。

我说，我恍惚中也听见过落水的声音。

探照灯熄灭，三个船员商量好，同声说决不相信有人跳下长江。他们说，我们船上有规定的，如果有人掉下水里，会鸣笛，会停船搜索。

回到二层甲板，我们三人行，游走到船尾空旷处。客船已完全调整好方向，正顺流航行，拖出的八字型波浪在江面上只持续一小会儿就荡平了。而夜行帆船远近各有几艘，如梦如幻。

田妖精猛有所悟，说不行，得找到假右派还原刚才的场景。

在假右派所在的较高级的三等客舱里，我们只看到他老婆在酣睡。夜已很深,二层甲板船头,只有那位热爱工作的英国人在沉思,一层甲板本就少有人走动,此时更是空无一人。二层甲板通往三层甲板左右二侧的楼梯门又被船员死锁了,透过铁栅栏门斜看上去,雨棚下的空地上,小隔间已不见踪影,探照灯熄灭。

我们分头寻找,从底层散客舱到货舱,从四等舱到三等舱,从三等舱到二等舱,从二等舱到一等舱到驾驶舱甚至机舱,开门看一下或开口问一下。后我们三人汇合到假右派所在的三等舱,摇醒他的老婆,她却笑嘻嘻地说不管他,他在吴家岗棉纺厂时有过好几次醉藏,其中一次醉藏在自家的大衣柜里呢,船上角角拉拉的地方太多了,谁能知道他醉藏到哪里去了呢?说完,他的老婆又沉沉睡去。这可能吗?

面对茫茫长江,面对深不可测的夜,面对忽然间显得十分脆弱畏缩的变小了一般的客船,田妖精猜测,假右派游走中发现二船员设笼捕鸟,他以为他从前的二个学生正在野合中,在不能阻止二船员抓鸟的时刻,情急中只好自己跳下长江以身体解围。而他竟然真的跳下长江,是不是一下把二个船员也给镇住了呢?章青祈求不要发生这样的事,祈求假右派只是醉藏在只有他自己知道的地方。她说,或许,船未停下,表明真无人坠下长江。但田妖精用手比划船体转弯,说,或许有一个角度,使驾驶舱里的人刚好看不到有人落水,即落水人刚好被调转的船头压没。

我想,田妖精和章青的恋爱故事已经徒生变故,结局凄迷变幻。

客船穿过黑夜到达清晨,畅行而又沉默。客船餐厅里,早餐时如常的欢闹声不值一提,那个不停高歌的女人所唱的赞美类歌曲又响起来,也不值一提。我固执地认为,假右派或醉藏或已经跳落长江经夜行帆船搭救而起。我以一个未来的戏剧家的角度和热情对田妖精说事，以吴家岗棉纺厂中学生木头人的那种执着对章青说事。我还胡乱地把二胖的江中与女朋友交欢的故事讲给假右派老婆听，以暗示江水其实很温暖。

假右派老婆早上没看到自己的男人，一时也不太着急，只是有一些厌倦地蹙着双眉。我和田妖精满船游走，四处查看，那二个一老胖一少瘦船员加昨晚也在三层甲板出现过的船员对我俩很客气很配合，让我们再上三层甲板寻找，还让我们去货舱里翻看。我们特别注意假右派家的大柜子，没有人，没有人。我坚信假右派戏剧般地经夜行帆船搭救已经在回武汉的长途汽车上了。假右派老婆慢慢也开始怀疑他是为二个少男少女解围而跳进了长江，她说，他不太会跳水，但他是很能游泳的，他又喜欢冲动，真的，他其实是个蛮冲动的人。不过，她还是更相信他是醉藏，别看他能喝酒，他是当场不醉事后深醉，谁知道他要醉藏到什么时候？他肯定在船到达武汉的港口时会醒来。我们发现她是那么的天真单纯，一点也没有往凶险方面想。直到近中午，船已经抵近章青父亲所在劳改农场的大军山一带，哀愁的眼神才闪出她的双眼，她和章青双双搂抱在一起。进而，整个客船都传开一个船客失踪了的消息。悄悄的议论中，有人猜测说，失踪者会不会是船在城陵矶港停靠时上岸未能重回呢？这一说法被几个船员认可，但重庆胖美妈妈发誓说，她看得很清楚，城陵矶港没有船客上岸也没有船客上船，那个港口不是个好玩的地方。有个船员后来甚至对向他打听情况的人们放了一炮，说，说不定失踪的船客是个间谍，被秘密抓捕了，类似的事情的确曾在这艘客船上发生过啊。

当田妖精远漂长江时，只有木头人坚信他只是躲藏起来了。现在，只有我坚信假右派心中充满了对二个自己从前的男女学生的热爱而跳江，他酒醉中有浪漫之情，即要解围，也要纵身一跳去苍茫水天之中遨游。我的坚信也充满了对田妖精和章青的热爱，也渗杂有我自己的浪漫想象。一时，我还一点也不担心假右派在长江里的安全，倒是对他未来的生涯怀有一种悲伤感、一种不确定感，进而对我们三个高中生的未来也怀有悲伤和不确定感。

我的坚信起码也使田妖精和章青不那么自责自伤，也使假右派老婆起码多了一个安慰。我游走在甲板上，恍惚觉得自己是木头人在游走着。人们问我为什么认定假右派会先于这艘客舱到达汉口武汉关码头，情急之下，我回答说，他在吴家岗时就想好了，如果需要，他会醉浮长江江面，然后上岸乘车，他就喜欢在回武昌前欢闹一次。我已经没有选择，我只能坚持，我只能坚持讲我所认为的最美好的故事结局。我觉得，他名叫假右派妖精，假妖精，是喜欢闹腾的假妖精。

客船也着急了，近中午时分，它很快就冲到可以看见武汉长江大桥的位置。这时，全船处于一种诡异的轻松里，假右派从醉藏的地方自己走出来的可能性已经很小，他站在汉口武汉关码头的可能性似也一点都没有，但他正在赶往汉口武汉关码头的路上的可能性也还是有的。假右老婆脸上有股子凶凶的美，她独自去底舱排放家具的地方搜看，章青陪她全船走动，田爸爸田妈妈陪她全船走动。后来，她干脆回客舱等待，挺胸抬头，我在心里大叫道，好一个刚烈的荆楚女子！

在最疑惑时，假右派老婆拉着章青的手，说，如果他是落水了的话，我觉得他不会是自己跳下长江的，他是被人推下或丢下长江的。在最疑惑的时候，章青蓦地泪水盈眶，田妖精也快速流下眼泪。看到章青和田妖精的泪水，假右派老婆一时没了主意，但却有了吃苦的决心，她力劝一对少男女不要哭，不要，不要。在女人们最疑惑的时候，那只灰江鸥飞掠近客船，不见章青不飞走，见了章青也久久都不飞走。

客船快速穿过武汉长江大桥桥洞，客船的右边是武汉市恋情故事第一多的蛇山，左边是武汉市恋情故事第二多的龟山。黄鹤楼不在，但我们回来了。我已能看清武昌岸边的法国梧桐树上的飞鸟和汉阳岸边的柳树枝条的摇动，能看清武昌桥头堡下人群中的汽枪射汽球的摊点，能看到汉口王家巷老房子窗口上晾晒的衣服。客舱调头，船头迎着上水往码头上靠拢，离码头尚有几百米的距离时，我有了我那能看清很远地方的好视力，这一刻，我与船码头的距离比我在丘岗上距离吴家岗公共汽车站还要远，但我看到了假右派挤在接船的人群中，衬衣皱巴巴的，头发打结。

他果然如我所预料的那样被长江上的夜行帆船搭救并先乘车赶到了码头。

假右派，你是一个真正的妖精，你是我珍藏在万千人群中的一个宝贝。

我大喊：假妖精在岸上。

一开始也没有人相信我说的话，只有田妖精和章青相信我。田妖精朝假右派招手招手，身子伸出船栏太多，怕他掉下船，我的手颤抖着准备好抓他。然后，只听空中一声暴响，假右派老婆哭声震荡开来。她认出码头上她的男人了，她哭呀哭，飞甩出大把的眼泪，双手也快要甩出去了。章青使劲地把她搂在怀里，不停地抚摸她的背部。客船上忧疑伤心的众人爆发出欢呼，连那二个做设笼捕鸟之局的船员也都开心地跑来对假右派老婆说些赞美的话。重庆胖美妈妈很羡慕地看着假右派老婆，不停地说，世上没有真心男人的话，没有运动也是在搞运动，没有战争也在打战争。

1979，我们在客船上的第二夜发生了意想不到的故事。

我的讲述在吴家岗被修改了：

船上三层甲板新摆出了临时的小隔间，可供人欢会。二个船员一直盯着田妖精和章青，筹谋调戏捉弄。其夜，章青有些低烧，田妖精温情呵护，同她去小隔间里观景聊天。二船员以为设笼捕鸟已经成功，突然打开探照灯，并准备过来掀翻小棚。游走在甲板上的假右派冲过去阻止，眼看不能拉住二船员，他跳江以解围。被近岸的夜行帆船搭救的假右派第二天经陆路先乘车到武汉关码头，客船上忧疑伤心的众人爆发欢呼。被修改的结局是，假右派就此失踪。

同学木头人在吴家岗讲述的故事是：

晚餐酒后很快醒来的假右派老婆拉假右派找到三层甲板上的小隔间，情难自禁，二人面对江景欢爱。设笼捕鸟的船员目标原是一对青青小鸟，但能抓到一对成熟的兔子也是成功。二船员突然打开探照灯，并准备过来掀翻小棚。章青和田妖精发现情形险恶，冲过去阻止，眼看不能拉住二船员，章青跳江解围，田妖精跟跳。被近岸的夜行帆船搭救的二人第二天经陆路先乘车到了汉口码头边，客船上忧疑伤心的众人爆发欢呼。

从上海回到武昌再回到吴家岗的陶晚在吴家岗讲述的故事是：

晚餐酒后很快醒来的假右派老婆拉假右派找到三层甲板上的小隔间，情难自禁，二人面对江景欢爱。设笼捕鸟的船员目标原是一对青青小鸟，但能抓到一对成熟的兔子也是成功。二船员突然打开探照灯，并准备过来掀翻小棚。章青和田妖精发现情形险恶，冲过去阻止，眼看不能拉住二船员，章青跳江解围，田妖精跟跳。二个本热情难捺的少男女跳入秋夜的长江如是红钢淬火，雾腾花碎，留下客船在秋汛的洪流中空自悲伤徘徊，搜索无望。章青和田妖精就此失踪，半个月后，二胖独自沿江打听搜寻二个少男女的下落，其后，二胖也失踪了。

田姐的前男友数学老师在宜昌市讲述的故事是：

晚餐酒后很快醒来的假右派老婆拉假右派找到三层甲板上的小隔间，情难自禁，二人面对江景欢爱。设笼捕鸟的船员目标原是一对青青小鸟，但能抓到一对成熟的兔子也是成功。二船员突然打开探照灯，并准备过来掀翻小棚。章青和田妖精发现情形险恶，冲过去阻止，眼看不能拉住二船员，田妖精从三层甲板跳下，那船正剖面是锥形的，从三层甲板跳下后，田妖精正好落在一层甲板上，从三层甲板看上去，他和跳进长江了一样，从而为假右派夫妇解了围。

章妈妈说：越是凄凉的故事越是真实的。

假右派妈妈说：一生中的二次初恋，这个二次是有些荆楚女子特有的。

24、诗三首

多年后农民读到了苏联女诗人茨维塔耶娃的一首诗。

马蝇成群，围着无精打采的瘦马飞旋，
卡卢加家乡的红色土布，被风吹起如帆，
鹌鹑在啼叫，寥廓无垠的天，
钟声如浪，滚过起伏的麦田，
大家谈论德国人，直到谈得厌烦，
一个黄澄澄的十字架，耸立在蓝树林的后边，
暑热令人惬意，万物光辉灿烂，
还有你的名字，听起来如天使一般。

多年后农民读到了中国诗人熊培云的一首诗：

《一代人》

在自己的祖国
寻找祖国
在祖先的土地
流浪四方
只有哄堂大笑
没有热泪盈眶

手无寸铁的人
学会了铁石心肠

多年后衣民伯伯写下：

《唐诗一首》

钢琴家演奏肖邦的作品
相对映的是群山郁郁葱葱
少女娇颜冰雪消融

某个在海边行走的男人想演奏唐诗一首
他跳上岩石松开衣领
先让海风吹翻身和影

为了演奏贾岛的《忆江上吴处士》
多年来我或被驱赶或漫游
在自己的怀里等待
在深水般的夜晚醒来

國家圖書館出版品預行編目

一生中的二次初戀 / 田新平著. -- 臺北市：獵
海人，2019.08
　　面；　公分
　　簡體字版
　　ISBN 978-986-97963-3-0(平裝)

857.7　　　　　　　　　　108013168

一生中的二次初戀

作　　　者／田新平

出版策劃／獵海人

製作銷售／秀威資訊科技股份有限公司

　　　　　114 台北市內湖區瑞光路76巷69號2樓

　　　　　電話：+886-2-2796-3638

　　　　　傳真：+886-2-2796-1377

網路訂購／秀威書店：https://store.showwe.tw

　　　　　博客來網路書店：http://www.books.com.tw

　　　　　三民網路書店：http://www.m.sanmin.com.tw

　　　　　金石堂網路書店：http://www.kingstone.com.tw

　　　　　讀冊生活：http://www.taaze.tw

出版日期／2019年8月

定　　　價／480元